享受吧！一個人的旅行

108則追求享樂與平衡的故事

伊莉莎白・吉兒伯特（Elizabeth Gilbert）◎著　何佩樺◎譯

目錄

序言

或說「本書如何組構」；或說「第一〇九顆珠子」

在印度旅遊的時候——尤其在聖地和道場遊覽之時——你看見許多人脖子上戴著念珠。而你也看見許多老照片裡的赤裸、削瘦、令人望而生畏的瑜伽士（或有時甚至是肥胖、和藹可親、容光煥發的瑜伽士）也戴著念珠。這些珠串稱爲「念誦鬘」（Japa Mala）。數個世紀以來，這些珠串在印度被用來協助印度教徒與佛教徒禪坐默禱時保持心神集中。一手握著念珠，以手指一圈圈捻弄——每覆誦一次咒語，即觸摸一顆珠子。中世紀的十字軍朝東方推進、進行聖戰時，目睹朝聖者手持這些「念誦鬘」祈禱，頗爲讚賞，於是把這個構想帶回歐洲，成爲玫瑰念珠。

傳統的「念誦鬘」串有一〇八顆珠子。在東方哲學家的祕教圈子裡，認爲「一〇八」是最吉祥的數字；這三位數是三的完美倍數，其組成部分加起來等於九，而九又是三的三倍。而「三」這個數字，自然代表了至高平衡，只要研讀過三位一體或審視過高腳凳的人，都深明其理。由於本書寫的是我爲追求平衡所做的種種努力，因此我決定賦予它以「念誦鬘」的結構，將我的告白分爲一〇八個故事，或珠子。串連而成的這一〇八則故事，又分成三個段落：義大利、印度與印尼——即我在這一年自我追尋期間所造訪的三個國家。這樣的劃分，意味著每個段落有三十六個故事，就個人層次而言很得我心，因爲我正是在三十六歲時寫下這些文字。

趁我還未深入討論數字學這個主題，容我下個總結：將這些故事以「念誦鬘」的結構串連起來，這個發想也頗讓我開心，因爲這很……結構化。眞正的心靈探索，往往致力於建立系統化的原則。追求「眞理」，並非某種在場人士皆可參加的愚蠢競賽，甚至在這種人人皆可參加什麼的偉大時代亦不是。身爲追求者與寫作者，我發現盡可能抓穩珠子不無助益，讓我的注意力得以更爲集中於我想達成的目標。

每一串「念誦鬘」通通都有一顆特殊、額外的珠子——第一〇九顆珠子——懸盪在一〇八顆珠子串成的平衡圓圈外頭，有如綴飾。我以爲這第一〇九顆珠子是爲了應急備用，就像漂亮毛衣的附加鈕釦，或是皇家幼子。但它顯然是爲了一種更爲崇高的目的。當你的手指在祈禱時接觸這個標記，你應當暫停專注凝神的禪坐，而感謝你的老師們。因此，在本書開始之前，我在自己的第一〇九顆珠子這兒暫停一會。我向我所有的老師致謝，他們以各種奇特的類型出現在我這一年的生命之中。

我特別感謝我的印度導師，她是慈悲的化身，寬大地容許我在她的印度道場中學習。我也要藉此機會說明，我所描述的印度經驗，純粹出自個人觀點，而非以理論學家或者任何人士的官方發言人的身分發言。因此我在本書中將不提及導師的名字——因爲我無法爲她代言。其實來自她的教誨言語，本身即是最佳代言。我亦不透露她的道場名稱與地點，這是爲了讓這所學校免於它不感興趣、亦無力掌控的機構宣傳事宜。

最後我要感謝的是，本書從頭到尾零散出現的那些人物，因爲種種原因，都非以原名示人。而我也決定更改我在道場遇見的每一個人——印度人與西方人——的名字。這是爲了尊重多數人之所以從事心靈朝聖，並不是爲了往後成爲書中人物之故（當然，除非他們是我）。關於這項自訂的匿名政策，只有一個例外。來自德州的理查的確名叫理查，也的確來自德州。我想要採用他的眞名，因爲他是我在印度生活期間的重要人物。

最後，當我詢問理查能否讓我在書中提及他從前吸毒、酗酒的往事……他說有何不可。

他說：「反正，我一直在想方設法如何告訴大家這件事。」

不過，首先讓我們從義大利開始吧……

第一部 義大利

或說「像吃東西那樣說出來」；或說「三十六則追求享樂的故事」

1

但願喬凡尼（Giovanni）可以吻我。

哦，不過有太多原因表明，這是個恐怖的念頭。首先，喬凡尼比我小十歲，而且——和大多數二十來歲的義大利男人一樣——他仍和媽媽住在一起。單憑這些事情，他就不是個恰當的戀人人選。尤其因爲我是一位三十歲過半的美國職業女性，在剛剛經歷失敗的婚姻和沒完沒了的慘烈離婚過程後，緊接著又來了一場以心碎告終的熾熱戀情，這雙重耗損使我感到悲傷脆弱，覺得自己像七千歲。純粹出於原則問題，我不想把自己這樣一團糟的可憐老女人，強加於清白可愛的喬凡尼身上。更甭說我這種年紀的女人已經開始會質疑，失去了一個褐眼年輕美男子，最明智的遺忘方式是否就是馬上邀請另一個上床。這就是我已獨處數月的理由。事實上，這正是我決定這一整年過獨身生活的原因。

機敏的觀察者或許要問：「那妳幹嘛來義大利？」

我只能回答——尤其隔著桌子注視著俊俏的喬凡尼——「問得好。」

喬凡尼是我的「串連交流夥伴」（Tandem Exchange Partner）。這詞聽來頗具影射意味，可惜不然。它眞正的意思是，我們每個禮拜在羅馬此地見幾個晚上的面，練習對方的語言。我們先以義大利語交談，他寬容我；而後我們以英語交談，我寬容他。我在抵達羅馬幾個禮拜後找到喬凡尼，多虧巴巴里尼廣場（Piazza Barbarini）的一家大網咖，就在吹海螺的性感男人魚雕像噴泉對街。他（這指的是喬凡尼，而不是男人魚）在布告板上貼了張傳單，說有個操義大利母語的人想找以英文爲母語的人練習語言會話。在他的啓事旁邊有另一張傳單，做出相同的尋人請求，逐字逐句、連打印字體都一模一樣。唯一不同的是聯絡資料。一張傳單列出某某喬凡尼的電郵住址；另一張則介紹某個叫達里奧（Dario）的人。不過兩人的住家電話則都一樣。

運用敏銳的直覺力，我同時寄給兩人電子郵件，用義大利文問道：「敢情你們是兄弟？」

喬凡尼回覆了一句相當挑逗的話：「更好咧。是雙胞胎。」

是啊，好得多。結果是兩位身材高大、膚色淺黑、相貌英俊的二十五歲同卵雙胞胎，水汪汪的義大利褐眼使我全身癱軟。親眼見到兩名大男孩後，我開始盤算是否應該調整一下今年過獨身生活的規定。比方說，或許我該全然保持獨身，除了留著一對帥氣的二十五歲義大利雙胞胎當情人。這有點像我一個吃素的朋友只吃醃肉。然而……我已開始給《閣樓》雜誌寫起信來：

在羅馬咖啡館搖曳的燭影下，無法分辨誰的手在撫摸——

但是，不行。

不行，不行。

我截斷自己的幻想。這可不是我追求浪漫的時刻，讓已然紛亂不堪的生活更加複雜（會像白日跟著黑夜而來一般）。此刻我要尋找的治療與平靜，只來自於孤獨。

反正，十一月中旬的此時，害羞向學的喬凡尼已和我成爲好友。至於達里奧——在兩兄弟中較爲狂野新潮——已被我介紹給我那迷人的瑞典女友蘇菲，他們倆如何共享他們的羅馬之夜，可完全是另一種「串連交流」。但喬凡尼和我，我們僅止於說話而已。好吧，我們除了說話，還吃東西。我們吃吃說說，已度過好幾個愉快的星期，共同分享比薩餅以及友善的文法糾正，而今天也不例外。一個由新成語和新鮮起司所構成的愉快夜晚。

午夜此時，霧氣瀰漫，喬凡尼陪我走回我住的公寓；我們穿過羅馬的僻靜街巷，這些小巷迂迴繞過古老的建築，猶如小溪流蜿蜒繞過幽暗的柏樹叢。此刻我們來到我的住處門口。我們面對面。他溫暖地擁抱我一下。這有改進；頭幾個禮拜，他只跟我握手。我想我如果在義大利再多待三年，他可能眞有吻我的動力。另一方面，他大可現在吻我，今晚，就在門口這兒……還有機會……我是說，我們在這般的月光下貼近彼此的身體……當然，那會是個可怕的錯誤……但他現在仍大有可能這麼做……他也許會低下頭來……然後……接著……

啥也沒發生。

他從擁抱中分開來。

「晚安，親愛的小莉。」他說。

「晚安，親愛的[1]。」我回道。

我獨自走上四樓公寓。我獨自走進我的小斗室。關上身後的門。又一個孤伶伶的就寢時間，又一個羅馬的漫漫長夜，床上除了一疊義大利成語手冊和辭典之外，沒有別人，也沒有別的東西。

我獨自一人，孤孤單單，孤獨無偶。

領會到此一事實的我，放下提包，跪下來，額頭磕在地板上。我熱忱地對上蒼獻上感謝的禱告。

先唸英語禱告。
再唸義大利語。
接著——爲使人信服起見——唸梵語。

1 此句原文爲義大利文：Buona notte, caro mio。

2

既已跪在地上祈禱，讓我保持這個姿勢，回溯到三年前，這整則故事開始的時刻——那時的我也一樣跪在地上祈禱。

然而在三年前的場景中，一切大不相同。當時的我不在羅馬，而是在紐約郊區那棟跟我先生才買下不久的大房子的樓上浴室裡。寒冷的十一月，凌晨三點。我先生睡在我們的床上。我躲在浴室內，大約持續了四十七個晚上，就像之前的那些夜晚，我在啜泣。痛苦的嗚咽，使得一汪眼淚、鼻涕在我眼前的浴室地板上蔓延開來，形成一小灘羞愧、恐懼、困惑與哀傷的湖水。

我不想再待在婚姻中。

我拚命讓自己漠視此事，然而實情卻不斷向我逼來。

我不想再待在婚姻中。我不想住在這棟大房子裡。我不想生孩子。

但是照說我應當想生孩子的。我三十一歲。我先生和我——我們在一起的時間已八年，結婚已六年——一生的共同期望是，在過了「老態龍鍾」的三十歲後，我願意定下心來養兒育女。我們雙方都預料，到時候我開始厭倦旅行，樂於住在一個忙碌的大家庭裡，家裡塞滿孩子和自製拼被，後院有花園，爐子上燉著一鍋溫馨的食物。（這一幅對我母親的準確寫照，是一個生動的指標；其指出要在我自己和撫養我的女強人之間作出區分，對我而言是多麼困難。）然而我震驚地發現，自己一點都不想要這些東西。反而，在我的二十幾歲年代要走入尾聲，將面臨死刑般的「三十」大限時，我發現自己不想懷孕。我一直等著想生孩子，卻沒有發生。相信我，我知道想要一樣東西的感覺；我深知渴望是什麼感受。但我感受不到。再說，我不斷想起我姊姊在哺育第一胎時告訴過我的話：「生小孩就像在妳臉上刺青。做之前一定得確定妳想這麼做。」

但現在我怎能挽回？一切都已定案。照說這就是那一年。事實上，我們嘗試懷孕已有好幾個月。然而什麼事也沒發生（除了——像是對懷孕的反諷——我經歷到心理因素影響的害喜，每天都神經質地把早餐吐出來）。每個月大姨媽來的時候，我都在浴室暗自低語：**謝天謝地，謝天謝地，讓我多活一個月**……

我試圖說服自己這很正常。我推斷，每個女人在嘗試懷孕的時候，都一定有過這樣的感受。（我用的詞是「情緒矛盾」，避免使用更精確的描述：「充滿恐懼」。）我試著安慰自己說，我的心情沒啥異常，儘管全部證據都與此相反——比方上週巧遇的一個朋友，在花了兩年時間、散盡大把鈔票接受人工受孕後，剛發現自己第一次懷孕。她欣喜若狂地告訴我，她始終夢想成為人母。她承認自己多年來暗自買嬰兒衣服，藏在床底下，免得被丈夫發現。她臉上的喜悅，我看得出來。那正是去年春天在我臉上綻放的那種喜悅；那一天，我得知我服務的雜誌社即將派我去紐西蘭，寫一篇有關尋找巨型魷魚的文章。我心想：「等到我對生孩子的感覺，像要去紐西蘭找巨型魷魚一樣欣喜若狂的時候，才生小孩。」

我不想再待在婚姻中。

白天的時候，我拒絕想及這個念頭，但到了夜幕降臨，這念頭卻又啃噬著我。好一場災難。我怎麼如此渾蛋，深入婚姻，卻又決定放棄？我們才在一年前買下這棟房子。我難道不想要這棟美麗的房子？我難道不愛它？那我現在為何每晚在門廳間出沒時，嚎叫有如瘋婦？我難道不對我們所積聚的一切——哈德遜谷（Hudson Valley）的名居、曼哈頓的公寓、八條電話線、朋友、野餐、派對、週末漫步於我們選擇的大型超市的過道間、刷卡購買更多家用品——感到自豪？我主動參與創造這種生活的每時每刻當中——那為什麼我覺得這一切根本就不像我？為什麼我覺得不勝重擔，再也無法忍受負擔家計、理家、親友往來、蹓狗、做賢妻良母、甚至在偷閒時刻寫作……？

我不想再待在婚姻中。我先生在另一個房間裡，睡在我們的床上。我一半愛他，卻又受不了他。我不能叫醒他，要他分擔我的痛苦——那有什麼意義？幾個月來，他見我陷於崩潰，眼看我的行為有如瘋婦（我倆對此用詞意見一致），我只是讓他疲憊不堪。我們兩人都知道「我出了問題」，而他已漸漸失去耐心。我們吵架、哭喊，我們感到厭倦，只有婚姻陷入破裂的夫婦才感受的厭倦。我們的眼神有如難民。

我之所以不想再做這個男人的妻子，涉及種種私人、傷心的原因，難以在此分享。絕大部分涉及我的問題，但我們的困境也很大程度和他有關。這並不奇怪；畢竟婚姻中總是存在兩個人——兩張票，兩個意見，兩種相互矛盾的決定、慾求與限制。然而，在我的書中探討他的問題並不妥當。我也不要求任何人相信我能公正無私地報導我們的故事，因此在此略過講述我們失敗婚姻的前因後果。我也不願在此討論我真的曾經想繼續做他妻子、他種種的好、我為何愛他而嫁給他、為何無法想像沒有他的生活等等一切的原因。我不想打開這些話題。讓我們這麼說吧，這天晚上，他仍是我的燈塔，也同時是我的包袱。不離開比離開更難以想像；離開比不離開更不可能。我不想毀了任何東西或任何人。我只想從後門悄悄溜走，不惹出任何麻煩或導致任何後果，毫不停歇地奔向世界的盡頭。

這部分的故事並不快樂，我明白。但我之所以在此分享，是因爲在浴室地板上即將發生的事，將永久改變我的生命進程——幾乎就像一顆行星毫無來由在太空中猝然翻轉這類天文大事一般，其熔心變動、兩極遷移、形狀大幅變形，使整個行星突然變成長方形，不再是球形。就像這樣。

發生的事情是：我開始祈禱。

你知道——就是向神禱告那樣。

3

這對我來說可是頭一遭。既然我首次把這個沉重的字眼——神——引進本書，既然這個字眼將在本書重複出現多次，請容我在此停頓片刻，原原本本解說我提及這個字眼時意指爲何，以便讓大家能立刻決定自己會被觸怒的程度。

把神是否存在的論點留待稍後（不——我有個更好的主意：乾脆跳過這一點），容我先行說明使用「神」這個字的原因，而我原本是可以使用「耶和華」、「阿拉」、「濕婆」、「梵天」、「毘濕奴」，或「宙斯」等這些名稱的。或者我可以把神稱爲「那東西」，在古梵語經文中正是如此稱呼，而我認爲這很接近自己時而體驗到的那種無所不包、不可名狀的實體。然而「那東西」讓我覺得沒有人味——一種非人的東西——而就我個人而言，我是無法對一個「東西」祈禱的。我需要一個確切名稱，以便能完全感覺到一種隨侍在側、屬人的氣質。同理，在我祈禱時，禱詞的對象並非「宇宙」、「太虛」、「原力」、「至高者」、「全靈」、「造物主」、「靈光」、「大能」，或選自諾斯底福音書（Gnostic gospels）、我認爲最富詩意的神名：「峰迴路轉的陰影」。

我並不反對使用這些詞。我覺得它們一律平等，因爲其既適用、亦不適用於描述無可名狀的東西。

不過我們每個人都需要一個功能性的名稱，來指稱這無可名狀之對象。而「神」這個名稱，讓我覺得最溫暖，於是我用它。我也得承認，基本上我把神稱作「他」（Him），這對我並不費事，在我腦海裡，這只是一種方便的個人化代詞，並非某種確切的解剖學描述或革命的理由。當然，若有人稱作「她」（Her），我也不介意，我能了解想這麼稱呼的衝動。我還是要說，這兩者對我來說都是平等的詞兒，既恰當，也不恰當。不過，我認爲兩個代詞大寫是不錯的表示，是對神的存在略表敬意。

就文化上而言，雖然並非從神學上來說，我是基督徒。我生爲盎格魯撒克遜白人的新教教徒。我雖愛名叫耶穌的和平良師，我雖也保留權利，在身處困境之時自問他能做什麼，但我卻無法忍受基督教的既定規則，堅稱基督是通往神的「唯一」途徑。因此嚴格說來，我不能自稱基督徒。我認識的大部分基督徒都大方豁達地接受我這種感受。不過我認識的這些大部分基督徒，其關於神的說法也並不嚴格。對於那些說法（和想法）嚴格的人，我只能對造成任何情感方面的傷害表示遺憾，並請求他們的原諒。

通常，我響應每一種宗教的超然神祕家。只要哪個人說神不住在教條的經文中或遙遠的天邊寶座上，而是與我們比鄰而居，比我們想像中更接近，在我們的心中生息，向來都令我屏息熱切響應。我深深感激那些曾經停靠在那顆心，而後返回世界，向我們報告神是「至愛體驗」的所有人士。在世界上的一切宗教傳統中，向來有抱持神祕主義的聖徒與仙人，他們所報導的正是這種體驗。不幸的是，他們許多人的下場是被捕、喪命。然而我仍認爲他們很了不起。

最終，我對神的信念很簡單。類似這樣——我養過一條大狗，牠來自動物收容所，牠是十個品種的混種，但似乎遺傳到每個品種的最佳特點。牠是棕狗。每逢有人問我「牠是哪種狗」的時候，我總是給一樣的回答：「牠是隻棕狗。」同樣地，當有人提問：「妳信哪種神？」我的回答很簡單：「我信仰至高無上的神。」

4

當然，從在浴室地板上首次直接與神說話的那晚以來，我有許多時間可以闡明我對神的想法。儘管在那黑暗的十一月危機期間，我並無興趣探明我的神學看法。我只想拯救我的生活。我終於留意到，我似乎已經來到某種無可救藥、危及生命的絕望狀態之中。我想到，處在此種狀態的人，有時會嘗試向神求援。我想我曾在什麼書中讀過這樣的例子。

在我喘息的嗚咽中，我跟神的對話，類似這樣：「哈囉，神啊。您好嗎？我是小莉。很高興認識您。」

沒錯——我和造物者打招呼，就好像在雞尾酒派對上剛剛由人介紹認識。我們總是從我們這一生學會的事情開始做起，而我向來在一段關係開始的時候，就這麼跟人說話。事實上，我盡量克制自己不說：「我一直很迷您的作品」……

「很抱歉這麼晚打擾您，」我繼續說道。「但我面臨嚴重的麻煩。對不起，我從前沒直接跟您說過話，但我希望我對您賜予我的一切，可以一直表達萬分感激之意。」

這樣的想法使我嗚咽得更厲害。神耐心地等待我恢復鎮定。我振作起來，繼續說下去：「您知道，我不是祈禱的能手。但能不能請您幫個忙？我非常需要協助。我束手無策。我需要答案。請告訴我如何是好。請告訴我如何是好。請告訴我如何是好……」

於是禱告詞縮減至簡單的一句——「請告訴我如何是好」——一遍又一遍。我不曉得自己求了多少次。我只曉得我像請命般乞求。始終哭個不停。

一直到，突然間，我停止哭泣。

突然間，我發現我不再哭了。事實上，我在嗚咽當口上停止哭泣。我內心的痛苦完全被抽空。我從地板上抬起頭，驚訝地坐了起來，心想此刻能否看見帶走哭泣的偉大神靈。卻看不見任何人。只有我獨自一人。但也不全然是獨自一人。我的四周圍繞著某種我只能稱作一小塊寂靜的東西——此種寂靜十分罕見，使我屏住呼吸，以免嚇跑它。我一動也不動。我從不知道自己何時曾感受過此種寂靜。

而後我聽見一個聲音。別慌——不是好萊塢老片中的磁性男聲，也不是那種叫我在後院蓋棒球場的聲音。那只是我自己的聲音，從自己內心說出的聲音。卻是我過去未曾聽過的自己的聲音。那是我的聲音，卻很明智、平靜、悲天憫人。倘若我在生命中曾體驗過愛與堅定，聽起來正是這種聲音。該如何描述那聲音所流露的溫暖之愛呢？它賜予我的答案，永久決定了我對神的信仰。

這聲音說：**回床上去，小莉**。

我嘆了口氣。

我立刻明白，這是唯一可做的事情。我不會接受其他任何答案。我不會信任何一副聲如洪鐘的嗓音說：「妳得跟妳先生離婚！」或「妳不能跟妳先生離婚！」因爲，那並非眞正的智慧。眞正的智慧，無論何時僅提供唯一可能的答案，而那天晚上，回床上去是唯一可能的答案。**回床上去**，無所不知的內在聲音說道，因爲妳無須在十一月某個週四的凌晨三點立即獲知最後的答案。**回床上去**，因爲我愛妳。**回**

床上去，因爲妳現在只需要休息，好好照顧自己，直到妳得知答案。**回床上去**，以便風暴來襲時，有足夠的力量去應付。而風暴即將來襲，親愛的。馬上就要來襲。但不是今晚。因此：

回床上去，小莉。

從某種意義上來說，這段小插曲的種種，都標示出典型的基督教皈依體驗——靈魂的黑暗之夜；求援；回應的聲音；脫胎換骨的感覺。但我不想說這是一次宗教皈依，不是傳統方式的獲得重生或拯救。我把那天晚上發生的事稱作宗教「交談」的開始。其開啓了一段開放式、探索性的對話，終將帶領我靠近神靈。

5

倘若有辦法知道情況會比變得更糟之前還糟上許多倍，我無法肯定那天晚上我會睡得怎麼樣。然而在七個艱苦的月分過後，我確實離開了我先生。我最後下這個決定時，以爲最壞的景況已經過去。然而這只表明我對離婚所知甚少。

《紐約客》雜誌曾刊載一幅漫畫。兩個女人在講話，一人對另一人說：「妳若眞想了解一個人，就得跟他離婚。」當然，我的經驗正好相反。我會說，你若想「停止」了解一個人，就得跟他或她離婚。因爲這正是我跟我先生之間的情況。我相信我們彼此都驚恐地發現，我們從世界上最了解彼此的兩個人，迅速成爲史上最不理解對方的一對陌生人。在這種陌生感的底層，存在著一個糟透了的事實：我們兩人都在做對方意想不到的事情；他作夢也沒想過我會眞的離開他，而我也從未料想過他會如此刁難，不讓我走。

我確信當我離開我先生的時候，我們能夠在幾個小時內用計算機、一些判斷力，以及面對我們曾經愛過的人所表現的誠意，來解決實際事務。我最初提議賣了房子，平分所有財產；我從沒想過以其他方式解決。他覺得這個提議不公平。於是我更進一步，甚至建議一種不同的平分方式：財產歸他，過錯歸我，如何？但即使這樣的提議，亦未能達成和解。如今我手足無措。想想看，一切都已交付出去，該如何繼續談判？如今我無能爲力，只能等候他的回覆。離他而去的罪惡感，阻止我考慮留下過去十年內所賺得的任何一分錢。此外，新發現的心靈信仰也使我不願讓我們彼此作戰。因此我的立場是——我既不抵抗他，也不去攻擊他。很長一段時間，我完全不聽從所有關心我的人的勸告，甚至抗拒找律師商量，因爲我甚至認爲這是一種交鋒之舉。我想和甘地一樣和平解決這一切。我想當曼德拉。當時卻沒在意識到，甘地和曼德拉都是律師。

幾個月過去了。我的生活懸而未決，等待解脫，等待知道自己的刑期。我們已經分居（他已搬進我們的曼哈頓公寓），卻未解決任何事情。帳單成堆，事業耽誤，房子破敗不堪；我先生的沉默，只有在偶爾聯繫時提醒我是個可恥的混帳時，才被打破。

而後大衛出現。

在那幾個難看的離婚年頭，因爲大衛——我在告別婚姻之時愛上的傢伙——而更節外生枝，倍增創傷。我是不是說我「愛上」大衛？我要說的是，我鑽出婚姻，一頭鑽入大衛懷裡，就像卡通裡的馬戲團演員從高台跳下，鑽入一小杯水裡，消失得無影無蹤。我緊纏大衛，以擺脫婚姻，彷彿他是撤出西貢的最後一架直昇機。我把自己所有的救贖和幸福都投注在大衛身上。是的，我確實愛他。但如果我能想到比「絕望」更強烈的字眼描述我對大衛的愛，我就會用在此處，而絕望的愛向來艱難無比。

我離開我先生之後，立即搬去和大衛住。他一直是個漂亮的年輕人。生在紐約，一個演員兼作家，一雙水汪汪的義大利褐眼（我是否已提過這件事？）令我全身癱軟。機智，獨立，素食，滿口粗話，性靈，誘人。一個來自紐約郊區的反叛詩人兼瑜伽信徒。神專用的性感游擊手。大過於生活。大過於大。至少這曾是我眼中的他。我的好友蘇珊第一次聽我談及他時，看了看我臉上的高燒，對我說：「天啊，姑娘，妳麻煩大了。」

大衛和我的相識，是因爲他在根據我的短篇小說改編的戲劇中擔任演出。他扮演我捏造出來的角色，這似乎說明了問題癥結所在。絕望的愛情不總是如此？在絕望的愛中，我們總是捏造伴侶的角色性格，要求他們滿足我們的需要。而在他們拒演我們一開始創造的角色時，我們便深受打擊。

然而，我們在頭幾個月裡一起度過多麼美妙的時光啊！那時他仍是我的浪漫英雄，我仍是他成眞的美夢。我從未想像過能夠如此興奮與協調。我們創造我們獨有的語言。我們出遊。我們上山下海，計畫一同到全世界旅行。我們在監理所一同排隊的時候，比度蜜月的大多數佳偶更快樂。我們爲了不分你我而爲彼此取相同的綽號。我們一起設定目標、立誓、承諾、做晚餐。他唸書給我聽，而且──他洗我的衣服。（頭一次發生時，我打電話給蘇珊，驚奇地報導這項奇蹟，就像我剛才看見駱駝打公共電話。我說：「剛才有個男人洗我的衣服！他甚至手洗我的內衣！」而蘇珊再說一次：「天啊，姑娘，妳麻煩大了。」）

小莉和大衛的第一個夏天，看起來就像每一部浪漫電影中墜入愛河的蒙太奇，從海灘戲水，到攜手跑過黃昏時分的金色原野。當時的我依然認爲我的離婚進展順利，儘管我跟我先生沒在夏天談它，爲了讓彼此冷靜下來。不管怎麼說，在這樣的幸福當中，不去想到失敗的婚姻是很容易的事。然後，那個夏天（亦稱「苟安時期」）結束了。

二〇〇一年九月九日，我跟我先生最後一次面對面──尙未意識到未來的每次會面都不得不請律師介入調解。我們在餐館吃晚飯。我試著談我們的分居，卻只是爭吵。他告訴我，我是騙子、叛徒，他恨我，再也不跟我說話。過了兩天，我在苦惱難眠的一夜後醒來，發現兩架遭劫持的客機撞上城裡的兩棟最高的大樓，曾立於不敗的一切，如今成爲一堆冒煙的廢墟。我打電話給我先生，確定他安然無恙，我們一同爲這起災難痛哭，但我沒去見他。那個星期，每個紐約人都放下仇恨，對眼前更大的悲劇表達尊重，而我卻依然沒去找我先生。於是我們兩人知道，一切都已結束。

接下來的四個月來我沒再睡過，這說法並不誇張。

我以爲之前我已粉身碎骨，但現在（爲了配合整個世界的倒塌），我的生活眞正徹底粉碎。如今想起我和大衛一同生活的那幾個月裡——在九一一事件以及我和我先生分居之後——所加之於他的一切，不由得使我搖頭嘆息。可以想像，當他發現他所見過的最快樂、最有自信的女人竟然——當你跟她單獨相處時——充滿無底的哀傷，他是多麼吃驚。我又一次哭個不停。此時他開始退卻，也讓我看見我那熱情浪漫英雄的另一面——孤獨如浪人一般，冷靜沉著，比一群美國野牛更需要個人空間的大衛。

大衛突然間撤離感情，即使在最佳狀況下，對我可能也是一大災難，這還考慮到我是世界上最樂觀的生物（像是金色獵犬和北極鵝的混合物），但現在我卻是在最糟狀況下。我失魂落魄、只想依賴，比被人抱在懷裡的三胞胎早產兒更需要關愛。他的退縮只是讓我更需要他，而我的需要只是更促成他的退縮。不久，他在我哀求的砲火下，撤退而去：「你要去哪裡？我們到底發生了什麼事情？」

（約會小技巧：男人喜歡這一套。）

事實上，我已對大衛上了癮（我自我辯護的說法是，這都是他這個致命男一手培育而成），而如今他的注意力動搖，我便遭受可以預見的後果。上癮是每一個以迷戀爲基礎的愛情故事所具有的特徵。一開始，你的愛慕對象給你一劑令人陶醉的迷幻藥，你從不敢承認需要它——一劑強有力的愛情興奮劑。不久，你開始渴望那種全副心思的關照，就像任何毒癮者如飢似渴的藥癮。不給藥時，立即病倒、發狂、衰竭（更甭說對最初鼓勵這種癮頭、而今拒絕再交出好東西的毒梟極爲憤慨——儘管你知道他把藥藏到什麼地方，但還是可惡至極，因爲他從前是免費奉送給你的）。下一階段，瘦骨如柴的你在角落裡發抖，只能確定自己只要能再擁有一次「那個東西」，即使出賣靈魂或搶奪鄰居亦在所不惜。同時，你的愛慕對象逐漸對你感到厭惡。他看著你就像看一個陌生人，何況還是他曾熱愛過的人。諷刺的是，你很難責怪他。我是說，瞧瞧你自己吧。你一場糊塗、教人洩氣，連自己也認不出來。

於是，你來到迷戀的終點——殘酷無情的自貶。

今天我之所以能夠平心靜氣寫下這些文字，足以證明時間的治癒力，因爲當事情發生時，我並未能接受事實。在婚姻失敗、城市遭受恐怖襲擊後，在難看的離婚當中（我的朋友布萊恩稱此種生命經驗爲「連續兩年，每天出一場悲慘車禍」），又失去了大衛……唉，這實在令人難以承受。

大衛和我在白天繼續過我們的和樂日子，然而夜晚時分，躺在他的床上，我成了核子冬天的唯一倖存者，而他顯然一天比一天離我而去，彷彿我患上傳染病。我逐漸恐懼夜晚，彷彿夜晚是施刑者的囚牢。我躺在大衛漂亮卻遙不可及的熟睡軀體身邊，捲入一陣寂寞的恐慌以及精心策畫的自殺念頭。我的身體每個部位都令我疼痛。我覺得自己像某種原始的彈簧機器，繃得比建造時的承受度還緊，即將爆裂開來，對站在附近的任何人都會造成嚴重的危害。我想像自己的器官飛出自己的軀體，只爲了逃避內心猛烈的悲哀。大多數早晨，當大衛醒來時，多半發現我在他床邊的地板上間斷地睡著覺，縮在一堆浴室毛巾上，像條狗。

「又怎麼回事？」他問——又一個被我搞得筋疲力竭的男人。

我想，在那段期間，我大約瘦了三十磅。

6

但那幾年也並非全是壞事……

因爲當神把門往你臉上摔的時候，也會打開一盒女童軍餅乾（管它諺語怎麼說）；在這些哀傷的陰影之中，我也遇到一些美妙的事情。首先，我終於開始學義大利語。此外，我找到一位印度精神導師。最後還有，一位老藥師邀我去印尼同住。

讓我依序說明。

首先，我在二〇〇二年初搬離大衛家，這輩子頭一次找到屬於自己的公寓時，情況開始稍有好轉。但我付不起租金，因爲我仍在支付郊區大房子的貸款，雖然房子裡已無人居住，可是我先生不許我賣掉，此外還有訴訟費和諮詢費……但擁有自己的套房公寓，對我的存活至關重要。這公寓像我的療養院，一間使我康復的收容所。我把牆壁粉刷成我能找到的最溫暖的顏色，每個禮拜給自己買花，彷彿去醫院探望自己。我的姊姊送我一個熱水袋作喬遷禮物（讓我無須獨自睡在冷冰冰的床上），讓我每天晚上擱在心口上，好比護士照料運動傷害患者。

大衛和我永遠分手了。或許也沒有。如今已記不清那幾個月來，我們分分合合多少次。但出現一種模式：我離開大衛，找回自己的力量和信心，而之後（他向來被我的力量和信心所吸引）他對我的熱情又重新燃起。我們慎重、清醒而明智地討論「再試一次」，總是實行某種合情合理的新計畫，減少彼此明顯的不相容處。我們努力解決這件事。因爲兩個如此相愛的人，最後怎麼可能不過著幸福快樂的日子呢？非得行得通不可。不是嗎？我們懷著新希望重聚，共享幾天欣喜若狂的日子。有時甚至幾個星期。然而最終，大衛再一次退避，於是我又一次纏住他（或者我先纏住他，於是他避開我——我們從來搞不清楚是怎麼引起的），然後我又一次被摧毀。最後他離我而去。

大衛是我的貓草[2]，我的U形鎖。

但是在我們分開期間，儘管艱難，我卻學著獨自生活。而此種經驗帶來了新興的內在變化。我開始感覺到——儘管我的生活仍像是假日交通時段的高速公路連環車禍——我正顫顫巍巍地逐漸成爲自治的個體。當我對我的離婚不再有自殺的念頭，當我對我和大衛之間的事件也不再有自殺想法時，我居然對出現在生命中的時間和空間感到歡喜，讓我得以在其中自問「小莉，妳想做什麼？」這個全新問題。

在大多數時候（我仍對自己逃出婚姻感到心神不安），我根本不敢問這個問題，只是私底下激動地發現其存在。而當我終於開始回答時，我十分謹慎。我只容許自己表達初級的需要。像是：

我想上瑜伽課。

我想離開這場派對，早點回家讀小說。

我想給自己買新鉛筆盒。

還有一個屢試不爽的奇特回答：

2 Catnip，多年生的草本植物，因爲貓喜歡吃，又名貓薄荷。

我想學義大利語。

多年來，我一直希望能講義大利語——這語言的美讓我覺得更甚於玫瑰——但我從來找不到實際的理由去學。何不去溫習多年前學過的法語或俄語？或者學西班牙語；這更能幫助我和成千上萬的美國同胞溝通？學義大利語幹嘛？又不是要移居那裡。不如學手風琴實際些。

但為什麼每件事都必須是實用的？多年來，我一直是個勤勉的小兵——上班；總是準時完成工作；照顧我的親人、我的牙齦、我的信用紀錄；投票等等。難道這輩子只是關乎完成責任？在這黑暗的失落期，我還需要什麼正當理由去學義大利語，除了這是我此刻所能想到能給自己帶來快樂的唯一事情？而無論如何，想學習語言也不是什麼罪不可赦的目標。又不是像三十二歲的人說：「我要成為紐約市立芭蕾舞團的首席女主角。」學習語言，是你眞正做得到的事情，於是我報名參加某推廣教育（亦稱離婚女子夜校）的課程。我的朋友們覺得很逗趣。我的朋友尼克問說：「妳幹嘛學義大利語？是不是為了——萬一義大利再次侵犯衣索比亞，而且這回成功的話——妳可以誇說妳懂得這兩個國家的語言？」

但我喜歡得很。每個字對我來說都是歌唱的鳥兒、魔術、松露。下課後，我冒雨回家，放熱水，躺在泡泡浴缸中向自己高聲朗誦義大利辭典，暫時忘卻離婚壓力和頭疼。那些詞語使我歡笑。我開始把我的手機叫作「**il mio telefonino**」（「我的迷你電話機」）。我成了那些老是說「**Ciao!**」的討厭鬼之一。只不過我還是超級討厭鬼，因為我老跟人說明該字的字源。（倘若你一定要知道的話，這是從中古世紀威尼斯人親密問候的用語「**Sono il suo schiavo!**」縮寫而成。意思是：「我是您的奴隸！」）光講這些字，就使我覺得又性感又快樂。我的離婚律師叫我用不著擔心；她說有個客戶（韓裔）在不愉快的離婚後，把名字正式改為義大利名，只為了再一次覺得性感而快樂。

或許最終我會搬去義大利……

7

這段期間發生另一件值得注意的事，即新獲得的靈修體驗。當然是借助於介入我生命的一位印度導師——這我永遠得感謝大衛。第一次去大衛的公寓，我就見到導師的面。我多少有點同時愛上他們倆。我走進大衛的公寓，看見衣櫃上的相片，是個光彩奪目的印度女子，我問：「她是誰？」

他說：「是我的精神導師。」

我的心砰砰跳、絆了一下、撲倒在地。然後我的心站起來、拍拍身子、深呼吸，宣告：「我要一位精神導師。」我確切的意思是，我的心透過我的嘴巴這麼說。我奇妙地感覺自身一分爲二，我的大腦離開我的身體片刻，吃驚地繞到心的面前，問道：「妳確定？」

「是的，」我的心答道：「我確定。」

然後我的大腦問我的心，帶點挖苦的語氣：「從哪時候開始的？」

但我已知道答案：從浴室地板的那天晚上開始的。

天啊，我要一位精神導師。我立即開始想像有個精神導師會怎麼樣。我想像這位光彩奪目的印度女子，每個禮拜有幾個晚上來到我的公寓，我們坐著喝茶，談論神靈，她讓我閱讀作業，解釋我在冥想時刻感受到的奇異知覺是何意義……

在大衛告知我這名女子的國際地位，學生成千上萬——許多人都未曾親眼見過她時——這些幻想立即一掃而光。不過，他說，紐約這兒每週二有個聚會，讓導師的追隨者聚在一起沉思吟誦。大衛說：「倘若跟幾百人在房間裡用梵語吟誦神的名字，不會嚇著妳的話，哪天就過來看看吧。」

隔週的禮拜二晚上，我跟他去了。這些看上去很正常的人士在歌誦神，並未把我嚇著，反而讓我覺得自己的靈魂隨著吟唱輕盈飄升。那天晚上我走回家時，感覺空氣穿透我，好似我是一條在晾衣繩上迎風飄揚的乾淨麻布，好似紐約本身成了紙絹做成的城市——使我輕盈地跑過每一戶人家的屋頂。我開始在每週二前去吟誦。而後我開始每天早晨沉思導師發給每個學生的古梵語經文（莊嚴的「唵南嘛濕婆耶」〔Om Namah Shivaya〕，意謂「我敬重內心的神靈」）。而後我第一次聆聽導師親自講道，她說的話使我全身發麻，甚至傳到我臉上的皮膚。而當我得知她在印度有個道場時，我知道我得盡快去那兒才行。

8

不過，我同時得去一趟印尼。

又是一次雜誌社的指派工作。正當我爲自己的崩潰和寂寞自憐自艾、被關在「離婚戰俘營」的時候，一位女性雜誌編輯詢問能否出錢派我去峇里島寫一篇有關瑜伽假期的文章。我報以一連串與「豆子是綠色的嗎？」、「詹姆士・布朗（James Brown）[3]會跪著唱歌嗎？」等同類的問題回問她。我抵達峇里島（簡而言之，一個很好的地方）時，舉辦瑜伽營的老師問我們：「你們在這裡的時候，有沒有人想去拜訪一位傳承到第九代的峇里藥師？」（又一個明顯得用不著回答的問題。）於是有天晚上，我們全部去了他家。

這才發現，藥師是個瘦小、眼神歡樂、赤褐色的老傢伙，幾乎沒有牙齒，說他各方面都像《星際大戰》裡的尤達（Yoda）並不誇張。他名叫賴爺（Ketut Liyer）。講一口零零碎碎、很具娛樂效果的英語，若碰上說不出哪個字的時候，則有翻譯幫忙。

3 靈魂樂教父，以其獨特的舞台動作和舞步著稱。

我們的瑜伽老師事先已告訴我們，每個人可以向藥師提問一個問題，他會盡力幫我們解決。我考慮了好幾天該問他什麼。我最初的想法很沒用：「能不能讓我先生同意離婚？」；「能不能讓大衛再一次迷戀我？」我該爲這些想法感到羞愧。有誰大老遠跑來印尼見一位老藥師，只爲了要他調解男人問題？

因此當老人親自問我，我想要什麼，我找到其他更眞誠的話來說。

「我想要和神有終身的體驗，」我告訴他。「有時我覺得自己了解這世界的神靈，然後卻因爲一些小小的慾望和恐懼而分心，於是喪失了祂。我想一直與神同在。但我不想出家，或完全放棄世俗享樂。我想學習如何活在世上享受生活樂趣，卻同時能爲神奉獻。」

賴爺說他能用一張圖片回答我的問題。他給我看一張某回他靜坐時畫下的草圖。圖上畫了個雌雄同體的人，合攏雙手，站著祈禱。但此人有四條腿，沒有頭。原本是腦袋的地方，只有蔓生的花葉。一張微笑的小臉畫在心臟處。

「想找到妳要的平衡，」賴爺透過翻譯說：「妳必須變成這樣。妳必須堅定地踩在地上，就像妳有四條腿，不是兩條。這樣才可能待在世上。但妳不能透過腦袋看世界，而是透過心去看才成。如此才可能了解神。」

而後他問我能否看看我的手相。我讓他看左手，而後他將我組合起來，就像拼圖。

「妳是個世界的旅人。」他開始說。

這我認爲未免也太明顯了吧，畢竟我當時就在印尼。但我沒怎麼在乎這一點。

「妳是我碰過最幸運的人。妳活得很久，有許多朋友，許多經驗。妳看整個世界。妳的生命只有一個問題。妳過分焦慮。總是太情緒化，太緊張。假如我要妳相信，生活中永遠沒必要去擔憂任何事情，妳信不信？」

我緊張不安地點點頭，並不相信。

「工作上，妳是搞創作的，類似藝術家，工作讓妳賺不少錢。妳的工作永遠讓妳掙不少錢。妳對錢很大方，或許太過大方。另一個問題是，妳這一生當中，有一次會失去所有的錢。我想可能再過不久就要發生。」

「我想可能未來六到十個月內會發生。」我說，心裡想的是離婚。

賴爺點點頭，彷彿在說：「沒錯，八九不離十。」「但用不著擔心。」他說。「損失所有的錢財後，妳會再拿回來。妳立刻就會很好的。妳這輩子會有兩次婚姻。一短，一長。妳會有兩個孩子……」

我等他說，「一矮，一高」，但他突然沉默下來，看著我的手掌皺起眉頭。然後他說：「怪了……」你可不想聽你的手相師或牙醫師這麼說。他要我移到懸掛的燈泡底下，讓他看個仔細。

「我錯了，」他說道。「妳只會有一個孩子。晚年的時候，是女兒。或許吧。假如妳決定……還有另一件事。」他皺著眉，然後抬起頭，突然非常肯定地說：「不久之後，妳會回到峇里島這兒。妳不得不。妳在這裡會待上三、四個月，成爲我的朋友。或許妳會跟我的家人住在這裡。我能跟妳學英語。我從沒跟任何人練習過英語。我想妳很擅長文字。我想妳的創意工作和文字有關，是嗎？」

「是的！」我說。「我是作家。我寫書！」

「妳是紐約來的作家，」他同意、認可地說道。「所以妳會回峇里島來，住在這裡，教我英文。我也會把我知道的一切教給妳。」

而後他站了起來，拂拂雙手，像是在說，「就這麼說定。」

我說：「您若不是開玩笑，大師，我可當眞。」

他以無牙的微笑望著我，說：「回頭見。」

9

我是那種當一位第九代印尼藥師跟你說你註定搬到峇里島跟他住四個月的時候，會覺得自己應當盡力而爲的人。最終，我這一年的整個旅行想法都因而開始瓦解。我必須讓自己再回到峇里島才行，這回用的是自己的錢。這很明顯。儘管如果考慮到我當時雜亂失常的生活，我無法想像自己應該怎麼做。（不僅得解決一場昂貴的離婚，以及大衛的問題，還有一份不容許我一次離開三、四個月的雜誌社工作。）但是我「必須」回到那裡。不是嗎？他不是已做了預言？不過問題是，我也想去印度，去拜訪印度導師的道場，而去印度也還是件花錢、花時間的事情。更爲難的是，我最近想去義大利想得要命，除了可以實地練習講義大利語外，也因爲我渴望在一個崇尚享樂與美的國家住上一陣子。

這些渴望似乎互相牴觸。尤其是義大利／印度的矛盾。什麼比較重要？想在威尼斯吃小牛肉的我？或者黎明前在樸素的道場中起身、開始靜坐禱告整天的我？偉大的蘇菲詩哲魯米（Rumi），曾叫他的學生們寫下他們人生中最想要的三件事。假若清單中的任何項目與其他項目發生衝突，魯米告誡說，就註定不快樂。過單一目標的生活較好，他如此教導。那如果要在極端中過協調的生活，怎麼樣呢？如果說，你能創造一種遼闊的生活，有辦法把看似不協調的對立物整合成一種無所不包的世界觀，那又如何？我的理念正是我告訴峇里藥師的話——我想同時體驗兩者。我要世俗享樂，也要神聖的超越——人類生活的雙重榮耀。我要希臘人所謂的「kalos kai agathos」，善與美合而爲一。在過去痛苦的幾年間，我失去了兩者，因爲歡樂與虔誠都需要在沒有壓力的空間中茁壯，而我卻生活在一個焦慮無止境的垃圾壓縮機當中。至於如何在享樂的需要以及對虔誠的渴望之間求取平衡……這個嘛，總有方法學到訣竅。從我在峇里島的短暫居留看來，似可從峇里人、甚至藥師本身身上學到這點。

四腳著地，枝葉蔓生的腦袋，通過心看世界……

於是我決定不再選擇義大利？印度？或印尼？最後我只好承認，我通通都想去。每個地方待四個月。總共一年。當然，這個夢想比「我想給自己買新鉛筆盒」稍有企圖心。但這是我的願望。而我知道我想寫下這些過程。倒不是爲了徹底探索這些國家本身；這已經做過。而是去徹底探索自己處在每個國家當中的自我面貌，而這些國家在傳統習慣上把那件事做得很好。我要在義大利探索享樂的藝術，在印度探索虔誠的藝術，在印尼探索平衡二者的藝術。承認了這個夢想後，我才留意到令人愉快的巧合：這些國家都是以字母「I」起頭。似乎蹊蹺地預示了自我發現的旅程。

請各位試想，這念頭爲我那些自作聰明的朋友們提供了多少嘲弄的機會。我要去三個以「I」開頭的國家，是嗎？那爲何不在這一年去伊朗（Iran）、象牙海岸（Ivory Coast）和冰島（Iceland）呢？甚至這樣更好——何不去朝拜大紐約地區的艾斯利普（Islip）、I-95公路和宜家（Ikea）？我的朋友蘇珊建議我成立一個非營利救濟組織，名叫「無國界離婚人士」。但這些玩笑都處於假設階段，因爲我仍沒有去任何地方的自由。那場離婚——在我從婚姻出走過後許久——尚未發生。我開始不得不給我先生法律壓力；從我恐怖的離婚惡夢中，使出可怕的手段，比方說送交文件，寫惡毒的法律控訴（紐約州法的要求），控訴他有所謂的精神虐待情事——這些文件沒有斟酌餘地，無從告訴法官：「嘿，聽著，這眞的是一段複雜的關係，我也犯過許多大錯，很抱歉，但我只想獲准離去。」

（在此，我停下來為我溫文儒雅的讀者禱告：但願你永遠無須在紐約辦離婚。）

二〇〇三年春天，事情來到決定性的時刻。在我離開後的一年半，我先生終於準備討論和解條件。是的，他要現金、房子，和曼哈頓的租約——我在整段溝通期間提出的所有東西。但他還要求我從未考慮過的東西（我在結婚期間寫作的書的部分版稅，我的作品未來可能改編成電影的部分版稅，我一部分的退休基金，等等），使我終於不得不提出抗議。我們彼此的律師進行數個月的談判，某種妥協緩緩浮上檯面，我先生看來可能會接受經過修正的協議。我將付出高昂的代價，但是打官司肯定更花錢、更花時間，更甭說腐蝕靈魂。如果他簽了協定，我只須付錢走人。現在對我來說並無不可。我們的關係如今已徹底摧毀，甚至已撕破臉，我只想奪門而出。

問題是——他會不會簽字？他對更多的細節提出異議，於是幾個月又過去了。如果他不同意和解，我們就得上法庭。上法庭幾乎等於把每一分錢都浪費在訴訟費上；更糟的是，這意指我將又要有至少一年以上的時間一場糊塗。因此我另一年的人生，都將取決於我先生做的決定（當時他畢竟還是我的丈夫）。到底我是會獨自去義大利、印度和印尼旅行？或是在預審期間待在法院的地下室裡接受盤問呢？

我每天打十四通電話給我的律師——「有沒有任何消息？」——每天她都向我保證她會盡力而為，如果對方簽了協議，她會馬上打電話。這段期間我所感受到的緊張，就像介於等著被叫進校長辦公室與等待組織切片檢查結果之間。我很想說我保持鎮靜，如入禪修之境，但我並未做到。有幾個晚上，我在憤怒當中拿著壘球棒猛搥沙發。而大多數時候，我只是萬分消極。

同時，大衛和我又一次分手。這回似乎是徹底結束。或者不然——我們沒辦法完全放下。我依然經常有股慾望，想犧牲一切去愛他。有時，我的直覺卻恰恰相反——得與這男人之間保持十萬八千里的距離，只希望找到安祥與快樂。

如今我的臉上出現了皺紋，哭泣與煩惱在我的眉心刻下永久的切口。

而在這些事情當中，我幾年前寫的一本書以平裝本出版，我必須進行巡迴宣傳。我的朋友伊娃伴我同行。伊娃跟我年紀相當，卻是在黎巴嫩的貝魯特長大。也就是說，當我在康乃狄克州的中學進行體育活動、參加音樂劇試演的時候，她則一個禮拜有五天晚上躲在防空洞壕裡免於一死。我不曉得早期接觸暴力的經驗，是怎樣塑造出如今這般鎮定的伊娃，但她是我認識最冷靜的人之一。此外，她擁有我稱之爲「撥往宇宙的手機」，某種伊娃專屬、晝夜不休的特殊通神頻道。

於是我們開車經過堪薩斯，我仍處在對這場離婚協議感到緊張不安的常態之中——「他會不會簽字？」——然後我告訴伊娃：「我想我沒辦法再多忍受一年官司。我希望有神力幫助。眞想寫一封請願書給神，請他讓這件事有個了結。」

「那爲何不這麼做？」

我向伊娃說明我個人對祈禱的看法。亦即，爲特定的事向神請願，使我覺得彆扭，因爲我感覺這種信仰很軟弱。我不喜歡要求：「能不能請你改變我生活中的困境？」因爲——誰知道？——神要我面對特殊的挑戰，或許有他的理由。我寧可祈禱他給我勇氣，沉著面對生活中發生的任何事，無論結果如何。

伊娃客氣地聽著，然後問道：「妳這個笨想法是從哪兒來的？」

「怎麼說？」

「妳怎麼會覺得妳不該用祈禱向宇宙請願？妳是宇宙的『一部分』，小莉。妳是當中的成員——妳有權參與宇宙的行動，吐露妳的感覺。所以，把妳的想法放到一邊去吧。提出妳的論點。相信我——至少它會被列入考慮。」

「真的？」這可是我頭一遭聽說。

「真的！聽著——如果此時此刻向神請願，妳會怎麼說？」

我想了一會兒，而後抽出一本筆記本，寫下這封請願書：

親愛的神：

請幫忙我了結這場離婚事件。我先生和我的婚姻沒能成功，而如今我們的離婚也沒能成功。不愉快的過程給我們與關心我們的每個人帶來痛苦。

我知道你還有比調解一對不正常夫妻更重要的事要忙：戰爭、悲劇、更大規模的衝突。但據我了解，地球上每個人的健康都影響著地球的健康。即使只是兩個人陷於衝突，整個世界都會受到污染。同樣的，只要一、兩個人得以擺脫混亂，也會增進整個世界的整體健康，一如身體內的幾個健康細胞得以增進那個身體的總體健康一般。

這是我謙卑的期盼，求你協助我們結束衝突，多讓兩個人有自由健康的機會，讓這個已經受苦太多的世界再減少一點敵意和怨恨。

感謝你的關照。

伊莉莎白・吉兒伯特　敬上

我唸給伊娃聽，她點頭表示同意。

「讓我簽個名吧。」她說。

我遞給她請願信和筆，但她忙著開車，於是她說：「不，就說我剛簽了名。在心裡簽。」
「謝謝妳，伊娃。謝謝妳的支持。」
「還有誰會簽名？」她問。
「我的家人。我父母。我姊姊。」
「好，」她說。「他們剛剛簽了。把他們的名字加上去。我真的感覺到他們簽了名。現在他們已在名單上。好——還有誰會簽？開始指名道姓吧。」
於是我開始說出可能會簽這封請願信的人名。我點名我的每個好友，而後是幾個親人和同事。我報出每個名字後，伊娃即胸有成竹地說：「對。他剛簽了」或是「她剛簽了名」。有時她會突然加入自己的簽名人士，像是：「我父母剛剛簽了名。他們在戰時養兒育女。他們厭惡沒有意義的衝突。他們會很高興看見妳的離婚協議有個了結。」
我閉上眼睛，等待更多名字來臨。
「我想柯林頓夫婦剛剛簽了名。」我說。
「我相信，」她說。「聽著，小莉——任何人都能簽署這份請願書。妳懂嗎？號召任何人，活著或死去的人，開始徵集簽名。」
「聖方濟（Saint Francis of Assisi）剛簽了名！」
「當然囉！」伊娃信心滿滿地伸手拍駕駛盤。
我開始編造：
「林肯剛剛簽了名！還有甘地、曼德拉以及所有愛好和平人士。羅斯福夫人、德蕾莎修女、博諾（Bono）[4]、卡特前總統、阿里（Muhammad Ali）[5]、傑基・羅賓森（Jackie Robinson）[6]和達賴喇嘛……

還有我一九八四年過世的祖母，以及還在世的外祖母……還有教我義大利語的老師、我的治療師、我的經紀人……還有馬丁・路德和凱瑟琳・赫本……還有馬丁・史柯西斯（你或許想不到，但他仍是個很不錯的人）……當然還有我的印度精神導師……還有瓊安・華德（Joanne Woodward）、聖女貞德、卡本特小姐、我小學四年級的導師，還有吉姆・漢森（Jim Henson）[7]——」

一個又一個名字從我嘴裡奔洩出來。幾乎一個小時中，我不停脫口而出。我們開車橫越堪薩斯，我的和平請願書延展成看不見的一頁頁支持名單。伊娃持續確認——「沒錯，他簽了名；沒錯，她簽了名。」——我逐漸充滿一股保護感，四周環繞著許多偉人的集體善意。

名單終於慢慢結束，我的焦慮也隨之減緩。我昏昏欲睡。伊娃說：「睡一下。我會開車的。」我閉上眼睛。最後一個名字冒出來。「米高・福克斯[8]剛剛簽了。」我喃喃自語，而後進入夢鄉。我不知睡了多久，或許只睡了十分鐘，卻睡得很熟。我醒來的時候，伊娃仍在開車。她正自個兒哼著小曲。我打了個哈欠。

我的手機響了起來。

我看著我那瘋狂的「迷你電話機」，在出租車上的菸灰缸裡興奮地振動。小睡讓我還有點精神恍惚、迷迷糊糊，突然記不得電話如何運作。

「去啊，」伊娃說，已經曉得怎麼回事。「接電話吧。」

我拿起電話，低聲說喂。

「好消息！」我的律師從遙遠的紐約通知我。「他剛剛簽了！」

4 愛爾蘭U2樂團的主唱，也是著名的社會運動家，曾多次獲得諾貝爾獎提名。
5 舉世公認的拳擊手，一九九八年被任命為聯合國和平使者。
6 1919-1972，美國職棒大聯盟史上第一位黑人球員，被視為黑人的民權鬥士。
7 美國電視節目《芝麻街》的創始人。
8 美國演員，曾主演過《回到未來》等賣座電影，後罹患帕金森氏症，之後成立基金會，全心投入相關公益活動。

10

數星期後，我住在義大利。

我已辭去工作，付清離婚財產和律師費，放棄我的房子，放棄我的公寓，把僅剩的家當存放在我姊姊家裡，收拾兩箱行李。我的旅行之年已經展開。而由於一個令人驚愕的個人奇蹟，我負擔得起這年的旅行經費：我的出版社事先買下我即將寫作的遊記。換句話說，結果如同印尼藥師所預料一般。我將損失所有的錢，卻又立即歸還給我——或至少夠我過一年的生活。

因此我現在是羅馬的居民。我找到一棟歷史建築裡的小套房公寓，和西班牙階梯（Spanish Steps）相隔短短幾條街，被博蓋塞花園（Borghese Gardens）典雅的陰影所籠罩，就在人民廣場（Piazza del Popolo）街上，古羅馬人從前在這廣場舉辦戰車比賽。當然，這地區不如從前紐約住家的附近，具有恣意擴展的氣派，可眺望林肯隧道，但是……

這已足夠。

11

我在羅馬的第一餐飯很平常。只有自製義大利麵（奶油培根雞蛋麵），配上炒菠菜和蒜頭。（偉大的浪漫詩人雪萊曾寫過一封大感震驚的信給在英國的朋友，說起義大利食物：「有身分的姑娘居然吃——你肯定猜不到——蒜頭！」）此外，我還吃了洋薊，羅馬人對他們的洋薊十分自豪。而後女服務生端來一道特別招待的驚喜小點——炸節瓜花，中間一小團起司（烹調得如此精緻，甚至花兒們可能都沒留意到它們已脫離藤蔓）。吃過義大利麵，我試了小牛肉。喔，我還喝了一瓶紅餐酒，只我一人喝。還吃了溫熱的麵包，沾橄欖油和鹽。甜點是提拉米蘇。

吃完這一餐，走回家時約莫晚間十一點，我聽見從我那條街的某棟建築中傳來的聲音，聽起來像是聚集了一群七歲孩子——也許是生日派對？笑聲、尖叫、跑跳。我爬上樓梯，回到公寓，躺在我的新床上，熄了燈。我等著開始哭泣或發愁，因為這通常是我熄燈後做的事情，卻居然沒事。我感覺很好。我覺得有心滿意足的跡象。

我疲倦的身體問我疲倦的心：「那麼，妳需要的就是這個？」

沒有任何回應。我已呼呼大睡。

12

西方世界的每個大城市總有一些雷同之處。總有非洲男子兜售仿冒的名牌皮包和太陽眼鏡，總有瓜地馬拉樂手表演竹笛，吹奏〈我寧可當麻雀也不肯當蝸牛〉。然而有些東西只在羅馬才有。比方賣三明治的掌櫃每回跟我說話時都悠哉地喚我「美人兒」。「來個熱烤或冷三明治，美人兒？」或者是到處擁吻的情侶，像參加競賽似的，交纏在板凳上，撫摸彼此的頭髮和褲襠，沒完沒了地耳鬢廝磨……

還有噴泉。老普林尼（Pliny the Elder）[9]曾寫道：「想想羅馬眾多的公共水資源，供給浴場、貯水池、溝渠、房舍、庭園、別墅；再考慮水流過的距離、聳立的拱橋、穿過的山、跨越的山谷——任何人都會承認，全世界最了不起的東西莫過於此。」

在數個世紀後，已有多座羅馬噴泉競相成爲我的最愛。其一位於博蓋塞花園。在這座噴泉中央，是正在嬉戲的銅像家庭。父親是半人半羊的牧神，母親是一介女子。他們有個喜歡吃葡萄的寶寶。爸媽姿勢奇特——面對面，抓著對方的手腕，兩人的身子後仰。看不出他們究竟是跩住彼此在爭鬥，或是因興高采烈而搖擺，倒是都洋溢活力。反正，小傢伙趴坐在他們的手腕上，就在他們之間，對他們的愉悅或爭鬥無動於衷，大口嚼著他的那串葡萄。而吃著的同時，腳下的分趾蹄晃悠著。（他遺傳自父親。）

二〇〇三年九月初，天氣暖和懶散。此時是我在羅馬的第四天，我仍未踏進任何一座教堂或博物館，甚至未讀過旅遊指南。但我已漫無目的地走個不停，最後還找到一位友善的公車司機告訴我的那家羅馬最好的義大利冰店。它叫「聖克里斯皮諾冰店」（Il Gelato di San Crispino）。我不確定能否翻譯成「香酥聖徒冰」[10]。我試了蜂蜜加榛果的混合口味。當天稍晚，我又回來品嚐葡萄柚加香瓜。當天吃過晚飯後，我又一路走回去，只爲了嚐一杯肉桂與薑。

我每天嘗試把報紙上的一篇文章從頭到尾讀一遍，無論花多少時間。我大概每三個字查一次字典。今天的消息很有意思。很難想像有比「Obesità! I Bambini Italiani Sono i Più Grassi d'Europa!」更戲劇性的新聞標題。老天爺！肥胖症！我想這篇文章在宣稱義大利的嬰兒是歐洲最胖的嬰兒！我往下唸，得知義大利嬰兒比德國嬰兒胖得多，比法國嬰兒更是胖上許多。（幸好未提及和美國嬰兒較量的結果。）文章指出，較大的孩子近來的肥胖情況亦很嚴重。（麵食工業爲自己辯護。）這些義大利幼童肥胖症的驚人統計數字，昨日由一個國際專責小組所發表。我花了將近一個鐘頭轉譯整篇文章。這期間，我吃著比薩餅，聽著義大利孩童的其中一位在對街演奏手風琴。這孩子在我看來並不太胖，但或許因爲他是吉普賽人。我不確定是否誤讀文章的最後一行字，但看來政府似乎談到，解決義大利肥胖危機的唯一方式是課徵「超重稅」……？這是眞的嗎？這麼吃了幾個月後，他們會不會來找我麻煩？

每天看報來了解教宗的狀況也很重要。在羅馬，報上天天刊載教宗的健康狀況，就像天氣預報，或

9 古羅馬作家、科學家，以《博物誌》（*Naturalis Historia*）一書留名後世。

10 「crispy」（香酥）與「crispino」拼法接近。

電視節目表。今天，教宗很累。昨天，教宗比今天不累。明天，預料教宗將不像今天這麼累。

對我來說，這裡是語言的仙境。對於一向想說義大利語的人而言，哪個地方能比羅馬更好？就像有人爲了配合我的需要而創造出一座城市，城裡每個人（甚至連兒童、計程車司機、電視廣告的演員！）都用這神奇的語言在說話。就好似整個社會同心協力教我義大利語。他們甚至趁我待在這兒的時候印義文報紙；他們一點也不介意大費周章！他們這裡有些書店只賣義大利文寫的書！昨天早上我發現這樣一家書店，覺得自己進了一座魔法宮殿。所有的書都是義大利文——甚至蘇斯博士（Dr. Seuss）[11]也是。我逛遍整間書店，觸摸每一本書，希望任何人看見我，都以爲我的母語是義語。喔，我多麼希望義語朝我開放它自己！這感覺讓我回想起四歲時仍不識字，卻渴望學會閱讀。我記得和母親坐在診所的候診室，拿著一本《好管家》（*Good Housekeeping*）雜誌擺在面前，慢慢翻著，盯著內文，希望候診室裡的大人們以爲我確實在讀。從那以後，我從未感到如此渴望理解。我在這家書店看見美國詩人的作品，書頁的一邊印著英文版原文，另一邊印著義文翻譯。我買了一本洛威爾（Robert Lowell）[12]的書，另買一本格麗克（Louise Glück）[13]的。

隨處可見自發的會話課。今天，我坐在公園板凳上的時候，有個身穿黑衣的小老太婆走過來，在我身邊坐下，對我呼來喚去地說著什麼。我搖頭，無言而疑惑。我道歉，用完美的義大利語說：「眞抱歉，我不會說義大利語。」她的樣子像是要拿木杓揍我似的，假如她手邊有的話。她斷然地說：「妳明明懂啊！」（有趣的是，她沒說錯。我確實懂這句子。）然後她想知道我是哪裡人。我跟她說我是紐約人，並問她是哪裡人。這還用說——她是羅馬人。聽了回話，我像孩子似地拍起手來。「啊，羅馬！美麗的羅馬！我愛羅馬！漂亮的羅馬！」她聽著我原始的讚頌，流露出懷疑的神色。接著她問我結婚了沒。我告訴她我已離婚。這是我第一次用義大利語告訴其他人這件事。當然囉，她繼續問：「Perché？」

這個嘛……「爲什麼」是個很難回答的問題，無論用哪一種語言。我支支吾吾，最後想出了「L'abbiamo rotto」（我們婚姻破裂）。

她點點頭，站起身來，穿過街去等公車，然後搭上公車而去，甚至沒回來再看我一眼。她是否生我的氣？說也奇怪，我就坐在那張公園板凳上等她等了二十分鐘，反思她可能回來繼續跟我對話的理由，她卻沒再回來。她名叫雀蕾絲特（Celeste），發音如「雀」。

當天稍晚，我找到一家圖書館。天哪，我真愛圖書館。因爲在羅馬，這所圖書館是個美麗的古物，當中有個花園中庭，若只從街上注視圖書館，你永遠猜不到中庭的存在。正方形的花園點綴著橘樹，中央有噴泉。我立刻知道，它將成爲我最愛的羅馬噴泉之一，儘管它跟我至今看過的都不相同。首先，它不是大理石雕刻的噴泉。而是一座綠色、長滿青苔、接近大自然的小型噴泉。像一株叢雜的蕨類植物。（事實上，它看起來就跟印尼藥師畫給我的那尊祈神人像頭上冒出的繁茂枝葉一模一樣。）水從這叢盛開的灌木中央噴濺出來，而後回灑到葉子上，發出哀傷、優美的聲音，充塞整個庭園。

我在一棵橘樹下找到座位，打開昨天買的其中一本詩集。格麗克。我讀第一首詩，先讀義文，再讀英文，在這一行頓住：

11 本名爲「Theodor Seuss Geisel」，美國著名的兒童讀物作家兼插圖畫家。
12 1917-1977，美國詩人。
13 1943-，美國當代女詩人，曾獲普立茲獎。

Dal centro della mia vita venne una grande fontana...

「從我的生命中央，冒出一股大泉……」

我把書擱在腿上，因欣慰而顫抖。

13

說實話，我不是世上的最佳旅人。

我之所以知道這點，是因爲我經常旅行，也遇過精通旅行的人。眞正生而旅行的人。我遇過身強體健的旅人，即使從加爾各答的水溝喝下一大鞋盒的水，也永遠不會生病。有些人很快學會新語言，而我們其他人卻只會染上傳染病。有些人懂得如何制伏邊界警衛或利誘執拗的簽證官僚。有些人有恰當的身高和膚色，無論去哪兒都是一種半正常人——他們在土耳其可能是土耳其人，在墨西哥就突然成了墨西哥人，在西班牙也可能被誤認成巴斯克人，在北非有時可能被當作是阿拉伯人……

我沒有這些特質。首先，我格格不入。高大、金髮、粉紅膚色。我不是變色龍，反倒是紅鶴。除了去杜塞爾多夫（Dusseldorf）之外，我都突兀地刺人眼目。我在中國的時候，婦女經常當街朝我走來，向她們的孩子指著我，彷彿我是從動物園逃出來的動物。而他們的孩子——從沒見過這種粉紅臉、黃頭髮的妖怪——往往一見我就哇哇大哭。對於中國，我很痛恨這件事。

我不擅長（或者說懶得）在旅行前研究目的地，往往是人到了當地後，再看發生什麼。這種旅行方式經常「發生」的是，你花很多時間站在火車站內不知所措，或者花太多錢住旅館，因爲你沒概念。我不可靠的方向感和地理概念意味著，一生雖去過六大洲，卻在任何時刻對於自己身處何處一無所知。除了歪斜的內在羅盤之外，我還缺乏沉著冷靜，這對旅行可能是一大不利。我從沒學會如何把自己的臉調整爲視而不見的面無表情，這在危險的異地旅行時十分有用。你知道——那種超輕鬆、掌握一切的表情，使你看起來像是屬於那個地方，任何地方，所有的地方，即使在雅加達的一場暴亂當中亦然。喔，不。當我不清楚自己在做什麼的時候，我看起來就像不清楚自己在做什麼。興奮或緊張的時候，我便露出興奮或緊張的神色。迷路的時候——這經常發生——我就像迷路。我的臉是每個想法的透明發送機。大衛曾說：「妳和撲克臉孔正好相反。妳像是……迷你高爾夫球臉。」

還有，哦，旅行對我的消化道造成痛苦！我不想把事情說得太複雜，一言以蔽之，我經歷過每一種極端的消化緊急事件。在黎巴嫩，某天晚上我突如其來地生了病，使我只能猜想自己恐怕感染上某種中東版本的伊波拉（Ebola）病毒。在匈牙利，我罹患某種截然不同的腸胃疼痛，從此改變我對「蘇聯集團」一詞的感受。然而我還有其他的身體弱點。我在非洲之行的第一天弄壞了背；我是我那團人出了委內瑞拉叢林，唯一一個被蜘蛛咬而感染的成員；還有，請問有誰會在斯德哥爾摩曬傷？

儘管如此，旅行仍是我生命中的一大眞愛。打從十六歲我用打工存下來的保母工資第一次去俄羅斯開始，我總覺得旅行值得付出任何代價或犧牲。我對旅行的愛忠貞不渝，正如我對其他的愛戀不見得忠貞不渝一般。我對旅行的感覺，就像初爲人母的快樂媽媽面對她那難以應付、罹患疝氣、躁動不安的嬰孩懷有的感覺一樣——我偏不在乎自己必須經歷的嚴格考驗。因爲我愛他。因爲他是我的。因爲他長得和我一模一樣。他盡可以吐得我一身都是——我就是不在乎。

無論如何，對一隻紅鶴來說，我在世界上並非完全脆弱無助。我有自己的一套生存技能。我有耐心。我知道如何輕裝上路。我什麼都吃。但我的一大旅行才能是能與「任何人」交朋友。我能和死人交朋友。我曾在塞爾維亞跟一個戰犯交朋友，他邀我和他一家人上山度假。我並不是很榮幸把塞爾維亞殺人犯列爲我的至親至愛（我必須與他爲友，是因爲一篇故事的緣故，而且免得他揍我一頓），但我要說的是——我做得到。假如身邊沒有人可以說話，我也許還能和堆了四呎高的石膏板交朋友。正因爲如此，我不害怕去世界上最偏遠的地方旅行，即便沒能在那兒遇上人類。我去義大利前，大家問我：「妳在羅馬有沒有朋友？」我只是搖頭說沒有，心裡卻想，但就要有了。

通常來說，你是在旅行的時候不經意地遇見你的朋友，比方在火車、餐廳、或拘留所內比鄰而坐。但這些只是不期而遇，而你永遠不該完全依賴巧遇。一種較有計畫的方法依然存在，即偉大而古老的「介紹信」系統（今天較有可能是電子郵件），把你正式介紹給熟人的熟人。這是結交朋友的絕佳方式，假使你臉皮夠厚，敢於主動自我推銷，登門去吃晚餐。因此在我去義大利前，我問在美國認識的每一個人，有沒有在羅馬的朋友。而我很樂於告訴大家，我在出國的時候，帶了一長串義大利人的聯絡資訊。

在我可能的義大利新朋友候選人名單中，我最想認識的人名叫……請做好心理準備……盧卡・斯帕蓋蒂（Luca Spaghetti）。斯帕蓋蒂是我大學時代認識的好友麥戴偉（Patrick McDevitt）的好朋友。而這的的確確是他的名字，我向上天發誓，我可沒捏造。這太古怪了。我是說——你怎能想像，一輩子頂著「斯帕蓋蒂」這樣的名字？

無論如何，我打算儘快與斯帕蓋蒂聯繫。

14

不過，首先，我得料理學校的事。我在達芬奇語言學院（Leonardo da Vinci Academy of Language Studies）的義語課今天開課，每星期五天、每天四個小時。上學很讓我興奮。我是個毫不怕羞的學生。昨晚我把我的衣服擺出來，就像我在小學一年級開學前一天，擺好我的漆皮皮鞋和新便當盒一般。希望老師會喜歡我。

在達芬奇的第一天，我們每個人都必須進行測驗，以按照能力分派到適當的義語班別。我一聽，立即開始期望自己不要被分配到初級班，因爲這是很不光彩的事，畢竟我已在紐約的「離婚女子夜校」上了一整個學期的義語課，背了一整個夏天的生字卡，而且在羅馬已待了一個禮拜，已實地練習語言，甚至和老祖母聊過了離婚。事實上，我根本不曉得這學校分多少級別，但我一聽見「分級」，便立即決定至少得考進二級班才行。

今天傾盆大雨，而我早早就到了學校（我向來如此——怪胎！），做了測驗。眞困難的測驗！我甚至沒辦法完成十分之一！我知道很多義大利文，我認識成打的義大利單字，但我懂得的，他們都沒考。接著是口試，情況更慘。給我面試的是個削瘦的義大利老師，依我看來，話說得太快，而我本該表現得更好，卻因爲緊張，明明早已知道的東西也出了錯（比方說，我幹嘛不說「我要去上學」（Sono andata a scuola」，卻說「我上學」（Vado a scuola））？我明明知道的呀！）。

結果卻是還好。義大利瘦老師檢查了我的試卷，給了我的級別——二級班！

課程在下午開始。於是我去吃午飯（烤菊苣），而後漫步回校，得意洋洋地從初級班學生面前走過（他們肯定「molto stupidc」（很笨）），我和程度與我相當的同學們一起走進第一堂課的教室。只不過，很快我就發現，他們不是和我程度相當的同學，我無權待在這個班，因爲二級班的課程困難得令人難以置信。我覺得像在游泳，卻游得很勉強。就像每換一口氣就吃到水。瘦個子男老師（這兒的老師怎麼都這麼瘦？我不信任削瘦的義大利人）講話太快，跳過整章課文，說：「這個你們都會了，那個你們都會了」……不斷跟我那些對答如流的同學們連珠炮似地對談。恐懼緊抓著我的胃，我喘著氣，祈禱他不會叫到我。下課時間一到，我腳步踉蹌地跑出教室，幾乎淚眼汪汪一路跑去行政辦公室，用非常清晰的英語乞求能否讓我換到初級班。他們這麼做了。於是現在我就在初級班。

老師是個胖子，講話速度慢。這好多了。

15

我所上的這個義語班，其有趣的地方在於，沒有人眞的需要上這堂課。我們共有十二人，來自世界各地的各種年齡層，而每個人來羅馬的目的都一樣——只因爲想學義大利語。我們沒有一個人能講出來此地的務實面的理由。沒有任何人的長官告訴他說：「你學會講義語，對我們的海外事業經營至關重要。」大家，甚至連保守的德國工程師，都跟我有著相同的個人動機：我們每個人都想說義語，因爲我們喜歡它給我們的感覺。一位面容哀傷的俄國婦女告訴我們，她讓自己學義語是因爲「我想我值得美好的事物」；德國工程師則說：「我要學義語，因爲我喜愛『dolce vita』——甜蜜生活。」（只不過，生硬的德國腔聽起來就像他說他喜愛「deutsche vita」——德國生活——這恐怕他已擁有很多。）

接下來的幾個月，我發現，確實有充分的理由證明，義大利語是世界上最美麗誘人的語言，而且不只有我一個人這麼想。想了解原因，你得先了解歐洲曾經混雜無數衍生於拉丁文的方言，在數世紀期間，逐漸變形爲數種獨立的語言——法語、葡萄牙語、西班牙語、義大利語。發生於法國、葡萄牙和西班牙的，是一種有組織的發展過程：最知名的城市所說的方言，逐漸成爲整個地區公認的語言。因此，我們今天所稱的法語，事實上是中古巴黎語的一種版本。葡萄牙語，事實上是里斯本語。西班牙語，基本上是馬德里語。這些都是資本主義的勝利；整個國家的語言，最終取決於最強盛的城市。

義大利則不同。其中一個關鍵性的差別在於，義大利有很長一段時間甚至不是一個國家。它在相當晚期才統一起來（一八六一年），而在此之前，一直都是由地方諸侯或其他歐洲勢力所掌控的諸個敵對城邦，所構成的一個半島。義大利的部分地區隸屬於法國，部分地區屬於西班牙，部分屬於教會，部分則屬於地方要塞或城堡的占領者。義大利人民對這些統治時而感到屈辱，時而無所憂慮。多數人不太喜歡受他們的歐洲同胞殖民統治，卻始終存在著漠不關心的群衆，他們說：「Franza o Spagna, purchè se magna」，以方言來說，意思是：「管他法國或西班牙，吃得飽就好。」

這一切的內部分歧意味著，義大利未曾統合為一，義大利語亦然。因此有數世紀的時間，義大利人以彼此無法理解的地方方言說話與書寫。一位佛羅倫斯科學家可能幾乎無法和一位西西里詩人或一位威尼斯商人溝通（當然，除了使用不被認爲是國語的拉丁文之外）。十六世紀期間，一些義大利知識分子聚集在一起，堅決認爲這個情況荒謬可笑。這個義大利半島需要一種義大利語言，至少必須有一種統一的書寫形式；大家對此達成共識。於是這一群知識分子就著手進行一件歐洲史無前例的事情：他們親自挑選出最美的方言，稱之為「義大利語」。

為了找到義大利最美的方言，他們必須回溯到兩百年前，十四世紀的佛羅倫斯。這個集會達成決定：往後被認爲是正統義大利語的語言，正是佛羅倫斯大詩人但丁的個人語言。早在一三二一年，但丁出版《神曲》，詳述穿越地獄、煉獄及天堂的想像過程；其不以拉丁文書寫的立場，震驚了文學界。他覺得拉丁文是一種訛誤的菁英語言，用之於嚴肅的散文上時，讓普遍的敘述轉變成必須經由貴族教育特權才能閱讀，也就是必須用錢才能買得到的東西，「使文學成爲妓女」。但丁轉而回到街頭巷尾，採擷他的城市居民們（包括同時代的傑出人物薄伽丘與佩托拉克）所使用的眞實的佛羅倫斯語，以這種語言來講述他的故事。

他使用他所稱具有「dolce stil nuovo」（甜蜜新風格）特質的方言，來書寫他的傑作，而即便在書寫之時，他也在塑造這種方言，親自影響它，如同莎士比亞有朝一日也將影響伊莉莎白時代的英語一般。經過漫長的歷史以後，一群民族主義知識分子坐下來決定，讓但丁的義大利語言成爲義大利的官方語言，這就像一群牛津研究員在十九世紀初的某一天坐下來決定，從今以後，讓英國每個人說純粹的莎士比亞語。而其確實辦到了。

因此今日的義大利語，並非羅馬語或威尼斯語（儘管它們是強大的軍事商業城市），甚至不盡然是佛羅倫斯語。基本上，是「但丁語」。沒有別的歐洲語言具有如此風雅的血統。或許沒有任何語言可以比這個由西方文明的偉大詩人之一加以修飾的十四世紀佛羅倫斯義大利語，更天經地義地表達出人類的喜怒哀樂。但丁以「三韻體」（terza rima）書寫《神曲》，每個韻腳每五行重複三次的連環韻詩，賦予他那漂亮的佛羅倫斯方言某種學者所謂的「層疊韻律」——此種韻律依然存在於今天的義大利計程車司機、屠夫、政府官員所說的抑揚頓挫的聲調當中。《神曲》的最後一行——但丁看見上帝本尊——所表達的感情，任何熟悉所謂現代義大利語的人都能很容易理解。但丁寫道，上帝不僅是令人目眩的光輝景象，最重要的是，祂是「l'amor che move il sole e l'altre stele」……

「是愛也，動太陽而移群星。」

難怪我這麼死命想學這種語言。

16

在義大利待了十天左右，「抑鬱」和「寂寞」追查到我。上了一天快樂的課之後，一天傍晚，我漫步過博蓋塞花園，金色夕陽落在聖彼得大教堂上。我對這浪漫景象感到滿足，儘管孤伶伶一個人，而公園裡的其他人不是跟愛人親熱就是陪著嘻笑的孩童玩耍。然而我停下來倚靠欄杆，觀看夕陽，開始想得太多了點，而後轉爲沉思，於是他們在此時追查到我。

他們像偵探似地，一聲不響、滿懷敵意地找上我，把我夾在中間——左側是「抑鬱」，右側是「寂寞」。他們無須亮出徽章，我對這兩個傢伙瞭若指掌。我們已玩了多年貓捉老鼠的遊戲。儘管我承認，暮色中，在優雅的義大利庭園裡見到他們，著實令我大吃一驚。他們不屬於這個地方。

我對他們說：「你們怎麼發現我在這裡？誰告訴你們我來了羅馬？」

老是自作聰明的「抑鬱」說：「什麼——妳不高興看見我們？」

「走開。」我告訴他。

比較善解人意的警察「寂寞」說：「很抱歉，夫人，我可能非得在妳旅行期間從頭到尾監視妳。這是我的任務。」

「我寧可你不這麼做，」我告訴他，但他只是稍帶歉意地聳聳肩，卻靠得更近。

而後他們對我搜身。他們掏空我裝在口袋裡的喜悅。「抑鬱」甚至扣押我的身分；但他向來如此。而後「寂寞」開始盤問我，實在讓我不寒而慄，因爲他總是持續好幾個小時問個不停。他雖有禮貌，卻很無情，最後總讓我洩漏眞情。他問我知不知道任何快樂的理由。他問我爲何今晚又是獨自一人。他問我（儘管這種盤問我們早已進行過數百次）爲何無法持續一個關係，我爲何毀了我的婚姻，我爲何搞砸跟大衛的關係，我爲何搞砸和每個曾跟我相處的男人的關係。他問我過三十歲生日時當晚人在哪裡，爲何情況從此每況愈下。他問我爲何不能做好該做的事，爲何不待在家中，住好房子，生兒育女，像同年齡的正常女子該做的那樣。他問我把生活搞得一團糟之後，爲何認爲自己有權利來羅馬度假。他問我爲何以爲像大學生那樣逃到義大利就能讓自己快樂。他問我如果我繼續過這種生活，覺得自己老的時候有何下場。

我走回家，希望甩掉他們，但這兩個暴徒繼續跟蹤我。「抑鬱」用一隻手緊緊抓住我的肩，「寂寞」語調激昂地盤問我。我甚至懶得吃晚飯；我不要他們觀看我。我也不想讓他們上樓進我的公寓，但我知道「抑鬱」持有警棍，無法阻止他進門，如果他決定想怎麼做的話。

「你們到這裡來，這不公平，」我告訴「抑鬱」：「我欠你們的已經付清。我在紐約已服了刑。」

但他只是朝我陰險地笑，在我最喜歡的椅子上坐下，雙腳擱在我的桌上，點了一根雪茄，可怕的煙霧瀰漫整個房間。「寂寞」看著一切，嘆了口氣，而後爬上我的床，蓋上被單，穿戴齊全、鞋也沒脫。今晚他又要逼我和他一起睡，我就曉得。

17

幾天前，我才停止服藥。在義大利服用抗憂鬱劑似乎不太對勁。住在這裡怎可能覺得抑鬱？

一開始我並不想靠藥物治療。我長時間反對服藥，主要因爲一長串個人的反對理由（諸如，美國人用藥過度；我們不清楚這些東西對於人腦的長期影響；近來連美國孩童也吃起抗憂鬱劑，這是一種罪過；我們治療的是症狀，並未能根治造成全國心理健康危機的原因……）。儘管如此，生命中的過去幾年間，毫無疑問，我陷入極度困境，而這困境短期內無法解除。隨著婚姻瓦解，與大衛之間的戲劇性發展，我有了嚴重憂鬱症的所有徵狀——失眠、食慾減退、喪失性慾、不能自己地失聲痛哭、慢性背痛與胃痛、疏離與絕望、難以專心工作，甚至對共和黨搶了總統大選一事無動於衷……等等，等等。

你在森林中迷失的時候，有時得花一陣子時間才明白自己迷了路。很長一段時間，你可以說服自己只是偏離步道幾呎距離，隨時都可能找到返回步道起點的路。而後夜幕一再降臨，你仍不清楚自己的方位，此時不得不承認自己已遠離步道，甚至不再知道太陽從哪邊升起。

我承擔我的抑鬱，就像它是我生命中的一搏，事實也確是如此。我研究我自己的抑鬱經驗，嘗試解開原因。這一切沮喪源自何處？是不是心理上的原因？（父母的過錯？）或只是暫時性的，我生命中的

「倒楣時刻」？（離婚事件了結後，抑鬱是否會隨之而終？）是不是遺傳？（有多種稱謂的憂鬱症，在我的家族傳了好幾代，帶著它哀傷的新娘：酗酒問題。）是不是文化原因？（一個後女性主義時代的美國職業女性嘗試在緊張疏離的都市世界中求得平衡而導致的結果？）是不是星座的緣故？（我之所以如此哀傷，是不是因爲我是敏感的巨蟹座，主宮全由反覆無常的雙子星座控制？）是否和藝術有關？（搞創作的人難道不都是因爲超敏感且與衆不同而爲抑鬱所苦？）是否和進化有關？（我身上是否帶有遠古人類試圖在野蠻世界求生存而殘存的恐慌？）是因果報應？（這些悲傷時刻是否只是前生作惡多端的結果，在解脫前夕最後階段的阻礙？）是荷爾蒙作祟？飲食問題？哲學問題？季節性？環境造成？我是否也感染了全球對上帝渴求的症狀？是內分泌失調？或者我只是需要性關係？

每一個人是由多少的因素所構成的呀！我們在如此多種的層面上運作，而我們經受來自我們的心理、身體、歷史、家庭、城市、靈魂，甚至是吃下的午餐多少影響呀！我覺得自己的抑鬱或許來自這些變幻不定的種種因素，或許還包括我無從指名道姓的東西。因此我面臨每個層面的搏鬥。我買了所有那些書名教人難堪的勵志書籍（總不忘把書用最新一期的《好色客》〔*Hustler*〕雜誌包起來，以免讓陌生人得知我眞正讀的東西）。我開始接受治療師的專業協助，她和藹可親而且具有洞察力。我像見習修女一樣祈禱。我停止吃肉（反正時間不長），因爲有人告訴我，我「吃下動物臨死前的恐懼」。某個古怪的新時代按摩師告訴我，我該穿橘色內褲，以重新調整性脈輪——唉！我竟眞的做了。我喝了許多該死的聖約翰草茶[14]，其分量足以讓一整團蘇聯勞改營開心起來，卻不見任何成效。我運動。我讓自己接觸令人振奮的藝術，小心避開哀傷的電影、書籍與歌曲（倘若任何人在同一個句子裡提及李歐納與科恩〔Leonard Cohen[15]〕這兩個字，我就得離開房間）。

我極力抵抗永無休止的哭泣。我記得某天晚上，我蜷縮在那同一座舊沙發相同的一角，因相同的悲哀思緒，又一次淚眼盈眶時，我自問：「小莉，這樣的場景有沒有任何妳能改變的地方？」而我所能想到的，就是站起身來，試著在客廳中間單腳站立，雖然仍不時抽泣。這只爲證明——儘管無法停止哭泣或改變內心的悲傷對話——我尚未完全失去自制力：至少，在我哭得歇斯底里的時候，還可以單腳站立。嘿嘿，這就是一個開始。

我過街走在陽光下。我依靠我的支持網絡，珍惜我的家人，培養最具啓發性的友誼。在那些好管閒事的婦女雜誌不斷告訴我，低自尊無助於憂鬱症時，我去剪了個漂亮的髮型，買了時髦的化妝品和一件美麗的洋裝。（一位朋友稱讚我的新造型時，我只獰笑著說：「這是自尊心作戰計畫——他媽的第一天。」）

與哀傷搏鬥將近兩年後，服用藥物是我的最後嘗試。容我在此加入自己的意見，我認爲藥物應當是你的最後嘗試。就我的情況而言，決定走上服藥之路，是在某天晚上過後；那一晚，我在臥室地板坐了幾個小時跟自己說話，極力嘗試阻止自己拿菜刀割腕。當晚我雖然戰勝了菜刀，卻只差之毫釐。當時我還有其他好主意——跳樓或舉槍自盡以求解脫。但手握菜刀過了一夜卻讓我解脫開來。

隔天早晨太陽一升起，我打電話給我的朋友蘇珊，求她協助我。在我的整個家族史中，我想沒有哪個女子曾這麼做過，曾這麼坐在人生的半途，說：「我一步也走不動了——哪個人來幫幫我吧。」這些女子停下腳步也沒用。沒有人願意或能夠幫忙她們。唯一可能發生的事情，就是她們和家人餓肚子。我不斷想起這些女子。

14 Saint-John's-wort，歐美國家用來治療抑鬱的草藥。

15 加拿大民謠詩人。

我永遠忘不了蘇珊衝進我公寓時的表情，當時大約是我打了緊急電話過後一個小時，她見我癱倒在沙發上。透過她擔憂我的生命所流露出的表情，我的痛苦反映到自己的眼中，此意象對我來說，依然是那段恐怖歲月中最最恐怖的記憶。我縮成一團，蘇珊打電話找精神科醫生，讓他當天給我診療，討論開抗憂鬱劑的可能性。我聽著蘇珊和醫生的單邊對話，聽她說：「我擔心我的朋友會嚴重傷害自己！」我也很擔心。

當天下午去看精神科醫生時，他問我爲何拖這麼久才尋求協助——好像這麼久以來我沒嘗試自救似的。我對他說明我對抗憂鬱劑的反對與保留立場。我把自己已出版的三本書擺在他桌上，說：「我是作家。請別做任何傷害我腦子的事。」他說：「假如你患了腎臟病，你不會對服藥有所猶豫——卻爲什麼對此猶豫？」然而，你瞧，這只顯示他對我的家族一無所知；吉兒伯特家族成員很可能不去服藥治療腎臟病，因爲這家人將疾病視爲個人、倫理、道德失敗的表現。

他讓我試著服用幾種不同的藥——「Xanax」、「Zoloft」、「Wellbutrin」、「Busperin」——直到我們找到不使我嘔吐或把性慾變成遙遠記憶的組合。很快地，不到一個禮拜，我感覺到心中開啓了一線曙光。此外，我終於睡得著了。這眞叫人欣喜，因爲你睡不著的時候，便無法爬出陰溝——毫無可能。藥丸使我重拾恢復體力的夜間時分，也讓我的手不再顫抖，鬆開胸口的緊張和心頭的恐慌。

儘管如此，服用這些藥物從未使我安心，儘管它們立即奏效。無論誰告訴我這些藥物是好主意，而且安全無虞，我卻始終覺得矛盾。毫無疑問，這些藥是我通往另一頭的橋樑，但我卻想盡快擺脫它們。我在二〇〇三年一月開始服藥。到了五月，我的劑量已大大減少。那幾個月卻是最艱難的時期——離婚的最後幾個月，與大衛之間殘破的最後幾個月。假設我再撐久一點，我能否不靠藥物度過那段時期？我能否靠自己存活下來？這就是人生——沒有控制組；若更改任何變量，我們便無從曉得自己會變成什麼樣子。

但我知道這些藥物稍微減輕了我的痛苦。我對此不勝感激。然而我對改變情緒的藥物仍深感矛盾。我懾於它們的力量，卻對它們的氾濫感到不安。我認為在我這個國家應由醫師開立處方給藥，應當更適可而止地使用，而且必須與心理諮詢並行治療。以藥物治療任何病狀，卻未探勘其根源所在，是輕率的典型西方想法，認為任何人都能因此好起來。這些藥丸或許救了我的命，卻是結合了我在那段時間內同時所做的其他二十種努力才得以奏效，而我希望永遠無須再服用這些藥。儘管有醫生指出，我一輩子或許得斷斷續續服用多次抗憂鬱劑，因為我有「憂鬱的傾向」。但願他是錯的。我打算盡己所能證明他是錯的，或至少用盡一切手段對抗憂鬱傾向。究竟我的頑固是自毀或自保，我也還不知道。

不過我就在那兒。

18

或者該說——我就在這兒。我在羅馬，陷入麻煩。「抑鬱」和「寂寞」兩個暴徒再次闖入我的生活，而我三天前才服了最後一次的「Wellbutrin」。我的底層抽屜還有藥丸，但我不需要它們。我要永遠擺脫它們。但我也不想讓「抑鬱」和「寂寞」賴在身邊，因此不知所措，驚慌地原地打轉；每當我不知所措時，總是原地打轉。因此今晚我要做的事是伸手去拿我的私人筆記本，把它放在我的床邊，以應付緊急時機。我打開本子。找到空白頁。我寫道：

「我需要你的協助。」

之後我等著。過一會兒，回應來了，由我親筆寫下：

我在這裡。我能為妳做什麼？

最奇特、最隱密的對話就此再度展開。在這本最私人的筆記本中，我和自己展開對話。我跟那一晚在浴室地板首次向神泣訴遇上的同一個聲音講話，當時某個東西（有某個人）開口說：「回床上去，小莉。」此後的幾年內，我在極端悲痛的時候，再度發現這個聲音，得知與它聯繫的最佳方式即是書面對話。我也驚訝地發現，我幾乎可以隨時取得這個聲音，無論多麼痛苦沮喪。即使在最糟的時刻，那平靜、慈悲、友善、無窮睿智的聲音（可能是我，也可能不完全是我）總是在紙上與我對話，無論晝夜。

我決定讓自己不去擔心跟自己在紙上對話是精神分裂症的行爲。或許這伸手可及的聲音是神，或許是透過我開口說話的導師，或分派給我的天使，或是我的至高自我，或只是潛意識中的某個概念，爲了保護我自己免受折磨而被創造出來。泰瑞莎修女將這些神聖的內在聲音稱爲「敘語」（locutions）——來自超自然的語詞，自發地進入你的心靈，轉譯成你自己的語言，給予你天堂的慰藉。我知道佛洛伊德對於這種心靈慰藉會怎麼說——毫無理性，而且「不該相信。經驗告訴我們，世界可不是育幼院。」我同意——世界不是育幼院。但正是因爲世界如此複雜，才偶爾需要跳出它的管轄尋求協助，籲請高層權威助你找到安慰。

在心靈試驗的初期，並非始終對於這種睿智的內在聲音堅信不疑。記得有一回，我既憤怒又悲傷地拿起筆記本，匆匆寫下信息給我的內在聲音——給我神聖的內在慰藉——以大寫字母占據整個頁面：

我他媽的不相信你！！！！！

過一會兒，依然喘著大氣的我，感覺有個清晰光點在我內心燃起，而後我發現自己寫下這句頑皮而平靜的回答：

那麼妳在跟誰講話？

從此我不再懷疑它的存在。因此今晚我再次聯繫這個聲音。這是我來義大利之後頭一次做這件事。我在日記裡說我感到軟弱，充滿恐懼。我說「抑鬱」和「寂寞」跑來了，我害怕它們永遠不會離開。我說不想再吃藥，卻害怕非吃不可。我擔心自己永遠無法振作起來。

某種現已十分熟悉的存在降臨在我內心某處，做出回應，給我肯定；在我遇上麻煩時，一直希望另一個人能告訴我一切。我在紙上寫給自己這段話：

我在這裡。我愛妳。我不管妳是否必須徹夜哭泣。我會跟妳待在一起。妳若需要再度服藥，就服吧——我還是一樣愛妳。妳若不需要藥物，我也會愛妳。無論妳做什麼，都不會失去我的愛。我會保護妳，至死不渝，在妳死後，我仍會保護妳。我比「抑鬱」強大，比「寂寞」勇敢，沒有任何事能讓我筋疲力竭。

今晚，內心裡這個奇特的友善姿態——當身邊沒有人提供安慰時，我向自己伸出援手——使我回想起有回在紐約發生的事。某天下午，我匆匆走進一棟辦公大樓，奔向等著的電梯。我跑進去的當兒，出奇不意地在安全鏡裡瞥見自己的倒影。我的腦子在那一刻做了件古怪的事，瞬間發射出以下這則信息：「嗨，妳認識她啊！那是妳的朋友啊！」而我竟然朝自己的倒影跑上前去，面帶微笑，準備歡迎這個我忘了姓名、臉孔卻很熟悉的女孩。當然，轉瞬間，我意識到自己的錯誤，爲自己像狗一樣對鏡子瞧感到困惑，尷尬地笑了起來。但由於某種原因，今晚在羅馬，在我哀傷之時，這件插曲再度湧入我的腦際，於是我在頁底寫下這段勉勵的句子：

永遠別忘記很久以前，在一個沒有防備的時刻，妳曾把自己看成朋友。

我接受這最新的鼓勵，拿著筆記本按在胸口睡著了。早晨醒來時，我還依稀聞得到「抑鬱」留下的煙霧，但他本人已不見蹤影。他在夜間起身離開了。他的夥伴「寂寞」也滾蛋了。

19

奇怪的是，自從來到羅馬，我似乎沒辦法練瑜伽。多年來，我持續而認眞地練習，甚至帶來我的瑜伽墊，而且毫無二心。然而在這兒就是做不到。我是說，我該在何時做我的瑜伽伸展？在我吃巧克力糕點和雙份卡布奇諾的義大利早餐之前？或之後？剛來的頭幾天，我每天早上興致勃勃地攤開瑜伽墊，卻發現自己只能看著墊子發笑。有一回我甚至擔任「瑜伽墊」這個角色，大聲跟自己說：「好咧，四味起司通心麵丫頭……讓我們看看妳今天怎麼了。」我難爲情地把瑜伽墊放進行李箱最底層（結果從此未再攤開過，直到去了印度）。而後我出去散步，吃了開心果冰。義大利人認爲早上九點半吃冰完全合情合理，我的確再同意不過。

就我看來，羅馬文化和瑜伽文化就是不搭。事實上，我判定羅馬和瑜伽根本毫無相同之處。除了兩者多少都讓你想起古羅馬人所穿著的「托加袍」（toga）這詞兒。

20

我需要交些朋友。於是我忙著交友，現在是十月，我已交了各種各樣的朋友。我在羅馬認識兩位除我之外的伊莉莎白。兩人都是美國人，兩人都是作家。第一位伊莉莎白是小說家，第二位伊莉莎白是美食作家。這第二位伊莉莎白，在羅馬有間公寓，在翁布里亞（Umbria）有棟房子，先生是義大利人，還有一份讓她周遊義大利品嚐美食並加以報導的工作，看來其前世肯定救了許多溺水孤兒。毫不令人訝異，她曉得羅馬最好的餐廳，包括一家供應米製布丁的冰店（倘若天堂不供應這種東西，那我眞的不想去）。前幾天她帶我出去吃午飯，我們吃的不僅包括松露羊肉薄片捲榛果慕斯，還吃了一種珍奇的醃製「lampascione」——眾所周知——野生風信子的球根。

不消說，此時的我早已跟「串連語言交流」的夢幻雙胞胎喬凡尼和達里奧成了朋友。喬凡尼的親切可愛，依我看來，完全是義大利國寶級人物。他在我們見面的第一晚就贏得我的喜愛，因爲當我找不到想表達的義大利字而深感挫折時，他會握著我的手臂說：「小莉，學新東西的時候，妳得對自己『很客氣』。」有時我覺得他比我年長，因爲他威嚴的眉毛、他的哲學學位，以及他嚴肅的政治觀點等特質。我喜歡嘗試逗他發笑，但喬凡尼不見得懂得我的笑話。幽默很難透過另一種語言捕捉。尤其當你是像喬凡尼一樣嚴肅的年輕人。有天晚上他對我說：「在妳嘻謔嘲弄的時候，我總是落在妳後頭。我慢半拍。就好像妳是閃電，我是雷聲。」

我心想，是的，寶貝！而你是磁鐵，我是鐵！拿你的皮鞭來吧，解開我的繫帶吧！

但是他仍未吻我。

我不太常見到雙胞胎的另一位——達里奧，儘管他花很多時間和蘇菲共處。蘇菲是我在義語班最好的朋友，而她的確也是你想花時間共處的人，假使你是達里奧的話。蘇菲是瑞典人，二十八、九歲，可愛得要命，倘使把她當作釣餌，可捕捉到各種國籍、年齡的男人。蘇菲有份在瑞典某銀行的好工作，不過她請了四個月的長假，使她的家人大為驚恐、同事們疑惑不解，只因為她想來羅馬學習講漂亮的義大利語。每天下課，蘇菲和我去台伯河畔閒坐，吃我們的冰，一起唸書。你甚至不能把我們做的事稱為「唸書」。還不如說是共同玩味義大利語，一種近乎崇拜的儀式，我們總是提供對方奇妙的新片語。比方說，我們有天得知「un'amica stretta」是「密友」的意思。但「stretta」原意指「緊」，像是服裝的緊身裙。因此義大利語中的密友，是讓你能緊緊穿在身上、緊貼皮膚的人。我的瑞典朋友蘇菲對我來說正是如此。

一開始，我喜歡把蘇菲和我想成是姊妹淘。然後有一天我們一起在羅馬搭計程車，司機問蘇菲是不是我的女兒。各位朋友——這女孩不過才小我七歲。我的腦子立即進入扭轉控制階段，試圖為他的話進行解密。（比方說，我心想，或許這位土生土長的羅馬計程車司機義語講得不好，他打算問我們是不是「姊妹」。）但事實不然。他說女兒，意思就是女兒。喔，我能說什麼呢？過去幾年來我歷經坎坷，一場離婚過後肯定看起來又老又醜。但正如德州鄉村老歌所唱：「我歷經風吹雨打、人生波折，卻仍然站在你面前……」

我也和一對很酷的夫妻成爲朋友，他們名叫瑪莉亞和朱利歐，由我的朋友安——幾年前住在羅馬的一位美國畫家——所介紹認識。瑪莉亞是美國人，朱利歐是義大利南部人。他拍電影，她爲國際農業政策組織工作。他的英語說得不太好，她則說一口流利的義語（也說流利的法語和中文，因此這並不嚇唬人）。朱利歐想學英語，詢問能否跟我練習會話。假如你想知道他幹嘛不跟他的美國老婆唸英語，那是因爲他們是夫妻，每回其中一人嘗試教另一人什麼的時候，就吵得如火如荼。朱利歐和我如今每週見兩次面吃午飯，練習我們的義語和英語；這對於沒惹惱過對方的兩個人來說是件好事。

朱利歐和瑪莉亞有間美麗的公寓，其中最給人印象深刻的，在我看來是一面牆壁。瑪莉亞（用粗黑奇異筆）在牆上寫滿對朱利歐的憤怒詛咒，因爲他們起爭執的時候，「他吼得比我大聲」，因此她想要有插話的機會。

我認爲瑪莉亞性感得不得了，而這瞬間迸發的激烈塗鴉只更證明這點。但有趣的是，朱利歐把這面塗鴉牆壁看作瑪莉亞的壓抑跡象，因爲她用義語寫下對他的咒罵，而義語是她的第二語言，一種在她選用詞彙之前必須思索片刻的語言。他說瑪莉亞假使眞的怒不可抑——這從未發生在她身上，因爲她是中規中矩的盎格魯新教徒——那她就會用她的英文母語寫那面牆。他說所有的美國人都像這樣：受壓抑。這讓他們在爆發之時更加危險而且有誘發致命的可能性。

「一群野蠻人。」他判斷道。

我喜歡一面吃輕鬆的晚餐進行這樣的對話，一面觀看這面牆。

「甜心，再來杯酒？」瑪莉亞問道。

但我在義大利最近期的好友當然是盧卡・斯帕蓋蒂。順便提一句，即使在義大利，斯帕蓋蒂這姓也被認爲是相當逗趣的事。我很感謝盧卡，因爲他終於讓我和我的朋友布萊恩打成平手。布萊恩從小有幸跟一個名叫丹尼斯・哈哈（Dennis Ha-Ha）的美國原住民小孩做鄰居，因此老是誇口說他有個名字最酷的朋友。我終於能和他一較高下了。

盧卡的英語說得很好，還是個老饕（依義語的說法是「una buona forchetta」——好叉子），因此對我這種餓狠狠的人來說是絕佳好伴。他經常在中午打電話說：「嗨，我在附近——想不想見個面，快快喝杯咖啡？或吃盤牛尾？」我們在羅馬後街那些骯髒小酒吧消磨許多時間。我們喜歡那種日光燈照明、外頭沒有店名的餐廳。塑料紅格子桌布。私釀的檸檬甜酒。私釀的紅酒。而盧卡稱之為「小凱撒們」的侍者，總是端上分量驚人的麵條；這些驕傲、有幹勁的當地男子，手背有毛，頭髮照料得俊俏。有回我對盧卡說：「依我看，這些傢伙認為自己一是羅馬人，二是義大利人，三是歐洲人。」他更正我：「不——他們一是羅馬人，二是羅馬人，三是羅馬人。他們人人都是皇帝。」

盧卡是稅務會計師。就他自己描述，一個義大利稅務會計師意味著他是個「藝術家」，因為義大利有數百條稅法，而且全部相互矛盾。因此在此地申報所得稅需要爵士樂般的即興創作。我認為他是個稅務會計師眞滑稽，因為這對一個無憂無慮的人來說似乎是件艱難的工作。另一方面，盧卡認為我那個他沒見過的另一面——瑜伽那一面——也很滑稽。他想不通我為何想去印度——而且還挑了個道場——幹嘛不整年待在顯然令我如魚得水的義大利。每逢他看著我拿麵包沾取盤裡剩下的肉汁、然後舔舔手指時，就說：「妳去印度要吃什麼？」有時他語氣嘲弄地叫我甘地，通常在我開第二瓶酒的時候。

盧卡經常旅行，儘管他宣稱他只能住在羅馬，離他母親很近的地方，畢竟他是個義大利男人，能怎麼樣呢？然而讓他留下的原因不僅是他的媽媽。他三十歲出頭，從十幾歲起就和同一個女朋友在一起（可愛的茱莉亞娜，盧卡親熱而恰當地形容她是「acqua e sapone」——「肥皂和水」，因為她既甜美又純眞）。他的朋友都是從小認識的，來自相同的鄰里。他們每個禮拜天一起看足球賽——在體育館或酒吧

（羅馬隊去外地比賽的時候）——而後每個人分別回到自己成長的家，吃母親和祖母準備的週日大餐。

換作我是斯帕蓋蒂，我也不想搬離羅馬。不過，盧卡去了幾次美國，也喜歡美國。他覺得紐約很迷人，卻認爲那裡的人工作太賣力，儘管他承認他們似乎以此爲樂。而羅馬人工作雖賣力，卻痛恨得很。盧卡不喜歡美國食物，他說美國食物可以用四個字形容：「鐵路比薩。」

我第一次吃初生小羊的腸子是跟盧卡一起的。這是羅馬的特產。就食物而言，羅馬是頗爲簡陋的城市，以粗糙的傳統食物知名，比方內臟、舌頭——北方富人扔掉的動物下腳料。我的羊腸嚐起來還行，只要我不去多想它是什麼玩意。又濃又香的肉汁本身很棒，但腸子卻具有一種……「腸」的黏稠度。有點像肝，但比較糊。我原本吃得很好，直到開始嘗試描述這道菜的時候，我心想，這看起來不像腸子，倒像條蟲。而後我把盤子推到一旁，要了沙拉。

「妳不喜歡？」盧卡問道，他喜歡這道菜。

「我敢說甘地一輩子從不吃羊腸。」我說。

「他可能吃過。」

「不可能，盧卡。甘地吃素。」

「但吃素的人可以吃這道菜，」盧卡堅持。「因爲腸子甚至不是肉，小莉。只是屎罷了。」

21

我承認，有時候我不了解自己在這裡做什麼。

我來義大利是爲了體驗快樂，但我到這裡的頭幾個星期卻提心吊膽，不知該如何做。老實說，純粹的快樂，並非我的文化概念。我來自一個世世代代超級勤勉的家系。我母親的家族是務農的瑞典移民，相片裡的他們看起來像是，他們若看見任何令人快樂的東西，就用腳上的釘靴一腳踩上去（我舅舅把他們統稱爲「耕牛」）。我的父方家族是英國清教徒，拙於吃喝玩樂。假使把我的父方族譜一路回溯到十七世紀，我確實能找到名叫「勤勉」和「謙恭」的清教徒親戚。

我自己的父母有個小農場，我姊姊和我在工作中長大。我們學會可靠、負責，在班上名列前茅，是鎮上最一絲不苟、最有效率的保母，是我們那位刻苦耐勞的農人／護士母親的縮影，一對年幼的瑞士刀，天生擅於多種任務。我們在家中擁有許多快樂與歡笑，但牆上貼滿工作清單，因此我從未體驗或目睹遊手好閒，這輩子從未有過。

儘管一般說來，美國人無法放鬆享受全然的快樂。我們是尋求娛樂的國家，卻不見得是尋求快樂的國家。美國人花費數億元逗樂自己，從色情、主題樂園、到戰爭，卻和平靜的享受不相干。美國人比世上任何人工作得更賣力、更久、更緊張。正如盧卡．斯帕蓋蒂所說，我們似乎樂此不疲。令人擔憂的統計數字支持此一觀察，顯示許多美國人在公司比在自己家裡的時候感覺更快樂、更滿足。沒錯，我們無疑都工作得太賣力，而後筋疲力竭，必須整個週末身穿睡衣、直接從盒子裡拿粟米片出來吃、頭腦呆滯地盯著電視看（沒錯，跟工作正好對立，但跟快樂可不算同一回事）。美國人不懂得如何無所事事。這是可悲的美國典型——壓力過度的即便去度假，卻無法放鬆——的起因。

我曾經問過盧卡，度假的義大利人是否有相同的問題。他捧腹大笑，幾乎把摩托車撞上噴泉。

「喔，沒有！」他說。「我們是『bel far niente』的能手。」

這是個漂亮的措辭。「bel far niente」是「無所事事之美」的意思。聽我道來——傳統來說，義大利人自古以來一直存在著勤奮工作的人，尤其是那些長期受苦的勞動者，即所謂「braccianti」（因爲他們除了手臂（braccie）的蠻力能幫助他們倖存於世外，別無所有，故名）。但即使在艱苦勞動的背景下，「無所事事」始終是大家抱持的一個義大利夢想。無所事事的美好，是你全部工作的目標，使你備受祝賀的最後成果。你愈是閒暇舒適地無所事事，你的生活成就愈高。你也不見得要有錢才能體驗其中奧妙。另有一個美妙的義大利措辭：「l'arte d'arrangiarsi」——「無中生有的藝術」。將幾種簡單配料變成一場盛宴，或是幾個聚在一起的朋友變成一場喜慶的藝術。任何有快樂天賦的人都能上手，這並非有錢人的玩意兒。

然而對我來說，追求快樂的主要障礙是我根深蒂固的清教徒罪惡感。我是否該擁有這種快樂？這也是很典型的美國態度——對於自己是否值得快樂，感到惶惑不安。美國的廣告系統完全環繞在說服拿不定主意的消費者：是的，你確實有權享受特殊待遇。這啤酒是給你的！你今天應該休息一下！因爲你值得！苦盡甘來了，寶貝！缺乏安全感的消費者心想，是啊！謝啦！我就去買個該死的半打吧！乾脆一打算了！而後開始反動式地狂飲。接著才懊悔不已。這類廣告戰在義大利文化中很可能起不了效用，因爲人們早已知道他們有權享受人生。在義大利，面對「你今天應該休息一下！」的回答可能是：「對啊，不，廢話。所以我打算中午休息一下，去你家和你老婆睡覺。」

或許因爲如此，當我告訴義大利朋友們，我到他們的國家來體驗四個月純粹的快樂，他們對此並無任何心理障礙。「Complimenti! Vai avanti!」（恭喜），他們會這麼說。就這麼辦吧。盡情玩吧。來我們家做客吧。從來沒有人說：「你完全缺乏責任感」或者「多麼自我耽溺的享受」。然而儘管義大利人完全允許我好好享受，我卻仍無法完全放鬆。在義大利的頭幾個禮拜，我的每根清教徒神經都在蠢動，到處找尋任務。我想把快樂當作家庭作業或龐大的科學研究來處理。我思索這類問題：「如何以最有效的方式強化快樂？」我心想，或許我在義大利的全部時間應當待在圖書館研究快樂的歷史。或者應去採訪在生活中體驗許多快樂的義大利人，問他們快樂是什麼感覺，然後以此爲題寫篇報告。（或許雙倍行距、留一吋邊？週一一大早就把稿子交出去？）

當我明白手邊的唯一問題是「如何定義快樂」，而當我眞正待在這個人們准許我放手探索這個問題的國家時，一切都改觀了。一切都開始變得……美味。有生以來第一次，我每天只需要問自己：「妳今天樂於做什麼事，小莉？現在什麼東西能帶給妳快樂？」無須考慮任何人的議程，也無須憂心任何責任，這個問題終於變得純粹而確定。

一旦准許自己在這兒享受經驗，而且了解自己在義大利什麼事也不想做，對我而言是有趣的事。義大利有多種快樂的表現形式，而我沒有時間全部嘗試。你得在這兒宣告你的主修，否則會應接不暇。既然如此，我感興趣的並非時尚、歌劇、電影、高級車，或去阿爾卑斯山滑雪。我甚至不那麼想觀看藝術。在義大利的整整四個月當中，我沒去過任何博物館，我承認這一點讓我有些羞愧。（天啊——更糟糕的是，我得承認我的確去過一家博物館：位於羅馬的國立麵食博物館（National Museum of Pasta）。）我發現我眞正想做的是吃美好的食物，盡可能多說美好的義大利語。就這樣。因此事實上，我宣告了雙主修——說話與飲食（專修冰品）。

這樣的飲食與說話帶給我至高無上卻又簡單樸素的快樂。我在十月中旬度過的幾個小時，對旁觀者來說或許沒啥大不了，但我始終認爲是自己生命中最愉快的時期。我在公寓附近發現一個市場，僅幾條街之遠，我先前不曾注意到它。我走近有個義大利婦女的小蔬菜攤，她和她兒子販賣各式各樣的產品——像是葉片豐潤、綠藻色的菠菜，血紅有如動物器官的番茄，外皮緊繃的香檳色葡萄。

我挑了一綑細長鮮豔的蘆筍。我輕鬆地用義語問這位婦女，能不能帶半綑蘆筍回家就好？我向她說明，我只有一個人，分量無需太多。她立即從我手中拿過蘆筍，分成兩半。我問她每天能否在老地方找到市場？她說，是的，她每天都在這裡，從早上七點開始。而後她俊俏的兒子表情詭祕地說：「這個嘛，她盡量想在七點來這裡……」我們全笑了。整段談話以義語進行。才幾個月前，這語言我還無法講半個字呢。

我走回公寓，把兩個蛋煮嫩吃午餐。我剝了蛋殼，排放在盤子上，擺在七條蘆筍旁邊（它們又細又美，根本無須烹煮）。我還在盤子裡放了幾顆橄欖，以及昨天在路上的乳酪鋪買來的四小團羊乳酪，還有兩片粉紅油嫩的鮭魚。飯後點心是一顆漂亮的桃子，是那位市場婦女免費送我的；桃子曬了羅馬的陽光，餘溫猶存。好長一段時間，我甚至無法碰這餐飯，因爲這頓午餐像是大師傑作，眞正表現了無中生有的藝術。最後，充分享受菜餚之美色後，我在乾淨的木頭地板上一塊陽光中坐下，用手指頭吃掉每一口菜，一面閱讀每日的義語報紙。幸福進駐我的每個毛細孔中。

直到——如同頭幾個月的旅行期間，每當我感覺到此種幸福時，經常發生的那樣——我的罪惡感警報響起。我聽見前夫的聲音在我耳邊不屑地說：**所以，妳放棄一切就為了這個？這就是妳把我們的共同生活一手摧毀的理由？為了幾條蘆筍和一份義語報紙？**

我高聲回覆他：「首先，我很抱歉，這已不干你的事。其次，讓我回答你的問題……沒錯！」

22

關於我在義大利追求快樂一事，顯然還有件事得提提：性的問題怎麼說？

爲了回答這個問題，我只能說：我人在此地的時候，不想有任何性關係。

更徹底、更誠實的回答是——當然，有時我確實很渴望，但我已決定暫時不參加這項特定活動。我不想跟任何人扯上關係。我自然懷念親吻，因爲我喜歡親吻。（有一天我向蘇菲滔滔抱怨起這件事，最後她憤怒地說：「看在老天爺的份上，小莉——假如情況太糟，就讓我親妳吧。」）但目前我不去做任何事。近來我若覺得寂寞，我就想：那就寂寞吧，小莉。學學處理寂寞。爲寂寞做計畫。一輩子就這麼一次，與它並肩而坐。接受這種人生體驗。別再利用他人的身體或感情，來抒發妳未滿足的渴望。

這是一種緊急時期的求生方針，尤甚於其他任何事情。早在人生初期，我即已開始追求性與浪漫之樂。我在交往第一個男友前幾乎沒有青春期，而打從十五歲起，我一貫有男孩或男人（有時兩者）作伴。那大約是——喔，十九年前的事了。足足有二十個年頭，我一直與某男子糾結於某場戲劇當中。情事彼此重疊，之間從沒有一個星期的喘息時間。我不禁要想，這在我的成熟道路上多少造成阻礙。

再者，我跟男人之間有分界的問題。或許這麼說不公平。照說有分界問題，理當一開始就有「界線」，對吧？但我卻是整個消失而成爲我愛的那個人。我是可滲透的薄膜。我若愛你，你即可擁有一切。你能擁有我的時間、我的忠誠、我的屁股、我的金錢、我的家人、我的狗、我的狗的金錢、我的狗的時間——一切的一切。我若愛你，我會扛起你所有的痛苦，爲你承擔所有的債務（就每一種定義而言），我將保護你免於不安，把你從未在自己身上養成的各種優秀品質投射給你，買聖誕禮物給你的全家人。我會給你雨和太陽，假使沒辦法立刻給你的話，我會改天給你。除了這些，我還會給你更多更多，直到我筋疲力竭，耗盡心力，只能靠迷戀另一個人才能再使我恢復精力。

我並非引以自豪地說明這些關於我本身的事實，但事情一貫如此。

離開我先生一段時間後，在一次派對上，有個我不太熟悉的男子對我說：「妳知道嗎？現在妳跟妳的新男友在一起，似乎完全變了個人。從前妳跟妳先生看起來很像，但現在的妳看上去活像大衛。妳甚至連穿著、講話都像他。妳知道有些人跟他們養的狗看起來很像吧？我想或許妳一向跟妳的男人很像。」

天啊，我眞該暫時擺脫這種循環，稍事休息，給自己一些空間去發現，在我不試著與他人融爲一體時，我自己看起來、說起話來的樣子。還有，讓我們都誠實點吧——暫時把親密關係放在一旁，或許在我來說是一種慷慨的公共服務。當我回顧我的浪漫史，發現它看起來並不怎麼好。可說是一個接著一個災難。還能再有幾種不同類型的男人讓我繼續嘗試去愛，然後繼續失敗？這樣想吧——你若連續出十場重大車禍，難道最後不會被吊銷駕照？難道你不會多少希望駕照被吊銷？

我之所以對捲入另一段感情有所遲疑，還有最後一個原因。我碰巧還愛著大衛，我想這對下一個男人來說不公平。我甚至不曉得大衛與我是否完全分手。在我動身前往義大利之前，我們仍常彼此消磨時間，儘管我們已有很長一段時間未同床共枕。但我們依然承認，我們倆都仍抱著希望，或許有一天……

我不曉得。

我只曉得——一生倉促的抉擇和混亂的激情所累積而成的後果，使我心力交瘁。在我前往義大利時，已是身心具疲。我就像某個絕望的佃農所耕種的土壤，負擔過重，亟需休耕。這正是我放棄的原因。

相信我，我知道在自願獨身期間來義大利追求快樂，所蘊含的諷刺意味。但我認爲禁慾是目前該做的事。那晚當我聽見我的樓上鄰居（一位很漂亮的義大利姑娘，收藏了一批令人吃驚的高跟靴），在她最近期的幸運訪客陪同下，經歷著我所聽過時間最長、聲音最大、最肉體撞擊、最床搖鋪動、最粉身碎骨的做愛時刻。這場喧囂之舞的持續時間遠超過一個小時，伴隨著超通風聲效以及野獸的呼喊。我在他們底下僅一層樓，孤單、疲倦地躺在床上，只能想著：聽起來眞費勁……

當然，有時我確實充滿慾望。我一天大約從平均一打能輕而易舉想像跟我上床的義大利男人身邊走過。對我的口味而言，羅馬的男人美得可笑、有害、愚蠢。說實話，甚至比羅馬女人還美。羅馬男人的美就像法國女人的美，也就是說——鉅細靡遺地尋求完美。他們像參賽的貴賓犬。有時他們看起來完美得令我想鼓掌叫好。這裡的美男子迫使我不得不沿用浪漫小說的讚賞語詞來描述他們——他們「極端迷人」、「英俊得無情」，或「強壯得教人訝異」。

然而，容我承認對自己來說不怎麼愉快的事吧——街上這些羅馬人並未朝我多看一眼。甚至連第一眼也沒有。一開始我發現這有點令人擔憂。從前在我十九歲的時候，我來過義大利，記得被街上的男人不斷騷擾。在比薩店。在電影院。在梵蒂岡。無止無境，恐怖至極。從前在義大利旅行是一大負擔，幾乎能破壞你的食慾。如今，三十四歲的我顯然成了隱形人。當然，有時男人會態度友善地對我說：「妳今天看起來很美，女士。」但這不常發生，而且從未超過分寸之外。不被公車上討厭的陌生人伸手亂摸儘管是件不錯的事，一個女人卻有她的自尊，不禁要猜想：到底是什麼改變了？是我嗎？還是他們？

於是我到處問人，每個人都同意，是的，義大利在過去十到十五年間的確發生變化。或許是女性主義的勝利，或文化的進化，或加入歐盟而導致無可避免的現代化結果。或只是年輕男人在這方面對父親和祖父們惡名昭彰的猥褻之舉感到困窘。無論原因爲何，義大利整個社會似乎一致決定，這種跟蹤、騷擾婦女的行爲，不再能讓人接受。甚至我漂亮的年輕朋友蘇菲，也沒在街頭碰上這種事，可是從前這些白白淨淨的瑞典女孩總是被騷擾得很嚴重。

總而言之——義大利男人似乎已爲自己贏得「最佳進步獎」。

這教人鬆一口氣，因爲有一陣子我擔心是「我自己」的緣故。我是說，我擔心之所以不被人注意，是因爲我不再是十九歲的美少女。我擔心或許我的朋友史考特去年夏天說得對：「啊，甭擔心，小莉——那些義大利男人不會再騷擾妳。這跟法國不同，法國人專找徐娘。」

23

昨天下午，我跟盧卡．斯帕蓋蒂和他的朋友們去看足球賽。我們在那兒看拉齊奧隊（Lazio）比賽。羅馬有兩個足球隊——拉齊奧隊和羅馬隊（Roma）。兩隊及其粉絲之間競爭激烈，足以將快樂的家庭和平靜的街坊分裂成內戰地帶。無論是拉齊歐粉絲或羅馬粉絲，都得自幼作出抉擇，因爲這大抵決定你一輩子的週日午後將和誰泡在一起。

盧卡有一群十個左右的好友，全像兄弟般相親相愛。除開其中一半是拉齊奧粉絲，另一半是羅馬粉絲。他們無能爲力；他們所生長的家庭都早已確立其忠誠。盧卡的祖父（但願他叫作諾諾——斯帕蓋蒂（Nonno Spaghetti））在盧卡還小的時候，就給了他第一件天藍色的拉齊奧球衣。盧卡也將永遠是拉齊奧粉絲，一直到死。

「我們可以換老婆，」他說：「我們可以換工作、換國籍，甚至改換宗教，但我們永遠無法換球隊。」

順帶一提，「粉絲」的義大利語是「tifoso」。源自斑疹傷寒（typhus）這個詞。換句話說，即是嚴重發燒的人。

我和盧卡的第一場足球賽，對我來說是一場瘋狂的義語盛宴。我在體育館內學到學校未教的各式各樣新奇有趣的字眼。坐在我身後的一名老人，以堆積成串的華麗辭藻朝球場上的球員尖聲詛咒。我對足球所知甚少，但我並未浪費任何時間去詢問盧卡，有關比賽進行當中的種種無聊問題。我不斷要他告訴我：「盧卡，我後面那傢伙剛剛說什麼？『cafone』是什麼意思？」目光始終未曾離開球場的盧卡答道：「王八蛋。王八蛋的意思。」

我寫了下來。而後閉上眼睛，繼續聽老人咆哮，聽起來像這樣：

Dai, dai, dai, Albertini, dai...va bene, va bene, ragazzo mio, perfetto, bravo, bravo...Dai! Dai! Via! Via! Nella porta! Eccola, eccola, eccola, mio bravo ragazzo, caro mio, eccola, eccola, ecco—AAAHHHHHHHH!!!VAFFANCULO!!! FIGLIO DI MIGNOTTA!! STRONZO! CAFONE! TRADITORE! Madonna...Ah, Dio mio, perché, perché, perché, questo è stupido, è una vergogna, la vergogna...Che casino, che bordello...NON HAI UN CUORE, ALBERTINI! FAI FINTA! Guarda, non è successo niente...Dai, dai, ah...Molto migliore, Albertini, molto migliore, sì sì sì , eccola, bello, bravo, anima mia, ah, ottimo, eccola adesso...nella porta, nella porta, nell—VAFFANCULO!!!!!!

我的譯文如下：

來吧，來吧，來吧，阿爾貝蒂尼，來吧……很好，很好，好孩子，幹得好，漂亮，漂亮……來吧！來吧！快！快！進球！很好，很好，我高明的孩子，我的好孩子，很好，很好，很——**啊啊啊！幹你自己去吧！狗娘養的！笨蛋！王八蛋！叛徒！**……聖母娘娘……喔我的天，爲什麼，爲什麼，爲什麼，蠢，丟臉，恥辱……一塌糊塗……（作者註：遺憾的是，義大利用語「che casino」和「che bordello」很難譯成恰當的英語，按字面翻譯是「眞是賣淫嫖娼」，但基本上是「眞他媽的一團糟」的意思）……**你狼心狗肺，阿爾貝蒂尼!!! 你這冒牌貨！**瞧，沒啥看頭……來吧，來吧，嘿，對啦……好多了，阿爾貝蒂尼，好多了，對，對，對，很好，漂亮，高明，喔，棒，很好……進球，進球，進——**滾你媽的蛋!!!**

喔，能坐在這個男人的正前方，眞是我這輩子的幸運時刻。我熱愛出自他口中的每一個字。我想把自己的頭往後靠，諦聽他的責備，以他動人的咒罵注入我的耳中。不只他而已！整個體育館都充滿這種獨白。如此激昂熱烈！每當球場上發生嚴重的審判不公，整個體育館的人便站起身來，人人揮動手臂，憤怒咒罵，彷彿有兩萬人正在進行一場交通爭議。拉齊奧球員的戲劇性演出也不亞於他們的粉絲，在地上痛苦打滾，好比《凱薩大帝》的死亡場景，完完全全誇張演出，兩秒鐘後又躍起身來重新攻擊。

拉齊奧最後還是輸了。

賽後，盧卡需要讓自己快活起來，於是問他的朋友們：「我們出去吧。」

我以爲這意味著：「我們去酒吧吧。」美國的球迷在自己的球隊輸賽的時候都這麼做。他們上酒吧大醉一場。這麼做的不只美國人——英國人、澳洲人、德國人……每個人都這麼做，對吧？但盧卡和他的哥兒們並未上酒吧讓自己快活起來。他們去了糕餅店。他們上羅馬一家無名又無害的地下室糕餅店去。那個週日晚上擠滿了人。但這家糕餅店在球賽過後向來擠滿人。拉齊奧粉絲從體育館返家途中一向在此停留數個小時，倚靠在他們的摩托車上，談論球賽，一副男子漢的模樣，一邊吃著**奶油泡芙**。

喔，我愛義大利。

24

我每天新學二十個左右的義大利字。我總是在學習；在城裡漫步時，一邊翻閱我的單字卡，閃避街頭行人。我的腦子怎麼有儲存這些生字的空間？或許我內心已決定清除舊有的負面想法和哀傷回憶，用這些閃亮的新字取而代之。

我用功學習義大利語，但我不斷希望有一天義語能完整而完美地展現給我。讓我有一天張開嘴巴時口若懸河。那時我將是一位道地的義大利女子，而不是一個聽見有人在對街叫朋友「馬可」的時候，直覺想回喊「波羅！」的徹底美國人。我希望義大利語能在我內心定居，可是這語言有這麼多變化。比方，爲什麼「樹」（albero）和「旅館」（albergo）的義大利用詞如此相似？這使我不斷在無意中告訴他人，我在「聖誕旅館農場」長大，而不是較爲精確、較不超現實的描述：「聖誕樹農場」。還有些用詞具有雙重、甚至三重含意。譬如，「tasso」的意思可以是利率、獾、或紫杉。我想得視內文而定。對我來說最惹人煩的，是碰上——我很不情願這麼說——很難聽的用詞。我幾乎把這當作一種個人的侮辱。很抱歉，我一路來到義大利，不是爲了學怎麼唸「schermo」（螢幕）。

話雖如此，整體來說卻很值得。大半是一種純粹的快樂。喬凡尼和我教給彼此英語和義語慣用語

25

近來整個歐洲正在進行某種權力鬥爭。幾個城市彼此競爭，看誰將成爲二十一世紀的歐洲最大都會。是倫敦？巴黎？柏林？蘇黎世？或是成立不久的歐盟中心布魯塞爾？每一個都力求在文化、建築、政治、財政方面勝過對方。然而對於羅馬而言，可說尚未費心加入地位之爭。羅馬不去競爭。羅馬只是冷眼旁觀這些小題大作，全然無動於衷，表現出一副「隨你們做什麼吧，我仍是羅馬」的姿態。這城市的從容自信令我感動，如此穩固而完美，如此有趣而不朽，知道自己被牢牢地握在歷史之掌中。我年老的時候也想和羅馬一樣。

今天我在城裡走了六小時的路。這並不難，尤其如果你不時停下來喝杯濃縮咖啡，吃些糕點。我從公寓門口出發，而後漫步於鄰近街坊的都市商業區。（儘管我不太精確地把它叫作傳統意義上的街坊，但此處的街坊鄰居，可都是那些名叫范倫鐵諾、古馳、亞曼尼的凡夫俗子。這兒始終是高級區，魯本斯（Rubens）、但尼生（Tennyson）、斯湯達爾、巴爾札克、李斯特、華格納（Wagner）、薩克萊（Thackeray）、拜倫、濟慈——他們都待過這裡。我住的地區從前叫「英國區」，即上流貴族在歐洲長途旅行期間的休憩處。有個倫敦旅遊俱樂部竟然叫作「半瓶醋社團」（The Society of Dilettanti）——眞想不到，拿你是半瓶醋做廣告宣傳！喔，臉皮厚得如此理直氣壯……

我走到人民廣場去，壯麗的拱門是貝爾尼尼（Bernini）的雕塑作品，爲了紀念瑞典女皇克莉絲汀的歷史性訪問（她確實是歷史上的一名秀異人物。我的瑞典朋友蘇菲如此描述這位偉大的女皇：「她能騎馬打獵，是位學者；她改信天主教，成了一大醜聞。有人說她是男人，但至少她可能是女同志。她穿長褲，從事遺址發掘工作，收藏藝術，拒絕留下繼承人。」）拱門旁邊有一所教堂，可免費進入參觀卡拉瓦喬（Caravaggio）的兩幅畫作，其描繪著聖彼得殉道以及聖保羅皈依場景（蒙受恩典的聖保羅在神聖狂喜中撲倒在地，連他的馬也無法置信）。卡拉瓦喬的畫作向來使我感動得想哭，爲了讓自己快樂起來，於是我走到教堂另一邊，去欣賞一幅壁畫，畫中是全羅馬最快樂、最傻頭傻腦、笑得最開心的小嬰孩耶穌。

我開始往南持續走去。我經過博蓋塞宮（Palazzo Borghese），許多名人曾住過此地，包括拿破崙惡名遠播的妹妹寶琳（Pauline），她不知讓多少情人住過這裡。她還喜歡把她的侍女當腳凳用。（你始終希望自己誤讀《羅馬隨身指南》當中這句話，然而這卻是千眞萬確的事。我們還得知，寶琳喜歡讓「一名高壯的黑人」抱去洗浴。）而後我沿著寬大、泥濘、鄉村風情的台伯河沿岸漫步，一路走到台伯島（Tiber Island），這兒是我在羅馬最喜愛的僻靜地區之一。這座島向來與「治癒」的意象相連在一起。西元前二九一年，在一場瘟疫過後，這兒蓋了一座醫神殿；中世紀有一群名叫「行善弟兄」的修士在此處蓋醫院；即使到今天，這座島上仍有一家醫院。

我過河到達特拉斯特維雷區（Trastevere）——此區聲稱是原汁原味的羅馬人所住居，而且是在台伯河對岸建造所有歷史建築的工人聚居的地方。我在一家安靜的小餐館吃午飯，拖拖拉拉地吃飯喝酒，持續數個小時，因爲在特拉斯特維雷，沒有人會阻止你慢吞吞吃飯，只要你自己喜歡。我點了各式

「bruschette」（麵包），「spaghetti cacio e pepe」（簡單的羅馬特色菜，添加起司與胡椒），以及一小隻烤雞。烤雞最後和一條盯著我吃午飯的野狗分享。

而後我過橋往回走，經過猶太區，這歷盡滄桑的地方存留了數個世紀，直到被納粹掃除盡淨。我朝北走回去，經過納佛那廣場（Piazza Navona）；廣場上的巨大噴泉是爲了紀念地球上的四條大河（他們引以爲傲地——儘管不完全正確——將台伯河列入名單之中）。接著我去觀看萬神殿。我一有機會就去看萬神殿，畢竟我就在羅馬；有句古老諺語說，去羅馬不看萬神殿，「回去的時候就是蠢驢」。

回家途中，我繞道而行，造訪我認爲羅馬最令人出奇感動的地點——奧古斯都廟。這座磚頭堆建的巨大圓形遺蹟，最早是壯觀的陵墓，由屋大維‧奧古斯都所建，用以永生永世存放他的遺骨以及他的家族的遺骸。這位皇帝肯定不曾想像過羅馬除了崇拜奧古斯都的強大帝國外，會有其他面目的存在。他怎可能預見帝國的瓦解？或預知蠻族摧毀羅馬所有的水道橋，條條大道皆成廢墟，市民淨空，幾乎在經過二十個世紀後，這座城市才得以回復其盛世時期的人口數？

奧古斯都的陵墓在黑暗時代慘遭毀壞盜竊。有人偷走皇帝的骨灰——盜者何人，並未可知。十二世紀時，這座遺跡經過翻修，成爲科洛納（Colonna）望族的堡壘，抵禦各交戰諸侯的襲擊。而後奧古斯都廟不知何故，變成了葡萄園，接著成爲文藝復興庭園，接著是鬥牛場（此時是十八世紀），而後成了煙火倉庫，之後是演奏廳。一九三〇年代遭墨索里尼占爲己有，將之整個連同古代地基都修復起來，以便成爲他的最後安息地。（當時肯定同樣難以想像，羅馬除了崇拜墨索里尼的帝國之外會有其他面目。）當然，墨索里尼的法西斯美夢未能持久，也未能得到他期待的帝王安葬規模。

今日的奧古斯都廟是羅馬最寂靜的地方之一，深埋在土中。數世紀以來，羅馬城在它周圍成長。（時間瓦礫的累積，大致一年一吋。）遺跡上方車水馬龍，不見任何人走下來——就我所見——除了作為公共廁所之用。但建築物依然存在，堅守其羅馬的立場，等候下一個輪迴。

奧古斯都廟的耐力與任性使我覺得安心，此建築一生多舛，卻始終適應著時代的狂風暴雨。對我而言，奧古斯都廟好比一個畢生生活動盪的人——或許一開始是家庭主婦，而後意外成了寡婦，而後靠跳扇子舞賺錢謀生，最後不知怎麼當上外太空第一位女牙醫，最後嘗試涉足國內政治——然而卻能在經歷每次的變動後毫髮無傷。

我看著奧古斯都廟，我想，或許我的生活畢竟不眞的那麼混亂不堪。混亂的是這個世界，給我們帶來無人能夠預期的變化。奧古斯都廟告誡我，切勿死守我是什麼人、我代表什麼、我屬於誰，或我曾想讓自己有什麼表現的固執想法。昨天我對某人來說或許是壯麗的古蹟，這也是眞的——但明天我可能成為煙火倉庫。即使在這座「永恆之城」中，沉默的奧古斯都廟告訴我，一個人始終必須為動盪騷亂的變化作好準備。

26

在我離開紐約、移居義大利之前，我事先運去一箱書給自己。這箱書擔保四至六天內抵達我的羅馬公寓，但我想義大利郵局肯定把指示誤解成「四十六天」，因爲兩個月過去了，卻不見箱子的蹤影。我的義大利朋友告訴我，把箱子一事拋諸腦後吧。他們說箱子或許會寄達或許不會寄達，這類事情不在你的掌控之中。

「或許被人偷了？」我問盧卡。「郵局搞丟了？」

他矇住眼睛。「別問這些問題，」他說。「只會讓自己心煩罷了。」

關於我遺失箱子之謎，有天晚上引發我、我的美國朋友瑪莉亞和她先生朱利歐之間的長篇議論。瑪莉亞認爲在一個文明社會，你理當能仰賴郵局盡速遞送郵件這類事情，朱利歐則不以爲然。他辯稱，郵局不屬於人，而是屬於命運，郵件的遞送不是任何人能擔保的事情。瑪莉亞頗是生氣，她說這只是進一步證明新教徒和天主教徒的分歧。她說，此一分歧的最佳明證是義大利人——包括她自己的丈夫在內——永遠無法做未來的計畫，即使僅僅是一個禮拜後的事情。如果你請求美國中西部的新教徒答應下禮拜選一天吃晚飯，相信自己是自身命運主宰的新教徒會說：「週四晚上我方便。」但如果你請求卡拉布里亞

（Calabria）的天主教徒做出相同承諾，他只會聳聳肩，抬頭仰望上帝，問道：「我們怎能知道下週四晚間是否有空一起吃飯？既然一切都在上帝掌控中，我們誰也不會曉得自己的命運。」

儘管如此，我仍去了郵局幾次，試圖追蹤我的箱子，卻徒勞無功。那名羅馬郵局員工很不高興和男朋友的通話被我的出現打斷。而我的義大利語——已經愈來愈好，說老實話——在這種緊急狀況下辜負了我。我嘗試條理分明地說明遺失一箱書，這女人看著我的樣子就像我在吹泡泡。

「也許下禮拜會寄到這兒？」我用義語問她。

她聳肩說：「Magari。」

又是一個無從翻譯的義大利俚語，意思介於「但願如此」和「做你的白日夢，蠢蛋」之間。

呵，或許這是最好的結果。我現在甚至記不起一開始在箱子裡裝了哪些書。肯定是我認爲自己若想眞正了解義大利，就該讀的一些東西。我在箱子裡裝滿各式各樣應當用功研讀的羅馬研究資料，如今既已身在此地，這些東西似乎不再重要。我想我甚至把整冊吉朋（Edward Gibbon）的《羅馬帝國興亡史》的完整版裝進箱子裡。或許沒有它，我會比較快樂。畢竟人生如此短暫，我果眞想把我在世間餘下的九十分之一的日子，花在閱讀吉朋上嗎？

27

上個星期我遇上一位澳洲姑娘，揹著背包從事她有生以來的頭一次歐洲之旅。我爲她指點去火車站的路。她正要前往斯洛維尼亞遊覽。我聽到她談及她的計畫時，心中一陣妒忌，心想：「我也想去斯洛維尼亞！爲什麼我從沒去任何地方旅行？」

以簡單的眼光來看，我已正在旅行。已經在旅行的時候渴望旅行，我承認是一種貪婪的瘋狂行爲。就像和你愛慕的電影明星做愛的同時，又幻想和另一個你愛慕的電影明星做愛。但這名女孩向我問路（顯然，在她心目中，我是羅馬市民）的事實說明，實際上我並非在羅馬旅行，而是在羅馬定居。無論時間多麼短暫，我都是市民了。事實上，碰上這位姑娘時，我正要去付電費，這可不是旅人擔心的事情。「在某地旅行」的精力和「在某地定居」的精力，基本上是不同的精力，遇上這位即將前往斯洛維尼亞的姑娘，刺激了我上路的癮頭。

於是我打電話給蘇菲，說：「我們今天往南去拿波里吃比薩餅吧。」

才幾個小時後，我們立即搭上火車，而後——像變魔術似的——我們到了拿波里。我立即愛上拿波里。狂放、刺耳、嘈雜、骯髒、享樂的拿波里。兔子窩裡的蟻塚，混雜中東市集的異國情調，以及紐奧爾良的巫毒魅力。古怪、危險、興高采烈的瘋人院。吾友偉德在一九七〇年代到過拿波里，遭人襲擊搶劫……在博物館裡。洗好的衣物晾在每一扇窗口，懸盪在每一條街上，妝點這座城市；大家剛剛洗好的內衣內褲隨風飄揚，猶如西藏的經幡。拿波里的每條街都看得見身穿短褲、襪子不相配的狠小子，從人行道上朝鄰近屋頂的另一個狠小子高聲叫喊。每一棟建築物至少有一位佝僂老婦坐在窗邊，狐疑地凝視底下進行的活動。

這裡的人對自己的拿波里出身大感興奮，這也難怪。這城市把比薩餅和冰淇淋給了全世界。拿波里的女人尤其是一群粗聲粗氣、滿嘴粗話、落落大方、好管閒事的女士，一副專橫、氣惱的架子，看在上帝面子上，拚命要幫你這白癡的忙。拿波里口音就像友善的耳銬。就像走在快餐廚子的城市中，大家在同一時刻大喊大叫。他們這兒仍有自己的方言，還有千變萬化的當地俚語，但不知怎麼的，我發現拿波里人對我而言是我在義大利最容易了解的人。原因爲何？因爲他們就是他媽的要你了解！他們說話大聲，語氣強烈，假使不了解他們嘴裡講出來的話，通常也能從他們的手勢推斷三分。比方那名坐在表哥摩托車後座的文法學校龐克小姑娘，從我身邊呼嘯而過的時候，朝我比手指，露出迷人的笑容，只爲了讓我明瞭：「別埋怨吧，女士。我才七歲呢，但我已經可以告訴妳，妳是大傻瓜，不過這很酷——我想妳還算可以，我也還算喜歡妳的土包子臉。我們倆都知道妳很想換作我，可是抱歉——妳沒有辦法。反正，瞧瞧我的中指吧，希望妳在拿波里玩得愉快，再會啦！」

就像在義大利所有的公共場所，始終看得見男孩、青少年、成年男子踢足球，而拿波里卻還有另外的娛樂。比方今天我看見孩子們——我是說，一群八歲男孩——收集幾個舊雞籠，充當桌椅，在廣場上玩撲克牌，其專注程度使我害怕他們有人會中彈身亡。

我的串連交流雙胞胎喬凡尼和達里奧出身於拿波里。這完全無法想像。我無法想像害羞、勤奮、和善的喬凡尼，在少年時代屬於這個——我用這詞兒可一點也不誇張——匪幫。但他確實是拿波里人，因爲在我離開羅馬前，他給了我拿波里一家比薩餅店的名字，要我非去嚐嚐不可。喬凡尼告知我，因爲這家店賣的比薩餅在拿波里無出其右。這使我十二萬分期待，鑒於義大利最好的比薩餅來自拿波里，而全世界最好的比薩餅來自義大利，這意謂這家比薩餅店肯定提供……我幾乎迷信得說不出來……「全世界最好的比薩餅？」喬凡尼遞店名給我時，態度嚴肅熱烈，我幾乎覺得自己正闖進一個祕密會社。他把住址塞入我手中，悄悄地說：「請去這家比薩餅店。點瑪格麗特比薩加雙份起司。如果妳去拿波里沒吃這種比薩，請騙我說妳去吃了。」

於是蘇菲和我來到米凱爾比薩店（Pizzeria da Michele）。我們剛剛點的一人一份的餅，使我們爲之瘋狂。事實上，我對這份比薩餅的愛使我熱昏了頭，我相信我的比薩餅也回敬了我的愛。我和這份比薩建立了關係，幾乎是一場戀情。同時，蘇菲簡直吃得涕泗縱橫，發生某種形而上的危機，她頻頻向我探問：「斯德哥爾摩幹嘛還費心做比薩？我們在斯德哥爾摩幹嘛費心吃東西？」

米凱爾比薩店地方不大，僅兩個房間，和一個烘烤不停的烤爐。在雨中從火車站走去，約十五分鐘的路程，根本連擔心也不用擔心，走就是了。你得及早到那兒，因爲有時他們用完麵皮，會使你傷心欲絕。午後一點，比薩店外頭的街道已擠滿想進店裡的拿波里人，推推搡搡，彷佛嘗試擠上救生船。店裡沒有菜單。這裡的比薩餅只有兩種——普通口味和雙份起司。沒有所謂新時代南加州的橄欖加番茄乾的夢幻比薩。進餐中途，我才琢磨出麵皮嚐起來不像我吃過的任何比薩麵皮，倒像是印度麵包（nan）。柔軟耐嚼，卻特別薄。我一向認爲談到比薩餅皮，我們一生只有兩種選擇——薄而脆，或者厚而軟。怎知這世上有一種薄而軟的餅皮？神聖的上帝！薄、軟、韌、黏、好吃、耐嚼、鹹味的比薩天堂。最上面放的甜味番茄醬汁，讓新鮮起司溶解時溢出泡沫乳脂；中央的一枝羅勒葉，讓香草芬芳充滿整個比薩，就像閃閃發光的電影明星，在派對中給周圍每個人帶來迷人陶醉的感覺。就技術而言，吃這東西當然不可能。你試著咬一口軟黏的脆褶皮，熱起司排山倒海般地散開，把你和周圍的一切弄得一團糟，不過，就隨遇而安吧。

創造這項奇蹟的人，把比薩餅從燃燒木頭的烤爐中鏟進鏟出，酷似在船腹工作的鍋爐工，把煤炭鏟入熊熊燃燒的火爐裡。他們的袖子捲在流汗的前臂，臉部因費勁而發紅，嘴裡叼著香菸，瞇著一隻眼抵擋爐子的高溫。蘇菲和我每人又點了一份餅——每個人又吃了一整個比薩——蘇菲嘗試控制自己，但比薩實在太棒，幾乎使我們無法應付。

順帶說說我的身體。我當然每天都在增加體重。在義大利，我粗魯對待自己的身體，消耗數量驚人的起司、麵食、麵包、美酒、巧克力和比薩餅。（有人告訴我，在拿波里另一個地方，竟吃得到所謂「巧克力比薩餅」。無聊透頂！我是說，我之後確實找到、吃到，很美味，只不過說實話——巧克力比薩？）我沒運動，我沒吃足夠的纖維，我沒吃維他命。現實生活中，我早餐吃的是撒了小麥胚芽的有機羊乳優格。不過我的現實生活早已遠去。我在美國的朋友蘇珊告訴大家，我正在從事「完全攝取碳水化合物」之旅。但我的身體卻對這一切極富雅量。我的身體對於我的罪惡與放縱視而不見，彷彿在說：「沒事，孩子，盡情享受生活吧，我看得出這只是暫時的。讓我知道妳對純粹快樂的小小試驗何時結束，再看看如何採取防治損害措施。」

儘管如此，當我在拿波里最佳比薩店的鏡子裡睇見自己時，我看到一個眼神喜悅、氣色明亮、快樂健康的臉蛋。我有好長一段時間沒看見過這樣的臉蛋。

「謝謝你。」我低聲說。而後蘇菲和我冒著雨跑出去找糕餅吃。

28

這樣的喜悅（事實上至今已有數個月之久），使我在返回羅馬時，考慮該與大衛做個了斷。或許該讓我們的故事畫上句點。我們已正式分開，卻仍開著一扇希望之窗，期待有一天（或許在我的旅行過後，或許在分開一年後）我們能重新來過。我們彼此相愛。這從無疑問。只不過我們不明白如何不讓對方痛苦得絕望、尖叫、痛徹心扉。

上個春天，大衛爲我們的苦難提出瘋狂的解決方法，只不過有點半開玩笑：「如果我們承認我們關係惡劣，卻硬著頭皮撐下去，會有什麼結果？如果我們承認我們讓彼此發狂，我們一天到晚吵架，幾乎不再做愛，卻無法離開彼此而生活，於是應付下去，會有什麼結果？然後我們可以白頭偕老、共度一生——悲慘度日，但慶幸沒分道揚鑣。」

我認眞考慮過這項提議，由此可見這個與我共處十個月的男人讓我愛得多癡狂。

我們腦海中的另一個解決辦法，當然是我們其中一人可能改變。他可能變得更開明、更溫柔，不再因爲恐懼被愛他的人吞噬靈魂而退避三舍。或者我可能學會如何……不再嘗試吞噬他的靈魂。

我時常希望和大衛在一起的時候，舉止多像一點我母親在婚姻中的獨立、堅強、自主的態度。一個自給自足的人。無須從我那孤寂農人的父親那兒定期服用浪漫或讚美，即可安然存活。她在我父親有時給自己築起的沉默之牆當中，仍能歡歡喜喜地栽種雛菊園。我父親是世界上我最喜愛的人，但他有點古怪。我的一個前男友曾如此描述過他：「妳爹只有一隻腳踩在地面上。而且腿很長很長……」

在我成長的家，我看著母親在她丈夫想到給予愛與感情的時候接受他的愛，在他沉浸於自己、罔顧一切的世界時，則避向一旁照顧自己。總之，這是我的看法，如果還考慮到沒有人（小孩尤甚）知道婚姻的祕訣的話。我成長期間所看見的母親，其對任何人皆無所求。這畢竟是我的母親——青春期的她，獨自在明尼蘇達的寒冷湖泊中自學游泳，帶著她從當地圖書館借來的《學游泳》一書。在我看來，沒有一件事是這女人無法獨力完成的。

然而，在我動身前往羅馬前不久，我和我母親進行了一場啓示性的對談。她到紐約和我吃最後一餐午飯，她坦白問我——打破我們家族史上所有的溝通規範——我和大衛之間出了什麼問題。我又一次無視於「吉兒伯特家族標準溝通手冊」，竟然告訴了她。我一五一十告訴她。我跟她說我深愛大衛，但這個老是從房間、床上、地球銷聲匿跡的人，讓我多麼孤單消沉。

「聽來起他和妳父親有點像。」她說。一種勇敢而寬容的供認。

「問題是，」我說：「我不像我的母親。媽，我不像妳那麼堅強。我需要從我愛的人身上得到一定程度的親密。我希望自己能多像妳一點，那我就能和大衛擁有這段愛情故事。可是在我需要的時候，無法仰賴這份感情，簡直要毀了我。」

接著，我母親的話使我大吃一驚。她說：「小莉，妳想從關係中得到的一切，也是我一直想要的東西。」

那一刻，彷彿我堅強的母親伸出手來打開拳頭，讓我終於看見她幾十年來爲了和我父親維持快樂的婚姻（若基於種種考量，她確實婚姻快樂）而承受的傷痕。我從未見過她這一面，從來不曾。我未曾想像過她要什麼，她錯失了什麼，在為大局著想而決定不去爭取的東西。看見這一切，使我感到我的世界觀開始發生急劇變化。

倘若連母親都需要我要的東西，那麼……？

接連這一連串前所未有的親密對談，我母親繼續說道：「親愛的，妳得了解，我成長的環境使我不去期待自己應當過什麼樣的日子。別忘了——我的成長時代與環境，和妳不同。」

我閉上眼睛，看見我母親十歲的時候待在明尼蘇達的家族農場，如僱傭似地勞動，養育她的弟弟們，穿她姊姊的舊衣裳，存錢讓自己離開那裡……

「妳得了解，我很愛妳父親。」她總結道。

我母親做了她的人生抉擇，如同我們每個人，而她處之泰然。我看得見她的安詳。她並未給自己找藉口。她的抉擇有莫大的效益：和她依然稱作好友的男人，保持穩定長久的婚姻；受兒孫愛戴的大家庭；對自身力量的肯定。或許她犧牲了一些東西，而我父親也做出種種犧牲——然而我們當中有誰一生中不曾做過犧牲？

對我來說，現在的問題是——我的抉擇是什麼？我相信這一生該過怎樣的生活？我何時願意、何時不願意犧牲？想像沒有大衛的生活，對我來說很不容易。即使只是想像跟我最愛的旅伴不再有另一次旅行，再也不能在路邊停下車來，搖下車窗，聆聽收音機上播放著的史普林斯汀（Springsteen），兩人之間擺著一輩子的玩笑和零食，公路盡頭的海洋終點若隱若現——都太困難了。然而我哪能享受這樣的歡樂，假使隨之而來的是潛藏的黑暗面——令人粉身碎骨的孤立，侵心的不安，隱藏的怨恨，以及每當大衛停止付出、開始遁走時，終要瓦解的自我。我再也走不下去。不久前在拿波里的快樂使我確信，沒有大衛，我不僅「能夠」、也「必須」找到快樂。無論我多麼愛他（我確實愛他，愛得過分發癡），我現在不得不向此人道別。而且必須堅持到底。

於是我寫了封電子郵件給他。

這是十一月的事。打從七月，我們就未再聯絡。我要他在我旅行期間不要與我聯繫，因爲我明白，假使與他聯繫，我對他的強烈愛戀將使自己無法專心旅行。可是現在，這封電子郵件讓我再次走入他的生活。

我跟他說希望他一切安好，我告知他我很好。我開了幾個玩笑。我們向來擅於開玩笑。接著我解釋說，我認爲我們應該永久結束這段關係。或許我們應該承認我們永遠不可能在一起，也不該在一起。這不是一封過分戲劇化的信件。天曉得我們已共同走過夠多的戲劇。我寫得很簡短。但還有件事我得加上去。我屏住氣，在鍵盤打下．「你若想尋找生命中的另一個伴侶，我會全心祝福你。」我的手在發抖。我在信尾簽上「愛」，盡可能保持愉快的語氣。

我覺得胸口像被棍子擊了一記。

當晚我沒怎麼睡，想像他閱讀我的來信。隔天我來回跑了幾趟網咖，期待回音。我試著忽視一部分的自己渴望他回信說：「回來吧！別走！我會改變！」我嘗試忽視自己心中的那個女孩，快樂地丟下這整個環遊世界的偉大主意，只爲換取大衛公寓的鑰匙。然而當晚十點鐘左右，我終於收到回信。當然是一封文筆很好的信。大衛向來有一手好文筆。他同意，是的，該是永遠告別的時候了。他自己也同樣想過這件事，他說。他的回覆婉轉和藹，分享自己的失落與感傷，帶著他時而得以達到的高度溫柔。他希望我知道他對我的愛慕，超乎語言所能表達。「然而我們並非彼此的需要。」他說。儘管如此，他確定有一天我會找到一生的摯愛。他確信無疑。他說，畢竟「美吸引美」。

這麼說眞好。這是你的愛人所能跟你講的最好的話，即使他沒說：回來吧！別走！我會改變！

我坐在那兒盯著電腦螢幕，持續一段長而悲傷的時間。這是最好的結果，我明白。我選擇快樂，而非受苦。我曉得。我給未知的將來留下空間，讓自己的生命充滿即將來臨的驚喜。這些我都曉得。然而……

是**大衛**。我失去了他。

我把頭埋在手中，持續一段更長、更悲傷的時間。終於抬起頭來的時候，我看見在網咖工作的一名阿爾巴尼亞婦女，停下手邊的夜班拖地工作，靠在牆上看著我。我們疲倦的眼神望著彼此一會兒。然後我對她鄭重搖搖頭，大聲說：「倒胃口！」她同情地點點頭。即使她聽不懂，卻以她自己的方式完全明白。

我的手機響了。

是喬凡尼。他聽起來很困惑。他說已在河流廣場（Piazza Fiume）等了我一個多小時，那是我們每週四晚間會面做語言交流的地方。他感到迷惘，因爲通常遲到或忘記赴約的人總是他。可是今晚他一反平常，準時到達那裡，而且他十分肯定——我們不是有約嗎？

我忘記我們有約。我跟他說我在何處。他說他會開車過來接我。我沒心情見任何人，但透過「迷你電話」很難說明，鑒於我們有限的語言能力。我在寒冷的戶外等候他。幾分鐘過後，他的紅色小車停了下來，我爬進車裡。他用義大利語問我怎麼回事。我張嘴回答卻潸然淚下。我是說——嚎啕大哭。我是說，我朋友莎莉所謂「雙重抽吸」的可怕哀號——在你每次啜泣之時，都得使勁吸兩口氧氣。我在全然毫無防備的情況下，從未見識過這驚天動地的悲痛乍然來臨。

可憐的喬凡尼！他用結結巴巴的英語問我他是否做錯了什麼事。我在生他的氣嗎？他是否傷了我的感情？我回答不了，只能搖搖頭，繼續嚎哭。我對自己感到懊惱，對親愛的喬凡尼深感抱歉，他和我這個啜泣、神智不清、完全粉身碎骨的老女人被困在這輛車裡。

最後我以粗嘎的嗓門一再表示，我的悲痛與他無關。我爲自己的失態哽咽地致歉。喬凡尼以遠超過自己年紀的態度控制場面。他說：「別因爲哭泣而道歉。若沒有這樣的情緒，我們就只是機器人罷了。」他從後座的面紙盒裡拿了幾張面紙給我。他說：「我們開車吧。」

他做得對——網咖門口太過公開，燈光太亮，不是崩潰的好地方。他開了一段路，把車停在共和廣場（Piazza della Repubblic）中央，這是羅馬較爲壯麗的開敞空間之一。他在華麗的噴泉——赤裸的仙女神態誘惑地和頸子僵直的大天鵝群歡蹦亂跳——前方停下車來。就羅馬的標準而言，這座噴泉的建造是很近代的事。根據我的旅遊指南，仙女是以一對姊妹爲模特兒，是當時的兩名紅牌歌舞秀女郎。她們在噴泉完成時臭名遠播；教堂有好幾個月的時間亟欲阻止噴泉揭幕，因爲太過色情。姊妹倆活到很老，即使直到一九二〇年代，也還能見到這兩位莊重的老太太每天一同走去廣場觀看「她們的」噴泉。以大理石捕捉她們黃金年華的法國雕刻家，在他有生之年一年一次前來羅馬，帶這對姊妹吃午飯，共同回顧她們年輕貌美的狂野歲月。

於是喬凡尼在此停車，等我讓自己鎮定下來。我只是不斷用手掌按壓眼睛，嘗試讓眼淚退回眼裡。我和喬凡尼從未有過任何一次私人談話。這幾個月幾次共進晚餐，我們只談論哲學、藝術、文化、政治與食物。我們對彼此的私人生活一無所知。他甚至不曉得我離了婚，把愛人留在美國。我對他一無所知，除了知道他想當作家，以及他在拿波里出生。然而我的哭泣，激發了兩人之間全新的對話。我並不希望如此。在這可怕的狀況下。

他說：「我很抱歉，但我不懂。妳今天是否掉了什麼東西？」

但我依然說不出話來。喬凡尼笑了笑，激勵地說：「Parla come magni」。他知道這是我最喜愛的羅馬方言用語。意思是：「像你吃東西那樣說出來」。或者，用我個人的翻譯：「把它說出來吧，就像你吃它一樣」。這提醒你——當你為了說明某件事而小題大做，當你尋找貼切的詞句時——盡量使用和羅馬食物一樣簡單直接的語言。不要冗贅拖拉。直接說出來。

我深深吸口氣，為我的情況提供一個義大利語的刪節版（卻是相當完整的版本）：

「喬凡尼，是關於一個愛情故事。我今天不得不跟某人道別。」

而後我的手再一次蓋住眼睛，眼淚從我夾緊的手指間噴濺出來。好傢伙，喬凡尼並未以慰藉的胳膊摟住我，對我突發的悲傷亦未表現出絲毫彆扭。他只是沉默地從頭到尾看我哭，直到我平靜下來。此時，他才感同身受地開口說話，謹慎挑選每個字（身為他的英語教師，那天晚上我是多麼為他感到驕傲！），緩慢、清楚、親切地說：「小莉，我懂。我到過那裡。」

29

我的姊姊幾天後來到羅馬，幫我把注意力從對大衛的悲傷中牽引出來，帶我走回正途。我姊姊手腳俐落，渾身充滿精力。她比我大三歲，高三吋。她身兼運動員、學者、母親、作家。在羅馬整段期間，她都在做馬拉松訓練，也就是黎明起身，跑十八哩路，大約是我閱讀報上的一篇文章、喝兩杯卡布奇諾的時間。她跑起來簡直像頭鹿。她懷第一個孩子時，有天在黑夜中游過一整座湖。我沒陪她去，而我甚至沒懷孕。我太害怕。但我的姊姊不害怕。她懷第二個孩子時，助產士問凱瑟琳是否對嬰兒可能發生的任何閃失，有任何無法言說的恐懼——比方先天缺陷或生產途中的併發症。我姊姊說：「我只擔心他長大後加入共和黨。」

我姊姊的名字就叫凱瑟琳。她是我唯一的兄弟姊妹。我們在康乃迪克州郊區長大，就我們兩人，和我們的父母親住在一間農舍。附近沒有其他小孩。她盛氣凌人，指揮我的整個生活。我對她又敬又怕；除了她以外，誰的想法都不重要。和她玩牌的時候，如果我作弊，只爲了輸給她，以免她跟我發脾氣。我們未必時時友好。我讓她不耐煩，她使我恐懼，我相信自己直到二十八歲才對這樣的關係感到厭倦。那年我終於起而反抗，她的反應大約是說：「妳幹嘛憋這麼久才說？」

我的婚姻失控時，我們才開始爲我們的關係制定新條款。凱瑟琳原本可以輕而易舉從我的失敗取得勝利。我向來是受寵的幸運兒，受家庭和命運眷顧。世界對我來說向來比對我姊姊來說更舒適；她緊貼生命，有時反倒傷得很嚴重。凱瑟琳可以很輕易地對我的離婚和憂鬱回以：「哈！瞧瞧陽光小姐現在的下場！」然而，她卻把我推舉爲優勝者。在我身陷悲苦時，她三更半夜接我的電話，發出慰藉的聲音。在我尋找爲什麼如此哀傷的答案時，她助我一臂之力。很長一段時間，她幾乎以共鳴的方式分享我的治療。每次療程結束，我即致電給她報告我在治療師那裡了解的一切，她於是放下手邊的事情，說：「啊……這說明了許多事。」是的，也說明了許多有關我們兩人的事。

現在我們幾乎天天通電話——至少在我遷居羅馬之前。現在我們其中一個搭飛機前，一個人總要打電話給另一個人說：「我知道這有點神經，我只想告訴妳，我愛妳。妳知道……以防萬一……」另一人總會說：「我知道……以防萬一。」

她一如往常，萬事具備地抵達羅馬。她帶了五本指南，每一本都已讀過，她腦子裡已預先畫好這座城市的地圖。即使在離開費城之前，她即已完全搞清楚東南西北。這是典型的例子，說明我們之間的差異。我在羅馬的頭幾個星期到處漫遊，百分之九十迷路，百分之百快樂，將周遭一切看作不可解釋的美麗之謎。我也一向如此看待世界。在我姊姊看來，只要善加利用圖書館，就不存在任何無法解釋的事情。這名女子把《哥倫比亞百科全書》擺在廚房的食譜旁邊——只是爲了消遣而閱讀。

我喜歡和朋友玩一種叫「看我的！」的遊戲。每當有人對某個模糊的事實（比方：「聖路易是什麼人？」有疑問，我就說「看我的！」然後拿起距離我最近的電話，撥我姊的號碼。有時碰上她在開車，去接她孩子放學回家，她便沉思道：「聖路易……這個嘛，他是穿粗毛襯衣的法國國王，這很有趣，因爲……」

於是我姊姊來羅馬——我的新城市——探望我，然後帶領我參觀這座城市。這是凱瑟琳風格的羅馬。充滿我未看見的數據、年代和建築，因爲我的腦子並非如此運作。我只想知道任何地方或任何人的「故事」，我只關心這個，從不關心美學細節。（蘇菲在我搬進公寓一個月後來訪，說：「粉紅色浴室，不錯。」這是我頭一次留意到浴室確實是粉紅色。鮮粉紅色，從地板到天花板，處處都是鮮粉紅色磁磚——老實說，我之前完全沒留意。）但我姊姊老練的眼睛看見了哥德式、羅馬式、或拜占廷式的建築特點，教堂地板的圖案，或者隱藏在祭壇後方未完成的昏暗壁畫。她蹬著兩條長腿大步走過羅馬（我們過去叫她「腿節三呎長的凱瑟琳」），我急忙跟在她後頭，因爲打從幼時，她每走一步路都得花我激烈的兩步。

「瞧，小莉，」她說：「看那棟磚造建築的正面，弄成十九世紀的樣子。我敢說，我們在轉角看得見……沒錯！瞧，他們採用原來的羅馬石柱作支撐樑柱，可能因爲缺乏人力搬動……是的，我很喜歡這座教堂的多種風格，彷彿舊貨拍賣場……」

凱瑟琳帶著地圖和她的米其林綠色指南，我則帶著我們的野餐（兩個大圓麵包、辣味臘腸、盤繞在綠橄欖上的醃沙丁魚、嚐起來有森林風味的磨菇餡餅、幾團煙燻乳酪、加胡椒的烤芝麻菜、小番茄、佩科里諾（Pecorino）乳酪、礦泉水，和半瓶冰白酒），我想知道何時該吃午飯，她則大聲地想知道：「爲什麼人們不多談談天特會議（Council of Trent）」？

她帶我進十幾家羅馬教堂，我分不清哪座是哪座——聖此，聖彼，赤足苦行僧會的聖某某……但儘管我記不住一大堆扶壁與橫檐的名稱或細節，這並不表示我不喜歡和姊姊進這些地方，她那雙鈷藍色的眼睛不錯過任何東西。有一所教堂，裡頭的壁畫很像美國的英雄式壁畫，我雖不記得教堂名稱，卻記得凱瑟琳指著壁畫對我說：「妳不得不喜歡那些羅斯福教宗……」我也記得我們起大早去聖蘇撒納（St.

Susanna）做彌撒的那個早晨，握著彼此的手聆聽修女們吟唱黎明聖歌，餘音繞樑的禱告聲使我們倆淚流滿面。我的姊姊並非信教之人。我們家沒有人眞的是（我稱自己是家裡的「白羊」[16]）。我的心靈探索引發姊姊的興趣，大半出於滿足知識的好奇。「我認爲這種信仰很美，」她在教堂內低聲對我說：「但我沒法辦到，我就是沒辦法……」

另有一個例子可以說明我們之間不同的世界觀。我姊姊家附近有一戶人家最近遭受雙重悲劇的打擊，年輕的母親和她三歲的兒子兩人被診斷罹患癌症。凱瑟琳告知我此事時，我只能吃驚地說：「天啊，這家人需要恩典。」她堅定地回答：「這家人需要燒鍋燉菜。」而後著手把整個街坊鄰居組織起來，每個晚上輪流帶晚餐給這家人，持續一整年。我不清楚我姊姊承不承認這正是恩典。

我們走出聖蘇撒納的時候，她說：「妳可知道爲什麼中世紀的教宗需要都市計畫？因爲，基本上每一年有兩百萬名天主教朝聖者從西方世界各地前來，從梵蒂岡徒步走到聖若望拉特朗（St John Lateran）大殿——有時跪著走——你需要爲這些人提供設施。」

我姊姊的信仰是學習。她的聖經是牛津英語辭典。當她埋頭讀書，手指快速翻閱書頁時，她正與她的上帝同在。該日傍晚，我再一次看見我姊姊祈禱——她在羅馬古墟（Roman Forum）中央跪了下來，清除地面上的廢棄物（猶如擦黑板），而後拿起一塊小石子，在泥土上爲我畫下古典羅馬教堂的藍圖。她指著圖畫前方的廢墟，引導我了解（甚至用視覺形象挑戰我去了解！）一千八百年前的建築物是何種光景。她在空氣中比畫，畫出不復存在的拱門、中殿、窗戶。就像拿著神仙棒，用想像力塡滿缺席的宇宙，使廢墟變得完整。

義語當中有個不常使用的時態，叫「passato remoto」（遙遠的過去）。在討論遙不可及的往事，很久以前發生但對你不再有任何個人衝擊的事情時，使用此一時態——比方說，古代歷史。然而我的姊姊若說義大利語，絕不會用這時態討論古代歷史。在她的世界中，羅馬古墟並不遙遠，也不是往事。而是處於當下而且近在咫尺的事情，就像我在她眼前一般眞實。

她隔天離開。

「聽著，」我說：「在妳的飛機安全降落後，一定得打電話給我，好嗎？我知道這有點神經，只不過……」

「我了解，親愛的，」她說：「我也愛妳。」

16 相對於「黑羊」，即害群之馬。

的話——的時候，或許看作是她整個滿意的母親、婚姻、事業生涯當中，一個勞累卻完全值得的夜晚。然而對於我自己，我只能說，我在整場派對上因恐慌而顫抖，心想：倘若妳看不出這就是妳的將來，小莉，那麼妳眞是頭腦有問題。別讓它發生。

但我是否有責任成立一個家？天啊——責任（responsibility）。這字眼在我身上下功夫，直到我對它下功夫，仔細研究它，把它拆解成「回應」（respond）的「能力」（ability），這兩個眞正定義它的字。而我終須回應的事實是，我的每個細胞都叫我擺脫婚姻。我心中某個預警系統正在預報，假使我持續握緊拳頭穿越這場風暴，最後我會罹患癌症。假使我不顧一切把孩子帶到世界上，只因爲我對揭發自己某些不切實際的眞相感到麻煩或恥辱而不願想辦法處理的話——這將是一種嚴重的不負責任之舉。

但是最後，是我的朋友雪柔對我說的一席話指引了我。就在那一晚的派對上，就在她發現我躲在我們的朋友那層頂樓畫室的浴室裡嚇得發抖，朝臉上潑水的時候。雪柔當時不清楚我的婚姻狀況。沒有任何人清楚。那天晚上我並未告訴她。我只說：「我不知如何是好。」我記得她握著我的肩，笑容平和地看著我的眼睛，只說：「說實話，說實話，說實話。」

於是我試著去做。

然而，擺脫婚姻很不好過，不只因爲法律與財務糾葛，或生活方式的遽變。（如同我朋友黛博拉的英明指點：「從未有人因爲平分家具而喪命。」）而是情感的退縮，走出傳統的生活方式，失去原本擁有的所有安慰，而使你喪命。與配偶成立一個家庭，是一個人在美國（或任何）社會找到延續和意義的最基本方式之一。每回去母親在明尼蘇達的娘家聚會，我便重新發現此一事實，看見每個人都在自己的崗位上堅守多年。首先你是個孩子，而後成爲青少年，而後結婚，而後生子，然後退休，然後爲人祖父母——你在每一階段都清楚自己的身分，清楚自己的職責，清楚家庭聚會時坐在哪個地方。你和其他的孩子、青少年、父母、或退休人士坐在一起。直到最後，你和一群九十歲老者坐在樹蔭下，心滿意足地照看你的子孫後代。你是什麼人？沒問題——你是創造「這一切」的人。這種認知帶來的滿足感是即時性的，而且舉世公認。有多少人說過，他們的孩子是自己生命中最大的成就與安慰？這是在危機時期或猶豫時刻得以仰賴的東西——**我這輩子倘若什麼也沒做，至少把孩子撫養得很好**。

可是假使因為自我選擇或者嫌惡使然，你並未加入這種家庭延續的循環過程，那會有什麼結果？你若出走，會有什麼結果？家庭聚會時，你該坐在哪裡？你如何看著時光流逝，卻不用擔心你只是在揮霍人生在世的時間，與任何人都無關聯？你必須找到另一個目標，另一種方法，藉以判斷你是不是成功的人類。我愛小孩，但假使我膝下無子呢？這讓我成為哪一種人？

吳爾芙寫道：「劍影投射在女人廣大的生命中。」她說，這把劍的一端是習俗、傳統和秩序，「符合準則的一切」。而劍的另一端——假使你夠瘋狂而想去跨越它，選擇離經叛道的生活——則是「雜亂無章，悖離常軌的一切」。她的論點是，跨越劍影或許能給女人帶來更為有趣的人生，卻肯定更充滿危險。

幸運的是，至少我有寫作的生活。這是大家能夠了解的事情。**啊，她擺脫婚姻是為了保有自己的藝術**。這有幾分正確，卻不完全正確。許多作家都擁有家庭。舉例來說，摩里森（Toni Morrison）並未因為撫養兒子而未能獲得諾貝爾文學獎。但摩里森走她自己的路，而我必須走我自己的路。古印度瑜伽文獻《薄伽梵歌》（*Bhagavad Gita*）說，過你自己不完美的命運，好過模仿他人過完美的人生。因此我現在開始過自己的人生。或許看起來殘缺彆腳，卻徹徹底底像我。

總之，我所以談論這些的原因，只是想承認——相較於我姊姊的人生，她的家庭、幸福婚姻、她的孩子——這些日子以來的我，看起來頗不穩定。我甚至沒有固定住址，在這三十四歲的成熟年紀，這是違反常態的罪行。甚至在眼前此刻，我所有的家當仍存放在凱瑟琳家中，她在她家給我一間頂樓的臨時臥室（我們稱之爲「未婚阿姨的廂房」，因爲臥室裡有個閣樓窗戶，讓我能穿上昔日的結婚禮服凝望窗外的原野，哀悼自己失去的青春）。凱瑟琳對這個安排似乎並無異議，而對我來說確實也很方便，然而我必須提防的是，假使我在世間漂流太久，某天很可能成爲「家庭怪人」。或許這已經發生。去年夏天，我五歲的外甥女帶她的小小朋友來我姊姊家玩，我問這孩子她的生日是哪一天。她說一月二十五日。

「喔喔！」我說：「妳是寶瓶座！我跟不少寶瓶座約過會，知道他們很讓人頭痛。」

兩個五歲孩子一頭霧水地看著我。我突然驚覺到，我若不謹慎點，很可能成爲：小莉怪阿姨。身穿夏威夷洋裝、頭髮染成橘紅色的離婚婦人，不吃乳製品，只抽薄荷菸，永遠剛搭完星座遊輪回來或剛和香氛治療師男友分手，一邊讀塔羅牌，一邊說：「好孩子，再給小莉阿姨拿個冰酒桶來，就讓你戴我的情緒戒指……」之類的話。

我深知，最終我必須再一次成爲體面的市民。

可是時候未到……拜託拜託。暫時還不行。

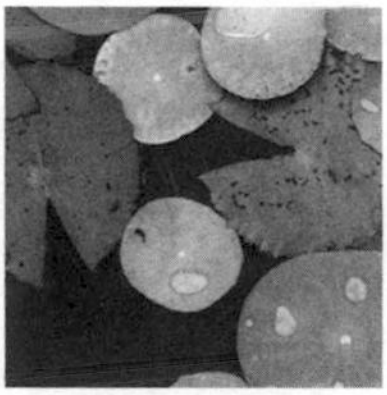

31

接下來的六個禮拜，我去了波隆那、佛羅倫斯、威尼斯、西西里、薩丁尼亞，又南下去了一次拿波里，而後去了卡拉布里亞。這些短程旅行——這地方待一個禮拜，那地方待一個週末——時間恰恰足以讓人感受一個地方，四處參觀，問路人哪兒東西好吃，然後去嚐嚐。我從義大利語言學校退了學，覺得它阻礙我學習義語的努力，因其把我困在課堂上，無法周遊義大利，和人們面對面練習。

這幾個星期的自發旅遊，如此愉快，是我這輩子最閒散的日子。奔去火車站買票，終於開始認眞看待自己的自由，因爲我終於會意過來，我能隨心所欲去自己想去的任何地方。我有好一陣子未見羅馬的朋友。喬凡尼在電話中告訴我：「**Sei una trottola**」（妳是旋轉的陀螺）。某天晚上在地中海邊的某個城鎭，我在海邊的飯店房間內，自己的笑聲竟然喚醒沉睡中的我。我大吃一驚。「是誰在我床上大笑？」我發現就只有我自己一人，使我又笑了起來。我現在記不得夢見什麼。我想或許和船有點關係。

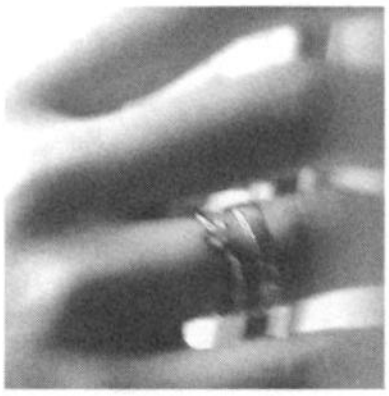

32

我在佛羅倫斯待了一個週末；週五早晨搭火車北上花不了太多時間，去探望我的泰瑞伯父和黛比伯母，他們從康州飛過來，有生以來頭一次來義大利，順便看看我這個姪女。他們在晚間抵達，我帶他們參觀主教堂（Duomo），始終是令人印象深刻的景點，這可從我伯父的反應看出來：

「讚！」他說，然後停頓一下，又說：「或許這麼讚美天主教堂有點用詞失當……」

我們在雕塑庭園中央觀看薩賓人（Sabines）遭掠奪，卻沒有人能做半點兒事阻止；我們向米開朗基羅致敬，去科學博物館，從城市周圍的山坡觀景。而後我留伯母和伯父獨自享受他們剩下的假期，我則繼續單人行，去了富庶的盧卡（Lucca）；這個托斯卡小鎮以肉鋪聞名，義大利最好的肉片在全鎮各處的店家展現其「你明白自己想要它」的肉感。各種你能想像的尺寸、顏色、來歷的臘腸，就像女士的腿穿上撩人褲襪般豐滿迷人，懸掛在肉鋪天花板。性感的火腿掛在櫥窗內，猶如阿姆斯特丹的高級娼妓向人招手。死去的雞看起來豐腴而滿足，使你想像牠們在世時彼此爭相成爲最肥嫩的雞，然後引以爲傲地獻出自己。然而盧卡最讓人叫好的不單是肉，還有栗子、桃子、滿坑滿谷的無花果，天啊，無花果……

當然，盧卡以普契尼的出生地而聞名。我知道我該對這點感興趣，但我更著迷於當地一家雜貨商跟我分享的祕密——全鎮煮得最好的草菇位於普契尼出生地對街的餐廳。於是我在盧卡到處逛，說義語問路：「請告訴我普契尼之家在哪？」一位親切的市民最後直接領我去那裡，他肯定大吃一驚，因爲我道過謝後，轉身朝博物館入口的反方向走去，進入對街餐廳，吃著我的「risotto ai funghi」（野菇燉飯）等雨停。

我現在記不得是在去盧卡之前或之後才前往波隆那——此城之美，使我在那裡的整段時間都不斷在哼歌：「波隆那的姓氏，叫作美麗！」傳統上，波隆那——擁有漂亮的磚造建築以及聞名的財富——被稱作「紅色、肥胖、美麗」的城市（這三個形容詞，也可以拿來當作本書的書名）。這兒的食物比羅馬明顯好得多，或者只是奶油用得較多的關係。甚至波隆那的冰也好得多（這麼說使我覺得有點對不住，但這是事實）。這裡的草菇就像厚大的性感舌頭，煙燻火腿覆蓋在比薩餅上，就像精緻的蕾絲面紗掩在漂亮的女帽上。當然還有波隆那肉醬，不屑地嘲笑其他任何一種肉醬。

我在波隆那突然想到，英語中沒有相當於「buon appetito」[17]的用詞。這很可惜，也很能說明問題所在。我還想到，義大利的火車停靠站帶你經過全世界最出名的食物名與酒名：下一站，帕瑪（Parma）……下一站，波隆那……下一站，即將抵達蒙特普齊亞諾（Montepulciano）……火車內當然也有食物——小三明治和好喝的熱可可。若窗外下雨，吃著點心全速前進更是一大快事。有回搭長途火車，我和一個好看的義大利年輕男子同坐一個包廂，他在雨中睡了好幾個小時，我則吃著我的章魚沙拉。男子在我們即將抵達威尼斯的時候醒來，揉揉眼睛，把我從頭到腳仔細看了一遍，低聲說：「Carina」。是「可愛」的意思。

17 字面意義爲「祝你有好食慾」，亦即「盡情用餐」。

「Grazie mille。」我以誇大的客氣語調回應他。萬分感謝。

他吃了一驚。沒想到我會講義語。事實上，我也沒想到，但我們講了大約二十分鐘後，才第一次明白自己會講呢。我已跨越某條界線，現在我竟然講著義語。我不在翻譯；而在講話。當然，每一句都容有錯誤之處，而我只知道三種時態，卻沒費多少勁就能和這傢伙溝通。義語「me la cavo」，基本上是「混得過去」的意思，跟談論拔開酒瓶塞時用的是同一個動詞，意即：「我可以用這個語言讓自己從緊繃的狀況抽身而出」。

他在招惹我，這小子！這並非不討人喜歡。他並非不迷人。儘管他顯得太自信。他一度用義語告訴我，儘管本意是恭維：「就美國女人而言，妳不太胖。」

我用英語回答：「就義大利男人而言，你不太奉承。」

「Come[18]？」

我重複一次，用稍爲修正過的義語說：「你很殷勤，就像所有的義大利男人。」

我能講這語言！這小子以爲我喜歡他，然而我是在和文字調情。我的天——我正在瀝乾自己！我已拔掉舌頭的瓶塞，義大利語滔滔不絕冒了出來！他要我之後和他在威尼斯會面，但他已經不像一開始讓我感興趣。我只爲語言害了相思病，因此我讓他脫逃而去。無論如何，我在威尼斯已經有約。我在那兒將和我的朋友琳達見面。

狂人琳達——我喜歡這麼叫她，儘管她並不瘋狂——從另一個潮濕灰暗的城市西雅圖來到威尼斯。她要來義大利看我，因此我邀她參與這一段旅程，因爲我拒絕——絕對不願——獨自前往世上最浪漫的城市，現在可不行，今年不行。我想像孤伶伶一人坐在平底船的一端，由哼著小曲的船夫在霧中載著前進，而我則……閱讀雜誌？這是一幅可悲的畫面，好比獨自一人騎著雙人腳踏車使勁爬上山。因此琳達陪伴我，而且是絕佳的伴兒。

大約兩年前，我在峇里島參加瑜伽訓練營時遇上琳達（留著細髮辮，身上穿洞）。在那之後，我們還一起去哥斯大黎加旅遊。她是我最喜愛的旅伴，一個冷靜、有趣、井井有條、身穿紅色緊身天鵝絨長褲的小精靈。她是世界上心靈較健康的人之一，無法理解抑鬱是什麼，還擁有高得不能再高的自尊。她曾看著鏡子裡的自己，對我說：「我固然不是什麼了不起的人，卻還是禁不住愛上自己。」當我爲形而上的問題，比方說「宇宙的本質是什麼？」而憂心忡忡，她總有法子讓我閉嘴（琳達答道：「我唯一的問題是：何必問？」）。琳達希望把髮辮留長，有一天能在頭頂編成鋼絲支撐的結構，「類似樹雕」，或許在裡頭擺隻鳥。峇里人愛琳達。哥斯大黎加人也愛她。她不在照顧自己的寵物蜥蜴和白鼬時，就在西雅圖管理一個軟體開發小組，賺的錢比我們任何人都多。

於是我們在威尼斯碰面，琳達瞪了瞪我們的市區地圖，把地圖倒過來尋找我們的旅館位置，確定自己的方位，以特有的謙虛態度宣布：「我們是城市屁股的市長。」

她的振奮，她的樂觀——與這座發臭、緩慢、逐日下陷、神祕、沉默、古怪的城市毫不搭調。威尼斯似乎是個適合慢慢酒精中毒身亡，或失去愛人，或愛人遇難後丟棄凶器的城市。玩過威尼斯，我很慶幸選擇了羅馬。若住在此地，我想我無法那麼快擺脫抗憂鬱劑。威尼斯很美，但就像柏格曼電影的美；你雖喜歡，卻不想住在其中。

整座城市正在剝落、衰退，彷若家道中落的大宅後面上鎖的房間，因維修過於昂貴，倒不如把門釘死，忘卻門後陳舊的寶藏——這就是威尼斯。亞德里亞海的油污反流推向這些深受磨難的建築物地基，考驗著這項十四世紀科學博覽會的實驗——「喂，我們若建造一座自始至終坐落在水裡的城市，會有怎樣的結果？」——撐得了多久。

威尼斯在十一月的粒狀天空下讓人毛骨悚然。像漁船碼頭般嘎嘎響，東搖西晃。儘管琳達一開始相信我們支配得了這座城市，我們卻天天迷路，尤其夜間，朝直接通往運河的死巷轉錯彎。某個霧濛濛的夜晚，我們經過一棟簡直像在痛苦呻吟的老建築。「用不著擔心，」，琳達吭聲說：「只是撒旦飢餓的胃罷了。」我教給她我最愛的義大利用詞——「attraversiamo」（我們過街吧）——我們緊張兮兮地退出那裡。

我們旅館附近的餐廳老闆娘是個威尼斯美少婦，她爲自己的命運感到悲哀。她討厭威尼斯。她發誓住在威尼斯的每個人都覺得像住在墳墓裡一般。她曾愛上一位薩丁尼亞藝術家，他答應給她陽光燦爛的另一種世界，卻離開了她。帶了三名孩子的她別無選擇，只能回到威尼斯經營家庭餐館。她跟我年紀相當，看起來卻比我老，我無法想像哪種男人會對如此迷人的女子做這種事。（「他是強者，」她說：「我在他的陰影下因愛而死。」）威尼斯是座保守的城市。這女子有幾段情事，甚至和已婚男人發生婚外情，卻始終以哀傷作結。鄰居議論她。人們在她走進屋裡的時候停止說話。她的母親求她戴上結婚戒指做做樣子，說：「親愛的女兒，這裡不是羅馬，讓妳能隨心所欲過丟人現眼的生活。」每天早上琳達和我來吃早飯，向這位悲愁的老闆娘詢問當天的天氣預報時，她便豎起右手指頭，像拿槍一樣，對準她的太陽穴，說：「又是雨天。」

然而我在這兒並不憂鬱。我有辦法應付，甚至有辦法享受幾天憂鬱的威尼斯。我心中某處分辨出這並非我的憂鬱，而是這座城市本身固有的憂鬱；我近來很健康，感覺得出自己和這座城市的不同。我禁不住想，這是傷口癒合的證據，代表自我不再四散紛飛。有好幾年的時間，我沉浸在無邊無際的抑鬱中，獨自經歷全世界的哀傷。一切的哀傷從我身上漏出來，留下斑斑痕跡。

無論如何，有琳達在身邊唸唸叨叨，很難沮喪得起來，她要我買一頂紫色大毛帽，還談起我們某天晚上吃的差勁晚飯：「那東西是不是叫保羅太太的小牛肉條？」琳達是螢火蟲；中世紀的威尼斯曾有一種職業，稱爲「codega」——你雇用這種職業的人，晚上提著燈籠走在你前面帶路，嚇跑小偷和魔鬼，在黑暗的街道保護你，使你安心。這就是琳達——我臨時性、特別訂製、旅行攜帶用的威尼斯「codega」。

33

幾天後我下了火車，來到始終炎熱、陽光燦爛、混亂不堪的羅馬。我一走上街頭，便聽見足球場似的歡呼，是附近正在進行的「manifestazione」，又一場勞工示威活動。我的計程車司機無法告訴我這回的罷工理由，看來是因爲他不在乎。「Sti cazzi」，他談論這些罷工者。（字面翻譯是：「這些球」；或也可以說：「我才懶得鳥他們。」）回來眞不錯。在去過中規中矩的威尼斯之後，回來眞不錯，在這兒能看見身穿豹皮夾克的男人從一對在街中心熱烈擁吻的青少年身邊走過。這城市如此清醒而活潑，在陽光中如此花枝招展而性感。

我想起我的朋友瑪莉亞的老公朱利歐曾對我說過的話。當時我們坐在戶外咖啡館，練習會話，他問我對羅馬的觀感。我跟他說我熱愛這個地方，卻知道它不是我的城市，不是讓我想度過餘生的地方。羅馬有某些東西不屬於我，我揣摩不出是什麼。我們講話的時候，一個幫助教學的活道具走了過去。是一位典型的羅馬女人——保養得當、滿戴珠寶的四十多歲夫人，高跟鞋四吋高，穿一條開叉足有手臂般長的緊身裙，戴一副看似賽車（價格可能也差不多）般的太陽眼鏡。她牽著那條高貴的小狗，狗鍊上飾有寶石，而她的緊身外套上的裘皮領，看起來彷彿是以她從前的高貴小狗身上的毛皮裁製而成。她散放出某種魅力逼人的神態：「你若看我，我可拒絕看你。」很難想像她這輩子曾經有過不塗睫毛膏的時候，甚至只有十分鐘的時間。這女子和我有如天壤之別，我姊姊說我的穿衣風格是「穿睡衣上瑜伽課的休閒風」。

我指這女人給朱利歐看，說：「瞧，朱利歐——這是羅馬女人。羅馬不可能同時是她的城市又是我的城市。我們只有其中一人屬於這裡。我想我們倆都知道是誰。」

朱利歐說：「或許妳只是跟羅馬的用詞不同？」

「你的意思是……」

他說：「難道妳不曉得了解一個城市及其人民的祕訣是學會——什麼是街頭的用詞？」

而後，他交相使用英語、義語和手勢繼續說明，每個城市都有一個定義用詞，與住在其中的多數人等同起來。假如你能在某個特定地點讀出走過街的人心中想些什麼，你會發現他們想的大半是同一件事情。大多數人想的是什麼——那就是城市的用詞。你的個人用詞和城市的用詞若不搭調，你就不屬於此地。

「羅馬的用詞是什麼？」我問。

「**性**。」他聲稱。

「但這不是大家對羅馬的成見嗎？」

「不是。」

「羅馬肯定有些人在想『性』以外的其他事吧？」

朱利歐堅稱：「不。每一個人，每一天，他們只想著『性』。」

「甚至梵蒂岡？」

「那不一樣。梵蒂岡不屬於羅馬。那裡有不同的用詞。他們的用詞是『權力』。」
「我以爲你會說『信仰』。」
「是『權力』，」他又說一次：「相信我。但羅馬的用詞是——性。」
你若相信朱利歐的話，這小小的字——性——就砌成你踩在腳下的羅馬街道，流過噴泉，充塞在空氣中，有如車輛的噪音。思考它，爲它而打扮，尋求它，思索它，拒絕它，當作一種運動和遊戲——這正是每個人做的事情。這或許說明，羅馬雖迷人，卻未給我家鄉的感覺。在我的此生此刻。因爲「性」並不是我現在的用詞。從前它曾是我的用詞，此刻卻不是。因此，羅馬的用詞在穿行於街頭巷尾時撞上我後踉蹌地走開，未留下任何影響。我未參與這用詞，因此無法充分過這裡的生活。這是個古怪的理論，無從證明，可是我還算喜歡。
朱利歐問：「紐約的用詞是什麼？」
我想了一下，而後決定：「當然是動詞。我想是『實現』吧。」
（我相信這和洛杉磯的用詞有著細微卻顯著的不同，洛杉磯的用詞也是動詞：「成功」。後來我和我的瑞典朋友蘇菲分享這整套理論，她提供的想法是，瑞典的街頭用詞是「循規蹈矩」，令我們倆沮喪的用詞。）
我問朱利歐：「拿波里的用詞是什麼？」他對義大利南部十分了解。
「打鬧。」他判斷。「在妳成長期間，妳家的用詞是什麼？」
這問題不易回答。我嘗試找個結合「節儉」和「不虔誠」的用詞。但朱利歐已進行到下一個最明顯的問題：「妳的用詞是什麼？」
這一題，我肯定答不出來。

然而，經過數星期的考慮，我現在能夠做出完美的回答。我知道哪些用詞肯定不是。顯然不是「婚姻」。不是「家庭」（儘管這個用詞屬於我和我先生同住幾年的城鎮，但由於我不符合這個詞，因此造成我的苦難）。不再是「抑鬱」，感謝上天。我不擔心我和斯德哥爾摩共用「循規蹈矩」這詞。但我也認為我並不住在紐約市的「實現」當中，儘管它確實是我二十幾歲整段歲月的用詞。我的用詞或許是「尋求」。（可是誠實點的話，或許「躲藏」較爲妥當。）在義大利的過去幾個月中，我的用詞大半是「快樂」，可是這個詞並不完全吻合每一部分的我，否則我不致急於前往印度。我的用詞或許是「虔誠」，儘管這聽起來像乖乖牌，也沒把我喝過多少酒考慮進去。

我不清楚答案，我猜這正是這一年的旅遊任務。尋找我的用詞。但我能斬釘截鐵地說——可不是「性」。

至少這是我的主張。那麼，請告訴我，今天我的腳爲何不由自主地領我到康多提大道（Via Condotti）附近一家不起眼的商店——在輕聲細語的年輕義大利售貨小姐專業的監護下——我花數小時的夢幻時光（以及相當於一張跨洲機票的費用），買下足以讓蘇丹王的老婆換穿一千零一夜的貼身內衣褲。我買了各式各樣的胸罩。我買了又輕又薄的緊身襯衣、各種顏色的漂亮內褲、性感的絲綢襯裙、手工襪帶等等，基本上是一件又一件柔軟光滑、帶花邊、瘋狂的情人節禮物。

我這輩子不曾擁有這些東西。那爲何是此時？我走出商店，腋下夾著包在薄紙裡的貼身衣物，突然想起某晚我在拉齊奧隊的球賽上，聽見一個羅馬足球迷喊出的痛苦請求。當時拉齊奧的明星球員阿爾貝蒂尼不知何故，在關鍵時刻把球踢到哪兒都不是的地方，大爆冷門。

「Per chi??」球迷近乎瘋狂地叫喊。「Per chi??」

為了誰？阿爾貝蒂尼，你傳這球是爲了誰？那裡沒有人啊！

在幾個小時瘋狂的內衣褲採購後走出商店，我想起這句話，重複對自己低語：「Per chi?」爲了誰，小莉？這頹廢的性感是爲了誰？那裡沒有人啊！我在義大利只剩幾個星期，絕不想和任何人炒飯。眞的嗎？羅馬的用詞是否終於影響了我？這是成爲義大利人的最後一招嗎？這是給我自己的禮物，或是給甚至尙未在想像中成形的情人的禮物？這可是因爲我在上一段關係中喪失性自信心，於是嘗試開始治療性慾？

我自問：「妳想把這些東西帶去——印度？」

34

盧卡．斯帕蓋蒂今年的生日正好是美國感恩節，因此想爲自己的生日派對準備火雞大餐。他從未吃過肥美的美國感恩節烤火雞，儘管他曾在圖片上看過。他認爲複製這類大餐並不難（尤其有我這道地的美國人協助）。他說我們可以用他朋友馬里歐和席莫娜的廚房，他們在羅馬郊區山上有棟大房子，總是爲盧卡辦生日派對。

爲了準備這頓大餐，盧卡的計畫是——下班後，晚間七點過來接我，而後開車北上，出城約一個小時後抵達朋友家（我們將在那裡遇上出席派對的其他人）；然後我們將喝些酒，認識彼此，而後在九點左右開始烤二十磅的火雞……

我不得不跟盧卡說明，烤一隻二十磅的火雞必須花多少時間。我跟他說，以這種速度，大概隔天黎明時分才吃得到火雞大餐。他大失所望。「那買一隻很小的火雞如何？一隻出生不久的火雞？」

我說：「盧卡——我們弄簡單點，吃比薩餅吧，美國的每個病態家庭在感恩節都這麼吃。」

但他依然感到悲傷。儘管近來的羅馬也瀰漫著一種悲傷氣氛。天氣變冷了。清潔工、火車雇員和國內航空全在同一天鬧罷工。近來發布的一則研究報導指出，百分之三十六的義大利孩童對製作麵食、比薩和麵包必不可少的麵筋過敏，讓人對義大利文化憂心忡忡。最近我看到一篇文章，標題令人震驚：「Insoddisfatte 6 Donne su 10!」意思是十個義大利女人有六個慾求不滿。此外，百分之三十五的義大利男人難以維持「un'erezione」（勃起），令研究人員大感「perplessi」（困惑），也令我懷疑「性」是否應該繼續作爲羅馬的特殊用詞。

更嚴重的壞消息是，十九名義大利士兵最近在「美國人的戰爭」（這裡的人如此稱呼）中，喪命於伊拉克——自二戰以來，義軍最高的死亡數字。這些士兵的死令羅馬人大感震驚；埋葬這些年輕人當天，全城歇業。絕大部分的義大利人都不想和布希的戰爭有任何瓜葛。介入戰爭是義大利首相貝魯斯科尼（Silvio Berlusconi；這地方的人更常稱他爲「l'idiota」（白癡））所下的決定。這個愚蠢、擁有足球會的生意人，以其卑鄙腐敗的行徑，經常在歐盟議會上做出下流之舉，使他的人民同胞感到難堪。他精通空口說白話的藝術，熟練地操控媒體（這一點都不難，只要你擁有媒體），他的一舉一動絲毫不像體面的世界領袖，倒像是瓦特伯利市（Waterbury）市長（康州居民才聽得懂這個笑話——抱歉），如今讓義大利人介入一場在他們看來跟他們毫不相干的戰爭。

「他們爲自由而死。」貝魯斯科尼在十九位義大利士兵的葬禮上說道。不過多數的羅馬人看法不同：「他們爲小布希的個人恩怨而死。」在這種政治氣氛下，你或許認爲對一個美國訪客而言並不好過。我來義大利時，的確預期會遭遇許多憎恨情緒，但卻發現多數義大利人都感同身受。「我們了解妳的感受——因爲我們也有一個這樣的總統。」

我們到過那裡。

因此在這個情況下，盧卡想利用他的生日來慶祝美國的感恩節可是件怪事，但我確實喜歡這個點子。感恩節是很棒的節日，讓美國人引以爲傲的節日，我國尚未廢棄的一個節慶日。這是感恩、歡聚，以及快樂的日子。或許正是我們每個人現在所需要的東西。

我的朋友黛博拉從費城來羅馬度週末，和我一同過節。黛博拉是享譽國際的心理學家、作家兼女性主義理論家。但她在我心目中仍是我最喜愛的常客，打從我在費城擔任餐廳服務員的時候，她常來吃午飯，喝不加冰塊的健怡可樂，和櫃檯後面的我談論機智的東西。她確實提高了那家小餐廳的格調。我們是交往十五年多的朋友。蘇菲也會參加盧卡的生日派對。蘇菲和我是交往十五個禮拜的朋友。在感恩節的時候，每個人都受到歡迎。尤其碰巧還是盧卡的生日。

我們晚上開車離開疲乏緊張的羅馬，進入山區。盧卡喜歡美國音樂，因此我們大聲播放老鷹合唱團的歌曲，高唱「Take it...to the limit...one more time!!!」（再一次到達極限），爲我們開車穿越橄欖樹叢和水道古橋的時候，添加某種奇特的加州音樂。我們抵達盧卡的老友馬里歐和席莫娜的家，他們有一對十二歲的雙胞胎女兒茱莉亞和莎拉。保羅——盧卡的朋友，我們曾在足球賽上見過面——也來了，帶來他的女朋友。當然，盧卡自己的女朋友茱莉亞娜也來了，傍晚從南邊開車過來。這是一棟美妙的房子，隱藏在橄欖叢、柑橘樹和檸檬樹當中。壁爐在燃燒。還有自製的橄欖油。

顯然沒有時間烤二十磅的火雞，但盧卡煎了幾塊漂亮的火雞胸肉，我則率領一大群人盡力製作內餡，就我記憶所及的食譜，以高檔義大利麵包屑作材料，以及必要的文化替代物（以蜜棗取代杏脯；以茴香取代芹菜）。結果竟相當好。盧卡擔心今晚對話如何進行，因爲半數的客人不會講英語，另一半則不會講義語（僅蘇菲一人講瑞典語），但這似乎是個神奇之夜，大家都聽得懂對方的話，至少找不到某個單字時，由鄰近的人幫忙翻譯。

我們不知喝了多少瓶薩丁尼亞酒後，黛博拉向席間的人建議我們今晚按照美國習俗，大家攜手輪流說出自己最感謝的人事物。於是，這場感恩蒙太奇以三種語言開演，人人輪流表白。

黛博拉先開始。她說她很感謝美國過不久有機會挑選新總統。蘇菲說（先講瑞典語，再講義語，最後講英語），她感謝義大利人的善心，以及這四個月來在這個國家所體會的快樂。招待我們的主人馬里歐流著淚，公開感謝上帝賜予他工作，使他擁有這棟讓家人和朋友樂在其中的漂亮房子。保羅說的話引起哄堂大笑，因爲他說他也感謝美國很快就有機會舉行新總統的選舉。我們一致對小莎拉表達沉默的敬意——這位十二歲的雙胞胎之一勇敢地告訴大家，她感謝今晚能在此地與這些好人共度，因爲最近她在學校很不好過——有些同學對她不友善——「因此感謝你們今晚善待我，不像那些同學。」盧卡的女友說她感謝盧卡多年來對她一片赤忱，在困難的日子裡熱誠地照顧她的家人。我們的女主人席莫娜甚至比她的老公更開懷大哭，因爲她感謝這群來自美國的陌生人帶給她家新的節慶風俗與感恩之意，這些人不是陌生人，而是盧卡的朋友，因此也是和平的朋友。

輪到我說時，我開口說「Sono grata……」，可是我發現自己講不出眞正的想法。換句話說，我非常感謝今晚得以免於這幾年啃噬我的抑鬱，這抑鬱使我的靈魂穿孔，使我一度無法享受如此美好的夜晚。我並未提及這些，因爲我不想引起孩子們的恐慌。我只說出更簡單的事實——我對新朋友和舊朋友不勝感激。我說今晚尤其感謝盧卡・斯帕蓋蒂。我希望他能有個快樂的三十三歲生日，希望他長命百歲，以作爲他人的表率，讓大家知道何謂慷慨、赤忱、博愛。我說希望沒有人介意我說這些話的時候哭了出來，儘管我想他們並不介意，因爲大家都哭了。

盧卡情緒激動地說不出話來，只對我們說：「你們的眼淚是我獻上的禱告。」

薩丁尼亞酒源源不絕。保羅洗碗，馬里歐把女兒送去睡覺，盧卡彈吉他，大家南腔北調唱著尼爾・楊（Neil Young）的醉歌。美國女性主義心理學家黛博拉悄悄地告訴我：「看看這些義大利好男人。看看他們多麼公開自己的感覺，多麼關愛自己的家庭。看看他們多麼尊重自己生命中的女人和小孩。別去相信報上的報導，小莉。這國家幹得很好。」

我們的派對在將近黎明時分才結束。我們原本可以烤二十磅的火雞，當早餐吃。盧卡載著我、黛博拉和蘇菲一路回家。太陽升起，我們唱聖誕頌歌，幫助他保持清醒。平安夜，聖善夜，我們唱自己知道的各種語言，一遍又一遍，一同回到羅馬。

35

我撐不下去。在義大利待了將近四個月後，我的長褲再也沒有一條合身。甚至上個月才買的新衣服（因爲我已穿不下「義大利第二個月」的長褲）也不再合身。我沒能力每隔幾個星期買一整套新衣，而且我很清楚過不久將去印度，體重即將「溶解」，但儘管如此——我已沒辦法穿這些長褲走路。我撐不住。

這一切都很合理；前不久我在一家高級飯店踏上磅秤，得知我在義大利的四個月已重了二十三磅——眞教人佩服的數字。事實上我大概需要增加十五磅，因爲過去幾年間，離婚和抑鬱的折磨使我變得瘦骨如柴。多出來的五磅只是鬧著玩兒。至於最後的三磅？只是爲了加以證明吧。

於是我去採購一件衣物，當作生命中永久保存的珍貴紀念品：「我在義大利最後一個月的牛仔褲」。年輕女店員很好心，不斷給我拿來愈來愈大的尺寸，一件一件遞給布簾後的我，未做任何評論，每回只是關心地詢問這件是否比較合身。好幾次我不得不從簾子後探出頭來：「請問，有沒有『稍微大一點的尺寸？』」直到好心的年輕女士終於拿給我一件腰圍尺寸刺痛我眼睛的牛仔褲爲止。我走出更衣間，出現在女店員面前。

她並未眨眼。她看著我，好似美術館長嘗試評估花瓶的價值。一隻相當大的花瓶。

「Carina。」她終於斷定地說，可愛。

我用義語問能否請她誠實告訴我，這件牛仔褲是否讓我像頭母牛。

不，女士，她告訴我。妳不像母牛。

「那像不像豬？」

不，她鄭重其事向我保證。我一點也不像豬。

「也許像水牛？」

這是很好的字彙練習。我還嘗試讓店員露出一點笑容，可是她一心想保持專業態度。

我又試了一次：「或許像一塊水牛乳酪（Buffalo Mozzarella）？」

好吧，或許吧，她承認，僅微微一笑。或許妳的確有點像水牛乳酪……

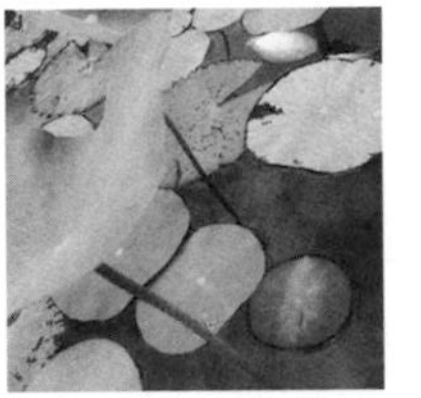

36

我在這裡的日子只剩下一個星期。我打算回美國過聖誕，之後再飛去印度，不僅因爲我沒法容忍不和家人過聖誕，也因爲接下來爲期八個月的旅行——印度和印尼——需要重新打包行裝。住在羅馬需要的東西，和你周遊印度需要的東西是兩回事。

或許是爲了印度之旅預作準備，我決定最後一個禮拜去西西里旅行——義大利境內最第三世界的地區，因此如須讓自己做好體驗赤貧的準備，這是不錯的地方。也或許我去西西里，只是因爲歌德說過：「沒去過西西里，便無從清楚了解義大利。」

然而去西西里旅行並不容易。我得用盡所有的探知能力找到週日一路南下抵達海岸的火車，然後找到正確的渡輪前往墨西拿（Messina；一個恐怖可疑的海港城市，似乎從堵住的門後咆哮：「醜並不是我的錯！我經歷過地震，遭受過地毯式轟炸，還慘遭黑手黨蹂躪！」）。一抵達墨西拿後，得找到公車站（和吸菸者的肺一樣骯髒），找到坐在賣票亭裡自怨自艾的男人，請他能否賣我一張開往濱海小鎮陶爾米納（Taormina）的車票。公車在西西里鋒芒畢露的東海岸沿著峭壁和海灘顛簸行駛，直到抵達陶爾米納後，我得找到一輛計程車，然後找一家旅社。而後得找對人，用義語問我最愛的問題：「鎮上哪個地方東西最好吃？」結果在陶爾米納找到的人是個睡眼惺忪的警察。他給了我最好的東西——一張紙條，上面寫了一家地處偏僻的餐廳名字，並有指出餐廳方位的手寫地圖。

結果是一家小酒館。友善年長的女掌櫃正在為當晚的生意做準備，她穿著長襪的腳站在桌上，一邊擦拭餐廳窗戶，試著不碰倒聖誕耶穌像。我跟她說我無須看菜單，請她為我拿來最好的食物，因為這是我在西西里的第一個夜晚。她欣喜地摩拳擦掌，用西西里方言朝她在廚房的老邁母親叫喊；然後在二十分鐘內，我忙著享用在整個義大利吃過最讓人驚奇的一餐。是麵食，卻是我從未見過的形狀——又大又新鮮，一片片像義大利餃子（雖然尺寸不盡相同）般摺疊成教皇帽子的形狀，內餡是甲殼動物、章魚和烏賊熬煮而成的又滾燙又香濃的泥末，和切絲蔬菜拌在一起，浸泡在橄欖風味、海洋般的湯汁裡。下一道菜則是百里香燉兔肉。

可是隔天的錫拉庫薩（Syracuse）更是精采。公車在傍晚的冷雨中讓我在某個街角下車。我立即愛上這個城市。錫拉庫薩的三千年歷史就在腳下。這兒的古老文明使羅馬看起來就像美國的達拉斯。傳說狄德勒斯（Daedalus）[19]從克里特島飛到此地，赫丘力士（Hercules）曾睡過這裡。錫拉庫薩曾是希臘殖民地，修斯提底斯（Thucydides）[20]說它是「絲毫不遜於雅典的城市」。錫拉庫薩是聯繫古希臘和古羅馬的紐帶。許多古代劇作家和科學家曾住在此地。柏拉圖認為它是實現烏托邦的理想地點，或許「藉由某種天命」，讓統治者成為哲學家，哲學家成為統治者。歷史學家說，修辭學的發明是在錫拉庫薩，而劇本的「情節」亦然（這只是一樁小事）。

19 神話中的希臘建築師和雕刻家，是迷宮的建造者；後被米諾斯王關入迷宮，因而想出由空中脫逃的方法。
20 古希臘最偉大的歷史學家，《伯羅奔尼撒戰爭史》的作者。

我從這座脆弱城市的市場走過去，看著一位戴黑色羊毛帽的老人爲顧客剖開魚肚（他叼著菸，就像裁縫師縫製衣服時叼著針；他持刀把魚片切得完美無缺），令我心中洋溢著某種無法回答或解釋的愛意。我羞怯地問這位魚販今晚該去哪兒吃飯，我們談過話之後，我取了張紙條，指引我去一家無名小餐館。我一坐下，服務生便拿來一團團鬆軟、撒有開心果的瑞科達（Ricotta）乳酪，麵包塊漂浮在芬芳的油中，一碟碟肉片和橄欖，佐以生洋蔥與歐芹的冰橘沙拉。之後，我才聽說魷魚招牌菜。

「沒有哪個城鎭能過太平日子，無論制定什麼法律，」柏拉圖寫道：「假使市民……無所事事，只是享受美酒盛宴，因爲談情說愛而搞得自己筋疲力竭。」

可是偶爾過過這樣的生活有何不好？一生當中只花數個月的時間，除了找尋下一頓佳餚之外別無所求，難道罪無可赦？只是爲了取悅自己的聽覺而去學習一種語言，別無其他目的？或者正午時分在庭園的一方陽光中，坐在自己最愛的噴泉邊打盹？隔天再這麼做一次？眞那麼難以原諒？

當然，沒有人能夠永遠過這種日子。眞實生活、戰爭、苦難、道德終將起而干預。在貧困的西西里，眞實生活永遠走不出任何人的腦海。黑手黨是西西里數百年來唯一成功的事業（保護市民免受其害），而它的魔爪仍伸及每個人。巴勒摩（Palermo）——歌德曾稱之爲擁有無法形容之美的城市——或許是目前西歐唯一能讓你走在二戰瓦礫堆中感受發展狀況的城市。黑手黨在一九八〇年代作爲洗錢操作而建造的醜陋不堪的公寓危樓，使這座城市有計畫地遭受不可名狀的醜化。我問一位西西里人，這些建築是否用廉價的混凝土建造而成，他說：「喔不——是很貴的混凝土。每一批混凝土都混有幾具遭黑手黨殺害的屍體，這可花錢咧。不過用骨頭、牙齒加固，的確讓混凝土比較堅固。」

在這種環境下思考下一頓佳餚，是否有些膚淺？或者，考慮到這般嚴峻的現實，你也只能這麼做，無從選擇？巴茲尼（Luigi Barzini）在一九六四年的大作《義大利人》（他之所以書寫此書，是因爲描述義大利的外國人不是愛這個國家就是恨得要命，終於讓他感到厭倦）當中，嘗試明確記錄他的文化。他試圖回答幾個問題：關於義大利爲何出產最偉大的藝術家、政治家和科學家，卻仍未能成爲世界強國？他們爲什麼是外交辭令的佼佼者，卻仍拙於國內政治？他們爲什麼具有個人勇氣，組織軍隊卻集體潰敗？就個人而言，他們每個人都是精打細算的商人，爲什麼作爲一個國家的時候，就成了缺乏效率的資本主義國家？

他給予這些問題的答案，比我在此所能引用的更爲複雜，而其和義大利長期以來地方官員的貪污以及外來統治者的剝削有很大的關係，這一切悲傷的歷史經驗，導致義大利人得出看來正確的結論：這世界上沒有任何人或任何事可讓人信賴。因爲世界如此腐敗、動盪、誇大、不公，你只能信賴自己的感官體驗，正因爲如此，義大利人的感官在歐洲首屈一指。巴茲尼說，因此義大利可以忍受庸碌無能的將軍、總統、暴君、教授、官僚、記者和工業大亨，卻永遠無法忍受無能的「歌劇演唱家、指揮家、芭蕾舞者、交際花、演員、電影導演、廚師、裁縫……」。在一個混亂失序、災禍連連、充滿詐騙的世界，有時只能信賴美。唯有卓越的才藝不會腐敗。快樂無法降價求售。有時一頓飯是唯一眞實的貨幣。

因此，致力於美的創造與享受，可說是嚴肅的事——並不見得是逃避現實的手段，有時反倒是抓住現實的手段，在一切都分解爲……修辭與情節之時。沒多久之前，政府當局在西西里逮捕一個與黑手黨緊密串通的修士會，因此誰能讓你信賴？你能相信什麼？世界殘酷不公。你若在西西里挺身抗議不公，最後可能成爲某棟醜陋新廈的地基。在此種環境下，該怎麼做才能保有自己的個人尊嚴？或許什麼也不能做。或許除了切魚的完美本領以及做出全鎮最鬆軟的瑞科達乳酪，才能讓人引以爲傲？

我不想把自己和長期受苦的西西里人民拿來比較而侮辱任何人。我的人生悲劇屬於一種個人性質、大致掌握在自己手中的問題，並非起因於長期受壓迫。我經歷的是離婚和憂鬱症，並非好幾世紀的恐怖暴政。我有身分認同的危機，卻也擁有各種資源（財務、藝術、感情），想出解決之法。儘管如此，我要說，歷代幫助西西里人保有尊嚴的觀念，也幫助我開始找回自己的尊嚴——亦即，對快樂的鑑賞力，是能成爲人性之依靠。我相信歌德說你若想了解義大利就得來西西里，正是這個意思。我想，在我決定必須來義大利時，正是直覺到我必須了解自己。

在紐約的浴缸裡大聲唸出字典裡的義大利詞句，使我開始修補自己的靈魂。我的生活裂成碎片，讓我認不出自己，在警察局任人指認的話，恐怕連我也指認不出自己。可是當我開始讀義大利文，我感覺到一絲快樂；而當你在經歷黑暗時期後，感受到絲毫可能的快樂，就得死命抓住這一點快樂，直到它將你拉出土中——這並非自私，而是義務。你被賦予生命；你有責任（也是你身爲人類的權利）去尋找生命當中的美，無論多麼微不足道。

我到義大利時瘦骨如柴。那時的我還不清楚自己應得的東西。或許我仍未完全清楚自己應得的東西。但我明白近來我已振作起來——藉著享受無害的快樂——成爲一個更完整的人。最簡單、最符合人類的說法是，「我的體重增加了」。現在我的存在比四個月前更有分量。離開義大利的時候，我將比剛來時胖得多。離開的時候，我希望一個人的膨脹——一個人生的擴張——在這世界上是一種有價值的行動。儘管這一回，這個人生恰好不屬於別人，而是屬於我的人生。

第二部　印度

或說「恭喜認識你」；或說「三十六則追求信仰的故事」

37

在成長過程中，我家裡養雞。我們在任何時刻都有十二隻雞，每回死去一隻——被老鷹、狐狸攫去，或罹患某種不清楚的疾病——我父親便補上一隻。他開車去附近的家禽農場，回來的時候，袋子裡裝著一隻新的雞。問題是，想讓新的雞加入雞群行列，必須非常謹慎。你不能只是把牠丟進舊的雞群，否則會被當作闖入者看待。你必須在三更半夜，趁別的雞隻睡覺時，把新來的雞偷偷放入雞籠中。把牠放在雞群旁邊的窩，然後躡手躡腳走開。雞在早晨醒來時，不會留意到新來的雞，只會以爲：「牠肯定一直待在這裡，因爲我沒看見牠被送來。」重要的是，新來的雞在雞群當中醒來時，自己也不記得自己是新來者，只以爲：「我肯定從頭到尾都待在這裡。」

這正是我到達印度的情況。

我的班機大約在凌晨一點半降落於孟買。那天是十二月三十日。我領了行李，而後找計程車出城，前往數個鐘頭車程外、位於某偏遠鄉村的靜修道場。我一路打盹，穿越夜間的印度，時而醒來望向窗外，看見身穿莎麗服裝的瘦小女人們詭異神祕的身影，她們走在路上，頭上頂著柴火。「這麼早？」不亮前燈的公車超越我們，我們超越牛車。榕樹伸展著優雅的樹根，遍及溝渠。

我們在凌晨三點半左右抵達道場，停在寺院門口。我下了計程車，一名身穿西方服飾、頭戴羊毛帽的年輕人從黑暗中走出來，自報姓名——他是阿圖洛，二十四歲的墨西哥記者，我的精神導師的追隨者，他向我表示歡迎。我們低聲互相介紹的當兒，我聽見我最喜愛的梵語讚歌熟悉的第一小節從寺院傳出來。是清晨的「燈儀」（arati）；每天清晨三點半在道場起身時所進行的第一次晨禱。我指著寺院，問阿圖洛：「我可不可以……？」他做出「請便」的手勢。於是我付了計程車費，把背包塞在樹後，脫了鞋，跪下來，在寺院階梯上磕了頭，慢慢移身進去，加入大半由印度女人唱出優美讚歌的小小聚會。

這首讚歌被我稱爲「奇異恩典梵語版」，充滿虔誠的渴望。我熟記這首奉獻讚歌，與其說費心熟記，不如說打從心底去愛。我開始用梵語唱出熟悉的歌詞，從瑜伽神聖教誨的簡單介紹，到崇奉朝拜的揚調（「我敬拜宇宙之緣起……我敬拜眼是日、月和火的神……你是我的一切，喔萬神之神……」），到玉石般的信仰總結（「這很完美，那很完美，你若從完美取出完美，完美依然留存」）。

女人們停止詠唱。她們靜靜地鞠躬，而後從側門穿過黑暗的庭院，走進小寺廟，廟裡只點一盞煤油燈，薰香瀰漫。我跟在她們後頭。屋裡都是虔誠信徒——印度人和西方人——裹著羊毛披巾，抵禦黎明前的寒冷。人人都在打坐，可說是窩在那裡，而我則溜進他們旁邊，雞群當中的新來者，根本無人注意。我盤腿坐著，雙手擱在膝上，閉上眼睛。

我已有四個月的時間未曾打坐。這四個月內我想都沒想過打坐的事。我坐在那兒。呼吸靜下來。我對自己唸一次咒語，緩慢從容，逐字逐句。

唵——南——嘛——濕——婆——耶。

唵南嘛濕婆耶。

我敬重存在內心的神靈。

而後我又唸了一遍。一遍。又一遍。與其說我在打坐，不如說我在小心翼翼解開咒語，有如從盒子裡解開祖母收藏多年、未曾使用的最好的磁器。我不知道自己是否睡著，或者陷入某種魔咒當中，也不知經過多久時間。可是當天清晨，太陽在印度升起，人人睜開眼睛、環顧四周之時，感覺義大利已距離我千萬里之遙，彷彿我一直跟這群人待在這裡。

38

「我們爲什麼練瑜伽？」

我在紐約時，曾經有位老師在一堂別具挑戰性的瑜伽課上問起這個問題。當時我們每個人都彎成側向一旁的三角形，相當累人，老師讓我們久久保持這種沒人願意做這麼久的姿勢。

「我們爲什麼練瑜伽？」他再一次問。「是否讓你比你的鄰居更『能屈能伸』？或者爲了某種更崇高的目的？」

梵語的「瑜伽」可譯爲「結合」。它的字根來自「yuj」，意思是「套上軛」，以牛一般的紀律參與即時任務。瑜伽的即時任務是尋找結合——心與身之間、個人與神明之間、思想與思源之間、老師與學生之間，甚至我們自身與屈伸不易的鄰人之間的結合。我們在西方，主要透過知名的捲麻捲似的身體訓練而認識瑜伽，但那只是瑜伽哲學的一支，叫「陰陽瑜伽」（Hatha Yoga）。古人發明這些體能伸展不是爲了個人健康，而是爲了放鬆肌肉與心靈，爲打坐做準備。畢竟，靜坐數個小時並非易事，因爲在你臏骨疼痛、無法思索內在神性的時候，你滿腦子只是：「哇……我的臏骨眞痛啊。」

然而瑜伽也意味著透過打坐、透過學術研究、透過沉默訓練、透過忠心事奉，或透過唸咒——重複誦唸梵語經文——去發現神。這些練習儘管就其起源而言看似印度教，瑜伽卻不等同於印度教，印度瑜伽士也並非都信仰印度教。眞正的瑜伽不與其他宗教競爭，也不排除其他宗教。你利用瑜伽——神聖結合的修練——可以更接近黑天（Krishna）、耶穌、穆罕默德、佛陀或雅赫維（Yahweh）。我在道場期間遇上各種信徒，稱自己信仰的宗教爲基督教、猶太教、佛教、印度教，甚至伊斯蘭教。我還遇上寧可完全不談宗教信仰的人，在這充滿爭議的世界，你沒辦法責怪他們。

瑜伽的道路，是關於解開人類固有的毛病——我在此將之過度簡化一點來談，稱之爲無法維持滿足的毛病。數個世紀以來，各家思想學派曾爲人類固有的缺陷找到不同的解釋。道家說失調，佛教說無知，伊斯蘭教將我們的苦難歸咎於違抗神，猶太基督教傳統上將我們的受苦歸因於原罪。佛洛伊德派說痛苦是我們的本能與文明需求之間發生衝突所造成的必然結果。（正如我的心理學家朋友黛博拉所說：「慾望是設計的缺失。」）瑜伽士卻說，人類的不滿很簡單，只是因爲身分認知錯誤。我們之所以痛苦，是因爲我們只不過是區區個人，有恐懼、缺陷、憤恨與難逃一死。我們錯以爲有限的小小自我構成我們的整個天性。我們未能看出自己內心深處的神性。我們不知道，每個人的內心某處，都存在一種永久平和的至高自我。至高的自我是我們的眞實身分，完整而神聖。瑜伽士說，在明白此一事實之前，你將永遠感到絕望，斯多葛派的希臘哲學家愛比克泰德（Epictetus）說過一句話，精確表達此種想法：「你這可憐的人，心中懷抱著神，卻不認識祂。」

瑜伽是致力於親身體驗自身的神性，而後抓住此種體驗。瑜伽是一種自我控制，努力不讓自己的注意力集中於思索過去、擔心未來，讓你去尋找一個「恆在」的處所，泰然自若地從那兒觀察自己和周遭一切。唯有從這種平心靜氣的觀點，才能明白世界的眞實性質（以及你本身的眞實性格）。眞正的瑜伽士，從他們的平衡狀態，把這個世界看作是神靈創造力的均一表現：男人、女人、孩童、蕪菁、臭蟲、珊瑚，都是神的化身。瑜伽士認爲人生是非凡的機會，因爲對神的了悟，只發生在人的身上和腦子裡。蕪菁、臭蟲、珊瑚——它們沒有機會發現自我。而我們卻有機會。

「因此，我們整個一生，」聖奧古斯丁（Saint Augustine）以說起來相當帶有瑜伽精神地說：「都是爲了讓心靈的眼睛恢復健康，爲了看見神。」

如同每一種偉大的哲學觀念，這觀念不難了解，事實上卻難於吸收。好吧——我們都是一家人，神性一視同仁地居住在我們內心。沒問題。了解。但現在試著從那個地方生活。試著把這種了解付諸一天二十四小時的實際行動。並非輕易之舉。因此在印度的已知事實是，想練瑜伽，你需要老師。除非你是那些少數生而得道的聖哲、智者之一，否則通往啓蒙的路上，你需要某種指引。幸運的話，你能找到活在人間的導師。這正是多年來朝聖者前來印度尋找的事物。亞歷山大大帝（Alexander the Great）在西元前四世紀曾派大使前往印度，尋找有名的瑜伽士，帶他回宮。（大使報告說找到一位瑜伽士，卻無法說服這位男士旅行。）西元第一世紀，另一名希臘大使阿波羅尼奧斯（Apollonius of Tyrana）曾寫文章描述他的印度之行：「我看見印度婆羅門雖然腳踩在土地上生活，卻未生活在世間；心靈強固，卻未設防；一無所有，卻擁有最大的財富。」甘地本人始終想追隨精神導師學習，卻遺憾沒有時間或機會尋找導師。「眞理唯靠導師始可獲得，」他寫道：「此一教條大有眞理。」

所謂偉大的瑜伽士，是達到開朗常定之人。導師則是將此種常定傳遞給他人的偉大瑜伽士。導師（Guru）是由梵語的兩個音節所組成。第一個音節是「黑暗」之意，第二則是「光明」。走出黑暗，迎向光明。導師傳給弟子所謂的「mantraviriya」（智慧的強度）；你去找自己的導師，並非爲了上課，而是蒙受導師感召。

此種感召即使在跟一個大人物的短暫接觸也會出現。我曾去聽偉大的越南僧人、詩人、和平運動者一行禪師（Thich Nhat Hanh）在紐約演講。在那個典型的瘋狂之夜，群衆推推搡搡擠入禮堂；禮堂內的氣氛迅即轉變成因集體壓力集結而成的緊張。而後禪師走上講台。他靜靜坐了好一陣子，然後開口說話。觀衆——你感覺到正在發生這樣的事情——一次一排激動的紐約人，逐漸被他的沉靜所統治。過不久，禮堂內沒有半點聲響。在十分鐘內，這位瘦小的越南禪師已把我們每個人捲入他的沉默中。或者更確切的說法是，他讓我們每個人捲入自己的沉默，捲入我們與生具來、卻尚未發現或索求的平靜。他只要出現在禮堂，即誘導出我們每個人內心的平靜——這是神力。這是你尋求導師的原因：期望導師的優點向你展現你自身潛藏的偉大。

古代印度聖賢寫過，有三個因素可以說明一個靈魂是否擁有宇宙間最至高無上的幸運：

一、生爲人類，有探索意識的能力。
二、生來擁有——或培養出——了解宇宙本質的渴望。
三、找到世間的精神導師。

有個理論說，只要有足夠的誠意尋找導師，即可找到。宇宙發生變動，命運的分子重新組織，你的道路與你需要的導師兩者所走的道路不久就會互相交會。我在浴室地板上絕望跪禱的第一個晚上——泣求神靈給我答案的晚上——過後大約一個月，我找到自己的導師；當時我走進大衛的公寓，意外看見這位印度美女的照片。當然，對於擁有一位導師，我的看法矛盾。一般說來，西方人對導師一詞覺得不自在。我們和它在不久的過去有著某種過節。一九七〇年代，一群富裕、充滿熱忱、年輕的西方探求者，和一群具有領袖魅力但來歷不明的印度導師發生衝突。其所造成的混亂大半已然平息，不信任感卻依然餘音繚繞。即使對我來說，即使經過這麼久的時間，我發現自己依然時而對「導師」一詞有所遲疑。對我的印度朋友們而言，這不是問題；他們在導師的原則下長大，因而處之泰然。有位印度姑娘告訴我：「印度每個人幾乎都有導師（Everybody in India almost has a Guru）！」我明白她的意思（她是說，印度幾乎每個人都有導師〔Almost everyone in India has a guru〕），但我更同感於她無心的表達，因爲我有時的感覺——確實像是我「幾乎有個」導師。有時候，我似乎無法承認，因爲身爲一個中規中矩的新英格蘭人，懷疑主義和實用主義是我的智力遺產。無論如何，我並非有意識地出門採購「導師」。她自然而然地到來。我頭一次看見她，彷彿她通過照片注視我——一雙黑色眸子，流露出智性的慈悲——說：「妳需要我，現在我來了。所以，妳是否想做這件事？」

暫時把緊張兮兮的玩笑話和跨文化的不安情緒擱在一旁，我必須永遠牢記自己當天晚上的回答：直截了當、深不可測的「是」。

39

一開始，我在道場的室友是一位中年、美籍非裔的浸禮會教徒和禪修指導老師，來自南卡羅萊納州。不久，我的其他室友包括阿根廷舞者、瑞士順勢療法師、墨西哥祕書、五個孩子的澳洲母親、年輕的孟加拉程式設計師、緬因州來的小兒科醫師和菲律賓會計師。還有其他信徒來來去去，做週期性的居留。

這座道場不是讓你順道造訪的地方。首先，它位於不易通達的郊外。它的地點遠離孟買，在鄉間河谷的一條塵土路上，接近一個散亂的美麗小村莊（由一條街、一座寺院、幾個店家組成，還住了在街上隨意漫遊的牛，時而走入裁縫店裡躺下來）。一天傍晚，我留意到一盞光禿禿的六十瓦燈泡掛在鎮中央一棵樹的電線上；這是鎮上的街燈。道場基本上開拓了當地經濟，也是鎮上的驕傲。道場牆外的世界，是塵土與貧困。牆內則是灌溉的庭園、花壇、隱蔽的蘭花、鳥囀、芒果樹、波羅蜜樹、腰果樹、棕櫚樹、木蘭、榕樹。雖是不錯的建築物，卻不奢華。有一間自助餐廳式的簡單食堂。還有一間無所不包的圖書室，匯集世界各地的宗教作品。有幾間供各種聚會使用的寺院。有兩間禪修洞——黑暗寂靜的地下室，內有舒適的椅墊，日夜開放，僅供禪坐之用。有一座戶外涼亭，清晨的瑜伽課在此舉行。還有一座小公園，橢圓形步道環繞四周，供學員們慢跑。我睡在水泥建造的宿舍裡。

我待在道場期間，未曾有過居住人數超過數百名的時候。導師本人若下榻此地，人數隨即暴增，但我在印度時，她不曾返回此地。這早在我的預期內；近來她在美國待不少時間，可是你永遠不清楚她在何時會冷不防地出現。有她在不在身邊讓你持續學習，這並不重要。當然，能跟一位活生生的瑜伽大師在一起，有一種無可替代的快感，我從前經歷過。許多長期的虔誠信徒都同意，有時這可能分散你的注意力——你得當心點，才不至於陷入環繞導師身邊的名人熱潮，讓你的眞實意圖失去焦點。反之，你若是去她的道場靜修，訓練自己嚴守禪修時刻表，有時你會發現，從這些個人禪修當中，更容易和你的老師溝通，而不是從一群狂熱的學員當中躋身而過，親自聽她說一句話。

道場有一些領薪的長期雇員，但這裡的活兒大半由學員自己來做。有些當地村民受雇於此；而也有些當地人是導師的追隨者，以學員身分住在此地。道場有個印度少年引發我濃厚的興趣。他具有某種令我讚賞的氣質。首先，他骨瘦如柴（儘管在當地這是很典型的形象，但如果世界上有任何東西比印度少年更瘦，我會很害怕看見）。他的穿著就像我初中時那些喜歡玩電腦的男生去聽樂團演奏的裝束——黑長褲，熨燙過的白襯衫；襯衫穿在他身上顯得太大，莖狀的瘦脖子從領口伸出來，有如一朵雛菊從龐大的花盆冒出來。他的頭髮總是用水梳得整整齊齊。他戴一條成年人的皮帶，幾乎繞了兩圈，束在他十六吋的腰上。他天天穿同一套衣服。我意識到，這是他僅有的一套裝束。他肯定每晚手洗他的襯衫，清晨時分熨燙。（儘管對衣著禮貌的注重，在當地亦很常見；印度少年們漿挺的衣著過不久使我綴巴巴的農家服飾相形見絀，促使我穿上更整潔、更端莊的衣裳。）這孩子有啥特別？爲什麼每次看見他的臉都讓我深受感動——如此容光煥發的面容，看起來彷佛剛從銀河度了長假歸來？最後我跟一位印度少女探問他的身分。她語氣平淡地說：「他是當地某商家的兒子。他家很窮。導師邀他住在這裡。他打鼓的時候，你聽得見神的聲音。」

道場有個寺院對大衆開放，一整天有許多印度人前來敬拜瑜伽士悉達（Siddha Yogi）（「完善大師」），他在一九二〇年代創立此一學派，在印度各地被尊爲大聖人。但道場的其餘部分僅供學員使用。這兒不是旅社或觀光地。比較像是一所大學。你得經過申請才進得來，爲了被收作常駐學員，你得證明你對此種瑜伽學派已認眞研究好一陣子。你至少必須在此地連續待上一個月。（我決定待六個星期，而後獨自周遊印度，探索別的寺院、道場與朝拜地點。）

這裡的學生大致均分爲印度人與西方人（西方人則大約一半美國人，一半歐洲人）。課程以印度語和英語教授。申請時，你必須寫篇論文，收集推薦信，並詳加說明自己的精神與身體健康狀況，以及任何服藥或酗酒的歷史，並說明財務穩定狀況。導師不希望有人利用她的道場當作某種逃避眞實生活的手段；這對任何人皆無益處。她還有個政策：倘若任何親戚朋友因某種原因，而強烈反對你追隨導師住在道場的主意，那麼你不該這麼做，因爲不值得。你只該待在家中過正常生活，做個好人。沒必要搞得滿城風雨。

這位女子高尙的務實情操，對我始終是極大的安慰。

來到這裡之後，你得展現自己也是一個通情達理、腳踏實地的人類。你得讓大家知道你能幹活兒，因爲你應當對道場的整體運作做出貢獻，一天有五小時的「歇瓦」（seva），或稱「無私的服務」。道場的經營還要求你，假使過去六個月內經歷過重大的感情創傷（離婚、親人過世等），請延後你的造訪，因爲十之八九無法專心學習；若有情緒變動的情況發生，只會讓其他學員分心。我自己才剛結束後離婚時期。當我想起自己剛從婚姻出走時所經歷的痛苦，更確信我若在當時前來道場，肯定成爲學員的一大負擔。最好讓自己先在義大利休息，恢復體力和健康，再到此地。因爲我現在需要這種體力。

他們要你體力充沛地來到道場，因爲道場生活十分嚴酷。不僅對身體而言，每天從凌晨三點開始、晚間九點結束，就心理而言亦然。每天連續幾個小時靜坐禪修，幾乎無法讓自己的思考分心或解脫。你在印度鄉間和陌生人住在一起。各種臭蟲、蛇、老鼠。天候惡劣——有時一連下數星期的傾盆大雨，有時早餐前的陰影處氣溫高達一百度。這兒的一切可能在短短時間內變得非常眞實。

我的導師總說，到道場來，只會發生一件事——你將發現自己的眞相。因此假若你已在瘋狂邊緣徘徊，她情願你不要來。因爲，坦白說，沒有人想扛著緊咬木杓的你離開這地方。

40

我來的時候正好碰上新年到來。我還沒搞清楚道場的東南西北，就已是除夕夜。晚餐後，中庭已開始擠滿人潮。我們大家坐在地上——有些人坐在涼爽的大理石地板，有些則坐在草席上。印度婦女身穿彷彿參加婚禮的裝束。她們的頭髮上油，烏黑，綁成一條辮子垂在身後。她們穿上最好的絲質莎麗，戴上金手鍊，每位婦女的額頭中央都有個珠光閃耀的「bindi」[21]，有如星辰的暗影。大家打算在中庭內吟誦，直到午夜，年度交替之際。

我不喜歡用「吟誦」一詞來稱呼我深愛的活動。對我而言，「吟誦」含有某種單調誦唸的可怕涵義，彷彿一群僧侶繞著犧牲儀式的火堆做的事情。然而我們在道場的吟誦，是一種天使般的歌唱。一般說來，是以一呼一應的方式誦唱。一群嗓子優美的年輕男女開始唱出一段和諧的句子，然後我們其他人重複一次。這是一種禪修——把注意力集中在樂曲的進行，讓你的歌聲跟鄰座的歌聲交織在一起，最後大家像一個聲音一樣齊聲而唱。我有時差，擔心自己昏昏欲睡，撐不到午夜，更甭說有力氣唱得久。然而這一夜的音樂響起，一把小提琴在黑暗中奏出一長聲的渴望。接著是小風琴，而後是慢鼓，而後是歌聲……

我坐在中庭後方，和所有的母親坐在一起；這些印度婦女自在地盤腿而坐，她們的孩子像膝蓋毯似地跨在她們身上睡覺。今晚的吟誦是一首催眠曲，一首哀歌，意在感激，「拉格」（raga）曲式，表達悲憫與虔敬。我們以梵語誦唱（在印度已然絕跡的語言，除了用作禱告和宗教學術研究之用），一如既往，我嘗試作領唱者的聲音鏡子，接收有如一道道藍光的音調。他們將神聖的歌詞傳遞給我，我接過歌詞，過一會兒再把歌詞傳回去，使我們得以源源不斷地吟唱，卻不覺疲倦。我們大家好似夜晚在黑色海潮中盪漾的海藻般搖來晃去。我周圍的孩子們裹在絲綢裡，猶如禮物。

我很疲倦，卻未丟下小小的藍色歌曲，我不知不覺進入某種狀態，我想我或許在沉睡中呼喚神的名字，或者只是跌入宇宙的深淵。不過，十一點半的時候，管絃樂奏出吟誦曲調的拍子，激發成純粹的喜悅。衣著華美、手環叮噹響的女子拍著手，整個身子隨鼓聲起舞。鼓聲猛烈、優美、激動。隨著一分一秒過去，感覺就像我們同心協力把二〇〇四年拉向我們。就好似我們用音樂繫住它，拖過夜空，猶如一張巨大的漁網，網中裝滿我們未知的命運。確實是一張沉重的大網，載著一切生、死、悲劇、戰爭、愛情故事、發明、變動、苦難，專爲每個人未來的一年而準備。我們持續誦唱、拖網，手拉手，一分又一秒，歌聲不斷，愈來愈近。分秒在午夜落下，我們盡己所能地吟唱，這最終的努力使我們終於將新年的網蓋在自己身上，覆蓋天空和我們自己。唯有神明知道這一年將由什麼組成，然而此時此刻，我們每個人都在此地。

這是我這輩子頭一次和陌生人一同慶祝除夕。在舞蹈歌唱當中，沒有人讓我在午夜時分擁抱。但我要說，這不是寂寞的夜晚。

肯定不是。

21 人工痣。

41

我們每個人都有分內的工作，我被指派的工作是刷洗寺院地板。因此，現在每天都看得到我跪在冰冷的大理石地板上，拿著刷子和水桶，好似童話故事中的養女一樣賣力工作數個小時。（順便說一聲，我很清楚其中的隱喻——我刷洗乾淨的寺院是我的心，我擦亮的是我的靈魂，每日的平凡勞動必須應用在靈修當中，以淨化自我，等等，等等，等等。）

和我一同刷洗地板的同伴，多半是一群印度少年。這項工作向來分派給少年，因爲需要高度體力，卻不須擔負龐大的責任；倘若搞成一團糟，造成的損壞總有限度。我喜歡我的共事者。女孩們像飛舞的小蝴蝶，似乎比美國的十八歲女孩看起來年輕，男孩子們則是嚴肅的小小獨裁者，似乎比美國的十八歲男孩年長。寺院內禁止說話，可是他們都是十幾歲的青少年，因此我們幹活兒的時候經常有人聊天聊個不停。不見得全是流言蜚語。有個男孩整天在我身旁洗刷，認眞教導我如何在工作上有優良表現：「認眞看待。準時完成。冷靜自在。記得——妳做的一切都是爲神而做。神做的一切都是爲妳而做。」

這是辛苦的體力勞動，但我每天的工作時刻都比每天的禪坐時刻容易得多。眞相是，我想我不擅於禪坐。我已疏於禪坐，但事實上我也從不擅於禪坐。我似乎無法讓自己的心保持不動。我曾向一位印度僧侶提及此事，他說：「很遺憾，妳是有史以來唯一有這問題的人。」而後僧侶給我引了最神聖古老的瑜伽經文《薄伽梵歌》中的一段話：「喔克里希納，浮躁不安、剛強不屈的心，風一般難以遏制。」

禪坐既是瑜伽的支柱亦是雙翼。禪坐是「方法」。禪坐有別於祈禱，儘管兩者皆尋求與神溝通。我曾聽說，祈禱是跟神說話，禪坐則是聆聽的動作。你猜猜看，哪個對我比較容易。我能一整天嘰嘰呱呱跟神談論我的感覺和問題，可是一旦靜下來「聆聽」……那可就不同了。我請求腦子安靜片刻的時候，它總是馬上變得（一）無聊，（二）憤怒，（三）沮喪，（四）焦慮，（五）以上皆是。

就像所有的類人動物，我爲佛家所謂的「猿猴心」所苦——盪來盪去的思考，停下來的時候只爲搔癢、吐口水、嚎叫。從遙遠的過去到未知的未來，我的心自始至終任意擺盪，每分鐘涉及數十個想法，有如脫韁之馬，漫無目的。這本身不見得造成問題；問題在於，隨著思考而來的眷戀之情。快樂的思維使我快樂，可是不一會兒，我又突然進入過分的憂慮，搞糟心情；而後又記起憤怒的時刻，於是我又重新發起怒來；而後我的心靈決定應該開始自憐，於是寂寞立即接踵而來。畢竟，你的思維是什麼，你就是什麼樣的人。你的感情是思維的奴隸，你則是感情的奴隸。

這種動盪不安的思維藤蔓所存在的另一個問題，就是你永遠不活在此刻所處的地方。你永遠在挖掘過去或撥動未來，卻極少停歇於此刻。就像我的朋友蘇珊有個習慣，每當她看見一個美麗的地方，就會近乎恐慌地驚叫：「這兒眞美！我希望有天能回到這裡！」我於是竭盡所能嘗試說服她，她「已經」在這裡。你若想尋求與神明之間的結合，這種前後飛轉的想法將是一大問題。人們稱神爲「存在」（presence）不無道理——因爲神就在「此地」，就在「此刻」。唯有在當下這個地方，你才找得到神，而唯一的時刻即是現在。

可是，若想待在此刻，則需要奉獻於單一的焦點。各種禪坐方法教導各種專一的方法——比方說，眼光集中在一個光點上，或觀察自己的呼吸起伏。我的導師教導的禪坐，是以集中複誦咒語、經文或音節為輔助。咒語有雙重功效。首先，它讓腦子有事可做。就像給猴子一萬個鈕釦，說：「把這堆鈕釦重新疊成一疊，一次一個。」這比把牠扔在牆角叫牠不要動容易許多。咒語的另一個目的是送你進入另一種狀態，有如划動小舟一般，航過波濤洶湧的心靈之海。每當你的注意力捲進心靈的逆流中，只要回到咒語，爬回小舟，就能繼續航行。偉大的梵文咒語據說包含難以想像的力量，能載著你——只要你待在其中——一路划向神的海岸。

在我許多許多的禪坐問題當中，其中之一是，我所接受的咒語——唵南嘛濕婆耶——並未安安穩穩停留在我腦子裡。我喜歡唸它，也喜歡它的涵義，卻始終未能進入禪修狀態。在兩年的瑜伽修行期間亦從來未曾。當我嘗試在腦中背誦「唵南嘛濕婆耶」的時候，居然如鯁在喉，胸口緊繃，緊張兮兮。我始終無法讓音節與呼吸搭配得當。

結果有天晚上我跟室友科瑞拉討教此事。我羞於向她承認我很難讓心思集中在咒語的背誦上，但她是禪修老師，或許能幫忙我。她告訴我，從前她也經常在禪修時胡思亂想，不過現在，她的修行成了生活中至高無上的喜悅。

「我就坐下來，閉上眼睛，」她說：「只須『想著』咒語，整個人就消失起來，直登天際。」

聽了這段話，我嫉妒得想吐。再說，科瑞拉已練習多年瑜伽，跟我活著的年歲一樣長。我請她教我如何把「唵南嘛濕婆耶」運用在禪修中。她是否每個音節吸一次氣？（這麼做，老是使我覺得沒完沒了、心煩氣躁。）或者每呼吸一次就唸一個字？（但是每個字的長度都不相同！因此如何平均分配？）或者吸氣時唸整句咒語，吐氣時再唸一次？（這麼做的時候，速度老是加快，使我焦慮起來。）

「我不知道，」科瑞拉說：「我就只是唸出來。」

「但妳是用吟唱的嗎？」現已瀕於絕望的我繼續逼問：「打不打節拍？」

「我只是唸出來。」

「能不能請妳大聲唸出來，就像妳禪坐時在腦子裡唸一般？」

我的室友寬容地閉上眼睛，開始大聲唸咒語，按照她在腦子裡唸的樣子。沒錯，她只是……唸出來。她平靜、正常地唸出來，綻放微笑。事實上，她唸了幾次，直到我焦躁起來，打斷她。

「妳不感到厭煩嗎？」我問。

「啊，」科瑞拉睜開眼睛，面帶微笑。她看了看錶。然後說：「十秒鐘過去了，小莉。厭煩了，是吧？」

42

隔天早晨，我準時抵達清晨四點的禪坐，這向來是一天的開始。我們預定靜坐一個小時，可是我卻像計算哩程般來計算分秒——我不得不去容忍的六十哩漫漫長路。來到第十四哩／分鐘，我的神經開始瓦解，膝蓋撐不下去，喘不過氣來。這不難理解，若考慮到我和自己的頭腦在禪坐期間通常如此進行對話：

我：好吧，我們開始禪坐。讓我們關注在呼吸上，集中於咒語。唵南嘛濕婆耶。唵南嘛濕婆耶——

頭腦：我幫得上妳的忙，妳曉得！

我：很好，因爲我需要你幫忙。來吧。唵南嘛濕婆耶。唵南嘛濕婆耶——

頭腦：我能幫妳想出很好的禪修畫面。比方——沒錯，這點子不錯。想像妳是一座寺廟。坐落在一座島上！一座海上的島！

我：喔，這畫面不賴。

頭腦：謝啦。我也這麼覺得。

我：我們想像哪個海？

頭腦：地中海。想像妳是希臘島嶼，島上有座希臘古廟。喔，算了，那兒遊客太多。這樣吧，甭管什麼海了。海太危險。我有更好的主意——把自己想像成湖上的島吧。

我：現在能不能開始禪坐，拜託？唵南嘛濕婆耶——

頭腦：好！當然囉！不過，可別想像湖上到處是……怎麼稱呼那些玩意兒——

我：水上摩托車？

頭腦：對啦！水上摩托車！那些玩意兒消耗太多燃料！對環境造成威脅。妳知道什麼東西也消耗很多燃料？吹落葉機。妳不這麼想，可是——

我：好，好，現在開始禪坐好嗎？唵南嘛濕婆耶——

頭腦：沒錯！我確實想幫妳禪坐！所以我們就別管湖上或海上的島吧，因爲這顯然行不通。讓我們想像妳是——河上的島！

我：喔，你是說像哈德遜河上的旗手島（**Bannerman Island**）？

頭腦：正是！了不起。總之，我們在禪坐時就想像這個畫面吧——河上的島。在禪坐的時候，所有的思維都從妳身邊漂過，這些想法都只是自然的水流，妳能視而不見，因爲妳是島嶼。

我：等等，你剛剛不是說我是廟宇？

頭腦：沒錯，眞抱歉。妳是島上的廟。事實上，妳同時是廟和島。

我：我也是河？

頭腦：不，河只是思維罷了。

我：停！拜託！**你讓我發狂！**

頭腦（深受傷害）：對不起。我只是想幫忙而已。

我：唵南嘛濕婆耶……唵南嘛濕婆耶……唵南嘛濕婆耶……

此處，思維出現前途光明的八秒鐘停頓。可接著——

頭腦：妳還在生我的氣？

——接著我喘了一大口氣，好比浮出水面吸氣，我的頭腦贏了，我睜開眼睛，投降了。我淚流滿面。照理說道場應該是讓你加強禪修的地方，然而這卻是一場災難。給我太大的壓力。我辦不到。可是該怎麼辦呢？每一天在十四分鐘過後跑出寺院痛哭？

然而這天早晨，我未與之作戰，只是停了下來。我放棄了。讓自己靠在在身後的牆上。我背痛，沒有力氣，腦袋發顫。我的姿勢垮掉，猶如崩塌的橋。我卸除腦袋裡的咒語（咒語有如無形的鐵砧，壓在我身上），擱在身邊的地板上。而後對神說：「很抱歉，今天我只能靠你這麼近。」

印第安部落拉克塔蘇族（Lakota Sioux）說，一個坐立不安的孩子是未發展完全的孩子。古老的梵語經文說：「依賴某些跡象，你能得知是否恰當實行禪坐。其中一個跡象是，一隻鳥棲息在你頭上，以爲你是無生命之物。」這尚未在我身上發生。不過，接下來的四十分鐘左右，我盡可能保持平靜，困在禪坐大堂中，對自身的缺陷深感羞愧，看著周圍的信徒體態完美地靜坐，閉著完美的眼睛，沾沾自喜的面容散發著冷靜，想必正把自己送往某種完美天堂。我充滿強烈、巨大的哀傷，很想痛快地大哭一場，卻極力阻止自己，想起我的導師曾說過——你永遠不該給自己崩潰的機會，因爲這會成爲一種習慣，一而再、再而三地發生。反而，你必須訓練自己保持堅強。

但我不覺得自己堅強。我的身體毫無價值地疼痛。我懷疑在跟自己的頭腦進行對話時，誰是

「我」，誰是「頭腦」。我思索處理思考、吞噬靈魂的腦袋機器，懷疑自己究竟能否制伏它。而後，我想起電影《大白鯊》裡的一句台詞，不禁笑了起來：「我們需要一艘大一點的船。」

43

晚餐時間。我獨自坐著，嘗試慢慢吃。我的導師經常鼓勵我們用餐的時候實行教規。她鼓勵我們吃得適度，不大口大口吃，勿將太多食物迅速扔進消化道中，以免澆熄體內的神聖之火。（我確定，我的導師從沒去過拿波里。）當學員向她訴說在禪坐時有困難，她總是詢問他們近來的消化狀況。當然，你在胃腸努力攪拌一個臘腸餡餅、一磅辣雞翅和半個椰子鮮奶油派的時候，的確很難進入超越自我的狀態。因此，這地方不供應這類的食物。道場的食物是清淡健康的素食。儘管如此，卻美味可口。因此很難讓我不像個挨餓的孤兒般狼吞虎嚥。此外，餐點是以自助餐方式供應，使我忍不住要拿第二或第三次，因爲香噴噴的美食當前，而且還免費。

於是我獨自坐在餐桌前，努力管束我的叉子，這時我看見一名男人手持餐盤走來，找空椅子。我向他點頭，表示歡迎來坐我這桌。我尙未在這兒見過這名男人。他肯定新來不久。這陌生人走起路來不慌不忙，舉手投足間帶有邊城警長或撲克玩家的權威。他看上去五十多歲，走起路來卻像多活了好幾世紀。白髮、白鬍鬚，穿法蘭絨格子襯衫。寬闊的肩膀，巨大的手掌，看上去有能力造成某種破壞，臉孔卻完全放鬆。

他在我對面坐下來，慢聲慢氣地說：「嘿，這裡的蚊子眞大，能凌虐一隻雞。」

女士先生們，德州的理查到來了。

44

德州理查一生幹過許多職業——我知道自己還漏掉許多——包括：煉油廠工人；十八輪卡車司機；達科他州第一個勃肯鞋（Birkenstocks）總代理；中西部某垃圾填埋場的甩袋人（sack-shaker；抱歉，我沒時間說明什麼是「甩袋人」）；高速公路建築工人；二手車銷售員；越南士兵；「商品掮客」（商品大致是墨西哥毒品）；吸毒者兼酗酒者（若可稱爲職業）；而後成爲洗心革面的吸毒者兼酗酒者（這職業體面得多）；某社區的嬉皮農夫；廣播旁白員；最後，高級醫療用品的成功銷售商（直到婚姻失敗後，他把事業給了他的前妻，留他「回去吃自己的」）。現在他在奧斯汀（Austin）爲人翻修舊房子。

「不曾有過什麼生涯路線，」他說：「除了勞碌奔波外，一無所能。」

德州理查不是擔太多心的傢伙。他可不是神經質的人，一點也不。不過我是有點神經質的人，因此崇拜起他來。理查來到道場，爲我帶來大而有趣的安全感。他從容不迫的自信，安撫了我與生具來的緊張兮兮，提醒我一切都會沒事。（或至少會是喜劇。）可記得卡通裡的萊亨雞（Foghorn Leghorn）？理查有點像牠，而我成了牠身邊碎嘴子的助手小鷹（Chickenhawk）。引用理查說的一段話：「我和食品雜貨，一天到晚都在笑。」

食品雜貨。

這是理查給我取的綽號。他在我們第一次見面的晚上，獻給我這個綽號，因爲他留意到我吃得不少。我想爲自己辯護（「我是有紀律、有目的而蓄意地吃！」），但這名字從此固定下來。

或許德州理查不太像典型的瑜伽人士。儘管我在印度的日子奉勸我莫去斷言什麼是典型的瑜伽人士。（別讓我開始扯到前幾天在這兒遇上的愛爾蘭酪農，或南非來的前修女。）理查透過前任女友參與瑜伽，她載他從德州前往位於紐約的道場，聽導師演講。理查說：「當時我認爲道場是我見過最詭異的東西。我心想，那個會讓你繳出所有的錢、車契和房契的房間在哪裡？不過卻從未遇上這種情況……」

那回的體驗——大約一年前——之後，理查發現自己隨時在祈禱。他的禱詞始終相同。他不斷請求神：「拜託、拜託，請打開我的心。」他要一個開闊的心懷。他總是請神「在事情發生那一刻給我信號」，作爲祈求開闊心懷的結束語。他回憶起那段時期，說：「食品雜貨，當心妳祈求的東西，因爲很有可能如願以償。」經常祈求開闊心懷，如此持續幾個月後，你猜猜理查求得了什麼？沒錯——緊急開心手術。他確實被剖膛開肚，肋骨被分開，讓足夠的光線終於能進入他的心。彷彿神在說：「這信號不錯吧？」因此現在理查總是十分謹慎祈禱，他告訴我：「近來我無論祈求什麼事，最後總是說：『喔，神哪，請溫柔待我，好嗎？』」

「我的禪修該怎麼辦？」有天我問理查，他看著我洗刷寺院地板。（他運氣不錯——在廚房工作，甚至只須在晚餐前一個小時現身廚房即可。可是他喜歡看我刷洗寺院地板。他覺得很逗趣。）

「食品雜貨，妳幹嘛怎麼辦？」

「因爲一團糟。」

「誰說的？」

「我沒辦法讓自己的腦子靜止下來。」

「記得導師教過我們——你坐下來，若純粹爲了禪坐，那麼接下來無論發生什麼事，都與你無關。那又何必去裁定自己的體驗？」

「因爲我在禪坐時發生的情況，不可能是瑜伽的重點。」

「親愛的食品雜貨——妳根本不曉得發生什麼事啦。」

「我從沒見過幻境，從沒有過超越自我的體驗——」

「妳想看見繽紛的色彩？或想得知自我的眞相？妳想要的是什麼？」

「每次想禪坐的時候，我就好像只跟自己辯論。」

「那只是妳的自我想確定自己是掌門人罷了。妳的自我做的事，就是不斷讓妳感到絕望，讓妳有雙重感覺，想使妳相信自己有缺陷、心灰意懶、形單影隻，而不是完整的人。」

「這如何對我有用？」

「這對妳沒用。妳的自我不是爲了對妳有用。它唯一的工作是讓自己繼續當權。現在，妳的自我怕得要死，因爲它即將遭到裁減。妳繼續走自己的靈修之路，親愛的，那個壞蛋已來日無多。不久，妳的自我就要失業，妳的心會決定一切。因此妳的自我正在抗爭，逗弄妳的腦子，想確保自己的權威，想把妳囚禁在牢籠裡，遠離宇宙世界。別聽它的話。」

「怎麼做到不聽它的話？」

「妳試過從小孩手裡拿走玩具吧？小孩不喜歡，是吧？他開始踢啊、叫啊。拿走玩具的最佳方式，是分散小孩的注意力，給他別的玩具。轉移他的注意力。別去強迫思維離開妳的腦子，給妳的腦子玩其他東西。比較健康的東西。」

「比方說？」

「食品雜貨，比方說愛。純粹神聖的愛。」

45

每天去禪修洞，應當是此種神聖交流的時刻，然而我最近走進去的時候，總是退縮不前，就像我的狗走進獸醫診所時經常退縮不前（牠知道無論大家現在表現得多友善，最後的結果卻是被某種醫療用具狠戳一記）。但是上回和德州理查談過話後，今天早上我試了一種新方法。我坐下來禪坐，對自己的腦子說：「聽著——我了解你有點害怕。但我保證不會消滅你。我只是想給一個地方休息。我愛你。」

前幾天，一位僧侶告訴我：「頭腦的休憩地是心。頭腦整天只聽見叮叮噹噹的鐘聲、噪音，和爭辯，但它只渴望平靜。頭腦只能在沉靜的心當中，找到平靜。妳得去那裡才行。」

我還試了另一種咒語。這句咒語從前是我的吉祥咒語。很簡單的兩個音節：「宏—撒」（Ham-sa）。

梵語的意思是「我是祂」。

瑜伽士說「宏—撒」是最自然天成的咒語，是我們每個人出生前由神賜予。其音調是我們自己的呼吸。吸氣是「宏」，吐氣是「撒」。（順帶一提，「宏」的發音柔軟、開放，而「撒」與「宏」押同韻。）只要我們活著，我們每回的吸氣、吐氣都在複誦這句咒語。我是祂。我很非凡，我與神同在，我是神的寫照，我不疏離，不孤單，不是有限的個人幻象。我向來認為「宏—撒」簡單而輕鬆。比「唵南嘛濕婆耶」更容易在禪坐時誦唸，就像——怎麼說呢——瑜伽的「官方」咒語。但有一天我和僧侶談起這件事，他跟我說「宏—撒」若有助於我的禪坐，就去用吧。他說：「無論依什麼進行禪坐，都能在妳心中產生革命性的變化。

今天就讓我拿它禪坐吧。

宏—撒。

我是祂。

想法進來了，但我未多加留意，只是用近乎母性的態度跟這些想法說：「喔，我知道你們是淘氣鬼……去外頭玩吧……媽咪在聽神說話。」

宏—撒。

我是祂。

有一段時間，我睡著了。（無論如何稱之皆可。禪坐當時，你永遠無法確知自己認爲的「睡著」就是「睡著」；有時只是另一種意識層次。）醒來時，我感覺到某種柔和的藍色電能，以水波流動的方式通過我的身體。這令人有些驚恐，卻也十分美妙。我不知如何是好，因此只對內心的這股能量說：「我相信你。」於是這股能量做出反應，放大、延展。此刻的它，強大得令人恐懼，猶如感官遭到綁架。它從我的背脊底部往上哼唱。我的脖子感覺想伸展扭曲，於是我聽其自然，而後我以最奇特的姿勢坐在那裡——像瑜伽好手那樣挺直而坐，左耳卻緊緊貼住左肩。我不清楚自己的頭和脖子爲何想這麼做，但我不想和它們爭辯，它們很堅持如此做。澎湃的藍色能量持續在我體內做俯仰運動，我聽見耳朵裡有嗚嗚響聲，如此有力，竟然使我再也無法承受。我非常害怕，於是對它說「我還沒準備好」，啪地睜開眼睛。一切消失而去。我又回到房間裡，回到周圍的環境。我看錶。我已待在這裡——或某個地方——將近一個小時。

我喘著氣，的的確確喘著氣。

46

欲理解此一體驗以及所發生的事情（即在「禪修洞」和「我的內心」發生的事情），使我們轉到一個奧妙狂放的話題——那就是，「昆達利尼莎克蒂」（kundalini shakti）。

世界上的每一種宗教，都有一小群信徒追求與神之間進行直接而不平凡的體驗，脫離教義經文或教條學習，只爲了親身與神邂逅。有趣的是，這些神祕主義者在描述自身經驗時，每個人對所發生的事都有如出一轍的描述。大致而言，他們與神的結合都發生在禪修狀態，透過某種能量源傳送，使全身充滿快樂的電光。日本人和中國佛教徒稱這種能量爲「氣」，峇里人稱之爲「塔克蘇」（taksu）[22]，基督徒稱之爲「聖靈」，喀拉哈里沙漠的原住民（Kalahari Bushmen）稱之爲「n/um」（其聖徒把它描述爲蛇一般的力量，爬上背脊，在頭上開出一個洞來，神穿洞而入）。伊斯蘭的蘇菲詩人把這種神的能量叫作「親愛的人」，寫聖詩讚頌。澳洲原住民描述天上的一條蛇降臨到世間，進入藥師體內，賜予他強大、非凡的力量。在猶太教的卡巴拉（Kabbalah）傳統，與神的結合，據說是通過數個階段的心靈提升而發生，

22 即神授的力量。

能量沿著一連串無形的天體經線攀上脊柱。

最具神祕主義色彩的天主教人物聖女大德蘭（Saint Teresa of Avila），其描述與神的結合是一種具體的上升光線，其穿越生命中的七個「心房」後，突然讓她看見神的存在。她經常深陷於禪坐的恍惚狀態，以致其他修女完全無法摸到她的脈搏。她請求修女朋友們切勿將她們看見的事說出去，因爲這是一件「很不尋常的事，可能引發議論」（還可能被宗教法官接見）。這位聖徒在回憶錄中寫到，最困難的挑戰，是在冥想之際，切勿挑動思維，因爲腦子裡的任何想法——即使是最熱誠的禱告——都會撲滅神的火燄。麻煩的腦袋一旦「開始構思演說，編造巧思辯論，很快就會以爲自己做的工作很重要」。但你只要能超越這些想法，大德蘭說道，爬升到神的頂端，「那可是一種光榮的迷惑，美妙的瘋狂，足以讓你從中取得眞正的智慧」。波斯蘇菲神祕主義者哈菲茲（Hafiz）問道，神既然慈愛得瘋狂，我們何不每個人都成爲尖聲叫嚷的醉漢。大德蘭並未意識到與哈菲茲的呼求相呼應；她在自傳中呼喚，這些神性的體驗若純粹是瘋狂之舉，那麼，「我求求你，聖父，讓我們都發狂吧！」

在接下來的句子當中，她像是屏住呼吸。今日閱讀大德蘭，幾乎能感覺到她從入神體驗中甦醒過來後，注視著周遭中世紀西班牙的政治局勢（她生活在史上數一數二、最惡劣的宗教專政之下），然後冷靜盡責地爲自己的激動狀態道歉。她寫道：「請原諒我的大膽」；再次重申別把她的胡說八道當一回事，因爲她只是個女子、小蟲、討人厭的害蟲，等等，等等。你幾乎看得見她順了順自己的修袍，整理好最後幾絲亂髮——她的神聖祕密將成爲藏在內心的熊熊烈火。

印度瑜伽傳統將此種神聖祕密稱作「昆達利尼莎克蒂」，其被描繪成盤旋在脊椎底部的一條蛇，因主人的觸摸或神蹟的顯現而釋放出來，而後通過能量七輪（chakras）（亦可稱爲七個心房）而上升，最後從腦袋鑽出去，突然與神結合爲一。瑜伽士說，這些輪穴不存在於肉身，因此無法在肉身尋找；輪穴僅存在於靈性，亦即佛教導師鼓勵學員從肉體之身所抽出的新的自我，好似從劍鞘抽出劍來。我的朋友鮑伯（Bob），是瑜伽學員也是神經科學家，他說他對輪穴的概念始終感到懷疑，很想在解剖學的人體上親眼看見輪穴，始能確信其存在。然而在一次超凡的禪修體驗中，他有了新層次的理解。他說：「就像寫作存在著字面上的眞實和詩的眞實，一個人類也存在著字面上的解剖和詩的解剖。一個看得見；一個看不見。一個是由骨骼、牙齒和肌肉構成；另一個則由能量、記憶和信仰構成。兩者都一樣眞實。」

我喜歡科學和信仰能找到相交之處。最近我在《紐約時報》的一篇報導中讀到，一群神經科專家給一名自告奮勇的藏僧通上電流，做腦部掃描實驗。他們想知道，就科學而論，超凡的思維在頓悟期間發生的情況。在正常思考的腦子裡，思維與衝動的風暴不停旋轉，在腦部掃瞄器上顯示出黃色與紅色的閃光。實驗對象愈是憤怒激動，紅色閃光便燒得愈熱愈旺。然而跨越時代與文化的神祕主義者都曾描述腦子在禪坐期間的平靜狀態，他們說，與神的終極結合是一種從腦袋中央放射出來的藍光。瑜伽傳統稱之爲「藍珍珠」，是每個追尋者所找尋的目標。果然，這位在禪坐時刻受監測的藏僧，腦袋完全平靜無波，看不見任何紅色或黃色閃光。事實上，這位男士所有的神經能量最後都集中於腦中央——顯示在監測器上——變成一個微小、冷靜、珍珠般的藍色光點。如同瑜伽士自古以來的描述。

此即「昆達利尼莎克蒂」的終極目標。

在神祕主義的印度，如同在許多薩滿教傳統中，「昆達利尼莎克蒂」被視爲危險的力量，不容胡亂擺弄；若無人監督，初出茅廬的瑜伽士很可能因此讓腦袋炸掉。你需要有人教導——一位導師——帶你走這條路，最適合在安全地點——道場——進行禪修。據說，經由導師的觸摸（無論親自出面或透過某種神遇，比方夢境），能讓盤捲受縛的「昆達利尼」能量從脊椎底部釋放出來，使它得以向上朝神而去。這樣的釋放時刻稱作「莎克蒂帕」（shaktipat），即神的開引，這是一位明師所給予的最佳禮物。觸摸過後，學員或許仍需努力多年，以獲得開悟，但至少旅程已經展開。能量已被釋放。

我在兩年前和我的導師在紐約首次見面時，接受了「莎克蒂帕」的開引。那是一次週末靜修，位於卡茲奇（Catskills）的道場。老實說，過後我倒沒什麼特殊感覺。原本希望和神之間有一場別出心裁的邂逅，或許是藍色閃電或某種異象，但我探尋自己的身體看看有何特殊效果，卻只微微感到饑餓，一如往常。我記得心裡在想，或許我的信仰不夠，因此無從體驗被釋放的「昆達利尼莎克蒂」這類狂放的事情。我記得心裡在想，我太用腦袋，直觀不足，我的宗教道路很可能智性甚於奧祕性。我禱告，我看書，我思索有趣的想法，但我可能永遠無法登上大德蘭所描述的神聖冥想境界。這也沒什麼不好。我仍喜愛靈修。只是我沒福氣體驗「昆達利尼莎克蒂」。

然而，隔天有趣的事發生了。我們大夥又一次與導師聚會。她領我們禪坐，進行到一半時，我睡著了（或管它叫什麼狀態），做了個夢。夢中的我，在海邊的沙灘上。海浪大得驚人，且快速翻高。突然間，一名男人出現在我身邊。那是我的導師本身的師父——一位具有領袖魅力的偉大瑜伽士，我在此僅以「思瓦米吉」（Swamiji）（梵文意即「敬愛的僧侶」）稱之。思瓦米吉在一九八二年過世。我只從道場周圍的相片中看過他。我得承認，即使透過這些相片，這傢伙始終讓我覺得有點太恐怖、太權威、太熱情，不合我的口味。長期以來我避免想到此人，當他從牆上盯著底下的我，我通常避開他的凝視。他似乎壓倒一切。他不是我的導師類型。我始終偏愛那位美麗、慈悲、女性的在世明師，勝過這位已歿（卻依然兇猛）的角色。

但現在思瓦米吉出現在我夢中，站在我身旁的海灘，力量無窮。我驚惶失措。他指著逼近的海浪，嚴厲地說：「我要妳想辦法阻止。」我恐慌地掏出筆記本，嘗試繪出阻止海浪前進的各種發明。我畫了巨大的海堤、運河和水壩。然而我的每一種設計都愚蠢得毫無意義。我一點都搞不懂這些東西（我不是工程師呀！），卻感覺思瓦米吉注視著我，顯得不耐煩、吹毛求疵。我最後放棄了。我的每一種發明都不夠巧妙或強勁，阻擋不了海浪的衝力。

這時我聽見思瓦米吉呵呵大笑。我仰頭注視這位身穿橘袍、矮小的印度男人，他真可謂笑破肚皮，直不起腰來，拭去眼中歡笑的眼淚。

「親愛的，告訴我，」他朝浩瀚、強大、無限、洶湧的海洋指去，說：「可否請妳告訴我——妳究竟打算怎麼阻止它？」

47

連續兩晚，我夢見蛇爬進我的房間。我讀過書上說，這象徵精神上的吉利（不僅東方宗教如此，聖依納〔Saint Ignatius〕在其神祕體驗過程中，亦曾出現蛇的異象），卻完全沒有減輕蛇的逼眞或恐怖。我流著汗驚醒過來。更糟的是，我一醒來，腦子再次背叛我，使我陷入自悲慘的離婚歲月以來最驚惶失措的狀態。我的思維不斷跳回失敗的婚姻、以及伴隨而來的羞愧與憤怒。雪上加霜的是，我再度想著大衛。我在腦袋裡與他爭辯，我生氣、寂寞，憶起他傷害過我的話語和作爲。再加上，我忍不住想起我們在一起的幸福日子，那段打得火熱的美好時光。我只能忍著不從床上跳起來，半夜三更從印度打電話給他，然後或許把電話掛了吧。或者求他再愛我一次。或者對他全部的性格缺陷進行凶狠的指控。

這些事情爲什麼現在又浮現出來？

我知道這些道場的前輩們會怎麼說。他們會說這一切都很正常，每個人都經歷過這些過程，密集的禪修反映出一切，你只是在清除心中殘留的魔鬼……但我的情緒讓我承受不了，不想聽任何人的嬉皮理論。我明白一切都浮現出來，十分感謝。就像嘔吐的浮現。

我設法再度睡著，幸運的我做了另一個夢。這回不是蛇，而是一隻高瘦的惡犬追趕著我，說：「我要咬死妳。我要咬死妳，把妳吃掉！」

我哭著醒來，渾身顫抖。我不想打擾室友們，於是躲進浴室。浴室，老是浴室！老天幫幫忙吧，我又三更半夜在浴室地板上，在孤寂中哭得肝腸寸斷。喔，冷漠的世界——我對你、對可怕的浴室感到如此厭倦。

由於無法停止哭泣，我給自己拿來筆記本和筆（壞蛋的最後一線生機），又一次在馬桶旁坐下。我打開空白頁，寫下早已熟悉的絕望請求：

「我需要你的幫忙。」

而後我如釋重負地吐一口長氣，我永遠的朋友（它是誰？）忠心耿耿地前來拯救我自己，親筆寫下：

「我就在這裡。沒事。我愛妳。我永遠不會離開妳……」

48

隔天清晨的禪坐完全是災難。絕望的我請求腦袋讓開一點，讓我找到神，但我的腦袋用剛毅的目光盯住我，說：「我永遠不讓妳過。」

這一天，我一整天咬牙切齒、忿忿不平，使我擔心自己會把我碰到的任何人給殺了。一位可憐的德國女子因爲不會說英語，聽不懂我告訴她書店在哪裡，而被我斥責。我爲自己的暴躁感到慚愧，於是躲進（又一次！）浴室哭，而後爲自己的哭泣感到惱火，因爲想起導師曾勸告我們切勿一天到晚情緒崩潰，否則可能成爲習慣……可是她懂嗎？畢竟她是得到光啓的人。她幫不了我。她不了解我。

我不想跟任何人說話。此刻的我無法忍受任何人的面孔。我甚至設法閃避德州理查一會兒，不過他終究在晚餐時間找到我，坐下來——勇敢的傢伙——面對被自我憎恨籠罩的我。

「妳幹嘛縮成一團？」他慢聲慢氣地說，嘴裡叼著牙籤，一如往常。

「別問吧，」我說，而後卻說了起來，我一五一十告訴他，最後還說：「最糟的是，我沒辦法停止對大衛的迷戀。我以爲早已擺脫他，一切卻又重新浮現。」

他說：「再等個六個月吧，妳會覺得好一些。」

「我已經等了十二個月，理查。」

「那就再等六個月。繼續給它個六個月，把它給趕跑。這類事情得花點時間。」

我憤怒呼氣，像頭牛。

「食品雜貨，」理查說：「聽我說。有一天當妳回頭看生命的這一刻，會是甜美的悲傷時光。妳哀悼、妳心碎，生命卻因此而改變，妳曾為此待在世界上可能數一數二的最佳地點——在優美的寺院內，被神恩環繞。利用這段時間的每一分鐘。讓事情在印度這裡自行解決。」

「可是我真的愛他。」

「了不得。妳愛上某個人了。妳不懂嗎？這傢伙觸動妳內心深處，超過妳想像能觸及的地方。我是說妳被電到了，老姊。可妳感覺到的愛，只不過是個開始。妳僅僅嚐到愛的滋味。只是寒酸的凡俗之愛。等著看妳愛得比這個更深吧。幹嘛呀，食品雜貨——總有一天，妳有能力愛整個世界。這是妳的命定。別笑。」

「我沒笑，」我其實在哭：「也請你現在不要嘲笑我，我覺得自己之所以忘不了大衛，是因為我真的相信大衛是自己的精神伴侶。」

「或許他是。妳的問題在於不懂這詞兒的涵義。大家以為精神伴侶是天作之合，每個人都想要。可是真正的精神伴侶是一面鏡子，他使妳看到讓妳退縮的東西，他使妳注意到自己，讓妳能改變自己的生活。真正的精神伴侶可能是妳遇上的最重要的人，因為他們卸下妳的防備，把妳給打醒。但是跟精神伴侶一輩子住在一起？不，太痛苦了。精神伴侶之所以走進妳的生命，只是為了向妳展現妳的另一面，而後離妳而去。讓妳感謝神。妳的問題是，這回妳沒法放手。食品雜貨，都結束了。大衛的目的是搖醒妳，驅使妳離開必須離開的婚姻，稍稍撕裂妳的自我，讓妳看見自己的障礙與執迷，打開妳的心讓新的光線進入，使妳絕望、失控，不得不改變生活，而後在引薦精神導師給妳後轉身離去。這是他的職責，他幹得很好，可是現在都結束了。問題是，妳不相信這段關係壽命短暫。孩子，妳就像垃圾場裡的狗——舔著一只空鐵罐，想從中取得更多養分。妳若不謹慎點，鐵罐將永遠卡住妳的鼻子，讓妳活得悲慘兮兮。所以算了吧。」

「可是我愛他。」

「那就愛他。」

「但我想念他。」

「那就想念他。每次想起他，給他愛和光，然後就算了。妳只是擔心放掉最後的大衛，就眞的變成孤伶伶一個人，小莉·吉兒伯特怕得要命，擔心眞的孤伶伶一個人的時候會發生什麼事。但是，食品雜貨，妳得了解，假如妳清除內心那塊現在用來癡戀那傢伙的空間，妳心裡將留下一個空白，一個開放的地方——一個門洞。妳猜宇宙會怎麼處理這個門洞？宇宙會迅速出動——神會迅速出動——讓妳的心裝滿超越想像的愛。因此，別再用大衛堵住這個門洞。放手吧。」

「可是我希望我和大衛可以——」

他打斷了我。「瞧，這是妳的問題。妳抱了太多的希望，孩子。別再把妳的許願骨戴在本來應當是脊椎骨的地方。」

這句話使我發出當天的頭一次笑聲。

接著我問理查：「讓整個悲痛過去，還得花多少時間？」

「妳要個確切日期？」

「是的。」

「讓妳能在月曆上圈起來作記號？」

「是的。」

「食品雜貨，讓我告訴妳——妳有相當嚴重的控制問題。」

我對這個聲明憤怒至極。我有控制問題？我？我簡直想賞給理查一巴掌，抗議此一污衊。而後，從強烈的憤怒當中，我發現了事實。即時、明顯、好笑的事實。

他說得完全正確。

我的怒火消失了，和來的時候一樣快。

「你說得完全正確。」我說。

「我知道我說得正確，孩子。聽著，妳是女強人，習慣得到生命中想要的東西；在過去幾段關係中，妳沒得到自己要的東西，於是搞得一團糟。妳老公沒像妳要的那樣表現，大衛也沒有。這一回，生活沒照妳要的方式進行。支配狂最痛恨的，莫過於生活不按照自己的方式進行。」

「別叫我支配狂，拜託。」

「妳就是有喜歡控制的問題，食品雜貨。別傻了。沒有人跟妳這麼說過嗎？」

（這個嘛……是有啦。和某人離婚的事情就是，可是一陣子過後，你不再去聽他們說你的那些刻薄話。）

於是我趕緊承認。「好吧，我想你可能說得沒錯。或許我有控制的問題。只是奇怪得很，竟然被你留意到。因爲我覺得在表面上並不那麼明顯。我是說——我敢說大部分人第一眼看到我，都看不出來我有什麼喜歡支配一切的問題。」

德州理查笑得幾乎弄掉牙籤。

「看不出來？親愛的——盲人也看得出妳有控制慾！」

「好吧，我想這個話題就到此爲止，謝謝你啦。」

「妳得學會如何放手，食品雜貨。否則妳會因此而生病。永遠再也沒法一夜好覺。妳將永遠輾轉反側，責罵自己一生慘敗。『我出了什麼問題？爲何搞砸所有的關係？爲什麼一敗塗地？』我猜呢——昨晚妳大概又徹夜醒著做這些事吧？」

「好吧，理查，夠了，」我說：「我不要你繼續在我腦子裡蹓達。」

「那就關上門吧。」我的德州大瑜伽士說。

49

在我九歲、即將十歲的時候，我體驗到某種眞實的玄學危機。或許年紀輕輕似乎不太可能有此體驗，但我向來是個早熟的小孩。事情發生在四年級升五年級之間的暑假。我在七月將邁向十歲，從九歲變十歲，不得不讓人有所感觸——從個位數變成二位數——恐懼使我陷入眞正的存在恐慌，而這通常是留待邁向五十歲的人去擔心的事。我記得自己心裡在想，生命過得如此之快；進幼稚園彷彿還是昨天的事，而現在我即將邁入十歲。過不久，我將成爲青少年，而後進入中年，而後邁入老年，而後邁向死亡。其他每個人也是超速老去。每個人不久都不免一死。我的父母會死。我的朋友們會死。我的貓會死。我的姊姊差不多上中學了；我猶記得她似乎才上小一沒多久，穿著小長統襪，而現在她上了中學？顯然再過不久，她就要死了。這一切有什麼意義？

最奇怪的是，沒有任何特別的事情促使這場危機發生。沒有親朋好友的過世讓我初嚐死亡的滋味，我也未特別讀到或看見有關死亡的事情；我甚至尚未讀過《夏綠蒂的網》。我在十歲當時所感受的恐慌，正是自發而全面地認識到死亡過程的無可避免，而我沒有任何心靈詞彙幫助自己面對。我們是新教徒，甚至不是虔誠信徒，以致很難對思索這件事有所助益。我們只在聖誕前夕和感恩節大餐前做飯前禱告，不定期上教堂做禮拜。週日早上，我父親選擇待在家裡，從農事勞動中來尋找祈禱實踐。我在唱詩班唱歌，因為我喜歡唱歌；我漂亮的姊姊在聖誕晚會扮演天使。我母親以教會作總部，組織社區義工服務。但即使在教會中，我不記得曾談論很多有關神的事。畢竟這裡是新英格蘭，「神」一詞往往讓北方佬神經緊張。

我的無助感壓倒一切。我想急踩煞車，讓宇宙暫停，就像我們學校專程前往紐約市旅行時，我在地下鐵看到的煞車。我想叫停，要求大家「停下來」，直到讓我搞清楚一切。我想，這種強迫整個宇宙停住腳步、直到我能掌握自己的衝動，可能就是我親愛的朋友德州理查所謂「控制問題」的開始。當然，我的努力和憂心都是徒勞。我愈仔細觀察時間，時間轉得愈快，而那年夏天過得如此之快，使我頭痛；每天結束時，我記得自己心想，「又一天過去了」，而後失聲痛哭。

我有個中學朋友羅布，目前從事弱智患者的治療工作；他說他的自閉症病人對於時間的流逝具有某種令人心碎的體認，彷彿他們缺乏那種讓我們偶爾忘卻死亡、只是活下去的心理過濾器。他有個病人老是在一天開始的時候問他日期，一天結束的時候則問：「羅布——哪時候才會再碰到二月四號？」沒等羅布回答，這傢伙便哀傷地搖頭，說：「我曉得，我曉得，不要緊……直到明年才會，對吧？」

我太清楚這種感受了。我深知這種延後又一個二月四號的結束的悲哀渴望。這種悲傷，是人類的一個極不幸的試驗。就我們所知，人類是地球上唯一有死亡意識的生物，這是一種天賦，或一種詛咒。地球上的一切終歸死亡；我們只不過有幸天天想起此一事實。你該如何處理這個信息？九歲的我，除了哭泣之外，別無他法。往後許多年，超敏感的光陰意識使我不禁想以最快的步伐體驗人生。如果我在地球上的時間如此之短，現在就得盡力體驗。因此，我盡力旅行，盡力談情說愛，野心勃勃，大吃麵食。我姊姊凱瑟琳有個朋友，經常以為她有兩三個妹妹，因為老是聽說在非洲的妹妹、在懷俄明牧場工作的妹妹、在紐約幹酒保的妹妹、寫書的妹妹、即將出嫁的妹妹——這不可能是同一個人吧？是啊，假若能把自己分裂成好幾個小莉・吉兒伯特，我很樂意，以免錯失人生的任何時刻。我在說什麼呀？我確實早已把自己分裂成許多個小莉・吉兒伯特，她們在三十歲左右的某個晚上，同時筋疲力盡地倒在市郊的浴室地板上。

應當在此一提，我很清楚並非人人都經歷此種玄學危機。有些人註定對死亡感到焦慮，有些人則似乎比較輕鬆看待這整件事情。你在世界上遇見許多麻木不仁的人，卻也遇見某些人似乎能夠瀟灑接受宇宙的運作方式，對宇宙的矛盾或不公似乎絲毫不感到憂慮。我有個朋友的祖母經常告訴她：「世界上沒有什麼嚴重麻煩，不能靠洗個熱水澡、喝杯威士忌、讀祈禱書而痊癒。」對某些人而言，這確已足夠。對其他人來說，則需要採取激烈措施。

現在我要提提我的愛爾蘭酪農朋友——表面上是最不可能在印度道場遇見的人物；西恩像我一樣，生來有了解生存運作情況的渴望與衝動。庫爾克郡（County Cork）的小教區似乎未能提供他解答，他於是在一九八〇年代離開農場，周遊印度，透過瑜伽尋找心靈的平安。幾年後，他返回愛爾蘭的酪農場。他和一生務農、沉默寡言的父親坐在老石屋的廚房裡，西恩說起在異國東方的種種心靈探索。他的父親興味索然地一邊聽他娓娓道來，一邊看著壁爐的火，抽著煙斗。他一言不發，直到西恩說：「爹——禪修這個玩意兒，對平靜的教導至關重要。眞的能拯救人生。教你如何平靜自己的心。」

他父親把臉轉向他，慈祥地說：「兒子啊，我已經有安靜的心。」而後繼續盯著壁爐的火瞧。

可是我沒有。西恩也沒有。很多人都沒有。我們許多人只看見火中的地獄。我必須主動學習如何做到西恩的老爸似乎生來就知道的——如惠特曼曾寫道：「雖然受到拉扯，我仍作爲我而站立……感到有趣、自滿、憐憫、無所事事、單一……同時置身於局內與局外，觀望著，猜測著。」然而我並不感到有趣，我只感到焦慮。我並未觀望，而是永遠在探尋、干涉。有天禱告，我對神說：「嘿——我明白未經檢驗的人生不值得活，不過可不可能有天讓我吃頓未經檢驗的午飯看看？」

在佛教的傳說中有一則故事，提及佛陀由超越自我進入證悟時刻。在經過四十九天的禪坐後，幻象隱沒而去，大師見證了宇宙的眞實運作，據說他睜開眼睛，立刻說：「這沒辦法教導。」而後他改變主意，終究決定走入世界，打算向一小群學徒教授禪修。他明白僅有極少數人將得益於他的教導（或感興趣）。他說，大部分人類，眼睛都被欺騙的塵土所矇蔽，因此永遠看不見眞實，無論誰想幫忙都使不上力。有些人（或許像西恩的老爸）生性已然敏銳沉著，無須任何指導或幫助。可是有些人的眼睛稍稍被塵土矇蔽，若得良師之助，或可學會某日看得更清楚。佛陀爲了使那些少數人、「那些微微蒙塵的人」受惠，而決定成爲導師。

我眞心希望自己屬於這些中等蒙塵之人，但我不清楚。我只清楚自己受到驅使，必須使用對普通人來說稍微劇烈的方式，來找尋心靈的和平。（比方，當我在紐約告訴一位朋友說我將去印度某道場居住、尋求神性的時候，他嘆口氣說道：「喔，一部分的我非常希望自己可以去想做這件事……但我根本沒有這種願望。」）但我曉得自己別無選擇。多年來我以多種方式狂熱地尋求知足，而所有的收穫與成就最後卻反倒在追趕你。人生，你若苦苦追逐，將趕你走上死路。時間——如果像盜匪般被人追捕的話——其舉止亦如盜匪；永遠待在早你一步的縣城或房間，更改名字或髮色而避開你，在你帶著最新的搜查令突襲它時，它從汽車旅館後門溜出去，留下菸灰缸裡點著的香菸嘲弄你。有些時刻，你得停下來，只因爲它不肯停。你得承認你捉不到它，得承認你不該捉它。正如理查不斷告訴我的，有些時刻，你得放手，坐著不動，讓知足來到你身邊。

放手，對於我們這些相信世界是因爲頂端有個讓我們親自轉動的柄才得以運作的人來說，是件恐怖的事，哪怕我們只是放開半分鐘，都是世界末日。「試著放手吧，食品雜貨。」這是我獲知的訊息。靜坐片刻，停止那永恆不懈的參與。觀望發生的事。鳥兒畢竟不會飛到一半從天空掉下來身亡。樹木不會凋萎死去，河水不會流著紅色的血。人生繼續下去。甚至義大利郵局也將繼續一瘸一拐地前進，沒有你也能照常運行——你為何如此肯定自己在這世界上每時每刻事必躬親是如此必要的事？何不讓它去？

我聽見這個論點在向我呼籲。理智上，我眞的相信它。可是我轉瞬又想——而且是懷抱著我那永無休止的渴望、激動的熱情、飢餓得愚蠢的天性在思索——該拿我的精力怎麼辦？

這答案也出現了：

「尋找神」，我的導師如此建議。「尋找神，就像腦袋著火的人尋找水一般。」

50

隔天早晨禪坐時，所有令人深惡痛絕的老舊思維再次出現。我開始把這些思維當作討人厭的電話推銷員，老是不合時宜地打電話來。我驚駭地發現，在禪坐中，自己的腦子並非是那麼有趣的地方。骨子裡我其實只想著幾件事情，而且老是在想這些事情。我想可以用「沉思」來形容。我沉思我的離婚、婚姻的痛苦、我犯過的錯、我先生犯過的錯，接著（從這黑暗主題開始，沒有任何倒退餘地），我開始沉思大衛……

說實話，這令人有些尷尬。我是說——我在印度的修院中，卻只能想「前任男友」？我難道是國中生嗎？

而後我想起心理學家朋友黛博拉告訴過我的故事。一九八〇年代，費城當局請她爲一群剛抵城不久的高棉難民——船民——提供義工心理輔導。黛博拉是傑出的心理學家，卻對這項任務感到畏懼。這些高棉人遭受過最慘的人類際遇——種族屠殺，姦淫擄掠、飢餓、眼睜睜看親人遭殺害，而後長年待在難民營，甘冒危險乘船前往西方，途中死了人，屍體餵鯊魚——黛博拉能爲這些人提供什麼幫助？她如何認同他們的苦難？

「可是妳知不知道，」黛博拉跟我敘述：「這些人見到諮詢人員的時候，想談些什麼？」

是這樣的：住難民營的時候，我遇上一個小伙子，我們墜入愛河。我以爲他眞的愛我，之後我們被分開，住不同的船，他開始和我表妹交往。現在他們結了婚，卻說他眞心愛我，不斷打電話給我，我知道我該叫他滾蛋，但我仍愛他，想他。我不知該怎麼辦……

這就是我們的眞相。從集體來說，這是我們身爲人類的情緒風景。我遇過一位年近百歲的老太太，她告訴我：「有史以來，只有兩個問題使人類大動干戈。『你愛我有多深？』『誰做主？』」而其他的事情則多少都能控制。唯有這兩個愛與支配的問題擾亂每個人，使我們犯錯，導致戰爭、悲傷和苦難。不幸（或者明顯）的是，我在道場處理的正是這兩個問題。在靜坐觀心之時，僅浮現渴望與支配的問題使我焦慮，而焦慮阻礙我的成長。

今天早上，經過一個鐘頭左右的苦悶思考後，我嘗試帶著一種新的想法回到禪坐中——悲憫。我請求自己的心，能否讓靈魂更寬厚地看待自己的腦袋運作。不該認爲自己是個失敗者，或許我該承認自己只是人類而已——一個正常人類。想法一如往常地出現——好，就這樣吧——而後伴隨而來的情感亦浮現出來。我開始感到挫折，苛刻地評判自己，孤單而憤怒。然後，一個猛烈的回答從我內心深處翻滾而出，我告訴自己：「我不會爲了這些想法去評判妳。」

我的腦子想抗議，說：「是啊，不過妳卻是個失敗者，窩囊廢，妳永遠沒出息——」

但突然間，我心中發出一陣獅吼，淹沒這些無聊話語。一種前所未有的聲音在我內心怒吼。如此發自內心、如此永恆不歇的響亮怒吼，竟使我抬手蒙住嘴巴，害怕自己張開嘴吼出來，使建築物連根拔起，遠達底特律。

吼聲是這樣的：

你無法想像我的愛有多強烈！！！！！

我腦子裡那些喋喋不休的消極想法，在這句話當中，頃刻煙消雲散，有如飛鳥、野兔、羚羊般沒命地逃竄而去。一陣強烈、振動、肅然的寂靜。我心中草原的那頭獅子，心滿意足地審視再次沉靜的王國。牠舔了舔大肉塊，閉上黃色的眼睛，再度沉睡。

而後，在這樣威嚴的寂靜中，終於——我開始對神（並同他）展開冥思。

51

德州理查有一些可愛的習慣。每當在道場和我擦身而過時，從我六神無主的表情留意到我的思維飄到十萬八千里之外，他便說：「大衛好嗎？」

「甭管閒事，」我總是說：「你不清楚我在想什麼，先生。」

當然，他總未猜錯。

他還有個習慣，就是在我走出禪堂時等我，因爲他喜歡看我氣得吹鬍子瞪眼爬出來的模樣。好像我才跟鱷魚惡鬼打過架。他說從未見過哪個人跟自己交戰得如此激烈。這我不清楚。不過在那間黑暗的禪堂內，對我而言，情況的確可能變得相當激烈。當我放開最後一絲恐懼，讓一股能量沿著脊柱驅使而上之際，一種強烈體驗於焉到來。「昆達利尼莎克蒂」竟被我當作一種誇張的說法，如今想來甚是好笑。這股能量通過我時，像低速檔的柴油引擎隆隆作響，只對我有個簡單的請求——「能不能請妳朝外翻轉，讓妳的五臟六腑攤在外面，而整個宇宙變成在妳裡面？能不能請妳也以同樣方式處理感情？」在轟隆隆的空間中，所有的時間混在一起，我——僵硬的、無言的、受驚的我——被帶往各式各樣的世界裡去，我體驗到每一種感官強度：火、冷、恨、慾、憂慮……結束時，我搖搖晃晃站起身來，蹣跚走入白畫中，處在一種比上岸休三天假的水手更如飢似渴的狀態。理查通常在那兒等著我，準備開始取笑我。他看見我困惑疲倦的面容時，總是拿相同的話嘲笑我：「食品雜貨，妳想妳會不會有一天變得有出息點？」

可是這天早晨的禪坐，在我聽見「你無法想像我的愛有多麼強烈」的獅吼之後，我像勇士皇后走出禪坐洞。甚至沒等理查問我覺得自己這輩子能否有一天有出息，我正視著他說：「我有出息了，先生。」

「妳通過了考驗，」理查說：「我們該慶祝慶祝。來吧，老姊——我帶妳進城，請妳喝『大拇指』。」

「大拇指」是一種印度的軟性飲料，有點像可口可樂，卻大約是九倍糖漿，三倍咖啡因。我想可能還放了甲基安非他命。喝下後使我眼睛發花。理查和我每個禮拜進城數次，共享一小瓶「大拇指」——在道場的純淨素食後，是一種激進的體驗——我們總是小心翼翼不讓自己的嘴唇碰到瓶子。在印度旅遊，理查有項明智的規定：「別碰任何東西，除了你自己」。（是的，這也是本書暫定的書名。）

我們去城裡自己喜歡的地方逛逛，經常在寺院停下來朝拜，跟裁縫先生帕尼卡打招呼，每回他總跟我們握手說：「恭喜認識你！」我們看牛在路上亂轉，享受牠們的神聖地位（我認爲牠們簡直濫用特權，大剌剌躺在路中間，只爲闡明自己神聖不可侵犯）；我們看狗給自己搔癢，彷彿在想自己怎麼會在這兒。我們看婦女從事道路施工，在炎炎烈日下敲石頭，赤腳揮著大鎚，身穿珠寶色的紗麗、戴項鍊和手鐲，看起來美得出奇。她們對我們嫣然而笑；我無法明白的是，她們怎能在這樣可怕的環境下，如此快樂地從事粗重的活兒？在酷暑中扛著大槌，十五分鐘過後，怎麼不會昏死過去？我問裁縫先生帕尼卡，他說村民都像這樣，此地的人生來就得做這些苦工，他們習慣勞動。

「還有，」他又輕描淡寫地說：「我們這兒的人活不太長。」

當然，這是個貧窮村莊，可是就印度的標準而言，並不太窮；道場的存在（與慈善事業）以及西方貨幣的流通，使情況大爲改善。這兒能買的東西不多，儘管理查和我喜歡逛幾家賣寶石和小雕像的商店。有幾個喀什米爾小伙子——很精明的推銷員——老是想向我們傾銷商品。其中有個人今天跟在我身後，問說這位女士或許想買一條喀什米爾地毯來裝飾她家？

這讓理查發笑。他的消遣包括喜歡取笑我無家可歸。

「省省力氣吧，老兄，」他對地毯銷售員說：「這位老姊沒有地板來鋪地毯。」

喀什米爾推銷員毫不氣餒地提議：「那麼或許女士想在牆上掛張毯子？」

「聽著，」理查說道：「是這樣的——近來她連牆壁都缺。」

「可是我不缺勇敢的心。」我高聲說道，爲自己辯護。

「以及其他美德。」理查又說，他這輩子總算丟了一次骨頭給我。

52

事實上，我的道場經驗之最大障礙並非禪坐。禪坐自然不容易，卻不是深重的災難。有件事對我而言更爲困難。最要命的是，每天清晨禪坐之後、早飯之前的事（天啊，這些早晨可眞長）——一種叫「古魯梵歌」（Gurugita）的詠誦。理查稱之爲「聲樂」（The Geet）。「聲樂」給了我不少麻煩。我一點也不喜歡，也不曾喜歡，打從我在紐約上州的道場頭一次聽見它的曲調就不喜歡。我喜愛這個瑜伽傳統的其他吟唱，然而古魯梵歌給人的感覺卻是冗長、累贅、鏗鏘、難受。這當然只是我的看法，有些人宣稱喜愛它，儘管我不明白爲什麼。

古魯梵歌有一百八十二節之長，必須大聲吟唱（有時我眞這麼做），而每一節都是不容探知的梵語篇章。加上序曲的吟誦和總結的合唱，整個儀式的進行大約花費一個半小時。別忘了，這可是在早餐之前，在我們已花了一小時禪坐、二十分鐘詠唱第一段晨禱之後。古魯梵歌基本上是待在這兒的你必須清晨三點起床的原因。

我不喜歡其曲調，我不喜歡歌詞。每回跟道場哪個人這麼說，他們總說：「喔，可是它非常神聖哪！」沒錯，但《約伯記》也很神聖，我可沒選擇每天早餐前大聲吟唱。

古魯梵歌的確有個令人敬畏的神聖血統；它節自瑜伽經典《塞犍陀往世書》（*Skanda Purana*），此經典大半已流失，從梵語譯成其他語言的部分寥寥無幾。如同多數瑜伽經典，是以對話形式書寫而成，一種類似蘇格拉底的對答模式。對話者是女神巴瓦娣（**Parvati**）和全能全容的濕婆神。巴瓦娣女神與濕婆神是創造（女性）與知覺（男性）的化身。她是宇宙的生殖能力；他則是無形的智慧。不論濕婆想什麼，巴瓦娣都能賦之予生命。他想像；她則予以實現。他們的舞蹈，他們的結合（他們的瑜伽），是宇宙的起因及其表現。

在古魯梵歌當中，巴瓦娣女神請濕婆神告訴她世俗成就的祕密，於是他告訴她。這首讚詩教我討厭。我原以爲自己對古魯梵歌的感覺在入住道場期間能有所改變。我原本希望在印度的背景下，能讓自己學會如何喜愛它。事實上卻適得其反。我在此地的這幾個禮拜，對古魯梵歌的觀感從單純的嫌惡轉變成心驚膽顫。我開始逃開它，把早晨用來做自己認爲更有益心靈成長的事情，比方說寫日記，或淋浴，或打電話給賓州的姊姊，問她的孩子們好不好。

德州理查老是逮到我逃課。「我發現妳今天沒去吟誦『聲樂』。」他說。我答：「我用其他方式和神溝通。」他說：「妳是說，睡懶覺的方式？」

可是當我嘗試去吟誦，總是受到波動。我是說就生理而言。與其說我在吟唱，不如說是被拖著走。我汗流浹背。這奇怪得很，因爲我是寒性底子的人，而印度此區的一月分，日出前很冷。每個坐著吟誦的人都裹著羊毛毯、戴著羊毛帽保暖，我卻隨著讚歌的聲音剝去一件件衣服，有如勞動過度的馬兒直冒汗。古魯梵歌過後，我走出寺院，汗水在寒冽的清晨從皮膚蒸發，彷若霧氣——有如恐怖、慘綠、醺臭的霧氣。相較於吟唱時波動的情緒，生理反應不算什麼。我甚至唱不了。只能發出低沉沙啞的聲音。滿心憤恨。

我提過它有一百八十二節吧？

幾天前，在一次特別討人厭的吟唱時間過後，我決定徵求自己最喜愛的老師給我意見——他是一位僧人，有個長而妙的梵語名字，譯爲「於住在自己心中的神的心中居住的人」。這位僧人是六十多歲的美國人，一位精明幹練的知識分子。他曾是紐約大學的古典戲劇教授，身上仍帶有可敬的學者氣質。他在三十年前立下修道誓言。他之所以讓我喜歡，是因爲他既嚴肅又逗趣。在對大衛感到困惑的黑暗時刻，我曾向這位僧人傾訴痛苦。他鄭重其事地聽我說，提供所能找到最慈悲的忠告，而後說：「現在我要親吻我的道袍。」他掀起薑黃色道袍的一腳，響亮地咂嘴一吻。我以爲這可能是某種超神祕的宗教習俗，於是詢問他的舉動之因。他說：「每當有人來找我做關係諮詢，我總是這樣做。我只是感謝神讓我身爲僧人，無須再面對這件事。」

因此我知道自己信得過他，可以讓我坦白說出自己在吟唱古魯梵歌時所碰到的問題。某天晚上吃完晚飯，我們一道去庭院散步，我告訴他那首梵歌多麼令我討厭，問他能否允許我不再唱它。他立刻笑了起來。他說：「妳不想的話就別唱。這裡沒有人會逼妳做妳不想做的事。」

「可是每個人都說它是必不可少的修行。」

「沒錯。但我不會跟妳說，妳若不唱就會下地獄。我只能告訴妳，妳的導師很明確地看待這件事——古魯梵歌是這種瑜伽的必要文本，可能是最重要的修行，僅次於禪坐。妳若待在道場，她會期待妳每天早上起床吟唱。」

「我不是介意一大早起來……」

「那是什麼？」

我向僧人說明自己恐懼古魯梵歌的原因，我複雜的感受。

他說：「嗄，看看妳。哪怕只是談到它，都讓妳不愉快。」

沒錯，我感覺到濕冷的汗水在腋窩逐漸累積。我問：「難道我不能把時間用來做其他修行？我發現，有時在古魯梵歌時間去禪坐洞，能使我對禪坐產生一種感應力。」

「啊——『思瓦米吉』會爲此朝妳大吼。他會說妳是個吟唱賊，靠他人辛勤工作的能量往前進。嘿，古魯梵歌不該是有趣的歌。它有其他功能。它描述難以想像的動力。是一種強有力的精鍊修行。它燒毀妳所有的破爛，所有的負面情緒。如果妳在吟唱時體驗到如此強烈的情緒和生理反應，我想或許它正在對妳產生正面功效。這東西可能不好受，卻很有益。」

「該如何保持堅持下去的動機？」

「有別種選擇嗎？每回遇上挑戰就放棄？瞎混一生，過著悲慘、不完整的生活？」

「你剛剛說『瞎混』？」

「沒錯，我是這麼說。」

「那我該怎麼做？」

「妳得自己決定。但是我勸妳——既然妳問了我——趁待在這裡的時候繼續吟唱古魯梵歌，特別是因爲妳對它有如此極端的反應。假如哪個東西這麼用力摩擦妳，八成對妳奏效。古魯梵歌正是如此。它燒毀你的自我，把你變成純粹的灰燼。小莉，它是一條艱苦的道路，其動力超越理性所能理解。妳待在道場的時間不是只剩下一個星期？之後妳可以隨意去旅行，找樂子。所以，就請妳再吟唱七天吧，之後永遠不用再去碰它。記住我們的導師說過的話——研究自己的心靈經驗。妳不是來這裡觀光或報導，妳是來這裡追尋。所以就去體驗吧。」

「所以你不讓我脫身？」

「妳隨時能讓自己脫身，小莉。這小小的神聖條約，我們稱之爲『自由意志』。」

53

於是隔天早晨我去參與吟唱時，內心堅定，可是古魯梵歌卻把我從二十呎高的水泥階梯踢了下來——反正就是這種感覺。隔一天更慘。我怒氣沖沖地醒過來，還沒抵達寺院，即已汗流浹背，情緒激動，揮汗如雨。我不斷在想：「只有一個半小時——妳做得了任何一個半小時的事。看在老天的分上，妳有朋友分娩十四個小時呢……」儘管如此，我卻像被釘在椅子上渾身不舒服。我不斷感覺到一陣陣沸騰的更年期熱，感覺自己就要暈倒，或氣憤得想咬人。

我憤怒至極。足以吞噬世間每個人，尤其針對思瓦米吉——我的導師的師父，也就是設立古魯梵歌儀式吟唱的創始者。這不是我頭一次與這位偉大、已歿的瑜伽大師之間困難的相會。他曾出現在我的夢中，在海邊盤問我打算如何阻止海潮，我始終覺得他陰魂不散。

思瓦米吉一生堅毅不懈，是位心靈煽動家。和聖方濟一樣，他亦出身富裕人家，預期接掌家族事業。然而還是個小男孩之時，他在家裡附近某個小村子遇見一位聖者，深深被這場經驗所感動。才十幾歲，思瓦米吉便裹著腰布離家，長年去印度的每個聖地朝拜，尋找真正的心靈大師。據說他遇上六十多位聖人與導師，卻始終找不到自己想要的導師。他挨餓，赤腳步行，在喜馬拉雅暴風雪中露宿在外，罹患瘧疾、痢疾——但他卻說在尋找能爲他指點神的人的那一段時間，是他生命中最快樂的時光。那幾年，思瓦米吉成爲陰陽瑜伽師（Hatha Yogi），精通草本醫學與烹飪，同時也是建築師、園藝家、音樂家、劍士（我喜歡這點）。人到中年時，他仍未找到導師，直到有天遇上一位裸體、瘋狂的聖徒叫他回家去，回到他小時候遇上聖者的村子，追隨聖者學習。

思瓦米吉聽他的話返鄉，成爲聖者最虔誠的學徒，最後通過大師的引導，取得證悟。最後，思瓦米吉自己也成爲導師。不久，他的印度道場從荒地上的三個房間發展成今天草木青蔥的庭園。而後他獲得靈感，周遊各地，引發全球性的禪坐革命。他於一九七〇年來美，扣動每個人的心弦。他每天給數千、數百人「莎克蒂帕」——神聖開引。他具有直接改變人的力量。嘉蘭德（Eugene Callender）牧師（著名的民權運動領袖，也是馬丁·路德·金的同事，仍在哈林一所浸禮教會擔任牧師）回憶自己在一九七〇年代見到思瓦米吉時，驚異地跪倒在這名印度男人的面前，暗自心想：「沒時間插科打諢，這就是了……這男人知道有關你的一切。」

思瓦米吉要求熱忱、承諾、自制。他總是斥責人們「jad」，印度話裡的「怠惰」。他把古時的紀律概念帶到年輕、倔強的西方信徒生活中，命令他們不要再用爲所欲爲的嬉皮舉動，浪費自己（和其他人）的時間與精力。這一分鐘他才拿手杖扔你，下一分鐘卻又擁抱你。他複雜難懂，時而引人爭議，卻是改變世界的人物。西方今天能接觸到許多瑜伽古經典，都是因爲「思瓦米吉」負責翻譯並因此振興——即便在印度大部分地區亦早被遺忘的哲學著作。

我的導師是思瓦米吉最忠誠的門徒。她可說是生來即注定成爲他的弟子，因爲她的印度籍父母本身即是思瓦米吉最早的信徒之一。她還只是孩子的時候，每天吟誦十八個小時，虔誠不倦。思瓦米吉看出她的潛力，在她還是十幾歲的時候，讓她擔任他的翻譯。她跟隨他周遊世界，認眞留意自己的導師，後來她說，她甚至感覺到他用膝蓋跟她說話。她在一九八二年還是二十幾歲的時候即成爲他的接班人。

每一位眞正的導師都同樣處在某種經久不息的自我實現狀態，但他們的外在性格卻不盡相同。我的導師和她師父之間，有著天壤之別——她是女性，說多種語言，受大學教育，是經驗豐富的職業女性；他則是時而反覆無常、時而具王者風範的南印度老獅子。像我這種來自新英格蘭州的好姑娘，很容易追隨舉止得體、教人放心的這位在世導師——正是那種能帶回家見父母的導師。可是思瓦米吉……他總是不按牌理出牌。打從我走上這條瑜伽道路，看見他的相片，聽見關於他的傳說，我就想：「我得和這人物保持距離。他太龐大。他讓我緊張。」

然而如今我人在印度，在曾是他家的道場，才發現我只需要思瓦米吉。我只感覺到思瓦米吉。我在禱告和禪坐之際，只對思瓦米吉說話。這是日夜播放的思瓦米吉頻道。我在思瓦米吉的爐子裡，感覺到他正在鍛鍊我。即使死後，他依然像存在人世。他是我奮力掙扎之時所需要的大師，因爲我能詛咒他，向他展露我的失敗、缺陷，而他只是發笑。發笑而愛我。他的笑使我更加憤怒，而憤怒激勵我起身行動。當我艱難地吟唱梵語詩節高深莫測的古魯梵歌時，使我覺得比任何時候更靠近他。我從頭到尾在腦子裡和思瓦米吉爭辯，做出各種誇大的宣言，比方：「你最好爲我做些事，因爲我爲你做了這些！最好讓我看見成果！最好起淨化作用！」昨日我非常惱火，因爲低頭看吟唱本發現才唱到二十五節，而我已渾身不適而發燙，汗流浹背（不像人出汗，反倒像乳酪冒出水汽），於是我竟大聲吐出一句：「你在開玩笑吧！」幾個女人慌忙轉頭看我，肯定預期看見我的頭像著魔般開始在自己的脖子上旋轉。

我偶爾想起住在羅馬的日子，早晨總是從從容容吃糕餅、喝咖啡、看報。

那眞不錯。

儘管現在似乎離我十分遙遠。

54

今早，我睡過頭。也就是說——懶惰如我，打盹打到清晨四點十五分。我在古魯梵歌即將開始前幾分鐘才醒來，勉強激勵自己起床，往臉上潑水，更衣，然後——覺得生氣、古怪、懊喪——在黑沉沉的黎明前離開房間……卻發現我的室友已先我一步離開房間，把我鎖在裡面。

這對她而言，這可不是件容易會做出來的事。房間並不大，不難留意到室友仍睡在隔壁床上。她是個相當負責、腳踏實地的女人——五個孩子的母親，來自澳洲。這不是她的作風，但她竟做了出來。她眞的是用掛鎖把我鎖在房間。

我的第一個想法是：「假如能找到一個好藉口，不去唱古魯梵歌，這就是了。」第二個想法呢？這個嘛——根本沒有想法。而是行動。

我從窗戶跳出去。

具體來說，我爬出欄杆外，發汗的手抓住欄杆，懸吊在兩層樓高的黑暗中，然後問了自己一個合理的問題：「妳何必從這棟樓跳下去？」我的回答帶著某種猛烈、疏離的決心：「我得去唱古魯梵歌。」而後我放開手，往後倒，十一或十五呎，穿越陰暗的空氣，跌在底下的水泥人行道上，途中還撞上東西，剝去我右小腿一條細長的皮，可是我不在乎。我站起身，赤足奔跑，脈搏在我耳際鳴響，一路跑去寺院，找到一個座位，打開祈禱書，詠唱開始——我的腿從頭到尾流著血——我開始唱古魯梵歌。唱了幾節後，我屏住呼吸，陷入正常本能的清晨思維：「我不想來這裡。」之後我聽見思瓦米吉在我腦子裡大笑，說：「太有趣了——妳做得就好像眞想來這裡呀。」

我回答他：「好吧，你贏了。」

我坐在那兒唱著歌、流著血，心想或許我該去改變和這種靈修之間的關係。古魯梵歌本爲歌頌純粹之愛，但不知什麼東西阻止我獻上眞誠的愛。因此在我吟唱每一節的同時，我意識到自己得找個什麼東西——或什麼人——讓我獻上這首頌歌，以便找到盤據我心的純粹之愛。來到二十節的時候，我找到了——尼克。

我的外甥尼克，就八歲男孩來說，長得很瘦，聰明過人，精明得可怕，又敏感又複雜。甚至出生後短短幾分鐘，在育嬰室大聲嚎哭的新生兒當中，只有他沒哭，而是用一雙成熟、世故、擔憂的眼睛四下打量，神情猶如這些事他已做過多次，不清楚再做一次的感覺有何興奮。對這個孩子來說，人生永遠不是簡單的事，他激烈地聽、看、感受一切，有時他很快陷入傷感，使每個人感到氣餒。我深愛這孩子，保護著他。我發現——計算著印度和賓州之間的時差——此時接近他那邊的就寢時間。於是我爲外甥尼克吟唱古魯梵歌，幫助他入睡。他有時難以入眠，因爲他的腦子靜不下來。因此這首頌歌的每一個禱詞，我都獻給尼克。我爲頌歌注入我想教導他有關人生的一切。我想用每個句子向他保證，世界有時雖冷酷不公，但沒有關係，因爲他擁有許多愛。他身邊的人願意做任何事來幫助他。不僅如此——他有智慧與耐心深藏在自己內心，將隨著時間展現出來，帶著他通過任何考驗。他是神送給我們每個人的禮物。我通過古梵語經文告訴他這件事，不久，我發現自己流下清涼的淚水。還沒來得及擦眼淚，古魯梵歌已結束。一個半小時唱完了。感覺像過了十分鐘。我意識到發生了什麼事——尼克幫助我唱完它。我想幫忙的小孩兒居然反過來幫了我的忙。

我走到寺院前，磕頭感謝神，感謝革命性的愛的力量，感謝自己，感謝我的導師以及我的外甥——在分子層面上（而非知識層面上）概略地獲知，這些詞語、這些想法，或者這些人之間並無任何差異。而後我溜進禪坐洞裡，未吃早點，坐了近兩個鐘頭，幽靜地哼唱。

不用說，我不再錯過古魯梵歌，它成爲我在道場最神聖的修行。當然囉，德州理查竭盡所能拿我從宿舍跳出窗外這件事取笑我，每天晚餐過後，總不忘對我說：「食品雜貨，明早聲樂課見。嘿——這回可要走樓梯，好吧？」而當然，我在一個星期後打電話給我姊姊，她說，沒有人了解爲什麼，尼克不再有難以入睡的問題。幾天後，我在圖書館很自然地讀了一本關於印度聖人羅摩克里希納（Sri Ramakrishna）的書，意外讀到一則故事，敘述一名信徒有回前來見上師，向他透露她擔心自己不夠虔誠，擔心自己不夠愛神。聖人說：「沒有任何妳愛的東西嗎？」女子承認她愛外甥勝過世間的一切。聖人說：「這就是了。他是妳的克里希納，妳心愛的人。妳對他履行職責，就是對神履行職責。」

但這一切都無關緊要。最讓人驚奇的事發生在我跳出窗外的同一天。當天下午，我碰見我的室友黛莉亞。我跟她說她把我鎖在房間裡。她嚇呆了。她說：「我想像不出自己幹嘛這麼做！尤其我一整個早上都惦記著妳。昨晚我夢見妳，一個生動的夢。讓我一整天想個不停。」

「告訴我那個夢。」

「我夢見妳身上著火，」黛莉亞說：「妳的床也著火。我跳起來想幫妳，但還沒到妳那裡的時候，妳已成了白色的灰燼。」

55

於是我決定自己必須繼續待在道場。這完全不是我的原定計畫。我原本計畫只待六個星期，體驗一點超凡感受，然後周遊印度……呃……尋找神。我帶了地圖、指南書、健行靴、一切東西！我有許多特定的寺院、清眞寺、聖者等著去看。我是說——這是印度啊！有這麼多東西必須去看、去體驗。我有許多哩程等著去跋涉，許多寺廟等著去探索，許多大象、駱駝等著去乘坐。錯過恆河、拉賈斯坦（Rajasthani）大沙漠、古怪的孟買電影院、喜馬拉雅山、舊日的茶園、加爾各答摩肩擦踵的人力車，將使我傷心欲絕。我甚至計畫三月去達蘭沙拉（Daramsala）見達賴喇嘛。我希望他能教我認識神。

可是待在原地，讓自己在荒郊野外一個小村中的一個道場裡靜止不動——這可不是我的計畫。

另一方面，禪師總說，流水看不見倒影，止水才行。因此有什麼東西在指引我，現在走掉的話，是一種忽視心靈之舉，畢竟就在這與世隔絕、每時每刻都用來進行自我探索和祈禱實踐的小地方，發生了這麼多事情。我眞的需要在此時此刻搭一堆火車，染上寄生蟲，和背包客們廝混嗎？難道不能留待以後？我沒辦法改天再去見達賴喇嘛嗎？達賴喇嘛不會一直在那裡吧？（倘若他過世——但願他不會——他們不會另外找人吧？）我的護照看起來不是已經像是刺青的馬戲班女郎？去更多地方旅行眞能讓我領受更多神啓嗎？

我不知如何是好。一整天在這件事上舉棋不定。一如往常，德州理查最後說了算。

「待在原地吧，」他說：「別再想遊山玩水的事——妳還有一輩子的時間呢。妳正在從事心靈旅程，孩子。別規避問題，半途放棄妳的潛力。神親自邀妳做客——妳眞要拒絕嗎？」

「那印度的風光美景怎麼辦？」我問：「跑了半個地球，從頭到尾卻待在一個小小的道場，豈不是有點可惜？」

「食品雜貨，孩子，聽妳朋友理查的話吧。未來三個月，每天讓妳那雪白的屁股坐進禪坐洞，我保證——妳會開始看見美得要命的東西，讓妳想朝泰姬瑪哈陵扔石頭。」

56

今早禪坐之時，我突然發覺自己在想些什麼。

我在想，今年旅行結束後，該定居何處。我不想出自本能而搬回紐約。或許搬去別的城鎮。奧斯汀應該不錯。芝加哥有美麗的建築，儘管冬天冷得嚇人。或許旅居國外。我聽說雪梨有許多優點……如果我住在消費低於紐約的城市，或許負擔得起第二間臥室，那就有個專屬禪坐室！那一定很好。我可以把它漆成金色！或寶藍色。不，金色。不，藍色……

終於留意到這一連串思路時，我嚇了一跳。我心想：**妳現在人在印度的道場，在世界上最神聖的地方之一。妳不與神進行交流，卻計畫一年後在哪兒禪坐，在一個尚未決定的城市，一個尚未存在的家。妳這麻痺的蠢人，這樣好吧——試著在此時此地禪坐，如何**？

我將注意力拉回反覆默念咒語。

過一會兒，我暫停下來，收回自稱「麻痺的蠢人」的惡評。我斷定這有點刻薄。

過一會兒，我又想，「不過，金色的禪坐室還是不錯」。

我睜開眼睛嘆口氣。我的程度真的只能這麼表現嗎？

於是，當天傍晚，我嘗試新法。最近我在道場遇見一位曾學過「內觀」（Vipassana）禪修法的女子。「內觀」是一種極端正統派、直探內心、集中密集的佛教禪修法。基本上就是「靜坐」。內觀的入門課程歷時十天，每天靜坐十小時，每次的靜坐持續兩三個小時。這是超越自我的極限版。你的內觀師父甚至未給你咒語；那被認為是作弊。內觀禪修旨在訓練純粹的凝視、目擊自己的心靈、完全尊重你的思考模式，卻讓你穩坐如泰山。

對生理亦是一大考驗。一旦就座，便不准移動身子，無論多麼不舒服。你坐在那兒，告訴自己：「接下來兩個小時，我沒有理由隨便亂動。」假使感到不適，也應當沉思這種不適，觀察肉體的痛苦對自己產生的影響。在現實生活中，我們不斷調整自己生理、情緒、心理上的不適，以便逃避現實中的悲傷與障礙。「內觀」則教人把悲傷與障礙視為人生在世不可避免的部分，但假若能做到長時間靜坐，你遲早會認清，一切（無論難受或美好的事）終會過去。

「人世就是這樣，受衰老和死亡折磨，所以，智者懂得人世的規則，不再悲傷。」古老的佛教教義如是說。換言之：習慣它吧。

我認為「內觀」不見得適合我。就我的修行觀而言，它太過嚴峻，而我的修行觀通常是以慈悲、愛、蝴蝶、幸福、友善之神為中心（我的朋友達西〔Darcy〕稱之為「睡衣派對神學」）。內觀禪修對神隻字未提，因為神的概念被某些佛教徒視為是最後的依賴目標、最終的靠山，是通往解脫過程中最後將捨棄的事物。我個人對「解脫」一詞很是疑問，我曾遇過生活方式已經幾乎與人類情感脫節的求道者，當他們也說起追求解脫的境界時，我真想推推他們，高喊：「老兄，這個是你最不需要練習的啊！」

儘管如此，我看得出在生活中培養解脫之道，或許有益於求得平靜。某天下午，在圖書室讀完內觀禪修法後，我思索自己一生花費多少時間像一條喘氣的大魚橫衝直撞，不是扭身逃開不舒服的痛苦，就是如飢似渴地撲向更多的愉悅。若能學會待在原地處之泰然，不要總是在坑坑窪窪的人生道路上被拖著走，或許對我（以及因爲愛我而受拖累的那些人）會很有用呢。

這些問題今晚都回來了，於是我在道場的庭院找到一張安靜的長凳，決定靜坐一個小時——以「內觀」方式。靜止不動，氣定神閒，甚至不唸咒語——僅純粹觀心。看會出現什麼。很不幸，我忘了印度傍晚時分會「出現」的是——蚊子。美好的暮色中，在板凳上坐了下來，立刻聽見蚊子朝我而來，掠過我的臉，群起而攻停在我的頭上、腳踝上、手臂上。而後展開猛烈的叮咬。我不喜歡。我心想：「這不是練習內觀禪修的好時辰。」

話說回來——何時才是好時辰、好時機，適合在淡泊的寂靜中靜坐？何時才不會有嗡嗡叫的事物讓你分心、讓你煩呢？於是我下定決心（又一次由導師的引導而得到啓發：我們必須研究自身的內在經驗）。我提供自己一個實驗——「要是我從頭坐到尾就這一次，又怎麼樣？」不要拍打，也不要發牢騷。要是熬過這個時刻，一生就這一小時，又如何呢？

於是我這麼做。我安安靜靜看著自己被蚊子吞噬。老實說，一部分的我想知道這男子氣概的小實驗究竟要證明什麼，可是另一部分的我深知——這是自我管理的初級嘗試。我若熬過這場無殺傷力的生理痛苦，那麼或許哪天就能熬過其他痛苦？更難以忍受的情感之苦？嫉妒、憤怒、恐懼、失望、寂寞、恥辱、沉悶之苦？

一開始的癢令人受不了，但最終結合成一般的灼熱感；這個灼熱感領著我進入一種輕度快感。我讓疼痛鬆散而去，成爲純粹的感覺——無關好壞，而是強烈的感覺——此種強烈感讓我超脫自己而入定。我靜坐兩個小時。鳥兒若停在我頭上，我也不會發現。

我要說清楚的是，這項實驗不是人類歷史上最堅忍的修行，我也不是想要國會頒給我榮譽勳章。可是在三十四年的生命中，我從未在蚊子叮我的時候不伸手拍打，這使我有些激動。我一生當中受制於千百萬種大大小小的痛苦或快樂的信號。每當有事發生，我便起而反應。但此時的我，卻無視於本能的反應。我以前未曾這麼做過。即使這是件小事，但我還能這麼說多少次？明天我能做什麼今天還做不到的事？

結束後，我站起來，走到房間估計損失。我數了數，大約被蚊子咬了二十處之多。但不到半個小時，咬傷的地方都不見了。都消逝無蹤。最終，一切都消逝無蹤。

57

對神的追求，與平凡的世界秩序背道而馳。在尋找神的時候，你撇下吸引自己的東西，游向困難的事情。你捨棄舒適熟悉的習慣，期待得到更大的報償，抵償你捨棄的東西。世上每一種宗教的運作，都是基於對所謂人生鍛鍊的相同共識——起個大早，向神祈禱，磨練自己的美德，敦親睦鄰，尊重自己並尊重他人，控制七情六慾。我們都同意睡懶覺比較容易，許多人也這麼做，然而數千年來也有人選擇日出前起身、洗臉、晨禱。極力把持自己的信仰，度過又一個狂亂的日子。

世上的虔誠信徒履行他們的例行公事，卻不保證從中得到任何好處。當然，許多經文著作、許多神職人員都許諾你的善行將取得何種報償（或威脅你背離正道將受到何種懲罰），但去相信這一切也是一種信仰實踐，因爲我們也沒見過最終的結局。虔誠是一種沒有保證的勤奮之舉。信仰的另一種說法是：「是的，我先行接受宇宙的條件，我事先接受目前無法了解的事情。」因此我們說「跨越信念」——因爲決定認可神的概念，等於從理性跨向未知，不管哪種宗教的學者如何賣力地用他們的一堆堆經文著作向你證明其信仰合乎理性；事實卻不然。信仰若合乎理性，就不稱之爲——根據定義——信仰。信仰是去相信你看不見、證明不了、摸不著的東西。信仰是勇往直前衝向黑暗。假如我們眞能事先知道生命的意義、神的本質、靈魂的命運這些問題的答案，我們的信仰就不是跨越信念，也不是勇敢的人類行為；而只是……審慎的保險條款。

我對保險業不感興趣。我已厭倦做懷疑論者。我受夠了心靈的審慎，實證之辯使我焦躁不耐。我不想再聽。我不在乎證據、證明、保證。我只要神。我要我內心的神。我要神在我的血液中玩耍，像陽光在水面上自娛。

58

我的禱告愈來愈慎重而具體。我意識到，送出怠惰的禱告給宇宙，發揮不了什麼作用。每天清晨禪坐前，我跪在寺院裡，對神說幾分鐘的話。我發現初來道場之時，在這些神聖交流時刻，我經常腦袋遲鈍。對疲倦、疑惑、厭煩的我來說，禱告詞聽起來總是一成不變。我記得某天早上跪在地上，額頭碰地，向造物主喃喃地說：「喔，我不曉得自己需要什麼……但你肯定有些想法吧……請你看著辦，好嗎？」

類似我對美髮師的說話方式。

但是很抱歉，這不太有說服力。你能想像，神對這段禱辭抬了抬眉毛，送回這則訊息：「你決定當回事的時候再來找我吧。」

當然，神已知道我需要什麼。問題是——我自己知不知道？在走投無路的情況下，跪倒在神面前，是無可厚非的事——天知道我已經做了多少次——可是如果你這邊能夠採取行動，則可能從經驗中獲得更多。有一則古老的義大利笑話：一名窮人每天去教堂，在聖像前祈禱，請求：「親愛的聖人——拜託、拜託、拜託……請賜予我贏得樂透彩的恩寵。」他的哀求持續了數個月。最後，被惹惱的聖像活了起來，低頭看著乞憐的人，輕蔑地說：「孩子啊——拜託、拜託、拜託……去買彩票吧！」

禱告是一種關係；我負有一半責任。我如想轉變，卻懶得表達自己確切想要的東西，那將如何發生？禱告有一半的好處是在於請求本身，在於提供一個姿態清晰、思慮成熟的意向。若不具備這些，你的請求和慾望都將軟弱無力；其只會在陰冷的霧中在你腳邊打轉，永遠無法升空。因此我現在每天早晨都抽空找尋自己眞正想請求的特定東西。我跪在寺院裡，臉久久貼在冰冷的大理石上，制定道道地地的禱詞。假使覺得不眞誠，就待在原地，直到想出來爲止。昨天奏效的東西，今天可不見得行得通。如果讓自己的注意力變得遲鈍，禱詞可能失去新意，變得枯燥乏味。我努力保持警醒，承擔維護自身靈魂的責任。

命運，我認爲也是一種關係——神恩與自我努力之間所進行的競賽。有一半不在你的掌控，有一半絕對取決於你，你的行動讓你看見可評量的結果。人不完全是諸神的傀儡，也不完全是自身命運的掌舵者；兩者皆有。我們在人生道路上奔馳而過，猶如馬戲班演員在並排奔跑的兩匹馬之間保持平衡——一腳騎著名叫「天命」的馬，一腳騎著名叫「自由意志」的馬。你每天必須問自己——哪匹馬是哪匹？我得停止爲哪匹馬煩惱，因爲其不是由我來控制的，而哪匹馬則需要我集中心力駕馭？

我的命運大部分不是我能控制，但有些事情的確受我管轄。有些彩票我能買，因此增加了找到滿足的機率。我能決定怎麼花時間，跟誰互動，和誰分享我的身體、生活、金錢和精力。我能挑選吃什麼、讀什麼、學什麼。我能選擇怎麼看待人生的不幸時刻——無論視之爲詛咒或機會（還有些時候，因爲自憐得要命而樂觀不起來的時候，我能選擇不斷改變自己的看法）。我能選擇跟他人說話的用字和語氣。最重要的是，我能選擇自己的想法。

最後這項概念，對我而言是個全新的觀點。德州理查最近讓我留意到這點，當時我正在抱怨自己無法停止沉思。他說：「食品雜貨，妳得學學如何挑選妳的思考，就像每天挑選穿什麼衣服一樣。這種能力是可以培養的。假如妳那麼想控制自己的生活，就從腦子著手。妳只該試著去控制這樣東西。除此之外，拋開一切。因爲妳若學不會操控自己的思考，恐怕前途不妙。」

乍看之下，這項任務簡直不可能達到。控制你的思考？而不是相反過來？但如果假想你做得到的話……？這可無關乎壓抑或否定。壓抑與否定，是去巧妙地假裝負面的思考和感覺並未出現。理查說的是，就去承認負面思考的存在，了解其來源及發生的原因，而後——以巨大的寬恕與毅力——予以打發。這種練習與任何一種心理諮詢治療都相輔相承。你能利用心理醫師診所，了解自己最初何以出現這些毀滅性的想法；你能利用靈修，幫助你克服這些想法。當然，放掉這些想法是一種犧牲。使你喪失舊有的習慣、舒適的過節、熟悉的插曲。這些當然都得費力練習。這不是聽一次就能預期立即上手的課程。這是日夜不懈的課程，我想做到。我得做到，爲了我的力量著想。就像義大利人說的：「Devo farmi le ossa」，意即「我得製作我的骨頭」。

於是我開始整天警醒地觀察自己的思考，予以監控。我每天把這段誓言重複唸上七百遍：「我不再讓不健康的思考在此停泊。」每當出現消極想法，我便把誓言重唸幾遍。「我不再讓不健康的思考在此停泊」。頭一次唸，我內在的耳朵在聽見「停泊」一詞的時候揚了起來。我想到避難所，進入的港。我想像心中有個港口——或許有點老舊，有點滄桑，但地點適中，水深剛好。我心中的港口是個開敞的海灣，前往自我（沒錯，雖是一座年輕的火山島，但土地肥沃，前景看好）的唯一通道。這座島的確經歷過戰爭，如今卻在新領導人（我）的指導下，眞心維護和平，制定新政策，保護這座島嶼。而現在——讓這消息傳諸七海——有更嚴格的法律規定誰能夠進入這座港口。

暴力的思考、瘟疫的思考、奴役的思考、惡劣的思考，都再也進不來——一概被拒之港外。同樣地，裝滿憤怒或挨餓的流亡者、反叛者和煽動者、暴動者和刺殺者、鋌而走險的妓女、皮條客和偷渡者的思考——你們也不得進入。同類相殘的思考，出於顯而易見的理由，也不再受招待。甚至傳教士也得予以盤查，檢查其誠意。這是和平港口，通往安詳自豪，如今才開始培養平靜的島嶼。你若遵守這些新規則——我親愛的思想——我的心就歡迎你，否則，就把你趕回海上去。

這是我的任務，永不結束。

59

我和十七歲的印度女孩圖絲成了好友。她每天跟我一塊兒刷洗寺院地板。我們每天傍晚一同在道場的庭園散步，談論神，以及嘻哈音樂；圖絲對這兩者有著同等的信仰。圖絲大概是你見過最可愛的印度書蟲女生，她的眼鏡上禮拜裂了個鏡片，裂成卡通片裡的蜘蛛網圖案，卻還是戴它，看起來更是可愛。圖絲集許多有趣而異國的特性於一身——十幾歲、野丫頭、印度姑娘、家中叛徒、對神十分癡迷，幾乎像女學生般地迷戀。她還說一口悅人、輕快的英語——只能在印度聽見的英語——收錄「splendid!」（美妙）、「nonsense!」（胡鬧）之類的殖民時期詞語，而且有時還創造出意味深長的句子，比方說：「清晨趁露珠未乾時走在草地上對你有益，因爲能自然又愉快地降低體溫。」有回我跟她說當天要去孟買，圖絲說：「請小心站立，你會發現到處都是開得飛快的巴士。」

她的年紀是我的一半，身量也幾乎是我的一半。

圖絲和我最近在散步時經常談到婚姻。她即將邁入十八歲，這種年紀的女子被視爲是理所當然的婚姻候選人。依照預期——過了十八歲生日，她得穿上紗麗參加家族的婚禮，表示她已是成年女子。那時將會有某位好嬸嬸在她身邊坐下，開始發問，一步步認識她：「妳幾歲啦？家庭背景呢？妳父親是做什麼的？妳申請哪些大學？妳的興趣是什麼？妳的生日是哪時候？」接下來，圖絲的父親將收到一個大信封，信封內有張照片，是那名婦人在德里唸電腦的孫子，還有這位男生的星座命盤、他的大學成績，以及那不可避免的問題：「您女兒願不願意嫁給他？」

圖絲說：「爛透了。」

然而看見孩子們嫁得成功，對家人來說意義重大。圖絲有個舅媽把頭剃光，以示感謝神，因爲她的大女兒在老得很的二十八歲時終於嫁了出去。她還是個不容易嫁出去的姑娘；她的處境很不利於自己。我問圖絲，一名印度姑娘若很難嫁出去，是什麼原因。她說原因很多。

「比如說，星座命盤不好。年紀太大。膚色太黑。教育程度太高。因此找不到匹配的男人。近年來，這個問題很普遍，因爲女人不能比她老公受更多教育。或是跟某人談過戀愛，讓整個社區的人都知道，喔，這之後想找到老公可不容易……」

我很快看看這項清單，想知道自己在印度社會中是否容易成婚。我不清楚自己的命盤是好是壞，但我肯定年紀太大，受的教育太高，而我的道德已被公認爲有污點……我不是太有魅力的候選人。至少我的皮膚白。我只有這個優勢。

圖絲上個禮拜必須去參加她堂姊的婚禮，她說（以一種很不印度的方式）自己很討厭婚禮。人人跳舞、說三道四。打扮得漂漂亮亮。她寧可在道場刷地板、禪坐。她家沒有人了解她；她對神的虔敬在他們眼中已超乎尋常。圖絲說：「因爲我太不同，我的家人已經放棄我。我已得到一個名聲，是那種如果叫她做什麼，她肯定會反其道而行的人。而且我脾氣不好。我不認眞於學業，不過現在我會認眞學習，因爲我就要上大學，可以自己決定對什麼感興趣。我要唸心理學，就像我們的導師唸大學的時候一樣。我被認爲是難搞的姑娘。我有個名聲，做一件事之前得給我充分的理由，我才肯去做。我母親了解我這個特點，總是想辦法尋找充分的理由，但我父親可不。他給我理由，但我覺得不夠充分。有時候我不曉得自己在家幹什麼，因爲我跟他們一點也不像。」

圖絲上週嫁人的堂姊才二十一歲，而圖絲二十歲的姊姊是下一個準備結婚的人，也就是說，在那之後，圖絲自己將面臨巨大壓力，得爲自己找個老公。我問她是否想結婚，她說：「不——」

這個字拖得很長，長過我們正在庭園欣賞的夕陽。

「我想流浪！」她說：「像妳一樣。」

「圖絲，妳可知道，我不能一直這樣流浪。我從前結過婚。」

她透過破裂的眼鏡對我皺眉頭，帶著困惑的神情瞅著我，彷佛我剛剛跟她說從前我是褐髮，而她嘗試去想像。最後她才脫口而出：「妳結過婚？我完全無法想像！」

「這是眞的。我結過婚。」

「是妳結束婚姻？」

「是的。」

她說：「我認爲能去結束自己的婚姻，很令人欽佩。妳現在似乎快樂得很。至於我——我是怎麼來的？爲什麼我生來是印度姑娘？可恨！我爲何生在這個家庭？爲什麼得參加這麼多的婚禮？」

而後，圖絲繞著圈跑，灰心喪氣地大叫（就道場的標準而言相當大聲）：「我想去住夏威夷!!!」

60

德州理查從前也結過婚。他有兩個兒子，如今已長大成人，跟他們的父親都很親近。有時候，理查在某段故事裡提起前妻，說到她的時候，似乎總是充滿懷念。聽他這樣講，使我有些羨慕，心想儘管已分手，理查仍能與前妻爲友眞是幸運。這是我的可怕離婚所產生的奇怪影響；每逢聽見夫妻和平分手，就讓我心生嫉妒。更糟的是，我現在簡直認爲和和氣氣結束婚姻眞是浪漫。像是：「噢……眞好……他們肯定深愛過對方。」

於是有一天我問了理查。我說：「你似乎很懷念前妻。你們倆是否還很親近？」

「才不，」他漫不經心地說：「她認爲我已經改了名，叫作死渾球。」

理查的淡漠讓我刮目相看。我的前夫正巧也認爲我改了名，使我心碎。這場離婚最令人難過的是，我的前夫未曾原諒我的離去，無論我把多少道歉和解釋獻在他的腳跟前，無論我承擔多少譴責，無論我願意給他多少資產、表現出多少悔恨，作爲放我走的條件——他永遠也不可能祝賀我，說：「嘿，妳的慷慨與誠實打動了我，我只想告訴妳，你提出離婚眞是我的榮幸。」不。我不可救藥。而這無可挽回的黑洞依然深藏我心。即使在快樂興奮的時刻（尤其在快樂興奮的時刻），過沒多久我就會想起：「他還在恨我。」感覺永遠如此，永不得解脫。

有一天我跟道場裡的朋友們說起這一切，這群朋友的最新成員是位來自紐西蘭的水管工，因爲他聽說我是作家，於是找到我，說他也是作家，於是我認識了他。他是個詩人，最近在紐西蘭出版一本絕妙的傳記《水管工的歷程》（*A Plumber's Progress*），描述自己的心靈之旅。紐西蘭詩人／水管工、德州理查、愛爾蘭酪農、印度野丫頭圖絲，和一位白髮稀疏、眼神幽默的年長婦女薇薇安（從前在南非當修女）——是我在這裡的好友圈，一群充滿活力的人物，我從沒預期會在印度道場遇見這些人。

因此，有一天的午餐時間，我們一起聊到婚姻話題，紐西蘭水管工詩人說：「我把婚姻看作手術，把兩個人縫在一塊兒，離婚則像截肢，得花時間癒合。婚結得愈久，或截肢截得愈草率，就愈難痊癒。」這說明我幾年來離婚後、截肢後的種種感受，依然甩著虛幻的肢體走來走去，老是碰掉架子上的東西。

德州理查想知道我是否想一輩子受制於前夫對我的觀感，我說我不確定。事實上，我前夫至今似乎仍勝券在握。老實說，我有一半還在等待他原諒我，放開我，准許我安心地向前邁步。

愛爾蘭酪農評論道：「只是等待那天的到來，說起來不算是妥善運用時間之道。」

「你們說，我能怎麼做？我有很多罪惡感。就像其他女人有很多米色毛衣。」

前天主教修女（她應該最清楚罪惡這回事吧）不願聽我說。「罪惡感只是自我意識在作祟，讓妳以爲自己的道德有所提升。別受騙，親愛的。」

「我恨自己婚姻的結束，」我說：「沒有得到解決。像切開的傷口永遠就在那裡。」

「妳一定要這麼想的話，」理查說：「那就請便吧，別讓我掃妳的興。」

「這一切得盡快結束，」我說：「我只希望知道如何結束。」

午飯過後，紐西蘭水管工詩人塞了張紙條給我。上面說晚飯後跟他見面；他要讓我看個東西。因此當晚吃過晚飯，我在禪坐洞附近和他碰面，他叫我跟他去，說有禮物給我。他和我走過道場，帶我去一棟我沒進去過的建築，打開門鎖，帶我爬上後方的樓梯。我猜他熟悉這個地方，因爲他負責修理空調設備，有些機器就在樓上。爬上樓梯口有扇門，必須打開對號鎖；他憑記憶很快開了鎖。而後我們來到華麗的屋頂，鋪了陶瓷片，在蒼茫的暮色中閃閃發亮，有如反射的池底。他帶我走過屋頂，來到一個小尖塔，然後指給我看另一排窄梯，通往塔的最頂端。他指著塔頂說：「現在我要把妳留在這兒。妳自己上去。待在那裡，直到結束。」

「直到什麼結束？」我問。

水管工只是微笑，遞給我一支手電筒：「讓妳結束的時候平安地下來。」另外交給我一張摺疊起來的紙。而後離去。

我爬到塔頂。現在我站在道場的最高處，俯瞰印度這邊的整個河谷。山脈與農田一望無際。我感覺這地方不是學員一般能來的地方，但塔頂的景致如此優美。或許我的導師下榻此地時，就在這兒觀看日落。微風和煦。我把水管工詩人交給我的紙條攤平。

他在紙條上打了字：

追求自由指南

一、人生的隱喻是神的指示。

二、妳剛剛爬上屋頂。妳和無極之間別無他物。現在，放手吧。

三、這天即將結束。讓美好的事物轉變成另一種美好的事物。現在，放手吧。

四、妳所盼望的決心是一種祈禱。妳光臨此地，是神的回應。放手吧，看繁星出現——無論內外。
五、誠心誠意懇求神賜恩典，放手吧。
六、誠心誠意原諒他，也原諒妳，放他走吧。
七、讓妳的意願免於無謂的痛苦。然後，放手吧。
八、看著酷熱的一天走入涼爽的夜晚。放手吧。
九、一個關係的命運結束之時，唯有愛留存下來。平安無事了。放手吧。
十、往事終於離開妳的時候，放手吧。爬下樓梯，開始過以後的日子。高高興興地過。

頭幾分鐘，我笑個不停。我看見整個山谷，整片芒果樹林，風吹著我的頭髮有如旗子飛揚。我看著太陽下山，而後躺下來，看星星出來。我唱這一小段梵語禱詞，每次看見另一顆星星在昏暗的天際冒出來，就再唱一遍，宛若把星星喚出來。不過後來星星冒出來的速度太快，使我趕不上。不久，整個天際繁星閃閃。我和神之間毫無障礙。

而後我閉上眼睛，說：「親愛的主啊，請讓我了解有關寬恕與屈從的一切。」

很長一段時間以來，我一直想跟前夫進行實際的對話，但這顯然永遠不會發生。我渴望一種決心，一場和平高峰會，能讓我們達成某種共識，了解我們的婚姻出了什麼問題，對醜陋的離婚達成某種相互寬容。然而數個月的諮詢與調解，只是讓我們更加分歧，堅守各自的立場，讓我們變成完全無法給對方解脫的兩個人。然而我們兩人都需要解脫，我很確定。而我也很確定——超越自我的法則，要求你切勿緊抓著最後一絲誘人的指責，否則連一吋都不得接近神。正如抽菸有害於肺，怨恨亦有害於靈魂，即使抽一口都對你有害。我是說，誰能接受這樣的禱詞——「請允許我們今天發發每日的牢騷」？如果你果眞需要不斷指責他人讓你的人生受限，那麼索性別再妄想，跟神道別吧。因此我當晚在道場屋頂上懇求神——若考慮到我可能永遠沒機會再和前夫說話——能不能讓我們在某種層次上溝通？某種能讓我們寬恕的層次？

我高躺在世界之上，孤身一人。我陷入冥想，等著聽命該怎麼做。我不知道在我得知該怎麼做之前過了幾分鐘、幾個小時。我意識到自己把這一切想得太認眞。我當眞想和我的前夫說話？那就跟他——「說」吧。趁現在跟他說吧。我一直在等他原諒？那就親自提出來吧。此時此刻。我想到多少人進棺材的時候未被寬恕或未寬恕他人。我想起多少人還沒來得及表達寬恕或赦免，便失去自己的兄弟姊妹、朋友、孩子，或愛人。關係終止後的倖存者，如何忍受事情尚未解決的痛苦？我從這禪坐地點找到答案——你可以自己解決，從你自己身上。這不僅有可能做到，也是當務之急。

而後，使我吃驚的是，就在禪坐之際，我做了件奇怪的事。我邀請前夫和我一起來到印度的這個屋頂。我請他屈駕來這兒和我碰面，參加這場離別晚會。然後我等待自己覺得他到來的時間。他來了。他突然絕對而明確地出現。我幾乎聞得到他。

我說：「嗨，親愛的。」

當時我幾乎哭了出來，但很快意識到自己不需要哭。淚水是肉體生命的一部分，這兩個靈魂今晚在印度相會的地方，卻與肉體毫不相干。必須在屋頂交談的兩個人，甚至不再是人。他們甚至不說話。他們甚至不是前妻、前夫，不是一個頑固的中西部人和一個神經緊張的北方人，不是四十幾歲的男人和三十幾歲的女人，不是長年爲性、金錢、家具而起爭執的兩個能力有限的人——這些都無關緊要。爲了這次會面，在這次聚會的層面上，他們只是兩個冷靜、藍色的靈魂，對一切都已了然在心。他們不受肉體束縛，不受既往的複雜關係史所束縛，他們懷著無窮無盡的智慧，一同來到屋頂上。仍在禪坐中的我，看著這兩個冷靜的藍色靈魂繞著彼此旋轉，合而爲一，再度分開，凝視彼此的完美與相似處。他們無所不知。他們許久以前無所不知，也將永遠無所不知。他們無須原諒彼此；他們生來就原諒彼此。

他們優美的翻轉，教會了我：「小莉，置身事外吧。妳在這個關係的角色已經結束。從現在起，由『我們』來克服困難。妳繼續過妳的生活吧。」

許久之後，我睜開眼睛，知道結束了。不只是我的婚姻、我的離婚，還有一切未完成的哀傷……都結束了。我感覺到我自由了。我得說清楚——我並非永遠不再想起我的前夫，或永遠不再對他有情感牽繫。只不過屋頂的這場儀式終於提供我一個地方，讓這些想法和感覺在未來出現的時候有地方可去，而這些想法和感覺會永遠出現。若再度出現，我可以遣送它們回此處，回到記憶的屋頂，回到已經無所不知也將永遠無所不知的這兩個冷靜的藍色靈魂。

這正是儀式的目的。人類之所以舉行心靈儀式，是爲了提供複雜的喜悅或痛苦感覺一個安全的休憩地，讓我們無須永遠帶著這些沉重的感覺跑來跑去。我們每個人都需要這種妥善的儀式場所。我始終相信，你的文化或傳統若沒有自己渴求的特定儀式，那麼你絕對可以創造自己制定的儀式，以一個寬厚的水管工詩人親自想出的機智辦法，修補你本身故障的情緒系統。你若認眞看待自己親手製作的儀式，就會蒙神恩寵。這正是我們需要神的理由。

於是我在導師的屋頂上站起來做倒立，歡慶自由。我感覺到手下積了灰塵的地磚。我感覺到自己的力量與平衡。我感覺到舒適的晚風吹在自己赤裸的腳掌。這樣的事——不由自主的倒立之舉——不是脫離肉體的冷靜藍色靈魂做得到的事，而人類卻做得到。我們有手；只要願意，我們可以用雙手倒立。這是我們的特權。這是凡俗之身的喜悅。這正是神需要我們的理由。因爲神喜歡透過我們的雙手感受萬物。

61

德州理查今天離開。飛回奧斯汀。我跟他搭車去機場，我們倆都很難過。他進去之前，我們在人行道上站了好一陣子。

「我再也無法欺負小莉．吉兒伯特，我該如何是好？」他嘆息道。而後他說：「妳在道場有很好的體驗，是吧？和幾個月前相比，妳完全變了個人，就像把拖著走的哀傷趕跑了。」

「這些日子我覺得很快樂，理查。」

「好咧，別忘了——在妳要踏出門的時候，所有的苦難都會在門口等著妳。離開的時候，可別再去挑起這些東西。」

「我不會的。」

「好姑娘。」

「你幫我許多忙，」我告訴他：「我把你想成一位雙手毛茸茸、腳趾發皺的天使。」

「是啊，我的腳趾從越戰後不曾痊癒，可憐的腳趾。」

「算是不幸中的大幸。」

「許多人的確更不幸。至少我的腿還在。我這輩子算是過得滿舒服的，老姊。妳也是——永遠別忘了。下輩子妳或許是在路邊撬石頭的可憐印度婦女，發現生活不怎麼有趣。所以囉，珍惜妳現在擁有的一切，好吧？持續培養感激之心。妳的壽命會更長。還有，食品雜貨，請幫個忙。朝生活邁進，好吧？」

「我正在做。」

「我是說——哪天再找一個人去愛。慢慢讓自己痊癒，但別忘了最後和某人分享自己的心。不要讓自己的一生成爲對大衛或前夫的紀念。」

「不會的，」我說。我突然明白這是眞的——我不會。我感覺到失去所愛的昔日傷痛以及過去的錯誤都在我眼前逐漸衰減，透過時間的治癒力、耐心與神的恩寵而終於遞減。

而後理查將我的思維抓回到世界的基本現實，說：「畢竟孩子，記得大家說的——有時候，忘懷某人的最佳方式，就是跟另一個人上床。」

我笑了。「好，理查，行了。現在你可以回德州了。」

「還是回去的好，」他說，朝印度這個荒涼的機場停車場左顧右盼：「因爲站在這裡也不會讓我漂亮些。」

62

去機場爲理查送行後，我在回道場途中，斷定自己的話一直太多。老實說，我這一生已經講了太多的話，但我待在道場這段期間的確也講太多話了。我在這裡還有兩個月的時間，我不想把一生最偉大的心靈時光，全浪費在整天搞社交、喋喋不休之上。我訝異地發現，即使在這世界彼端的神聖靜修環境下，我竟也能在周遭製造出雞尾酒會似的氣氛。我不僅一天到晚跟理查說話——雖然我們最常聊天打屁——也經常和他人饒舌。我甚至發現自己——在一所「道場」，請注意！——跟朋友約時間見面，也必須先對某某人說：「很抱歉，今天中午沒辦法跟你吃飯，因爲我答應莎克希要跟她吃飯……也許我們可以改約下禮拜二。」

這是我的生活方式。這就是我。不過近來我在想，這或許不利於心靈。沉默與孤寂是世人公認的心靈實踐。這有其理由。學習如何控制自己說話，避免讓能量通過嘴巴氾濫出來，筋疲力竭，讓世界充滿一大堆廢話，而非靜謐、和平與幸福。我導師的師父思瓦米吉相當堅持在道場保持靜默，十分強調靜默是一種信仰實踐。他把靜默稱作唯一眞實的宗教。我在本該萬籟具寂的道場如此聒噪，著實荒唐。

我不想再當道場的社交兔寶寶。我已打定主意。不再東忙西忙、說長道短、插科打諢。不再主導談話、搶鋒頭。不再爲了得到肯定而喋喋不休。該是改變的時候了。既然理查走了，我要讓自己在這段剩下的時間體驗完全的靜默。雖不容易，卻不無可能，因爲靜默受到道場的普遍尊重。整個社群都予以支持，將你的決定視爲宗教訓練的實踐。他們甚至在書店販賣讓你佩戴的小徽章，其上寫著：「靜默中」。

我要去買四個小徽章。

搭車回道場路上，我眞的幻想自己變得多麼安靜。我的安靜將讓我走紅。我想像自己被稱爲「那安靜的姑娘」。我只要遵循道場的日程表，獨自吃飯，每天禪坐無數個小時，頭也不抬地洗刷寺院地板。我與他人僅有的互動是從我寂靜、虔誠的內心世界中，所投給他們的美麗微笑。大家會談論我。他們會問：「寺院後方那位總是跪著刷地板的安靜姑娘是誰？她從不說話。她是多麼難以捉摸。多麼神祕。我甚至想像不出她的聲音。她去庭園散步的時候，你甚至聽不見她走在你身後……她走動的時候安靜無聲，有如微風。她肯定一直與神進行禪修溝通。她是我見過最安靜的姑娘。」

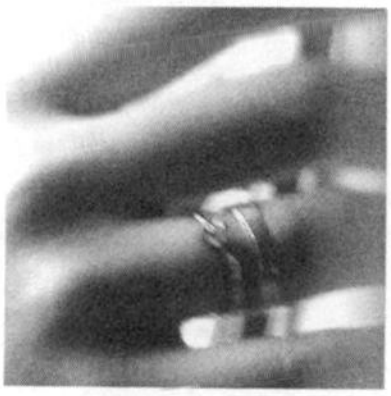

63

隔天早晨，我跪在寺院，再一次刷洗大理石地板，散發出（我想像）靜默的神聖光芒。這時，一名印度少年來找我，帶了個信息——我得馬上向「歇瓦」處報到。「歇瓦」是梵語，意味無私服務的心靈實踐（例如，刷洗寺院地板）。「歇瓦」辦公室執行道場的工作分派。於是我走去那裡，好奇爲何召喚我去，服務台前客氣有禮的女士問我：「妳是伊莉莎白．吉兒伯特？」

我虔誠地微笑點頭。安靜不語。

她接著跟我說，我的工作內容已經更換。基於管理方面的特別要求，我不再屬於刷地板部門。他們要分派給我一份新工作。

新工作的頭銜是——您若明白這是什麼玩意——「主招待」。

64

這顯然又是思瓦米吉所開的玩笑。

妳想當寺院後方那名最安靜的姑娘？好，妳猜怎麼了……

這卻是在道場經常發生的事。當你爲自己需要做什麼事或成爲怎樣的人下了重大決定後，接下來發生的情形，卻立即讓你明白，你是多麼不了解自己。我不清楚思瓦米吉有生以來說過多少次，也不清楚我的導師在他過世後重複說過多少次，我只知道自己似乎仍未能吸收他們所堅稱的事實：

「神與你同在，如同你。」

如同你。

此種瑜伽若有其眞諦，這句話即概括一切。神與你同在，如同你與自己同在，分毫不差。神沒興趣看你爲了符合自己心中認定的心靈相貌或行爲而扮演某種人格。我們似乎都以爲，想成爲虔誠的人，非得讓自己的個性發生戲劇性的重大改變，非得捨棄自我不可。這是東方思想裡稱爲「誤思」的典型例子。思瓦米吉常說，棄絕者每天都能找到新的東西讓自己棄絕，往往得到的只是沮喪，而非平靜。他始終提醒大家，你該爲自己著想，無須苦行或棄絕。想了解神，你只須棄絕一件事——與神分離的感覺。

否則，保持原狀，待在你的本性當中。

什麼是我的天性？我喜歡在道場學習，卻幻想自己帶著柔和超凡的微笑悄悄走在這裡，爲了尋找神靈——此人是誰？可能是我在電視節目上看到的人物吧。事實上，承認自己永遠當不成這樣的人物，使我有些難過。我經常被那些彷如幽魂、纖細嬌弱的人所吸引。始終希望自己是安靜的姑娘。或許正因爲我不是吧。我認爲濃密的黑髮非常漂亮，也是基於相同的理由——正因爲我不是黑髮，因爲我不可能是黑髮。但有些時刻，你得接受自己被賦予的東西，假使神要我成爲有一頭濃密黑髮的羞怯姑娘，神會把我創造成那樣，但並未如此。最好接受神所創造的我，具體展現全部的自己。

就像古代哲人塞克斯圖斯（Sextus）所說：「智者始終像他自己。」

這並不是說，我無法做虔誠的人。這不是說，我無法謙恭看待神的愛。這不是說，我無法貢獻人類。這不是說，我無法改善自己的人性，磨練美德，天天努力，減輕自己的罪過。比方說，我永遠當不成壁花，但這並不是說我沒法認真看待自己的說話習慣，改善自己的某些部分——在自己的人格範圍內進行努力。是的，我愛說話，但或許我沒必要咒罵自己，或許我只是沒必要老是開沒營養的玩笑。或許我沒必要老是談自己。或者，更激進的想法是——或許我不該在他人講話時打斷他們。因爲無論我多麼想創造性地看待這種打斷他人的惡習，其實自己的看法卻是：「我認爲我講的話比你講的話重要」；也就是：「我認爲我比你重要」。這必須終止。

做這些改變有益於我。但即使在合理的範圍內修正自己的講話習慣，我可能仍無法成爲「那個安靜的姑娘」——無論這是一幅多麼美好的畫面，無論我是多麼努力嘗試。因爲讓我們眞的誠實面對這個個案中案主的特質吧。當道場「歐瓦」中心的那位女士將新分派的「主招待」職務交付給我時，她說：「我們給這個職位一個特殊的暱稱，叫『蘇西乳酪小姐』，因爲不管誰擔任這份工作，都需要整天與人社交、閒聊、微笑。」

我無話可說。

我沉默地揮別自己那些一廂情願的妄想，只是跟她握手說：「夫人，小女子任您使喚。」

65

正確地說，我要在今年春季將在道場舉辦的一連串靜修活動中，擔任招待的工作。每次靜修期間，約有一百名來自全球各地的善男信女前來進行爲期七至十天的禪修。我的任務是在他們停留期間照料其需要。靜修期間，參與者靜默不語。對某些人而言，這是他們頭一次體驗靜默的禪修，可能是一種極端的體驗。不過，若有任何差錯，我就是他們在道場當中的說話對象。

沒錯，我的職位要求我做一個以說話取勝的人。

我必須聆聽靜修學員的種種問題，然後爲他們想辦法解決。他們可能因爲打鼾狀況而必須更換室友，或因爲與印度相關的消化疾病需要找醫師諮詢——我得去解決。我必須記住每個人的名字，知道他們是哪裡人。我必須拿著寫字板走來走去，做筆記，進行後續工作。我是你的瑜伽領隊。

沒錯，負責這個職位，將會配給你呼叫器。

靜修開始不久之後，即看出我是多麼適合這項工作。我坐在「歡迎桌」前，戴著「嗨，我的名字是……」的徽章，這些人從三十多個國家抵達此地，有些人是老手，但許多人從沒來過印度。早上十點的氣溫已經超過華氏一百度，而大部分人都已搭了一整晚的飛機。有些人進道場時，看起來就像剛在後車廂醒來——就像根本不清楚自己來這裡幹嘛。或許早在吉隆坡遺失行李的時候，他們就已經忘記，自己一開始是受何種超越自我的慾望所驅使而申請參加靜修。他們口渴，卻不清楚水能不能喝。肚子餓，卻不清楚午餐時間或食堂所在。他們穿著不當，在酷熱的熱帶地區身穿合成衣料、厚重的靴子。他們不知道這兒有沒有人會講俄文。

我會講一點點俄文……

我幫得上忙。我很有能力幫忙。我這一生中曾經伸出的觸角，教我如何解讀人們的感覺；加上身爲一個超級敏感的小孩，在成長期間所培養出來的直覺；還有身爲善解人意的酒保和追根究底的記者所學習而來的聆聽技巧；以及多年來爲人妻或女友所熟悉的照顧能力——這些經驗的累積，使我得以協助這些人抒解他們所承擔的艱鉅任務。我看見他們從墨西哥、菲律賓、非洲、丹麥、底特律來到此地，感覺就像《第三類接觸》（*Close Encounters of the Third Kind*）當中的一景，德萊弗斯（Richard Dreyfuss）和追隨者基於他們不清楚的原因，被太空船的抵達所吸引而去到懷俄明州的中部。他們的勇氣令我驚訝。這些人放下家庭與生活，決定花幾個星期和一大群完全不相識的人在印度靜修。並非每個人在有生之年都會這麼做的。

我自動自發、無條件地喜歡這些人。我甚至喜歡那些討厭鬼。我能看穿他們的神經質，知道他們只是恐懼七天的靜修禪坐開始時即將面對的事情。我喜歡氣沖沖跑來找我的印度男子，說他房間裡有一尊四吋高的象頭神雕像缺一條腿。他怒氣沖天，認爲這是凶兆，要人移走雕像——最好由婆羅門祭司舉行「合乎傳統」的法會。我安慰他，聽他的責罵，而後派我的野丫頭朋友圖絲去那人的房間，趁他吃午飯時移走雕像。隔天我遞給他一張紙條，說雕像移除後，但願現在他感覺好些，我讓他知道若有其他需求時請來找我；他賞給我一個放心的笑容。他只是恐懼罷了。對小麥過敏而驚惶失措的法國女人，她也是恐懼。有位阿根廷男人，想召集整個陰陽瑜伽部門來建議不傷腳踝的禪坐姿勢，他也是恐懼。他們都只是恐懼。他們即將靜坐，進入自己的心靈。即使對老練的禪坐者來說，這也仍是未知的領域。任何事都可能發生。靜修期間，他們將由一個了不起的女子引導，這位五十多歲的女僧，其一言一行都是慈悲的化身，可是他們依然恐懼，因爲——這位女僧儘管慈愛——她卻無法陪同他們前往他們要去的地方。誰也不能。

靜修開始時，我碰巧接到美國一位朋友寄來的信；他的工作是爲《國家地理雜誌》拍攝野生動物影片。他說自己剛去紐約的華道夫—亞斯托里亞（Waldorf-Astoria）飯店參加爲探險家俱樂部（Explorers' Club）成員所舉辦的晚宴。他說面對這些勇敢無比的人，讓人驚嘆，這些人都曾多次冒著生命危險，去探勘世界上最偏遠、最險峻的山脈、峽谷、河川、海底、冰原和火山。他說許多人少了身上某些部位——多年來因鯊魚、凍瘡和種種危險而失去的腳趾、鼻子、手指。

他寫道：「你從沒看過這麼多勇敢的人同時聚在同一個地方。」

我心想，「你什麼都沒看見呵，麥可」。

66

靜修主題的目標，是「第四境」（turiya）狀態——難以捉摸的第四意識層。瑜伽士說，典型的人類經驗，始終遊走在三種不同的意識層之間——清醒、夢境，或無夢境的沉睡。然而另有第四個層次。這第四層見證其他三種狀態，是將其他三個層次連接起來的整體意識。這種純粹的整體意識可以——舉例來說——在你清晨醒來的時候匯報你的夢境。你進入夢鄉，你睡著了，但有人趁你沉睡時看守你的夢境——誰是這個目擊者？是誰始終站在腦部活動之外、觀察其思維？你若能進入此種目擊意識狀態，就能時時刻刻與神同在。這種不斷意識並體驗內心存在的神，只能發生在第四個意識層，此即「第四境」。

如何去分辨是否達到第四境狀態，是否處在永恆的幸福狀態？活在第四境的人不受波動的情緒影響，不畏懼時間，不因失去而受傷。「純淨、空無、平靜、無聲、無私、無盡、不化、堅定、永恆、清純、獨立，而且能恪守自身的偉大」——古瑜伽經《奧義書》（*Upanishads*）如此描述達到第四境狀態的人。歷史上的偉大聖人、偉大導師、偉大先知——他們始終活在第四境狀態。至於大多數的我們也到過那兒，即使只是短暫的片刻。我們多數人——即使一輩子只是短短兩分鐘時間——都經歷過某種無法解釋、隨機而發的完全幸福感，和外在世界發生的一切毫不相干。這一刻，你只是普通人，過自己的平凡生活，突然間——這是怎麼回事？——一切還是老樣子，然而你覺得蒙神感召，驚嘆萬分，充滿幸福。一切——毫無理由地——都十全十美。

當然，對我們大部分的人來說，此一狀態來得快、去得也快。就像挑動你發現自己的內在完美，卻又讓你迅速跌回「現實」，再度倒在原先的煩惱和慾望中。幾個世紀以來，人們試圖藉由各種外來方式抓住此種幸福的完美狀態——通過藥品、性愛、權力、感官刺激、積攢漂亮的東西——卻無法永久保有。我們四處尋找快樂，卻好比托爾斯泰故事中的乞丐，一輩子坐在一罈金子上，跟過路人討錢，卻不知財富始終在自己底下。你的財富——你的完美——已存在自己內心。若想領取，你就得遠離繁亂的腦袋，捨棄自我的種種慾求，走入心的寂靜。「昆達利尼莎克蒂」——神的至高能量——將帶領你。

這正是人人來此追求的東西。

最初寫下這個句子，我的意思是：「這正是來自全球各地的一百名靜修成員來這個印度道場所追求的東西。」事實上，瑜伽聖哲也會贊同我這句廣義的原始敘述：「這正是人人來此追求的東西」。神祕主義學說認為，追尋此種天堂之樂，是人生的目標。這正是我們選擇出生，也是人生在世值得受苦的原因——只為了有機會體驗此種無限之愛。一旦你找到了內心的神，你能否牢牢抓住？你若抓得住……就是福氣。

整個靜修期間，我待在寺院後方，觀察學員在昏暗的靜默中禪坐。我的任務是關照他們，留意誰遇上麻煩或有任何需要。他們都已發誓在靜修期間保持沉默，每天我都感覺到他們進入更深的靜默，直到整個道場沉浸在他們的沉靜中。出於對靜修成員的尊重，我們整天踮著腳尖走路，甚至用餐時亦沉默不語。聽不見任何人聊天。連我也安安靜靜。午夜的寂靜瀰漫此地。一種超越時間的靜謐，通常在凌晨三時獨自一人的時候才體驗得到——然而此種靜謐持續整個大白天，充塞整個道場。

在這一百個人禪坐之時，我不知道他們想些什麼或感覺什麼，但我知道他們想體驗什麼；我經常替他們向神禱告，爲他們做奇怪的交易，比方說，「請你把原本留給我的祝福，給予這些了不起的人吧」。我無意在靜修學員禪坐的同時進行禪坐；我本該照看他們，不該顧及自己的心靈之旅。然而我發現自己每天都在他們集體的奉獻意向中提升，類似某些掠食鳥類依靠地面上升的熱流高飛天際，比依賴翅膀的力量飛得更高。所以我會有這樣的感覺，也許也沒什麼好驚訝的。而某週四下午，在寺院後方，就在我佩戴名牌執行「主招待」職責之際——我忽然穿越宇宙之門，被送往神的掌心。

67

在他人的心靈傳記當中所出現的這一刻——靈魂脫離時空，與無極融爲一體的時刻——經常使身爲讀者及追求者的我灰心喪氣。從佛陀到聖泰瑞莎、蘇菲神祕論者、我的導師——數世紀來，這些偉大的靈魂嘗試以許多文字表達與神合而爲一的感受，可是他們的敘述始終無法讓我心服口服。你經常發現令人惱火的形容詞「難以形容」被拿來描述其過程。但即使最擅於表達宗教體驗的記錄者——例如魯米，他敘述自己放棄一切努力、把自己和神的衣袖拴在一起；或哈菲茲，他說他和神就像兩名胖子住在一艘小船上——「我們彼此撞來撞去，嚷嚷笑笑」——甚至這些詩人亦把我丟在身後。我不想讀；我想去感覺。敬愛的印度導師拉曼納瑪哈西大師（Sri Ramana Maharshi）經常和自己的學生們談論超凡經驗，結尾時總是指示他們：「現在，去搞清楚吧。」

因此現在我搞清楚了。我不想說這天週四下午在印度體驗到「難以形容」的經歷，儘管的確如此。讓我試著說明。簡而言之，我穿越時空裂洞，在激流中，突然完全了解宇宙的運行。我離開自己的身體，離開房間，離開地球，邁過時間，走入太虛。我身處太虛，但我也是太虛，並注視著太虛。太虛是無限平靜、無窮智慧的地方。太虛清醒而明智。太虛是神，也就是說我在神裡頭。並非以實體方式——

不像是小莉・吉兒伯特嵌在神的一塊大腿肌肉當中。我只是屬於神。除了身為神之外。我是一小片宇宙，也是和宇宙同大的東西。（「人人知道水滴匯入海洋，卻鮮少人知道海洋匯入水滴。」印度聖人迦比爾（Kabir）寫道——我親身證實，他沒說錯。）

這不是幻覺，而是最根本的過程。是天堂，沒錯。是我體驗過最深刻的愛，超越自己從前的想像，卻不是快感。不是興奮感。留在我裡頭的自我或熱情，不足以產生快感或興奮感。只是顯而易見。就好似你注視那種光學幻象的圖像好一陣子，使勁破解把戲，你的認知突然轉換——現在看得清楚了！——兩個花瓶竟是兩張臉。一旦看穿光學幻象，就永遠不可能看不見。

「所以這就是神囉，」我心想：「恭喜認識你。」

我站立的地方不能說是凡間。不暗也不亮，不大也不小。也不是一個地方。嚴格來說，我也不是站在那兒，我也不再是「我」。我仍有自己的思維，卻是謙卑、安靜、觀察性的思維。我不僅感覺到堅定的慈悲，與萬事萬物合而為一，奇怪的是，我也在想，人怎麼可能感受到這樣的感覺。我還略微陶醉於關於我是什麼人、哪一種人的昔日想法。「我是女人，我是美國人，我愛講話，我是作家」——這一切可愛而陳舊的感覺。請想像自己被塞進一個身分的小盒子裡，卻反而體驗到自己的無限。

我納悶地想：「我為何一輩子追求快樂，卻不曉得極樂一直在這裡？」

我不清楚自己在這萬物合一的氛圍中漂浮多久，而後突然出現急迫的想法：「我想永遠抓住這種經驗」！這時，我開始跌了出去。只是兩個小小的字——「我想！」——就使我慢慢滑回地球。而後我的腦袋開始鄭重抗議——「不！我不想離開這裡！」——於是滑得更遠。

我想！

我不想！

我想！

我不想！

這個絕望的想法每重複一次，我就感覺自己穿越一層層幻象掉落下去，好比喜劇動作片主角從屋頂掉下來的時候砸進十幾個帆布篷上一般。我跌回徒勞的渴望，再次回到自己小小的邊界，封閉的凡間，有限的漫畫世界。我看著自己像一張拍立得照片顯像般地回到凡俗，一個瞬間、一個瞬間清晰起來——臉出現了，嘴角紋路出現了，眉毛出現了——好，顯像完成：照片裡是正正常常的故我。我感到一陣恐慌，失去此種神聖體驗，讓我有些傷心。然而恐慌的同時，卻也感受到一個目擊者，一個更明智、更老練的我，只是搖頭微笑，心中明白：倘若我認爲此種幸福狀態可從我身上奪去，那麼我對它顯然還不了解。因此，我還未完整居住其中。我得多做練習。在了解了這一點瞬間，神放了我走，讓我從他的指縫滑下去，給我最後這則慈悲、靜默的信息：

只要妳完全了解自己始終在這裡，就回這裡來吧。

68

兩天後，靜修結束，大家走出靜默。許多人都過來擁抱我，感謝我幫他們忙。「喔，不！該謝的人是我。」我不斷重複說道，懊惱這些詞句無法適切表達我對他們的謝意，感謝他們讓我提升到至高境界。

一個星期後，另一百名信衆前來參加另一場靜修。再一次領受諄諄教導、致力於內心的努力、體驗無所不包的寂靜，只不過實行者是另一批人。我仍負責照顧他們，盡力提供協助，有幾次也與他們一同回到「第四境」。後來他們當中許多人在禪修後對我說，靜修期間，我在他們眼中似是一種「沉默、飄飄然、超凡脫俗的存在」，眞讓我哭笑不得。這就是道場對我開的最後玩笑？學會接受自己響亮、聒噪、社交的天性，全心擁抱內在的「主招待」角色之後——唯有此時，我終究才能成爲「寺院後方那位安靜的姑娘」？

在我待在這兒的最後幾個星期，道場充滿類似夏令營最末幾天的哀傷氣氛。每天早晨，似乎又有另一批人、另一批行李搭巴士離去。沒有新來的人。已將近五月，印度最熱的季節即將開始，道場的節奏即將慢下來一陣子。不再有靜修活動，因此我又被調往別的工作，這回是註冊處，這是一份苦中帶甜的職責：在我的朋友們離開道場後，一一在電腦中的文件裡向他們「告別」。

我此刻在辦公室的同事，從前在麥迪遜大道當美髮師，是個逗趣的人。我們兩人一同晨禱，只有我們倆對神唱頌歌。

「今天我們試試加快頌歌的節奏？」一天早晨美髮師問道：「或許還高個八度音？會讓我聽起來比較不像靈歌版的貝西伯爵（Count Basie）嗎？」

現在我有很多時間獨處。我一天大約花四、五個鐘頭待在禪坐洞。我現在可以一次單獨坐數個小時，怡然自處，坦蕩面對自身的存在。有時我的禪坐是超現實、生理上的「莎克蒂」經驗——筋骨扭擰、熱血沸騰的狂野狀態。我嘗試聽命於它，盡可能不去反抗。有時則感到某種甜美、安靜的滿足，也很不錯。詞句仍在我的腦子裡成形，思維仍賣弄風騷地手舞足蹈，但我現在已經十分熟悉自己的思維模式，不再受到干擾。我的思維已成了老鄰居，雖然有點討厭，卻又是最親愛的人。王先生和王太太以及他們的三個傻孩子，等等，等等。但他們不會擾亂我家。在這個街坊鄰里，人人都有自己的空間。

至於我在最後幾個月可能發生的任何改變，或許我仍未感受到。長時間學瑜伽的朋友們說，待你離開道場，回去過正常生活後，才能真正看見道場對你產生的影響。「那時，」南非的前修女說：「你才會開始留意到自己的內心櫥櫃已重新整理過。」當然，目前的我還不很確定什麼是自己的正常生活。我是說，我可能即將搬去和一個印尼老藥師住在一起——這可是我的正常生活？或許是。誰知道？無論如何，我的朋友說，轉變的出現是之後的事。你可能發現終生的癖好一去不復返，或是那棘手困惑的模式終於改變。曾經讓你發狂的芝麻小事不再是問題，而你從前慣於忍受的苦惱，如今連五分鐘也受不了。有害的關係已了結，光明有益的人開始來到你的世界。

昨晚我睡不著。不是出於焦慮，而是出於殷切的期待。我穿好衣服，去庭園散步。月亮又大又圓，在我頭頂徘徊，灑下白色月光。茉莉芳香撲鼻，還有夜晚才開花的花叢散放出醉人的芬芳。白晝溼熱，此時的溼熱只稍微減退。溫暖的空氣在我四周遊走，使我意識到：「我在印度！」

我穿涼鞋，我在印度！

我跑了起來，奔出步徑，跑到草地上，衝過沐浴在月光下的草坪。這幾個月的瑜伽、素食和早睡，使我感到自己的身體如此健康有活力。我的涼鞋踩在柔軟濕潤的草地上，發出噓啪、噓啪、噓啪的聲音，整個河谷只聽見這個聲音。我欣喜若狂，直朝公園中央的桉樹林奔去（他們說從前有座古寺坐落於此，祭拜象頭神——掃除障礙之神），我抱住其中一棵樹，白日的高溫使它依然溫熱，我熱情親吻它。我是說，我全心全意親吻這棵樹；當時根本沒想到，這是美國每個爲人父母者心中最恐懼的事情：他們的孩子跑去印度尋找自我，最後竟然在月光下和樹林狂歡作樂。

然而，我感覺到的這份愛，是純粹的愛，是神聖之愛。我看著四周幽暗的河谷，只看見神。感到深深的喜悅。我心想：「不管這感覺是什麼——這正是我祈求的東西。也是我敬拜的東西。」

69

順便提一下，我找到了我的用詞。

像我這樣的書蟲，當然是在圖書館找到的。打從在羅馬那天下午，我的義大利朋友朱利歐說羅馬的用詞是「性」，問起我的用詞，我便一直在想自己的用詞是什麼。我當時不清楚答案，卻認爲自己的用詞終會出現，看見它的時候就會認出它來。

於是，待在道場的最後一個禮拜，我看到了它。當時我正在閱讀一段有關瑜伽的古經文，看見對古代心靈探索者的描述。文中出現一個梵語詞彙：「安特瓦信」（antevasin），意思是「住在邊境的人」。在古時候，這是字面的描述。表示某人遠離喧囂的世俗生活，跑去住在靈修大師們居住的森林邊沿。「安特瓦信」不再是村民——不再是過傳統生活的居民。但他也不是超凡者——不是住在深山野地的聖賢之一。「安特瓦信」是中間人。他住在邊境。他看得見兩個世界，卻看向未知。他是學者。

讀到「安特瓦信」的描述時，我興奮至極，發出一小聲驚嘆表示認可。「這是我的用詞，寶貝！」

在現代，原始森林一景自然是用在比喻上，而邊境也是比喻用法。但你仍能住在那裡。你仍能住在舊思維和新體悟之間，永遠處於學習狀態。就比喻的含意來說，這個邊境不斷移動——當你朝向自己的學習和理解推進時，這片未知的神祕之林始終在前方數呎之處，因此你必須輕裝上路才趕得上。你得保持移動、變化、靈活的狀態。甚至滑溜。這很有趣，因爲前一天，我的紐西蘭水管工詩人朋友離開道場，出門時遞給我一首告別小詩，關於我的旅程。我記得這幾行：

伊莉莎白，非驢非馬，
義語辭藻，峇里美夢，
伊莉莎白，非驢非馬，
時而滑溜，好似魚兒……

過去幾年來，我花費許多時間猜想自己該是什麼。妻子？母親？情人？獨身者？義大利人？貪吃鬼？旅人？藝術家？瑜伽士？但我什麼都不是，至少不完全是。我也不是古怪的小莉阿姨。我只是滑溜的「安特瓦信」——非驢非馬——在接近美妙險峻的新森林邊境——始終變動不居——上，持續學習。

70

我相信世界上的所有宗教，基本上都擁有一種慾望，那就是找到某種使人靈感洋溢的隱喻。你若想與神息息相通，便會嘗試脫離凡俗，進入超凡之境（若繼續使用「安特瓦信」的主題，或許可以說是，離開村子前往森林），你需要某種崇高的思想送你去那裡。這必須是很大的隱喻——大而神奇，而且強力，因爲它必須帶你前往很遠的地方。它必須是足以想像得到的巨大船舶。

宗教儀式往往由神祕的探索演變而來。某個勇敢的探索者尋找通往神的新路，體驗超凡，成爲先知，然後返回家鄉。他或她給社區帶來天堂的故事和路線圖。而後由他人重述這位先知的文字、禱詞、作爲，以便和他一樣跨過界。有時得以成功——有時數代相傳的音節與宗教儀式將許多人帶到另一邊。然而，有時卻未能成功。無可避免地，即使最具原創性的新思想，終究也會成爲教條，或不再適合每個人。

此地的印度人會講述一則勸世寓言，有關一名偉大聖人在道場中，總有一群虔誠信徒圍著他聽道。聖人及其信徒每天花數小時思索神的意義。唯一的問題是，聖人有一隻惱人的小貓，在禪坐時段經常穿過寺院，喵嗚呼嚕叫，干擾每個人。於是明智的聖人下令每天把貓綁在外頭的柱子上數個鐘頭，僅在禪坐時段，以防干擾任何人。這個習慣——把貓綁在柱子上，然後思索神的問題——隨著歲月流逝，轉化爲宗教儀式。除非先把貓綁在柱子上，否則誰也無法禪坐。然後有一天貓死了。聖人的追隨者驚恐萬分。這是嚴重的宗教危機——如今少了綁在柱子上的貓，如何能夠禱告？如何與神溝通？貓在他們心目中已成爲手段。

這則故事告誡大家，當心別太執著於重複宗教儀式本身。尤其在這分歧的世界，塔利班與基督教聯軍爲了誰有權說「神」這字眼、爲了誰有與神溝通的恰當儀式而持續打他們的國際商標戰時，或許我們更該牢記，引人通往超凡境界的，並非把貓綁在柱子上，而是個人追尋者渴望體驗神的永恆慈悲之決心。神性需要修練，也需要彈性。

因此你的工作——你若選擇接受這份工作——即是去尋找隱喻、儀式和良師，協助自己更靠近神。瑜伽經文說，神回應凡人選擇敬奉的任何一種禱告與努力——只要誠心誠意禱告即可。奧義書有句話說：「人們依據自己的性情，以及自己認爲最佳或最恰當的方式而走上不同的道路，無論直路或彎路——每一條路都抵達神，有如河川匯流入海。」

當然，宗教的另一目標是嘗試理解這個混亂的世界，說明每天在地球上演的費解難題：善人受苦，惡人得賞——我們如何明白這一切？西方傳統認爲：「一切在死後獲得解決，無論在天堂或地獄」。（當然，所有的公理都由喬伊斯所謂的「劊子手上帝」分配出去，此一父親形象坐在森嚴的審判座位上，懲惡獎善。）然而在東方，奧義書並未企圖去理解世界的混亂。甚至對於世界的混亂與否，持保留意見，比較認爲或許因爲我們視野有限，所以才看到這樣的表象。這些教義未保證給任何人公理或復仇，儘管表示一舉一動皆有其後果——因此你必須選擇適當的行爲。儘管短期內或許看不到結果。瑜伽始終著眼於長久的打算。此外，奧義書認爲所謂混亂或許具有實際的神效，即使個人暫時看不出來：

「神靈喜愛神祕，不喜愛顯而易見的東西」。因此我們面對這令人費解的危險世界所能做出的最佳回應，即是練習保持內在的平衡——無論世界發生任何瘋狂的事情。

我的愛爾蘭酪農瑜伽友人西恩如此對我說明。「設想宇宙是一個巨大的旋轉引擎，」他說：「你須待在接近核心的地方——即中軸處——而非瘋狂旋轉的邊緣地帶，使自己磨損而瘋狂。寧靜的輪軸處——即你的心。即神居住在你當中之處。因此停止在世界尋找答案。只要不斷回到此中心所在，永遠都能找到平靜。」

在我看來，就心靈而言，沒有任何事情比這個想法更合理了。這讓我很受用。倘若發現更好的想法，我保證會去用它。

我在紐約有許多朋友不信教。應該說，大部分人都不信教。他們不是放棄年輕時代的心靈教導，就是從一開始就未與神一同成長。可想而知，他們有些人受不了我新發現的神聖探索。當然還有人開我玩笑。我的朋友鮑比有回幫我修電腦的時候，嘲弄地說：「我無意冒犯妳的『靈氣』，只不過妳對下載軟體連個屁都不懂。」這笑話讓我前仰後倒。當然我也覺得很逗趣。

儘管我看見一些朋友隨著年歲增長而渴望信仰「某種東西」。但此種渴望與種種障礙相違背，包括他們的才智與見識。儘管擁有智慧，這些人依然生活在東倒西歪、荒誕無稽的世界中。這些人在自己的生活中體驗偉大或可怕的苦難或喜悅，如同我們每個人，而這些巨大的體驗使我們渴望某種心靈線索與脈絡，來表達哀痛或感激，或尋求了解。問題是——敬拜什麼？向誰祈禱？

我有個親密的朋友，是母親的頭一胎，而他親愛的母親卻在生產中過世，他則順利出生。經歷奇蹟與失落的交集後，我的朋友渴望前往某種聖地，或執行某種儀式，藉以整理自己的感情。我的朋友生來是天主教徒，成年之後卻無法忍受去教會。（「了解自己知道的事後，」他說：「讓我再也無法認同。」）

當然，成爲印度教徒或佛教徒對他來說是尷尬古怪的事。因此他能做什麼？他告訴我說：「誰都不想隨便挑個宗教去信。」

我完全尊重他的觀點，只不過我並不完全同意。我認爲你有權去挑選任何觸動你的心靈、在神當中找到平靜的東西。我認爲在你需要慰藉之時，你有自由追求帶自己跨越世間分水嶺的任何隱喻。這沒啥好難爲情。這是人類尋求神聖的歷史。倘若人類未曾在探求神靈中進化，我們許多人至今還在祭拜古埃及的金貓雕像。此種宗教思維確實涉及挑選。你從自己能找到的任何地方挑選任何著作，持續朝光的方向移動。

霍皮族（Hopi）印第安人認爲世界上每種宗教都包含一條心靈線，這些線一直在找尋彼此，匯合在一起。這些線最終編織成一條繩索，將我們拉出黑暗的歷史循環，進入下一個空間。近代的達賴喇嘛重述過同樣的觀念，屢次向他的西方弟子擔保，想成爲他的學生無須成爲西藏佛教徒。他歡迎他們從西藏佛教擷取自己喜歡的觀念，將這些觀念與自己的宗教活動相結合。即使在最不可能、最因循守舊的地方，有時也能發現這個閃閃發光的觀念：神可能大過有限的宗教教條所給予的教導。一九五四年，教宗派厄斯十一世（Piu XI）派遣梵蒂岡代表前往利比亞，帶去書面說明：「切勿以爲汝等前往異教徒之國。穆斯林人亦能得救。上天之路無邊無際。」

這難道不成道理？蒼穹莫不是無邊無際？即使最虔誠之人也只能在某一特定時刻看見片斷的永恆圖畫？或許如能蒐集這些片斷加以比較，一個有關神的故事即可慢慢成形，相似於每個人，並將每個人包含在內？每個個人對於超越的渴望，難道不都只是廣大人類尋求神性的一部分？人人不都有權利不斷追尋，直到盡可能接近神奇之源？即使意味著前來印度，在月光中親吻樹林片刻？

換言之，這是在角落裡的我。在聚光燈下的我。我選擇自己的宗教。

71

我的班機將在清晨四時離開印度，這是典型的印度運作方式。我決定當天晚上不睡覺，整晚待在禪坐洞祈禱。我生性不是夜貓子，卻想在道場的最後幾個鐘頭保持清醒。我這輩子曾經熬夜做過許多事——做愛、與某人爭執、開長途車、跳舞、哭泣、擔憂（事實上，這些事有時在同一個晚上內發生）——但我從未犧牲睡眠特地祈禱一個夜晚。現在何不這麼做？

我把袋子留在寺院大門邊，讓凌晨時分計程車到來時，可以拿了就走。而後我走上山丘，進禪坐洞，坐下來。我獨自一人，坐在看得見道場創辦人、導師之師、早已作古卻仍在此地的思瓦米吉的大幅照片的地方。我閉上眼睛，讓咒語來臨。我爬下階梯，進入自己的寂靜中心。抵達之時，我感覺世界停頓下來，就像我九歲的時候，對時間的無情感到恐慌而老是希望時間停下來一般。我坐著，在寂靜中，思索一切我已了解的事物。在我心中，時鐘停止，牆上的月曆不再從牆上飛走。我並未主動禱告。我已「成為」禱告。

我可以一整晚坐在這裡。

事實上，我這麼做了。

不知什麼東西警告我該去搭計程車，在數小時的寂靜後輕碰我一下，看錶時，正好是該走的時刻。我現在必須前往印尼。多麼有趣而奇異。於是我站起身來，在思瓦米吉——專橫、神奇、激昂的明師——的相片面前鞠躬。而後我把一張紙塞入他相片下方的地毯底下。紙上是我在印度四個月間寫的兩首詩。是我頭一次創作的眞正的詩。紐西蘭的水管工鼓勵我嘗試寫詩——此即源由所在。其中一首寫於待在道場一個月之後。另一首則寫於今晨。

在兩首詩之間的空間，我找到無限寬廣的恩典。

72

來自印度道場的兩首詩

第一首

這些甘露天堂的言談開始令我倒胃，
朋友，我不知你的情況，
但通往神的道路對我而言可不芳香，
彷彿把貓放入鴿籠，
我是那貓——
也是被釘住而大吼大叫的那些人。

通往神的道路對我而言是勞工暴動，

除非組成工會，否則不得平靜。
這些示威者如此令人生畏，
國家警衛隊不敢靠前。

我的前方道路久經踐踏、失去知覺，
是我未能見到的小棕人所爲，
他追趕神穿越印度，泥巴及脛，
赤腳，缺糧，瘧疾纏身，
睡在門口、橋下——一個遊民。
（可知，這是「前往返鄉途中」的簡稱）
如今他追趕我，說：「小莉，懂了沒？
『返鄉』是何意？何謂『前往』的眞實意義？」

第二首

不過，
倘若要我穿上
此地新割之草編成的長褲，
我會這麼做。

倘若要我
和「象頭神之林」的每一株桉樹熱烈擁吻，
我發誓，我會做。

近來我拭去汗珠，
甩去渣滓，
下巴揉搓樹皮，
誤以爲是明師的腿。

我進入得不夠深遠。

倘若要我吃下此地的泥土
放在鳥巢中端上來，
我會只吃半盤，
而後整晚睡在剩下的半盤上。

第三部　印尼

或說「就連內褲裡頭也覺得不同」；或說「三十六則追求平衡的故事」

73

我這輩子從未有哪回像抵達峇里島時更無計畫。在我漫不經心的旅遊史中，這是最草率的一次登陸。我不清楚住哪裡，不清楚要做什麼，不清楚兌換率，不清楚在機場如何叫計程車——甚至不知道到哪裡叫計程車。沒有人期待我到來。我在印尼沒有朋友，連朋友的朋友也沒有。帶著過時的旅遊指南旅行且放著不讀，這造成了一個問題：我沒搞清楚自己即使想待在印尼四個月，也不被允許。我在入境時才發現這件事。結果只被批准一個月的觀光簽證。我沒想過印尼政府並不樂意讓我想在他們的國家愛待多久就待多久。

和善的入境檢查員在我護照上蓋章，准許我在峇里島只待整整三十天。我以最友好的態度問他能否讓我待久一點。

「不行。」他以最友善的態度回答。峇里人以友善知名。

「我應當在這兒待三或四個月的。」我告訴他。

我並未提及這是「預言」——兩年前有個年老而且很可能精神錯亂的峇里藥師，在看過十分鍾我的手相後，預言我將在此地待上三或四個月。我不曉得如何說明此事。

但現在想想，這位藥師究竟跟我說了什麼？他果眞說我會回到峇里島，與他同住三、四個月？他果眞說與他「同住」？或者他只是要我人在附近的話，順道再去看他，再給他十塊錢看一次手相？他是說我「會」回來，或是我「該」回來？他果眞說了：「回頭見」或「再見啦」？

打從那天晚上起，我未曾與藥師有過聯繫。反正我也不曉得如何和他聯繫。他的地址是哪裡？「陽台上的藥師，印尼峇里島」？我也不清楚他是生是死。我記得兩年前見面時，他似乎相當老；在那之後，他可能遭遇任何事情。我只確定他名叫賴爺，記得他住在烏布鎮郊的村子裡。卻記不得村名。

或許我早該好好想過這一切。

74

不過，想要穿行於峇里島，倒是頗爲簡單。不像降落於非洲的蘇丹，完全不清楚接下來如何是好。峇里島與美國德拉瓦州（Delaware）面積相當，是受人歡迎的觀光勝地。整個地方都爲了協助你而安排有序，讓攜帶信用卡的西方人來去自如。此地廣說英語。（這令我感到內疚，卻也深感解脫。我的腦神經在過去幾個月因努力學習現代義語和古梵語而負荷過重，實在沒法子再接受學習印尼語，或難度更高的峇里語——此語言之複雜尤甚於火星文。）在此地生活，毫不麻煩。你能在機場換錢，找到友善的計程車司機推薦優美的旅社——這一切都不難安排。由於旅遊業在兩年前爆炸案過後大幅衰退（爆炸案發生在我首次離開峇里島的數星期後），於是如今在此地旅遊更爲容易；人人都急於協助你，迫切找份差事做。

於是我搭計程車前往似乎適合作爲旅程起始地的烏布鎮。我入住一家漂亮的小旅社，位於名稱美妙的猴林路（Monkey Forest Road）上。旅社有個可愛的泳池，以及種滿熱帶花卉的花園，花開得比排球還大（由一群高度有組織的蜂鳥和蝴蝶照料）。工作人員是峇里人，也就是說，他們在你一進門時，自動開始愛慕你，稱讚你的美。房間眺望熱帶樹林，包含每天早晨的新鮮熱帶水果早餐。簡而言之，這是我待過最美好的地方之一，而且每天花我不到十塊錢。回來眞好。

烏布位於峇里島的中心，坐落於山區，四周是梯形稻田和數不清的印度寺廟，河流跨越叢林深谷，看得見地平線上的火山。烏布向來被視爲峇里島的文化中心，傳統的峇里島繪畫、舞蹈、雕刻，和宗教儀式茁壯成長之處。烏布不靠海，因此前來此地的遊客是一群自我選擇、頗有格調的人；他們寧可看一場古廟盛典，而不願在海邊衝浪、喝鳳椰汁。無論藥師預言什麼，這可是適合待一陣子的好地方。此鎮有點像是小型、太平洋版的聖菲鎮（Santa Fe），只不過這兒到處是趴趴走的猴子，還有身穿傳統服飾的峇里人家。這兒有好餐廳和不錯的小書店。我在烏布的整段期間，可以從事美國良好離婚婦女打從基督教女青年會（YWCA）發明以來消磨時間的事情——報名上一堂一堂的蠟染、擊鼓、珠寶製作、陶藝、印尼傳統舞蹈與烹飪課……就在我住的旅社對街，甚至有個叫「禪坐店」的地方，是個每天晚間六至七點開禪坐課程的小店面。告示牌上寫著，「和平永駐」。我完全同意。

我打開行李時還早，正午剛過，於是決定去散散步，重新熟悉兩年不見的小鎮。而後我得想辦法找到我的藥師。我猜想這是項艱鉅的任務，或許得花上幾天，甚至幾個禮拜。我不確定從何開始找尋，於是出門之前到前台問馬里歐能否幫忙我。

馬里歐是旅社工作人員之一。我登記住宿時已和他交上朋友，大半因爲他的名字。不久前，我才在一個有很多男人名叫馬里歐的國家旅行，卻沒有哪個是矮小、健壯、精力充沛的峇里島小伙子，穿條沙龍絲裙，耳後插朵花。因此我必須問他：「你眞叫馬里歐嗎？聽起來不太像印尼名字。」

「不是我的眞名，」他說：「我的眞名叫老三（Nyoman）。」

啊，我早該知道。我早該知道我有四分之一的機率猜中馬里歐的眞名。容我暫時離題——在峇里島，大部分人給孩子取的名字只有四個，且無分男女。這四個名字是「Wayan」、「Made」、「Nyoman」

和「Ketut」。這些名字只是老大、老二、老三、老四的意思，意謂出生順序。倘若生第五個孩子，便重頭開始名字的循環，因此第五個孩子的實際名字大致是：「二次老大」。以此類推。若是雙胞胎，則依他們的出世次序命名。峇里島基本上只有四個名字（上層菁英人士有自己挑選的名字），因此兩個「Wayan」大有可能結爲夫妻（事實上也很常見）。他們的頭一個孩子自然也取名爲「Wayan」。

這暗示家庭在峇里島的重要性，以及家族中成員定位的重要性。你可能認爲這套系統會趨於複雜，但峇里人卻處理得很好。可以理解（而且有其必要）的是，大家流行取綽號。比方說，烏布有個成功女事業家名叫「Wayan」，她經營一家繁忙的餐廳，叫「老大咖啡館」（Cafe Wayan），因此她被稱爲「咖啡館老大」——意即「經營老大咖啡館的老大」。有的人可能稱爲「肥老二」或「租車老三」或「燒掉伯父家的蠢老四」。我的峇里新朋友馬里歐簡單稱呼自己爲馬里歐，因此躲過這問題。

「爲何叫馬里歐？」

「因爲我喜歡義大利的一切。」他說。

我跟他說不久前我在義大利待了四個月，令他大感吃驚，他從櫃檯後走出來，說：「來，坐下來談吧。」我坐了下來，我們談話。於是我們成了朋友。

因此這天下午我決定開始尋找我的藥師，於是問我的新朋友馬里歐是否碰巧知道一個叫老四賴爺的人。

馬里歐皺眉思索。

我等他說出類似這樣的話：「啊，是的！老四賴爺！上禮拜過世的老藥師——德高望重的老藥師過世了，眞遺憾啊……」

馬里歐要我把名字再說一遍，這回我寫下來，猜想自己或許發音有誤。果眞，馬里歐認了出來，面露喜色。「老四賴爺！」

現在我等他說類似這樣的話：「啊沒錯！老四賴爺！他是瘋子！上禮拜發瘋被捕……」不過他接下來說的是：「老四賴爺是名醫。」

「對！就是他！」

「我認識他。我去過他家。上禮拜我帶表姊去，她需要治療哭鬧整晚的嬰兒。讓老四賴爺治好了。有回我帶像妳一樣的美國姑娘去賴爺屋子。姑娘希望能有魔法讓自己在男人眼中更美。賴爺畫了一張魔法圖，幫助她變得更美。之後我開她玩笑，天天跟她說：『圖生效了！瞧妳眞美！圖生效了！』」

我憶起幾年前賴爺畫給我的圖，於是告訴馬里歐，藥師也曾給我一張魔法圖。

馬里歐笑了。「圖對妳也生效了！」

「我的圖是幫我找到神！」我解釋道。

「妳不想在男人眼中更美？」他問道，顯然感到迷惑。

我說：「嘿，馬里歐——能不能哪天帶我去見賴爺？你不忙的時候？」

「現在不行。」他說。

我剛開始感到失望時，他又說：「五分鐘後行嗎？」

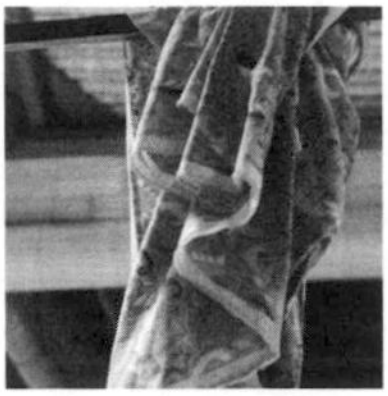

75

因此抵達峇里島當天下午，我突然坐在摩托車後座，抓著「義式印尼」新朋友馬里歐，他載我穿越梯田，朝老四賴爺家而去。過去兩年來儘管想過與藥師重聚，我卻不曉得到達時跟他說什麼。我們當然沒有約。因此是突然到訪。我認出門口的招牌和上回一樣，寫著：「老四賴爺——畫家」。這是峇里島典型的傳統家庭宅院。石頭高牆環繞整幢住宅，中央有中庭，後方有座寺廟。幾代人同住在牆內各個彼此相連的小屋裡。我們並未敲門進去（反正也沒有門），驚動幾條典型的峇里島看門狗（骨瘦如柴、凶里凶氣），老藥師賴爺就在中庭裡，身穿沙龍裙和高爾夫衫，和我兩年前第一次見到他時完全一樣。馬里歐對賴爺說了些話，我不熟悉峇里語，但聽起來像是簡單介紹，「來了個美國姑娘——加油」之類的句子。

賴爺朝我露出幾乎沒有牙齒的笑容，其力度有如慈悲的消防水龍，如此教人安心：我記得沒錯，他是個了不起的人。他的臉是一本兼容並蓄的和善百科全書。他激動有力地握我的手。

「很高興認識你。」他說。

他不知道我是誰。

「來，來吧，」他說，我被請進他的小屋門廊，有竹蓆充當家具。和兩年前一模一樣。我們倆坐下來。他毫無遲疑地執起我的手掌——猜想我和多數西方訪客一樣來看手相。他很快看了我的手相，我放心地發現正是他上回告訴我的簡縮版。（他或許不記得我的長相，但我的命運在他熟練的眼睛看來並未更動。）他的英語比我記憶中來得好，也好過馬里歐。賴爺說起話來像經典功夫片裡聰明的中國老人，某種可稱爲「蚱蜢式」的英語，因爲你可以把親愛的「蚱蜢」插入任何句子當中，聽起來非常聰明。「啊——你的命很好，蚱蜢……」

我等待賴爺停止預言，而後打斷他，讓他知道兩年前我來過這裡看他。

他迷惑不解。「不是頭一次來峇里島？」

「不是。」

他絞盡腦汁想。「妳是加州來的姑娘？」

「不是，」我有些喪氣地說：「我是紐約來的姑娘。」

賴爺對我說（我不曉得這和任何事有哪門子關係）：「我不再英俊，掉很多牙。或許哪天該去看牙醫，弄新牙齒。但我怕牙醫。」

他張開荒蕪的嘴巴，展現其損害。沒錯，他的嘴裡左側的牙齒缺了大半，右側全部碎裂，看來像是有害的黃色殘牙。他說自己摔了跤。因此牙齒全毀。

我跟他說得悉此事甚感難過，而後我又試了一次，放慢速度說。「我想你不記得我了，賴爺。兩年前我跟一位美國瑜伽老師來過這裡，她在峇里島住過多年。」

他高興地微笑。「我認識芭洛絲（Ann Barros）！」

「沒錯。芭洛絲正是這位瑜伽老師的名字。我是小莉。我曾來請你幫忙，因爲我想更接近神。你畫了張魔法圖給我。」

他和藹地聳聳肩，漫不經心地說：「不記得了。」

這壞消息簡直逗趣。現在我在峇里島該怎麼辦？我不確定和賴爺重聚的情況如何，但我的確希望我們能有某種喜極而泣的團圓。我雖然曾經擔心他可能過世，卻沒想過——假使他還活著——他一點也不記得我。儘管如今看來，想像我們的第一次邂逅對他就像對我而言那般令人難忘，是多麼愚蠢的事。或許我早該設想到眞實狀況。

於是我描述他畫給我的那張圖，有四條腿（「堅定地踩在地上」）、無頭（「不能透過腦袋看世界」）、臉則位在心臟處（「用心觀看世界」）的形象。他客氣地聽我說，帶著適度的興趣，好似我們在談論他人的生命。

我不喜歡這麼做，因爲不想讓他爲難，但我必須說出來，於是攤開來講。我說：「你告訴我說我應該回峇里島來。你告訴我在這兒要待三、四個月。你說我能幫你學英語，你也會把你知道的事教給我。」我不喜歡自己有些絕望的語氣。我並未提及他曾邀我與他的家人同住。在考慮到眼前的情況下，這似乎太越界。

他客氣地聽我說，微笑搖頭，好像在說，「人們說的事可眞逗趣」。

我幾乎放棄。但我遠道而來，必須做最後一絲努力。我說：「賴爺，我是寫書的作家。我是紐約來的作家。」

出於某種原因，這成功了。他的臉突然亮起喜悅，變得清澈、純粹而透明。他的心中燃起認出人來的光輝。「妳！」他說：「妳！我記得妳！」他湊過來，雙手握著我的肩，開始快樂地搖動我，好似孩子搖著未打開的聖誕禮物，想猜猜裡頭是什麼。「妳回來了！妳回來了！」

「我回來了！我回來了！」我說。

「妳，妳，妳！」

「我，我，我！」

現在我淚眼汪汪，卻極力不表現出來。我內心的解脫難以言喻。甚至連我自己也覺得訝異。就好似我出了車禍，車子掉下橋去，沉到河底，我從沉下的車子裡打開窗戶游出來而脫困，而後踢著蛙式，竭力一路通過寒冷綠色的河水游向天光，我幾乎用光氧氣，動脈爆出脖子，臉頰鼓漲著最後一口氣，而後──猛吸口氣──我穿越水面，吸入大口大口空氣。我活下來了。吸口氣脫困而出──這正是我聽印尼藥師說「妳回來了！」的感覺。我正是如此鬆了一口氣。

我眞不敢相信奏效了。

「是的，我回來了，」我說：「我當然回來了。」

「我眞高興！」他說，我們雙手交握，現在他興奮無比。「我一開始記不得妳！我們見面是很久以前的事。妳現在看起來不一樣！跟兩年前完全不一樣！上次妳是模樣悲傷的女人。現在──這麼快樂！脫胎換骨！」

一個人在兩年時間內脫胎換骨這個想法，似乎在他心中興起一陣笑聲。

我不再隱藏自己的汪汪淚水，讓眼淚傾注而出。「是的，賴爺。從前我很悲傷。但現在過得好多了。」

「上回妳經歷很糟的離婚。」

「很糟。」我予以認可。

「上回妳有太多憂愁，太多哀傷。上回妳看起來像老女人。現在看起來像年輕姑娘。上回妳不好看！現在很美！」

馬里歐欣喜若狂地拍手，勝利地宣告：「瞧，圖生效了！」

我說：「賴爺，你還想讓我幫你學英語嗎？」

他告訴我現在就開始，敏捷地跳了起來。他蹦蹦跳跳跑進小屋，拿來一疊過去幾年從海外寄來的信（所以他有地址嘛！）。他請我給他大聲讀信；他通曉英語，卻不太會讀。我已成爲他的祕書。我是藥師的祕書。太妙了。這些海外藝術收藏家的來信都設法取得賴爺有名的魔法畫作。一封澳洲收藏家的來信讚揚賴爺的技藝，說：「您怎能如此巧妙地使用這麼細膩的筆法？」賴爺好似口述聽寫般回答我：「因爲我已畫了許多許多年。」

唸完信後，他向我敘述自己過去幾年生活的新消息。發生了一些轉變。比方，現在他娶了老婆。他指著中庭對面的一名胖女人，她站在廚房門口的陰影中瞪著我，好似不確定是否該直接射殺我，或者先給我下毒再射殺我。上回我在這裡的時候，賴爺悲傷地給我看此前病故妻子生前的相片——一名漂亮的峇里老婦，儘管年老，卻歡快天眞。我朝中庭對面的新任老婆揮手，她退入廚房。

「好女人，」賴爺朝廚房的陰影宣告：「很好的女人。」

他接著說自己忙於治療峇里病人，總有大量的工作：爲新生兒施行法術，給亡者舉行儀式，治療病患，舉辦結婚儀式。下回他有一場婚禮要去，他說：「我們可以一塊兒去！我帶妳去！」唯一的問題是，探訪他的西方人不再很多。爆炸案過後，沒有人再來峇里島。這讓他「腦袋很亂」。也讓他覺得「銀行很空」。他說：「現在妳每天來我家和我練習英語？」我愉快點頭，他說：「我教妳峇里禪修，好嗎？」

「好的。」我說。

「我想三個月時間夠我教你峇里禪修，用這方式幫妳找到神，」他說：「也許四個月。妳喜歡峇里島吧？」
「我愛峇里島。」
「妳在峇里島結婚？」
「還沒有呢。」
「我想再不久吧。妳明天回來？」
我答應明天回來。他未說起我搬去和他家人同住的事，因此我也沒提起，偷瞄了廚房裡的可怕老婆最後一眼。或許還是待在我那可愛的小旅社吧。反正也比較舒服。有馬桶，等等。不過，我需要一輛自行車，才能天天來看他。
該走了。
「很高興認識妳。」他握了我的手說。
我馬上教他第一堂英語課。我教他「高興認識你」和「高興見到你」的差異。我說我們頭一次遇見某人時才說「很高興認識你」。在這之後，每回我們改說「高興見到你」。因爲你只認識某人一次。可是現在我們日復一日彼此見面。
他喜歡這堂課，於是予以練習：「高興見到妳！我很高興見到妳！我見得到妳！我不是聾子！」
我們全笑了，連馬里歐也笑了。我們握手，同意明天下午再過來。此時，他說：「回頭見。」
「再見啦。」我說。
「讓妳的良知引導妳。假如妳有朋友來峇里島，請他們來我這兒看手相──爆炸案後，我的銀行現在很空。我是自學成才的人。我很高興見到妳，小莉！」
「我也很高興見到你，賴爺。」

76

峇里島人篤信印度教，位於長達兩千哩、構成全球最多穆斯林人口的國家印尼群島的中央。因此峇里島是個奇罕的地方；它甚至不該存在，卻果眞存在。峇里島的印度教從印度經由爪哇傳入。印度商人在紀元第四世紀間，將其宗教帶往東方。爪哇諸王創立強大的印度教王朝，如今所剩無幾，除了壯觀的婆羅浮屠（Borobudur）寺廟廢墟之外。十六世紀，一場伊斯蘭暴動席捲該區，崇拜濕婆的印度教王族成員逃離爪哇，成群結隊避往峇里島，後世將這段期間稱爲麻喏巴歇大遷徙（Majapahit Exodus）。上層階級的爪哇人只帶自己的皇室家族、工匠與祭司來到峇里島——因此，據說每個峇里人都是國王、祭司，或藝術家的後裔，並不誇大。峇里人的驕傲與才華正因如此。

爪哇殖民者將自己的印度教種姓制度帶來峇里島，儘管社會地位的分界線不像過去的印度那般嚴格施行。然而，峇里人認定一套複雜的社會等級制度（光是婆羅門即分五種），想了解這套依然盛行此地的錯綜複雜、環環相扣的宗族制度，簡直比破解人類基因還難。（作家艾斯曼〔Fred B. Eiseman〕寫過許多關於峇里島文化的好文章，進一步詳細說明這些微妙之處；我從他的研究中取得大部分資訊，不僅引用於此處，本書各篇章皆有受惠。）一言以蔽之，每個峇里島人都屬於某一族群，人人清楚自己屬於哪個族群。倘若因嚴重犯規被族群踢出去，你還不如去跳火山算了，因爲老實說，如此一來，你無異於死去。

峇里文化是世上最有條理的社會與宗教組織系統之一，具有井井有條的任務、角色和儀式。峇里人鑲嵌在一套精密的習俗中。此一網路的產生，結合多種因素，但基本上可以這麼說，峇里島的出現，是傳統印度教的豐富儀式疊置於遼闊的水稻農業社會之上，這個社會有必要依賴精細的社群合作來運作。稻米梯田需要大量的共同勞動、維護和工程始可成功。因此每個峇里島村落都有個「里」（banjar）——由人民聯合組織而成的機構，透過共識管轄村裡的政治、經濟、宗教、農業等方面的決策。在峇里島，團體的重要性絕對超越個人，否則誰也沒飯吃。

宗教儀式在峇里島至關重要（別忘了，此島有七座變幻莫測的火山——你也免不了要拜佛腳）。據估計，典型的峇里島女人整天有三分之一時間花在準備儀式、參與儀式，或清理儀式的結束工作上。這兒的生活是獻祭與儀式的恆常循環。你必須順序正確且動機正確地操作這一切，否則整個宇宙將失去平衡。人類學家米德（Margaret Mead）寫過峇里島人「難以置信的忙碌」，完全沒錯——峇里人家少有偷閒時光。這兒有必須每天舉辦五次的儀式，還有必須一天、一星期、一個月、一年、每十年、每百年、每千年舉辦一次的儀式。這些日期與儀式皆由祭司與聖者參照三套複雜曆法組織而成。

峇里島每個人都有十三大過渡儀式，每個儀式都有個高度組織的典禮。心靈撫慰儀典終其一生都在舉行，爲了讓心靈免受一〇八種罪行的侵害（又是「一〇八」這數字！），包括暴力、偷竊、懶惰、說謊等這些缺點。峇里島的每個孩子都得通過一場重大的青春期儀式，讓犬牙或「尖牙」磨平，以增進美感。在峇里島人看來，粗俗與獸性是最糟的事，尖牙被視爲是一個提醒，提醒我們的野蠻天性，因此必須去除。在這個組織嚴密的文化中做野蠻人是危險的事。某人的殺人意圖足以破壞整個村子的合作之網。因此在峇里島最好做個「alus」，即「有教養」或「美化過」的人。在峇里島，美是好事，無論男女。美受人尊崇。美安全無虞。兒童即要學會在面臨痛苦時「面帶笑容」。

整個峇里島是個矩陣，由聖靈、指引、道路與習俗組成的龐大組織。每個峇里島人都清楚自己的歸屬，在這幅龐大無形的地圖內確定其方向。只要看看幾乎每個峇里人民的四個名字——老大、老二、老三、老四——提醒每個人自己在家中的出生時間和所屬位置即可知曉。即便把孩子叫作東、南、西、北，也不會比這種社會分類系統更清楚。我的義式印尼朋友馬里歐告訴我，只有讓自己的心靈和精神保持在垂直線和水平線的交點處，處於完美的平衡狀態時，他才感到快樂。爲此，他必須時時明白自己位在何處，無論與神或與家人之間的關係。倘若失去平衡，便失去力量。

因此，說峇里島是全世界的平衡大師，並非荒唐可笑的假設；保持完美的平衡狀態，對他們而言是一種藝術、科學和宗教。對我而言，在尋求個人平衡時，我期望從峇里人身上學習在這混亂的世間維持平穩的方式。然而對這文化讀得愈多、看得愈多，使我更意識到自己與平衡相距甚遠，至少從峇里人的觀點看來。我習慣漫遊世界卻無視於自己身在何處，並決定走出受限的婚姻家庭網絡，使我——就峇里議題而言——成了鬼一樣的東西。我喜歡這麼過生活，然而就峇里人的自尊標準看來，卻是可怕的生活。你若對自己的定位或所屬族群一無所知，如何找到平衡？

儘管如此，我不很確定能把多少峇里島人的世界觀，納入自己的世界觀內，因爲，目前我對「平衡狀態」似乎採用較爲現代的西方定義。（目前我將這個詞轉譯爲「相等自由」，或在特定時間落入任何方向的機率相等，視……形勢發展而定。）峇里島人不等著「看形勢發展而定」。這是可怕的事情。他們直接「安排」形勢的發展，免得搞砸事情。

走在峇里島路上遇見陌生人，他或她問你的第一個問題是：「你去哪裡？」第二個問題則是：「你來自何方？」對西方人來說，素不相識的人提問這類問題似乎頗具侵犯性，但峇里人只是想給你定位，想讓你進入安全舒適的組織系統中。你若告訴他們不知道自己要去哪裡，或只是漫無目的到處走，你的峇里新朋友將感到窘迫。你最好挑定某個特定方向——哪兒都好——讓大家感覺好些。

峇里島人幾乎肯定問你的第三個問題是：「你已婚嗎？」又是定位的詢問。他們有必要知道這點，以確定你生活在完整的秩序當中。他們眞正要你回答的答案是「已婚」。聽你說已婚，使他們大感欣慰。你若單身，最好別直接說出來。假使你離了婚，我眞心建議你絕口不提。這只會讓峇里人大感憂慮。你的孤寂只是向他們證明脫離組織的危險。你若是在峇里島旅行的單身女子，當有人問你：「你已婚嗎？」最好回答「還沒」，這比回答「不」來得禮貌，亦表示你樂觀地期待盡早結婚。

即便你已八十歲，或是同性戀者，或是尖銳的女性主義者，或修女，或八十歲的尖銳女性主義同性戀修女，從未結婚也不打算結婚，最禮貌的回答還是：「還沒。」

77

馬里歐早上幫我買了自行車。就像一位風度翩翩的準義大利人，他說：「我認識一個傢伙。」而後帶我去他表哥的店，我花了不到美金五十塊錢，買下一輛登山自行車、一頂頭盔、一把鎖和籃子。如今我可以在我的新城烏布自由行動，或至少讓我在這些狹窄、迂迴、維護不良、擠滿摩托車、卡車和觀光巴士的路上自由行動時，感到安全。

午後，我騎自行車前往賴爺的村子，和我的藥師一起過頭一天的……管它做什麼事。老實說，我並不確定。英語課？禪修課？美好的老式陽台閒坐？我不曉得賴爺為我安排了什麼，我只是高興受邀進入他的生活。

我到的時候，剛好他有客人。是一戶峇里鄉下小家庭帶來他們一歲的女兒找賴爺幫忙。可憐的小娃兒正在長牙，已經哭了好幾個晚上。父親是俊俏的年輕人，穿沙龍裙；有著蘇俄戰爭英雄雕像的健壯小腿肚。母親漂亮害羞，從羞怯低垂的眼瞼底下注視著我。他們給賴爺的服務帶來小小的奉獻——兩千盧比，相當於二十五分美元左右，擺在比飯店酒吧的菸灰缸稍大一點的手工製棕櫚籃內。籃子裡有一朵花、錢和幾粒稻米。（他們的貧窮和傍晚從省會登帕薩〔Denpasar〕前來造訪賴爺的富裕人家——母親頭上頂著裝花果和烤鴨的三層籃，香蕉女郎看見她也會自嘆不如的頭飾——形成強烈對比。）

賴爺對待他的客人隨和親切。他聆聽這對父母說明孩子的問題。而後他從陽台的小箱子裡掏出一本古帳本，裡頭以峇里梵語寫滿小字。他像學者般參考這本冊子，尋找合適的文字組合，自始至終與這對父母說說笑笑。然後他從一本上面有隻克米蛙的筆記簿上取下一頁，爲小女娃寫下「藥方」。他診斷這名孩子除了長牙的身體不適外，還受到小惡魔侵擾。對於長牙問題，他建議父母以紅洋蔥汁塗抹女娃的牙齦。至於安撫惡魔，則必須殺雞宰豬獻祭，連同一小塊糕餅——用他們的祖母從自己的草藥花園採摘下來的特殊藥草混合製成。（這些食物不會白費；獻祭儀式過後，峇里人家總是允許食用自己獻給神的供品，因爲祭品的象徵意義大過實質。峇里人的看法是，神取用屬於自己的東西——人的心意——人取用屬於自己的東西——食物本身。）

寫完藥方後，賴爺轉過身去，盛了一碗水，在其上方唱了一首精采、冷森森的咒語。而後賴爺用他剛剛賦予神聖力量的水祝福女娃。即使年紀才一歲，這孩子已經知道如何接受峇里傳統的神聖祝福。母親抱著女娃，女娃伸出圓潤的手接受聖水，啜飲一口，再啜飲一次，把剩餘的水灑在自己頭上——完美的儀式。她絲毫不怕對她吟唱的無牙老頭。隨後賴爺將剩餘的聖水倒入小塑膠袋內，紮起來，給這家人之後使用。母親拿著盛在塑膠袋裡的水離去，好似剛剛在嘉年華會贏得一條金魚，卻忘了帶走金魚一般。

老四賴爺給這家人四十分鐘的全心關懷，收費二十五分錢。他們若沒有錢，他也會做同樣的事情；這是身爲治療師分內之事。他不能拒絕任何人，否則神明將解除他的治療天分。賴爺每天約有十名峇里訪客，全需要他幫忙或詢問有關神明或醫療之事。在喜慶佳節，人人都想要特殊的祝福時，訪客人數可能過百。

「你不累嗎？」

「這是我的工作，」他告訴我：「也是我的嗜好——作一位藥師。」整個下午又來了幾位病患，但賴爺和我也抽空單獨一起待在陽台。和這位藥師的相處十分自在，就像和自己的爺爺一樣輕鬆。他給我上第一堂峇里禪修課。他告訴我，尋找神的方式有許多種，但對西方人而言多半太過複雜，因此他要教我一種簡單的禪修法。基本上像是這樣：靜坐微笑。這我喜歡。他在教我的時候也在笑著。靜坐微笑。好極了。

「小莉，妳在印度學瑜伽？」他問。

「是的，賴爺。」

「妳可以練瑜伽，」他說：「但瑜伽太難了。」此時，他把自己扭曲結成一團的蓮花坐，臉則扭曲成滑稽、罹患便祕的模樣。而後他放鬆下來，笑著說：「練瑜伽為什麼看起來總是那麼嚴肅？臉這麼嚴肅，會把好能量嚇跑的。禪坐只需要微笑。臉微笑，心微笑，好能量就來找你，驅走髒能量。甚至讓你的肝臟微笑。今晚在旅社練習吧。別太急，別太費勁。太嚴肅會讓自己生病。微笑能喚來好能量。今天到此結束。回頭見。明天再過來。我很高興見到妳，小莉。讓妳的良知引導妳。假如妳有朋友來峇里島，請他們到我這兒看手相——爆炸案後，我的銀行現在很空。」

78

老四賴爺如此訴說自己的人生故事：

「我的家族有九代擔任藥師。我的父親、祖父、曾祖父都是藥師。他們都要我當藥師，因爲他們看見我有慧根。他們看我有美和智慧。但我不想當藥師。唸太多書！太多資訊！而且我不信藥師！我要當畫家！我想做藝術家！我有繪畫天賦。

「我還年輕時，遇上一位很有錢的美國人，可能和妳一樣是紐約人。他喜歡我的畫。他想出高價買我的大幅畫，大概一公尺大。賣畫的這筆錢足夠讓我成爲有錢人。我每天畫呀、畫呀、畫呀。甚至晚上也畫。從前沒有像今天的電燈泡，只有燈。油燈，懂吧？抽油燈，得抽油才行。我每天晚上都點油燈畫畫。

「一天晚上，油燈很暗，於是我抽啊抽啊抽啊，結果爆炸！我的手臂著了火！燒壞的手臂讓我住院兩個月，造成感染。感染到我的心臟。醫生說我必須去新加坡做截肢手術，切除手臂。這我可不喜歡。但醫生說我得去新加坡做手術切除手臂。我告訴醫生——我必須先回村子裡的家。

「那天晚上在村子裡，我做了個夢。父親、祖父、曾祖父都來到我夢中，齊聚一堂，告訴我如何治療燒傷的手臂。他們要我提取番紅花和檀木的汁液。把汁液敷在燒傷處。然後把番紅花和檀木磨成粉。把粉塗在燒傷處。他們告訴我這麼做才不會失去一條手臂。此夢如此眞實，就像他們和我在屋子裡齊聚一堂。

「我醒來後不知如何是好，因爲夢有時只是開玩笑，妳懂吧？但我回家去，把番紅花和檀木汁液敷在手臂上。然後把番紅花和檀木磨成粉塗在手臂上。我的手臂感染很嚴重，很痛，腫得很大。但敷上汁液和粉之後變得很涼。冷卻下來。開始感覺好一點。十天內，我的手臂好了。痊癒了。

「因此，我開始信了。我又做了夢，父親、祖父、曾祖父告訴我現在我必須成爲藥師。我必須把自己的靈魂獻給神。因此我必須齋戒六天，懂吧？不吃不喝。不吃早餐。不容易。齋戒讓我渴得要命，一大早太陽出來之前去稻田。我坐在稻田裡，張開嘴，喝空氣中的水。稻田早晨空氣中的水，怎麼說？露水？對。露水。六天以來我只喝露水。沒吃東西，只喝露水。第五天，我失去知覺。我看見到處都是黃色。不，不是黃色——是金色。我看見到處是金色，甚至在我心中。很快樂。我現在懂了。這金色就是神，也在我心裡。神和我內心是同一回事。都一樣。都一樣。

「因此現在我必須成爲藥師。我必須唸曾祖父的醫籍。這些書不是由紙做成，而是棕櫚葉做的。叫作『lontars』，是峇里島的醫學百科全書。我必須學習峇里島各種不同的植物。不容易。我漸漸學到一切。我學會照料人們的許多問題。其中之一是身體生病。我用藥草幫助身體生病的人。另一個問題是家庭生病，整天吵鬧不停。我用和諧、用特殊的魔法圖來幫助他們，也用談話幫忙。把魔法圖擺在家中，就不再吵鬧。人有時爲愛生病，因爲找不到匹配的人。對峇里人和西方人都一樣，永遠有許多愛的問題，很難找到匹配的人。我用咒語和魔法圖治療愛的問題，把愛帶給你。此外，我還學巫術，幫忙遭魔法詛咒的人。把我的魔法圖擺在家中，能給你帶來好能量。

「我還是喜歡當藝術家，有空的時候我喜歡作畫，賣給畫廊。我的畫永遠是相同的畫——峇里島是天堂的時候，大約一千年前吧。畫叢林、動物、有胸脯的女人。因爲是藥師，我很難找到時間作畫，但我非是藥師不可。這是我的職業。我的嗜好。必須幫助人，否則神會發怒。有時必須接生，爲死者舉行儀式，或舉辦銼齒儀式或婚禮。有時我清晨三點醒來，就著電燈畫畫——我只能在這個時辰畫畫。我喜歡這種時辰獨自一人，適合畫畫。

「我眞心施法，絕不開玩笑。我永遠只說實話，即使是壞消息。我這一生必須品格優良，否則會下地獄。我會講峇里語、印尼語、一點日語，一點英語，一點荷蘭語。戰爭期間這裡有很多日本人。對我來說不是壞事——我爲日本人看手相，很友好。戰前這裡有很多荷蘭人。現在這裡很多西方人，都說英語。我的荷語——怎麼說？妳昨天教我的詞怎麼說？荒疏？荒疏？對啦——荒疏。我的荷語有些荒疏。哈！

「我在峇里島屬於第四階層，社會階層很低，像農人。但我看見很多第一階層的人不比我聰明。我名叫老四賴爺。賴爺是我祖父在我還小的時候給我取的名。是『明光』的意思。這就是我。」

79

我在峇里島自由得簡直荒唐。我每天必須做的事情，就是午後探訪賴爺數個鐘頭，遠遠稱不上苦差事。其他時間則是悠悠哉哉度過。我每天早晨禪坐一個小時，用導師教我的瑜伽方法，而後每天晚上禪坐一個小時，用賴爺教我的練習（「靜坐微笑」）。兩者之間的時間，我則漫步、騎車、有時跟人們談話、吃午飯。我在鎮上發現一間安靜的小圖書館，給自己申請一張借書證，如今生命中有大量時間在庭園讀書。在度過道場的密集生活後，甚至在義大利到處吃喝玩樂的墮落時光之後，這是一段嶄新平靜的人生時期。我有許多空閒時間，都可以用公噸來計算了。

每回走出旅社，馬里歐和前台其他工作人員便問我去哪裡；每回返回旅社，他們便問我去了哪裡。我幾乎能想像他們在抽屜裡放了親朋好友的小小地圖，標示出每個人在每個特定時刻身在何處，爲確保隨時對整個組織負責。

傍晚時分，我騎自行車爬上山丘，穿越烏布北方的一畝畝稻田，眺望綠油油的美景。我看見粉紅色的雲朵倒映在稻田的積水中，彷彿有兩個天空——一是眾神的天堂，一是凡人的濕泥。有一天，我騎去蒼鷺保護區，貼有勉強的歡迎標語（「好吧，你在這兒看得見蒼鷺」），但那天不見蒼鷺，只見鴨子，因此我看了一會兒鴨子，然後騎去下一個村子。沿途經過男男女女、小孩、雞犬，他們各自忙著自己的事情，卻未忙到不能停下來跟我打招呼。

幾個夜晚前，我在一座美麗森林的坡頂看見一個指標：「出租藝術家之屋，附廚房」。宇宙如此慷慨，於是我在三天後住進那兒。馬里歐幫忙我搬進去，他在旅社的其他朋友淚水汪汪地與我道別。

我的新家位於寂靜的路上，四周環繞稻田。農舍般的小房子，外牆爬滿長春藤。屋主是位英國女人，夏天人在倫敦，因此我溜進她家，取代她入住這神奇的地方。這兒有鮮紅色的廚房，養滿金魚的池塘，大理石露台，鋪馬賽克瓷磚的戶外淋浴間——我可以一邊洗頭一邊觀看築巢於棕櫚樹的蒼鷺。小祕道通往詩情畫意的庭園。這地方有園丁，因此我只須觀看花草。我不清楚這些美妙的赤道花卉如何稱呼，於是給它們取名。有何不可？這是我的伊甸園，不是嗎？不久，我給每一種植物取了新綽號——水仙樹、捲心菜棕櫚樹、舞衣草、螺旋公子哥、踮腳花、憂愁藤，還有一種被我命名為「小娃的首次握手」的粉紅色蘭花。此處流淌的純潔之美，教人難以置信。從臥室窗外的樹上，我能摘到木瓜與香蕉。這兒還住一隻貓，每天在我餵牠的半小時前對我親熱得很，其餘的時間則瘋狂地呻吟，好似回想起越戰場景。古怪的是，我並不介意。這些日子以來，我不介意任何事情。我無法想像、也記不得有何不滿。

這兒的聲音世界亦很精采。夜晚時分有蟋蟀樂團，由青蛙提供低音。深夜時分，狗兒嚎叫自己多麼被誤解。黎明之前，公雞從數哩外宣告當公雞有多酷。（「我們是公雞！」牠們叫喊：「只有我們有資格當公雞！」）每天清晨日出時分，有一場熱帶鳥類的歌唱競賽，總有十個不分勝負的冠軍對手。太陽升起時，這個地方就安靜下來，蝴蝶也上工去了。整個屋子爬滿長春藤；我覺得哪天屋子就會完全消失在草葉中，我也會隨之消失，自己也成為叢林花朵。這兒的租金比我在紐約市每個月花費的計程車費還少。

順道一題，「天堂」一詞來自波斯文，字面的意思是「有圍牆的花園」。

80

這麼說之後，我必須在此承認，我在當地圖書館只花了三個下午的研究時間，即意識到自己原先對峇里島天堂的想法有些被誤導。打從兩年前頭一次來峇里島，我便告訴每個人，這座小島是世界上唯一眞正的烏托邦，自始至終只有和平、和諧，與平衡。一個完美的伊甸園，未曾有過暴力或流血歷史。我不清楚這了不起的想法從何而來，但我滿懷信心地予以支持。

「連警察也在頭上戴花。」我說道，彷彿這證明了什麼。

事實上，峇里島原來和世界各地有人存在的其他地方並無不同，也有過血腥、暴力、鎮壓的歷史。爪哇諸王在十六世紀首先移居此地，基本上建立了一個封建殖民地，採取嚴格的種姓制度——就像每一種驕傲的種姓制度——往往不屑於考量底層階級。早期的峇里島經濟得力於有利可圖的奴隸販賣（不僅比歐洲參與國際奴隸交易提早數世紀，也比歐洲的人口販賣歷時更久）。島內內戰不斷，諸王競相攻擊彼此（加上集體凌虐與謀殺）。直到十九世紀末期，峇里島人在商人與水手口中擁有「惡鬥者」之名。（「amok」一字，如「running amok」（充滿殺機），是峇里用字，描述突然以自殺式血腥搏鬥來瘋狂抗敵的戰術；歐洲人十分恐懼此一戰術。）三萬人組成的高紀律軍隊使峇里島人分別在一八四八、四九、五〇年擊敗荷蘭入侵者。峇里諸王因意見不一致、背叛彼此以取得權力、與敵方緊密合作以獲得好生意，最終才在荷蘭統治下潰散瓦解。如今將峇里島的歷史包裹在天堂之夢當中，多少是對眞相的一種侮辱；過去千年來，這些人並非只是輕鬆地微笑唱歌。

然而在一九二〇和三〇年代，一群菁英階級的西方旅人發現峇里島，這些新來者不理會血腥歷史，他們認爲此地果眞是「諸神之島」、「人人皆是藝術家」，人類過著完美的喜樂生活之地。此一夢想依然久留不去；造訪峇里島的人（包括我第一次來的時候）依然予以贊同。「我氣上帝讓我生來不是峇里島人。」德國攝影家克勞薩（George Krauser）在一九三〇年代探訪峇里島後說道。一些頂級遊客爲超凡之美與寧靜宜人的報導所誘惑，開始造訪這座島——史畢斯（Walter Spies）等藝術家；克華德（Noël Coward）等作家；荷特（Claire Holt）等舞蹈家；卓別林等演員；米德（儘管這兒有許多袒露的胸脯，她卻明智地點出峇里島社會和維多利亞時代的英國一樣古板：「整個文化沒有一點自由性慾」）等學者。

一九四〇年代的世界大戰期間，好日子結束。日本人入侵印尼，居住在峇里花園、雇用俊俏家僕的幸福外國人被迫逃離。戰後，印尼爭取獨立期間，峇里島和群島各地一樣愈來愈分化，變得愈來愈暴力，到了一九五〇年代（據一份稱爲〈峇里島：虛構的天堂〉的研究報導），哪個西方人敢於造訪峇里島，睡覺時枕頭下最好擱把槍。一九六〇年代，權力鬥爭讓全印尼變成國民軍與共產黨人之間的戰場。經過一九六五年企圖在雅加達發動政變過後，國民軍進駐峇里島，手中帶著島上有共產黨嫌疑的一串名單。在一個禮拜內，由當地警察及村落官方的一步步協助下，國民軍在每個鎭上一路屠殺。當瘋狂殺戮結束時，十萬具屍體堵塞了峇里島的秀美河川。

伊甸園美夢在一九六〇年代末期復甦，當時的印尼政府決定將峇里島重新塑造爲國際旅遊市場的「諸神之島」，遂展開大規模市場行銷，成功推銷峇里島。被誘回峇里島的遊客是一群品格高尚的人（這兒畢竟不是羅德岱堡（Fort Lauderdale）），他們的注意力被引向峇里島文化固有的藝術與宗教之美。沒有人注意到歷史的黑暗面。從此以後就一直如此忽視迄今。

在當地圖書館閱讀幾個下午，使我有些疑惑。等等——我何以再次造訪峇里島？為了追求世俗喜悅和靈修操練之間的平衡，是吧？這裡可是做此種追求的適當環境？峇里島人果眞比世上其他人更呈現平靜的平衡？我是說，那些舞蹈、祈禱、宴樂、美與微笑讓他們看起來處於平衡狀態，但我不清楚在那底下眞正蘊藏什麼。警察確實耳後插花，但峇里島到處見得到貪污，就像印尼其他各地一般（有天我親自發現此一事實，當時我偷偷塞了一百塊錢賄賂一名穿制服的官員，得到非法延長簽證，讓我能在峇里島待四個月）。峇里島人相當認眞地依靠自己身為世上最和平、最虔誠、最富藝術感的形象過活，但其中有多少部分是原有的本質，有多少部分是以經濟為考量？像我這種外來客對於可能隱藏在這些「歡喜笑容」背後的壓力了解多少？這兒和其他地方都一樣——太近觀看相片時，所有堅定的線條都變成糊成一團的筆觸與光點。

目前我只能確定，我喜愛自己租下的房子，而峇里島民待我彬彬有禮，無一例外。他們的藝術與儀式在我看來美麗而富活力；他們似乎也這麼認為。這是我在這地方的存在經驗，或許比我能了解的更為複雜。但無論峇里島人必須把持自己的平衡（並維持生計）到什麼程度，都操之在他們自己。我在這兒做的則是保持自己的平衡狀態，至少就目前而言，此地仍是滋養的環境所在。

81

我不清楚藥師的年紀。我問過他，可是他也不確定。我猶記得兩年前來這兒，翻譯員說他八十歲。但馬里歐有天問賴爺年歲多大，他卻說：「大概六十五歲吧，不確定。」我問他哪年出生，他說不記得。我知道二戰期間日本人占領峇里島時，他已是成人，這讓他現在的年紀可能是八十歲。但當他告訴我年輕時手臂燒傷的故事時，我問他哪一年發生，他卻說：「我不清楚。也許是一九二〇年吧？」然而一九二〇年他倘若年約二十，那現在是幾歲？或許一〇五歲吧？因此我們估計他目前的歲數在六十到一〇五歲之間。

我還留意到他對自己的年齡估算隨日子而改變，根據他自己的感覺而定。他很疲倦時便嘆道：「今天可能八十五歲吧。」可是當他覺得振奮時，便說：「我想今天我六十歲。」或許這也算是估算歲數的好方法——你「覺得」自己年紀多大？老實說，還有什麼更重要？儘管如此，我始終想找到答案。某天下午，我簡單地問他：「賴爺，你生日哪時候？」

「禮拜四。」他說。

「這禮拜四？」

「不，不是這禮拜四。是禮拜四。」

這是好的開始……但除此之外別無其他資訊？哪個月的禮拜四？哪一年？誰也不知道。無論如何，在峇里島，禮拜幾出生比哪一年出生更重要，因此儘管賴爺不清楚自己幾歲，卻有辦法告訴我禮拜四出生的小孩，守護神是破壞者濕婆，這一天由兩個動物神靈所引導——獅與虎。禮拜四出生的孩子，代表樹木是榕樹。代表鳥類是孔雀。禮拜四出生的人總是先講話，打斷其他人，有點好鬥，偏向俊俏（以賴爺的話來說，「是花花公子或花花女郎」），但整體品格親切，記憶力佳，有幫助他人的慾望。

他的峇里島病患帶著健康、財務或感情問題來找他時，他總是問他們禮拜幾出生，以便調配正確的禱文與藥方幫助他們。賴爺說，因爲有時候「人們的生日出了毛病」，須做些占星上的調整，以便讓他們回歸平衡狀態。一戶當地人家有天帶了小兒子來看賴爺。孩子大約四歲。我問出了什麼問題，賴爺翻譯說，這家人擔心：「小男孩有好鬥逞強的問題。小男孩不聽話。舉止不良。注意力不集中。家裡每個人都被小男孩搞得很累。還有，小男孩有時會頭暈。」

賴爺問父母能否抱抱孩子一會兒。他們把自己的兒子放在賴爺的大腿上，男孩向後靠在老藥師的胸膛上，輕鬆悠閒，毫不怕羞。賴爺溫柔地抱著他，一隻手掌擱在男孩的額頭，讓他閉上眼睛。而後一隻手掌放在男孩的肚子上，再一次讓他閉上眼睛。他從頭到尾對男孩微笑、輕聲說話。檢查很快結束。賴爺把男孩交還給父母，而後一家人帶著處方和聖水離去。賴爺跟我說他問了孩子的父母有關男孩的出生狀況，發現這孩子在邪星之日出生，而且是禮拜六——在這天出生，會有邪惡鬼魂的干擾因素，比方烏鴉鬼魂、貓頭鷹鬼魂、公雞鬼魂（使這孩子好鬥）、玩偶鬼魂（造成他的暈眩）。但並非都是壞消息。在禮拜六出生，男孩的身體也包含彩虹魂魄和蝴蝶魂魄，可予以強化。必須舉行一系列奉獻儀式，才能使孩子再次平衡。

「為何把手放在男孩的額頭和肚子上？」我問：「是否檢查有沒有發燒？」
「我在檢查他的腦袋，」賴爺說：「看他腦子裡有沒有惡靈？」
「哪一種惡靈？」
「小莉，」他說：「我是峇里島人。我相信巫術。我相信惡靈從河裡跑出來害人。」
「男孩有沒有惡靈？」
「沒有。他只是生日出了毛病。他的家人做奉獻就沒事了。小莉，妳呢？每天晚上有沒有練峇里禪修？讓腦子和心靈乾淨？」
「每天晚上都做。」我保證。
「學習讓肝臟微笑？」
「讓肝臟也微笑，賴爺。肝臟笑得很開心。」
「很好。微笑讓妳成為美麗的女人。給妳變漂亮的力量。妳可以使用這種力量——漂亮的力量——得到生命中想要的東西。」
「漂亮的力量！」我重複這個讓我喜愛的句子。像在禪修的芭比娃娃。「我要漂亮的力量！」
「妳也還練印度禪修吧？」
「每天早上。」
「很好！別忘了妳的瑜伽。對妳有益。持續練習印度和峇里兩種禪修對妳很好。兩者雖不同，卻同樣好。都一樣、都一樣。我思考宗教，多數都一樣、都一樣。」
「不是每個人都這麼想，賴爺。有些人喜歡與神爭論。」
「沒有必要，」他說：「妳如果遇見信不同宗教的人想與神爭論，我有好的想法。我的想法是，聽這人說有關神的一切。別跟他爭論神的事。最好說：『我同意你。』然後妳回家，隨心所欲的祈禱。這是我的想法，讓人們平心靜氣對待宗教。」

賴爺始終抬著下巴，我留意到他的頭微微後仰，既傲慢又優雅。猶如一位好奇的老國王，他從鼻子上方審視整個世界。他的皮膚光滑，呈金黃褐色。他幾乎完全禿頂，卻有一對長而飄逸的眉毛，看似渴望升空飛翔。除了缺牙齒、右手臂燒傷，他似乎非常健康。他告訴我年輕時代的他是舞者，在廟會上跳舞，當時的他俊俏得很。我相信。他每天只吃一餐——峇里島典型的簡單飲食：米飯佐配鴨肉或魚肉。他每天喜歡喝一杯加糖咖啡，多半只爲了慶賀自己買得起咖啡與糖。只要這麼吃，你也能輕而易舉活到一〇五歲。他說自己讓身體保持強壯的辦法是每天睡前禪坐，將宇宙的健康能量拉入自己的核心。他說人體恰恰由五種元素創造而成——水（apa）、火（tejo）、風（bayu）、天（akasa）和土（pritiwi）——你只須在禪坐時集中心思於這些事實之上，即可從這些來源取得能量，保持強壯。他偶爾展現對英語句子的精準聽力，說：「微觀世界變爲宏觀世界。微觀世界的你變得和宏觀世界的宇宙同爲一體。」

今天他非常忙碌，峇里病患在他的庭園裡排隊，有如貨櫃箱，每個人腿上擺著小孩或貢品。有農人和商人，父親和祖母。有小孩不吞下食物的父母，有擺脫不掉法術詛咒的老人。有爲愛慾與憤怒所苦的年輕人，有尋找佳偶的女人，還有患皮疹的孩子。人人失調，人人需要恢復平衡。

然而賴爺家的庭園氣氛始終是人人充滿耐心。有時必須等候三個小時才輪到讓賴爺看診，但大家從不曾用腳打拍子，或惱怒地翻白眼。而孩子們的耐心亦教人驚嘆，他們靠在美麗的母親身上，玩著自己的手指頭消磨時間。之後我總是覺得好笑，在發現這些安靜的小孩之所以被帶來看賴爺，是因爲他們的父母判定自己的孩子「太頑皮」，需要治療。是那個小女孩嗎？那個在烈日下安靜地連續坐上四個小時，卻毫無怨言、手邊也沒有零食或玩具的三歲女生？她很「頑皮」？我眞希望告訴他們：「各位——

你若想見識頑皮，讓我帶你去美國，讓你看看什麼是眞正的過動兒。」只不過此地對孩子守規矩的標準很不同。

賴爺親切治療每位病患，一個接一個，似乎無視於時間的流逝，全心關注他們，無論下一個病患是誰。他非常忙，甚至中午也沒能吃自己一天的一餐飯，而是守在陽台上，遵從對神和祖宗的尊重，連續坐好幾個小時，治療每一個人。傍晚，他的眼睛看起來像戰場軍醫的眼睛。當天最後一名病患是位憂煩的峇里中年人，抱怨連續幾個禮拜沒睡好；他說自己擺脫不掉「在兩條河裡同時溺水」的惡夢。

在這一晚之前，我仍然不確知自己在賴爺生命中的角色。每天我都問他是否確定要我待在身邊，他始終堅持要我來和他共度時光。占用他這麼多時間，令我感到內疚，可是到了傍晚我離開之時，他似乎總是悵然若失。我並未眞的教他英語。他在幾十年前學的英語，老早深印在腦子裡，沒有太多空間更正或增加新字彙。我能做的只是在剛來的時候教他把「高興認識你」更正爲「高興見到你」。

今晚，最後一名病患離去時，賴爺已經筋疲力竭，辛勞的服務使他看起來很蒼老，我問他是否我該走了，讓他有點私人空間，他答說：「對妳，我永遠有時間。」而後他請我告訴他一些有關印度、美國、義大利、我家人的事情。此時我才意識到，我不是賴爺的英語教師，也不是他的神學學生，而是這位老藥師最簡單純粹的喜樂——我是他的同伴朋友。我是能讓他講話的人，因爲他喜歡聽世界的事，儘管他沒有很多機會去看這個世界。

在陽台的時光，賴爺問過我許多問題，墨西哥買車多少錢，愛滋病的病因，等等。（我盡己所能回答這兩個問題，儘管我相信能更具體回答這些問題的專家所在多有。）賴爺一輩子不曾離開峇里島。事實上，他很少離開自己的陽台。他曾去峇里島最大、最具宗教重要性的火山阿貢山（Mount Agung）朝聖，但他說那兒的能量十分強大，使他幾乎無法禪坐，唯恐自己被神聖之火吞沒。他去各寺廟參加各大重要慶典，他本身亦受邀前往左鄰右舍家中主持婚禮或成年禮，但多數時間都能在他家陽台找到他；他盤腿坐在竹蓆上，四周環繞著曾祖父的棕櫚葉藥籍，照料人們，攆走惡魔，偶爾享受一杯加糖咖啡。

「我昨晚夢見妳，」他今天告訴我：「夢見妳騎單車上任何地方去。」

他停頓了下來，於是我提出一處文法更正。「你是說，你夢見我騎單車去『每個地方』？」

「對！昨晚我夢見妳騎單車去每個地方和任何地方。妳在我夢中很快樂！妳騎車走遍全世界！我跟隨在妳身後！」

或許他希望自己辦得到……

「也許你哪天來美國找我，賴爺。」我說。

「不行，小莉，」他搖頭，愉快地聽從自己的天命：「牙齒不夠搭飛機旅行。」

82

至於賴爺的老婆，我花了些時候才與她成爲同盟。他叫她彌歐姆（Nyomo），是個胖女人，四肢健壯，微跛，牙齒因嚼食檳榔而染成紅色。罹患關節炎使她的腳趾痛苦地彎曲。她的眼神強悍。第一眼看見她教我害怕。她給人那種在義大利寡婦和上教堂的黑人母親身上所看得見的兇狠老婦的感覺。她看起來像會爲了最輕微的罪行鞭打你的屁股。她一開始對我抱持懷疑的態度——「這隻紅鶴幹嘛天天在我家閒晃？」她從滿是煤煙的陰暗廚房瞪著外頭的我，對我的存在不以爲然。我朝她微笑，而她只是繼續瞪著眼，決定是否該拿掃帚趕我出去。

但事情發生變化。那是在整個複印事件過後。

賴爺擁有一堆堆老舊的橫線筆記本與帳簿，裡頭以小小的古峇里梵語寫滿治療祕密。他遠在祖父過世之後的一九四〇或五〇年代，就將一些療方摘錄抄寫到這些筆記本上，把所有的醫藥資訊記錄下來。這東西的價值難以估量。一冊冊資料記載了罕見的樹木、葉子、植物及其醫療特性。他有六十頁的圖表在說明手相，還有寫滿占星資料、咒語、符咒與療法的筆記本。問題是，數十年來的發霉和老鼠囓咬，使這些筆記本幾乎殘破不堪，枯黃、龜裂、發霉，彷若一堆堆逐漸瓦解的秋葉。他每翻一頁，紙張便剝裂開來。

「賴爺，」上禮拜我拿起他的一本破爛筆記本告訴他：「我雖然不像你是位醫生，但我想這些本子快死了。」

他笑了出來。「妳覺得快死了？」

「先生，」我嚴肅地說：「這是我的專業意見——這本子若不趕緊找人幫忙，用不著六個月就會翹辮子。」

接著我問他能否讓我把筆記本帶到鎮上複印，免得它翹辮子。我必須說明複印是怎麼回事，答應二十四小時後還給他，不讓本子受到任何傷害。我激昂地保證我會小心翼翼處理他祖父的智慧，最後，他同意讓我把本子從陽台帶走。我騎車前往有網路電腦和複印機的店家，戒愼恐懼地複印每一頁，而後將嶄新乾淨的複印頁面以塑膠文件夾裝訂起來。隔日中午前，我把本子的新舊版本帶回去給他。賴爺又驚又喜，因爲他擁有這本筆記本已有五十個年頭。字面意思可能是「五十年」，或只是「很長一段時間」的意思。

我問他能否讓我複印其他筆記本，也保證資料安全無虞。他取出另一份破破爛爛的資料，裡頭寫滿峇里梵語和複雜的圖表。

「又一個病人！」他說。

「讓我醫治它吧！」我回答。

又一次大成功。直到了週末前，我已複印了好幾份老手稿。每一天，賴爺都叫他的老婆過來，與高采烈讓她看新的影印本。她的臉部表情並無任何改變，但她認眞細看物證。

隔週禮拜一，當我來訪時，彌歐姆給我一杯果凍盒盛裝的熱咖啡。我看她端著擱在瓷碟上的咖啡走過中庭，從廚房一拐一拐地慢慢走到賴爺的陽台。我以爲咖啡是爲賴爺而準備，一點也不——他已經有杯咖啡。這杯是給我的。她爲我準備。我想謝謝她，但她似乎對我的謝意感到惱火，有點像要揮我走，就像在她準備午飯時，揮趕老是站在戶外餐桌上的公雞一般。然而隔天，她端給我一杯旁邊擺糖罐的咖啡。再隔一天則是一杯咖啡、一罐糖和一顆水煮冷洋薯。那個禮拜的每一天，她都加上一項新品。我開始覺得像小時候搭車子時玩的背字母遊戲：「我要去祖母家，帶了蘋果……我要去祖母家，帶了蘋果和氣球……我要去祖母家，帶了蘋果、氣球、果凍盒咖啡、糖罐和冷洋薯……」

而後，昨天我站在中庭，向賴爺道別，彌歐姆拿掃帚拖著腳走過，打掃地面，假裝沒留意到在自己的王國內所發生的一切。我雙手反剪在背後站在那裡，她來到我背後，握住我的一隻手。她摸弄我的手，好似想解開號碼鎖，找到我的食指。而後用她那隻大而有力的拳頭繞住我的食指，緊緊捏著，持續好一段時間。我感覺到她的愛透過有力的手掌流入我的手臂，一路通往我的肺腑。而後她鬆開我的手，一拐一拐走開，一言不發，繼續掃地，彷彿什麼事也沒發生。我則靜靜站在那兒，在兩條河裡同時溺水。

83

我有位新朋友，名叫「Yudhi」，唸作「尤弟」。他是印尼人，原籍爪哇。我之所以認識他，是因爲他是租房子給我的人；他爲英國女屋主工作，在她去倫敦避暑時照看她的房子。尤弟二十七歲，身材健壯，講話像南加州衝浪者。他時時刻刻叫我「老兄」和「好傢伙」。他的微笑足以阻止犯罪，而他年紀雖輕，卻有段複雜的人生故事。

他生在爪哇；母親是家庭主婦，父親是貓王迷，做空調冷凍的小生意。這家人信奉基督教——在此地是異數，尤弟述說自己因爲「你吃豬肉！」和「你愛耶穌！」等缺點而被鄰近的穆斯林孩子取笑。這些嘲弄並未惹惱尤弟；尤弟不是天性容易惱火的人。然而他的母親不喜歡他和穆斯林孩子們鬼混，多半因爲他們老是打赤腳，而尤弟也喜歡打赤腳，但她認爲不衛生，於是讓兒子做選擇——穿鞋去外頭玩，或打赤腳待在家裡。尤弟不喜歡穿鞋，於是他的童年與青少年時期有大半時間待在自己的臥室裡，於是學會彈吉他。打著赤腳。

我未曾遇見過比這個傢伙更有音感的人。吉他彈得優美，雖不曾拜師學藝，對音韻卻瞭若指掌猶如一起長大的姊妹。他創作的音樂合併東方與西方，結合傳統印尼搖籃曲以及雷鬼經驗與早期史提夫・汪達（Stevie Wonder）的放克（Funk）——難以解說，但他應該成名。任何人聽過尤弟的音樂，都認為他該成名。

他一直想去美國住，在娛樂界工作。這是全球共通的夢想。因此當尤弟還是爪哇少年時，他說服自己去嘉年華遊輪（Carnival Cruise Lines）上幹活（當時的他幾乎不識英語），於是讓自己從爪哇的狹窄環境解脫出來，走入廣大蔚藍的世界。尤弟所取得的遊輪工作，是那種勤奮移民所從事的瘋狂工作——住下層甲板，天天工作十二小時、每個月休假一天，他做清理工作。他的工作同伴是菲律賓人與印尼人。印尼人和菲律賓人在船上分開吃睡，從不混在一起（穆斯林人相對於天主教徒，可想而知），但尤弟一如往常，與每個人交朋友，成為兩個亞洲勞工集團之間的某種特使。他在這些女侍、守衛、洗碗工身上看見的相似處多於相異處，他們每天日夜不停地工作，為了每個月寄一百多塊錢回去給家人。

遊輪首次航入紐約港時，尤弟整個晚上沒睡，站在最高的甲板上，注視城市的天際線出現在地平線一方，心中興奮異常。幾個小時後，他在紐約下船，招了一輛計程車，猶如電影情節。新來的非裔移民計程車司機問他去哪裡，尤弟說：「哪兒都行，老兄——就載我逛逛吧。我想看每一樣東西。」幾個月後，船再次來到紐約，這回尤弟永久下了船。他和遊輪的合約屆滿，如今他要住在美國。

他最後來到紐澤西郊區，和在遊輪上遇見的一位印尼男子住一陣子。他在購物商場的三明治店工作——又是天天工作十到十二小時的移民式勞工，這回的同事不是菲律賓人，而是墨西哥人。他在頭幾個月學的西班牙語多過英語。尤弟在他少數的空閒時間搭公車去曼哈頓，漫遊街頭，對這個城市依然懷有說不出的迷戀——是一個如今被他形容為「全世界最充滿愛的地方」的城鎮。但不知怎麼地（又是他的笑容吧），他在紐約市遇上一群來自世界各地的年輕樂手，於是開始和他們一塊兒彈吉他；與來自牙買加、非洲、法國、日本的優秀年輕人整晚表演即興音樂……在其中一場演奏會上，他認識了安妮——一位彈奏低音提琴的康州金髮美女。他們墜入愛河。他們結了婚。他們在布魯克林找到一間公寓，他們和一群絕妙的朋友一同開車南下前往佛羅里達礁島群（Florida Keys）。生活快樂得難以置信。他的英語很快地臻於完美。他考慮上大學。

九月十一日，尤弟從布魯克林的公寓屋頂目睹雙子大樓倒塌。他和每個人一樣，對所發生的事感到哀傷，不知所措——怎麼會有人對全世界最充滿愛的城市下此毒手？我不知道尤弟對國會隨後通過的愛國法案——立法制定嚴厲的新移民法，多條法規針對印尼之類的伊斯蘭國家——留意多少。其中一條規定要求說，定居於美國的印尼公民皆須向國土安全部（Department of Homeland Security）登記。尤弟和他年輕的印尼朋友們開始互通電話想方設法——其中許多人簽證過期，擔心前去登記將被驅逐出境。但是如果不去登記，又怕被視爲罪犯。而遊盪在美國各地的基本教義派恐怖分子，則看樣子對這條登記法規視而不見，不過尤弟卻決定去登記。他娶了美國人，想提供自己最新的移民身分，成爲合法公民。他不想過隱姓埋名的日子。

他和安妮向各式各樣的律師求教，卻沒有人知道如何給他們建議。九一一之前沒有任何問題——已婚的尤弟只要去移民管理局提供自己的簽證狀況，即可開始申請公民。可是現在？誰知道？「這些法規尚未經過試驗，」移民律師說：「現在即將在你身上測試。」於是尤弟和他太太去見了一名客氣的移民官員，敘說他們的故事。這名官員告訴這對夫妻，尤弟當天傍晚必須回來接受「第二次面談」。他們當時應當提高警覺；尤弟被嚴格指示必須單獨前來，不能由妻子或律師陪同，口袋裡不能帶任何東西。尤弟往好處想，確實空手單獨回來接受第二次面談——結果這些政府人員當場逮捕他。

他們把他送往紐澤西伊莉莎白鎮的拘留所待了數星期。拘留所內有一大群移民，都是近來在國土安全條款下被捕，許多人在美國工作、居住多年，多數都不諳英語。有些人被捕時無法與家人連絡。他們在拘留所是隱形人；沒有人再去留意他們的存在。近乎歇斯底里的安妮，花費數天的時間才得知丈夫的下落。尤弟對於拘留所裡十幾位黑炭般黝黑、消瘦、受驚害怕的奈及利亞人記憶猶新；他們在貨船上的貨櫃箱裡被人發現，他們在船底的貨櫃裡幾乎躲藏一個月後才被發現，他們企圖來美國——或任何地方。他們根本不清楚如今身在何處。尤弟說，他們的眼睛張得老大，好似仍被探照燈照得頭暈目眩。

拘留期過後，美國政府將我的基督教徒朋友尤弟——如今顯然是伊斯蘭恐怖分子嫌疑犯——遣送回印尼。這是去年的事。我不知道他是否允許再靠近美國。他和他的妻子如今仍在設法處置他們的生活；他們的夢想並不能讓自己生活在印尼。

在文明世界住過之後，尤弟無法接受爪哇的貧民窟，於是來峇里島看看能否在此地謀生，儘管來自爪哇的他因爲不是峇里島人的關係，其實不易被這個社會接納。峇里島人一點也不喜歡爪哇人，認爲他們全是盜賊和乞丐。因此尤弟在自己的祖國印尼，比在紐約時遭遇更多歧視。他不知道接下來如何是好。或許他的妻子安妮會過來和他會合。也或許不會。她在這兒能做什麼呢？他們如今只仰賴電子郵件溝通，婚姻岌岌可危。他在此地如此迷茫，如此疏離。他身爲美國人的部分超過其他人；尤弟和我使用相同的俚語，我們談論我們在紐約最愛的飯館，我們喜愛相同的電影。他在傍晚時分到我的屋子找我，我請他喝啤酒，他彈奏美妙的吉他曲子。我希望他成名。假如世界公平的話，他現在應當成名。

他說：「老兄——人生何以如此瘋狂？」

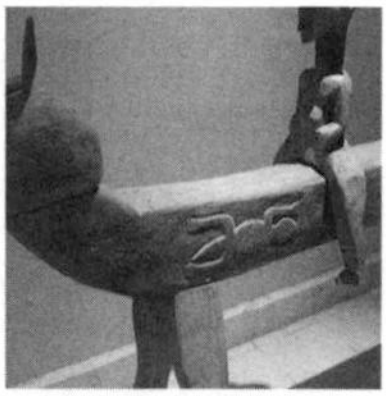

84

「賴爺，人生何以如此瘋狂？」隔天我問我的藥師。

他答道：「Bhuta ia, dewa ia.」

「什麼意思？」

「人是魔鬼，也是神。」

這對我來說是很熟悉的觀念。很印度，也很瑜伽。這觀念是說，人類生來——我的導師曾多次說明——有相同潛力的收縮與擴張。黑暗與光明的元素在我們每個人身上同時存在，善意或惡念的引發，有賴個人（或家庭、或社會）的決定。地球的瘋狂多半出於人類難以和自己達到善意的平衡。而瘋狂（集體的和個人的）引發惡果。

「那麼對於世界的瘋狂，我們該怎麼做？」

「什麼也不做，」賴爺親切地笑道：「這是世界的本質。是天命。只要擔心自己的瘋狂就行了——讓自己平靜。」

「可是我們該如何在自己內心找到平靜？」我問賴爺。

「禪修，」他說：「禪修的目的只爲快樂與平靜，很簡單。今天我要教妳一種新的禪修法，使妳成爲更好的人。叫『四兄弟禪修』。」

他繼續說明峇里島人相信我們每個人出生時都有四兄弟陪伴，他們跟隨我們來到世間，保護我們一輩子。小孩還在子宮的時候，四兄弟甚至已與他同在——由胎盤、羊水、臍帶以及保護胎兒皮膚的黃色蠟狀物爲代表。嬰兒出生時，父母將這些無關緊要的出生物收集起來，放在椰子殼裡，埋在屋子的前門邊。根據峇里島人的說法，埋入地裡的椰子是未出生的四兄弟神聖的安息地，該地點永遠像神廟般受人照料。

孩子從懂事以來即得知無論他去哪裡，四兄弟都永遠伴隨著他，他們也將永遠照顧他。四兄弟呈現讓生命安全快樂所需的四種德性：智慧、友誼、力量和（我喜歡這項）詩詞。在任何危機狀況，皆可傳喚四兄弟前來救援。在你過世時，四兄弟收集你的靈魂，帶你上天堂。

賴爺今天告訴我，他尚未把四兄弟禪修法教給哪個西方人，但他覺得我已做好準備。首先，他教我那四位看不見的四兄弟的名字——「Ango Patih」、「Maragio Patih」、「Banus Patih」和「Banus Patih Ragio」。他指導我背住這四個名字，此生若有需要，請我的四兄弟幫忙。他說我用不著鄭重其事像祈禱似地和他們說話。我可以用熟悉親切的語氣和我的兄弟們講話，因爲「他們是妳的家人啊！」他告訴我早上洗臉的時候說他們的名字，他們就會與我會合。每次吃飯前再說一次他們的名字，讓我的兄弟們一同分享用餐的愉悅。睡前再次召喚他們，說：「我要睡了，因此你們必須保持清醒，以保護我。」我的兄弟們整晚將守護我，阻止惡魔與惡夢。

「這很好，」我告訴他：「因爲有時候我有做惡夢的問題。」

「什麼惡夢？」

我跟藥師說明自己從小以來所做的同一個惡夢：一名男人持刀站在我的床邊。這惡夢十分鮮明，男人也十分眞實，有時令我恐懼得尖叫出來。每回我的心都怦怦跳（這對跟我同床的人來說可不好玩）。就我記憶所及，每隔幾個禮拜就會做一次這個惡夢。

我把這件事告訴賴爺，他跟我說，我對這影像誤解多年。持刀站在臥室的男人不是敵人；他只是我的兄弟。他是代表力量的兄弟。他並非想攻擊我，而是在我睡覺時守護我。我之所以醒過來，可能因爲感受到我的兄弟擊退打算傷害我的惡魔時所引發的騷亂。我的兄弟拿的不是刀，而是「kris」——有力的匕首。我用不著恐懼。我可以回去睡覺，因爲知道自己受到保護。

「妳是幸運兒，」他說：「妳很幸運能夠看見他。有時我在禪坐時會看見我的兄弟，但正常人很罕見。我想妳有很強大的靈力。我希望哪天妳能成爲藥師。」

「好吧，」我笑著說：「只要還能看我的電視影集就好。」

他跟著我笑，當然不是因爲聽得懂玩笑，而是喜歡人們開玩笑。賴爺教導我，每當和我的四兄弟說話，我必須跟他們說我是誰，才好讓他們認出我來。我必須使用他們爲我取的匿名。我得說：「我是『Lagoh Prano』。」

「Lagoh Prano」的意思是「快樂身軀」。

我騎著單車回家，在傍晚的夕陽下，將自己的快樂身軀推往山上的家。在我穿越樹林的路上，一隻大公猴從樹上落到我面前，朝我露出牙齒。我根本沒打算退縮。我說：「傑克，閃一邊去——老娘有四兄弟保護。」於是我就從牠旁邊騎了過去。

85

然而隔天（儘管有四兄弟保護），我卻被巴士撞了一下。巴士不大，卻仍讓我在無路肩的路上騎單車時摔下來，我被拋入水泥溝渠。約有三十名峇里島機車騎士停下來幫我，他們目睹事故發生（巴士早已不見蹤影），人人邀請我去家中喝茶，或提出載我上醫院，他們對整件事故感到難受。儘管考慮到原本可能發生的可怕結果，這說起來不算是大災難。我的單車沒事，儘管籃子扭曲，頭盔裂開（總比腦袋開花來得好）。損害最嚴重的是我的膝蓋劃了一道頗深的傷口，沾滿碎石和泥土，後來——在其後幾天潮濕的熱帶空氣中——受到可怕的感染。

我不想讓賴爺擔心，但幾天後我終究在他的陽台上捲起褲腿，撕去泛黃的繃帶，讓老藥師看我的傷口。他憂慮地盯著傷口看。

「感染，」他診斷道：「很疼。」

「是的。」我說。

「妳該去看醫生。」

這有點教人驚訝。他難道不是醫生？然而出於某種原因，他並未主動提出幫忙，我亦未強迫他。或許他不給西方人看病開藥。或者賴爺只是有個隱藏的錦囊妙計，因爲撞傷的膝蓋讓我最終認識了大姐（Wayan）。從那回見面後，注定發生的一切……都發生了。

86

奴里亞西大姐（Wayan Nuriyasih）和老四賴爺一樣，是峇里治療師。不過他們有些不同。一位是老頭子，一位是年近四十的女人；賴爺是僧侶般的人物，具神祕色彩，大姐則是具有實務經驗的醫師，在自己店裡調配草藥，並照料病患。

大姐在烏布中心有個店面，名爲「峇里傳統醫療中心」。我騎車去賴爺家途中多次路過；之所以留意到這家店，是因爲店外擺滿盆栽，並刊登「多種維他命午間特餐」的手寫告示。但在膝蓋受感染前，我未曾去過這個地方。然而賴爺要我去看醫生時，我想起這家店，於是騎車過來，希望有人幫我處理感染問題。

大姐的店鋪是小型診所，並兼住家與餐館。樓下有個小廚房，還有個不太大的公眾用餐處，擺了三張桌子和幾把椅子。樓上是大姐給病患按摩、治療的專用區。後方則有間陰暗的臥室。

膝蓋疼痛的我一拐一拐地走進店裡，把自己介紹給治療師大姐——一位風采迷人的峇里島女子，笑容可掬，亮麗的黑髮長及腰間。兩名小女孩躲在她身後的廚房裡，我朝她們揮手，她們露出笑容，而後又躲進去。我讓大姐看一下感染的傷口，問她能否幫忙。不久，大姐將水和藥草擱在爐上煮，讓我喝

「佳木」（jamu）湯劑——峇里島傳統自製藥湯。她拿溫熱的綠葉敷在我的膝蓋上，馬上開始感到好轉。

我們談起話來。她的英語講得很好。她是峇里島人，於是立即問我三個標準問題——「妳今天要去哪裡？」「妳從哪裡來？」「妳結婚了嗎？」

我說自己未婚（「尚未結婚！」），她看起來吃了一驚。

「從沒結過婚嗎？」她問。

「沒有。」我撒謊。我不喜歡撒謊，但我普遍發現最好別和峇里島人提起離婚，因爲這讓他們不舒服。

「眞的沒結過婚？」她又問一次，此刻饒富興味地看著我。

「眞的，」我撒謊：「我沒結過婚。」

「妳確定？」這開始有些古怪。

「我很確定！」

「一次婚都沒結過？」她問。

好吧。她看穿了我。

「這個嘛，」我供認：「有過一次……」

她的臉亮了起來，彷彿在說：「沒錯，我想也是。」她問：「離了婚？」

「是的，」此刻我心懷羞愧地說：「離了婚。」

「我看得出妳離過婚。」

「在此地不太尋常吧？」

「我也是，」大姐完全出乎我意外地說：「我也離了婚。」

「妳？」

「我該做的都做了，」她說：「離婚前，我試盡所有辦法，天天禱告。但我必須離開他。」她眼淚汪汪，接著我握著大姐的手，只因遇見第一位峇里島離婚人士，我說：「我相信妳盡了最大努力。我相信該做的妳都做了。」

「離婚是哀傷的事。」她說。

我同意。

其後五個小時，我待在大姐的店裡，和新好友談她的問題。她清洗我的膝蓋傷口，我聽著她的故事。大姐告訴我，她的峇里丈夫「成天喝酒，一天到晚賭博，賭輸我們所有的錢，我不再給他錢賭博喝酒，他就揍我，好幾次他把我揍到送醫。」她撥開頭髮，讓我看頭上的疤，說：「這是他拿機車頭盔揍我的結果。他老是拿頭盔揍我，在他喝酒的時候，在我沒賺錢的時候。他揍得很用力，使我失去知覺、頭暈、看不見。我有幸身爲醫生，我的家人都是醫生，因爲在他打我之後，我知道如何治療自己。要不是我自己是醫生，可能老早沒了耳朵，變成聾子。或沒了眼睛，變成瞎子。」她告訴我，她在遭到痛打，以致「肚子裡的第二胎流產」之後離開他。事情過後，他們的第一個孩子——小名圖蒂的聰明小女孩——說：「我覺得妳早該離婚，媽咪。每次妳進醫院，都把太多家事留給圖蒂。」

圖蒂在四歲的時候說這句話。

在峇里島走出婚姻而孤獨無依，在西方人來說難以想像。封閉在圍牆內的家庭單位，在峇里島，是生活的一切——四代親屬同住在環繞家庭祠堂的一間間小平房，照料彼此，從生到死。家宅是力量、財務保障、健康、日間看護、教育，以及——對峇里島人最爲重要的——信仰的源頭。

家宅的重要性，使峇里島人將它視爲活生生的人一般。峇里島的村落人口數，傳統上並非以人數，而是以家宅數量計算。家宅是自給自足的宇宙。因此你不離開它。（當然除非你是女人，你只須搬動一次——從父親家搬入丈夫家。）這種系統若是奏效——在這健全的社會中幾乎一向如此——即培育出全世界最健康、安穩、平靜、快樂、平衡的人類。若不奏效呢？就變得像我的新朋友大姐一樣？這些棄兒迷失在缺乏空氣的軌道中。她只有兩個選擇，要不是選擇留在家宅的安全網內，繼續與把她揍到送醫的丈夫待在一起，不然就選擇自救離去，卻從此一無所有。

事實上，並非眞的一無所有。她帶著博大的醫療知識、善良之心、工作道德和圖蒂——由她努力爭取而來的女兒。峇里島到底是父權社會，在罕見的離婚案例中，孩子自動歸屬父親所有。爲了爭取圖蒂，大姐必須散盡所有的一切去聘請律師。我是說——「所有的一切」。她不僅賣了家具和珠寶，還賣了刀子、湯匙、襪子、鞋子、舊抹布和燒過的蠟燭——爲了付清律師費用而賣掉一切。經過兩年的交戰，她最後確實爭取到女兒。圖蒂是個女孩，這是大姐的幸運；因爲倘若圖蒂是男孩，大姐甭想再見到這個孩子。男孩寶貴得多。

過去幾年來，大姐和圖蒂獨力生活——在組織如蜂巢的峇里島中獨自生活！——隨著錢的來去，每隔幾個月搬一次家，始終爲了下一步何去何從憂心忡忡。這並不容易，因爲每回搬家，她的病患（多半是峇里島人，近來他們亦自身難保）很難再找到她。此外，每回搬家，圖蒂都必須轉學。圖蒂從前在班上總是名列前茅，但打從上回搬家後，名次已掉到五十個學童當中的第二十名。

正當大姐向我敘述這件眞實故事之際，圖蒂本人放學回家，走進店裡。如今八歲的她，展現出無比的魅力。這名可愛的女孩（綁馬尾、皮包骨、活躍異常）用生動的英語問我想不想吃午飯，大姐說：「我都給忘了！妳該吃午飯！」母女倆趕忙跑進廚房——加上躲在裡頭的兩位害羞女孩的幫忙——過一會兒製作出我在峇里島嚐過的最佳食物。

小圖蒂端上每道菜時，嗓音清亮、笑容可掬地說明盤內的東西，如此活潑的她該去耍指揮棒。
「薑黃汁，清潔腎臟！」她宣告。
「海藻，補充鈣質！」
「番茄沙拉，補充維他命D！」
「多種香草，預防瘧疾！」
我最後說：「圖蒂，妳在哪兒學會這一口好英語？」
「從書上！」她宣稱。
「我認爲妳是很聰明的女孩。」我告知她。
「謝謝妳！」她說，跳了個即興的快樂小舞：「妳也是很聰明的女孩！」
順帶一提，峇里島的孩子通常不像這樣。他們經常極度安靜客氣，躲在母親身後。圖蒂卻不然。她具有娛樂風采。她懂得表現與表達。
「我讓妳看我的書！」圖蒂唱歌般地說道，衝上樓梯取書。
「她想當動物醫生，」大姐告訴我：「那詞怎麼說？」
「獸醫？」
「對，獸醫。她對動物有許多疑問，我卻沒法回答。她說：『媽咪，如果有人帶一隻生病的老虎過來，是不是先包紮牙齒，以免牠咬我？假如有條蛇生了病，需要服藥，牠的開口在哪裡？』我不曉得她從哪兒得到這些想法。我希望她能上大學。」
圖蒂抱著一堆書，搖搖晃晃下樓梯，迅速爬到母親腿上。大姐笑著親吻女兒，離婚的愁雲慘霧剎那間從她臉上消失。我看著她們，心想，讓母親倖存下來的小女孩，長大後必能成爲女強人。一個下午的時間，我已深愛著這名孩子。我不由自主地向神祈禱：「願圖蒂有天能爲一千隻白老虎包紮牙齒！」

我也喜愛圖蒂的母親。但我已在他們店裡待了好幾個小時，覺得自己該走了。也有其他遊客走入店裡，希望用餐。其中有名遊客是個厚臉皮的澳洲老女人，大聲嚷嚷問大姐能否幫她治療「糟透了的便祕問題」。我心想，「親愛的，再唱大聲點吧，讓我們大夥爲妳伴舞……」

「我明天再來，」我向大姐保證：「再點妳的多種維他命特餐。」

「妳的膝蓋現在好多了，」大姐說：「很快就會更好。不再感染。」

她拭去我腿上殘留的綠色藥膏，然後輕輕搖了搖我的膝蓋骨，摸著感覺什麼。而後她摸另一腳的膝蓋，閉上眼睛。她睜開眼睛，咧嘴而笑，說：「我從妳的膝蓋得知最近妳不太有性生活。」

我問：「怎麼說？因爲合得太緊？」

她笑了。「不是的——是關節。很乾燥。性生活能分泌荷爾蒙，潤滑關節。妳多久沒有性生活了？」

「大概一年半。」

「妳需要好男人。我會幫妳找找。我會去廟裡求神給妳找個好男人，因爲現在妳是我的姊妹。還有，妳明天過來的時候，我會爲妳清潔腎臟。」

「除了好男人，還有乾淨的腎臟？聽起來很不錯。」

「我沒告訴過任何人這些離婚的事，」她告訴我：「我的人生太沉重，太哀傷，太辛苦。我不明白人生爲什麼這麼辛苦。」

而後我做了件奇怪的事。我握住治療師的雙手，口氣堅定地說：「妳的人生最辛苦的部分都過去了，大姐。」

而後我離開她的店，無法解釋地顫抖，充滿某種自己仍無從辨別或釋放的強烈直覺或衝動。

87

現在我每天的活動，分成自自然然的三等分。早晨和大姐待在她的店裡，談笑，吃飯。下午去賴爺家，聊天，喝咖啡。晚上在我的美麗庭園，獨自消磨時間和閱讀，或時而與過來彈吉他的尤弟聊天。每天早晨，我在太陽從稻田 方昇起之時禪坐，睡前我跟我的四兄弟說話，請他們在我睡覺時守護我。

我在這裡只待了幾星期，卻已經有任務完成的感覺。在印尼的任務是尋求平衡，而我卻不再覺得自己在尋求任何東西，因爲不衡已自然到來。我並未變成峇里島人（如同我從未變成義大利人或印度人），而是感覺到自身的平靜，我喜歡讓自己的日子在舒適的禪修和愉悅的美景、摯友與美食之間擺盪。近來我時常禱告，自在而頻繁。多數時候，我發現自己在傍晚時分從賴爺家穿越猴林與稻田騎車回家時，很想祈禱。當然，我祈禱不再被巴士撞上，或被猴子撲上來，或被狗咬，但這些都無關緊要。我的禱告多半純粹對自己的心滿意足表達感激之情，我未曾感到有過如此卸下自己或世界的重擔這般輕盈。

我一直記得我的導師對快樂的教誨。她說人們普遍以爲快樂全憑運氣，運氣好的話，快樂就像好天氣般降臨在你身上。但這不是快樂的運作方式，快樂是個人努力的結果。你去爭取，追求，堅持，有時甚至周遊世界找尋它。你必須積極參與自己的各種福氣，一旦達到快樂境界，你永遠不得懈怠，你得堅守它，永遠朝這快樂努力游去，浮在快樂頂端，否則你將漏失內在的滿足。患難時祈禱並不難，但危機結束時繼續祈禱則是一種封存過程，幫助靈魂緊緊抓住自己的成就。

我在峇里島的夕陽中，自由自在騎著單車，回想著這些教誨，不斷禱告（其實是起誓），將自己的和諧狀態呈現給神，說：「我想抓住這些。請協助我牢記這種滿足感，協助我永遠給它支持。」我把這快樂儲存起來，由我的四兄弟看守保護，以備日後之需。我將這種練習稱作「孜孜不倦的喜樂」。爲「孜孜不倦的喜樂」而努力之時，我也不斷回想起朋友達西告訴過我的一個簡單想法——世間的一切憂傷與煩擾，都是由不快樂的人所造成的。不僅是像希特勒、史達林等讓全球爲之動盪的層次如此，在最小的個人層次來說亦是如此。即便我在自己的生活中，也確實看見自己在不快樂時所帶給周遭的人的痛苦、煩惱或不便。因此，追尋滿足不僅是自保與自利的行爲，也是獻給世界的厚禮。丟棄一切痛苦，讓你離開邪路，使你不再是自己或他人的障礙，此時的你始可隨心所欲服務他人並與他人同歡。

目前，我最欣賞的人是賴爺。這位老人——確實是我遇過最快樂的人之一——允許我有完全的自由去詢問他任何縈繞在我心中有關神靈、人性的問題。我喜歡他教我的禪修，簡單而逗趣的「讓肝臟微笑」，以及令人感到心安的「四兄弟」。有天藥師告訴我，他懂得十六種不同的禪坐法，以及切合不同需要的多種咒語。有些爲了帶來和平或快樂，有些針對健康，但有些只是單純的神祕咒語——將他送往其他的知覺境界。比方，他說知道一種帶他去「上面」的禪坐法。

「上面？」我問：「什麼是上面？」

「去上面七層，」他說：「去天堂。」

聽見這熟悉的「七層」觀念，我問他是否指禪坐帶他穿越瑜伽所謂體內的神聖七重輪。

「不是七重輪，」他說：「是地方。這種禪坐法帶我去宇宙的七個地方。一層一層上去。最後抵達天堂。」

我問：「你去過天堂嗎，賴爺？」

他微笑。他當然去過天堂，他說。去天堂並不難。

「天堂什麼樣子？」

「很美。那兒一切都很美。美麗的人。美麗的食物。那兒的萬事萬物都是愛。天堂即愛。」

賴爺接著說他知道另一種禪坐。「去下面。」這種去下面的禪坐，帶他前往地下七層。是一種危險的禪坐法。初學者不宜，只適合能手。

我問：「所以，第一種禪坐帶你上天堂，那麼，第二種禪坐肯定帶你……」

「下地獄。」他講完句子。

這很有趣。我不常聽印度教討論天堂地獄的觀念。印度人從因果報應的觀點看待宇宙，一種永恆的循環過程，也就是說，當你走到生命盡頭，最終的安息地並非某個地方——不是天堂也不是地獄——而是以另一種形式再次循環，回到世間，以解決上輩子尚未完成的關係或錯誤。終於獲致完美之時，你從循環中完全脫離出來，融入無極之境。因果循環的觀念暗示著，天堂與地獄只在塵世間看得見；因爲依照自身的命運和性格，我們可以做出善行與惡行，而由此創造出天堂與地獄。

我向來喜歡因果循環這個概念。並非就字面而言，不見得因爲我相信自己從前是埃及豔后身邊的調酒師——而是就比喻而言。因果循環的哲學，在比喻層面上，受我青睞，是因爲，即便在我們此生當中，我們顯然也經常重複相同的錯誤，執著於相同的癮頭與衝動，一再製造相同的悲慘後果，直到自己最終能加以阻止並解決。這是因果循環（同時也是西方心理學）的至高課程——立即解決問題，否則下回再搞砸一切，就得再痛苦一次。重複的痛苦，亦即地獄。脫離無止無盡的重複狀態，進入新層次的了解——始可找到天堂。

然而賴爺對於天堂與地獄的說法並不一樣，彷彿他確實去過宇宙當中的這些地方。至少我認爲這是他的意思。

由於想弄清楚，我問：「賴爺，你去過地獄？」

他微笑。他當然去過。

「地獄是什麼樣子？」

「和天堂沒有兩樣。」他說。

見我一臉茫然，他嘗試說明：「宇宙是個圓，小莉。」

我想我還是不清楚。

他說：「去上面，去下面——最後都一樣。」

我記得基督教有個古老神祕的概念：「如其在上，如其在下」。我問：「那你如何分辨天堂與地獄？」

「看你怎麼去。天堂，你往上去，通過七個快樂的地方。地獄，你往下去，通過七個哀傷之地。因此往上去比較好，小莉。」他笑道。

我問：「你是說，反正天堂和地獄這兩個目的地都一樣，你這輩子還不如往上去，通過快樂的地方？」

「都一樣、都一樣，」他說：「結果都一樣，因此最好有一趟快樂的旅途。」

我說：「那麼，倘若天堂是愛，地獄就是……」

「也是愛。」他說。

我坐在那兒思索了一會兒，想搞清楚答案。

賴爺又笑了，親切地拍拍我的膝蓋。

「年輕人老是很難理解這一層意義！」

88

於是今天早晨我又去大姐店裡閒晃，她在想辦法讓我的頭髮長得更快、更濃密。她自己有一頭濃密、閃亮的及腰秀髮，爲我這頭小細、蓬鬆的金髮感到可憐。身爲治療師的她自然有辦法幫助我的頭髮變濃密，但這可不簡單。首先我必須找棵香蕉樹，親自砍下它。我必須「扔掉樹頭」，然後把樹幹和樹根（根仍深植於泥土中）雕成一口又深又大的缽，像個「游泳池」。而後我必須把一塊木頭放在坑頂，以免雨水、露水跑進去。幾天後我必須再回來，看見水池內注滿香蕉根的營養汁液，我得把汁液收集在瓶中，帶回給大姐。她把香蕉萃取液拿去廟裡祭拜，而後每天將汁液塗在我的頭皮上。幾個月內就會像大姐一樣，有一頭濃密、亮麗的及腰長髮。

「就算禿頭，」她說：「也能長出頭髮。」

在我們談話的同時，剛放學回家的圖蒂坐在地板上畫圖，畫一間房子。圖蒂近來多半畫房子。她渴望擁有自己的房子。在她畫的圖裡，背景總有一道彩虹。還有一個笑瞇瞇的家庭——父親與全家。

我們整天在大姐店裡就是做這些事。我們坐著談天，圖蒂畫畫，大姐和我閒聊家常，開彼此玩笑。大姐喜歡講黃色笑話，一天到晚談性，貶我單身，推測路過男人的生殖天賦。她不斷告訴我，她每天晚上都去廟裡拜拜，祈求一位好男人出現在我生命中，成爲我的戀人。

今天早上，我又告訴她一次：「不，大姐——我不需要。我心碎太多次。」

她說：「我知道如何治療心碎。」大姐以權威大夫的態度，用手指標出六種「零故障心碎療法」——「維他命E、睡眠充足、攝取充分的水、遠離你原本所愛的人、禪坐、心中認定這是自己的命」。

「除了維他命E，其他我都做了。」

「所以現在妳已痊癒。現在妳需要新男人。我會求神給妳。」

「我不求神給我新男人，大姐。近來我只求讓自己平靜。」

大姐翻翻白眼，像在說「得啦，妳這白種大怪物，隨妳怎麼說」，然後接著說：「那是因爲妳記性不好。妳已經忘了性愛多麼美好。從前我已婚的時候記性也不好。每回看見英俊的男人走在街上，就忘了家裡有個丈夫。」

她幾乎笑倒在地。而後她鎭定下來，下結論說：「每個人都需要性，小莉。」

這時有名漂亮女人走進店裡，綻放出燈塔般的笑容。圖蒂跳起來，奔向她的懷抱，喊著：「亞美尼亞！亞美尼亞！亞美尼亞！」結果眞的是這名女人的名字——而非某種奇怪的民族主義吶喊。我向亞美尼亞介紹自己，她告訴我說她是巴西人。這女人非常有活力——非常巴西。她艷光動人，穿著優雅，有氣質、有魅力，看不出年齡，性感無比。

亞美尼亞也是大姐的朋友，時常來店裡吃午飯，接受各種傳統醫療與美容服務。她坐下來，和我們聊了將近一小時，加入我們三姑六婆的小圈子。她在峇里島的時間只剩下一個禮拜，之後得飛往非洲，或者回泰國去照管她的生意。這名叫亞美尼亞的女人過的生活原來一點也不華麗。她從前服務於聯合國難民事務高級專員辦事處。在一九八〇年代，被派去戰爭打得如火如荼的薩爾瓦多和尼加拉瓜叢林擔任和平調解員，運用她的美麗、魅力與機智，讓每個將軍和叛軍都冷靜下來聽從道理。（你好，「漂亮的力量」！）現在她經營一間名叫「Novica」的國際行銷公司，贊助全球各地的原住民藝術家在網路上販售其產品。她大約能說七、八國語言。她還穿了一雙打從羅馬之行以來我見過最亮眼的鞋子。

大姐看著我們倆，說：「小莉——妳怎麼從不試試讓自己看起來性感些，像亞美尼亞一樣。妳是這麼漂亮的姑娘，有好臉蛋、好身材、好看的微笑。但妳一天到晚就穿同一件破T恤，同一條破牛仔褲。妳不想跟她一樣性感嗎？」

「大姐，」我說：「亞美尼亞是『巴西人』。情況完全不同。」

「哪裡不同？」

「亞美尼亞，」我對我的新朋友說：「能不能請妳跟大姐說明身為巴西女人的意義？」

亞美尼亞笑了，而後似乎認真考慮這個問題，回答：「這個嘛，即使在中美洲的戰區和難民營，我也盡量讓自己打扮得女性化。即使在最悽慘的悲劇和危機當中，你也沒有理由讓自己看起來邋邋遢遢，增添他人的愁苦。這是我的觀點。因此進入叢林的時候，我總是化妝、戴首飾——不是什麼奢侈玩意，或許只是個金手環和耳環，一點唇膏，與好香水。足以讓人看見我仍有自己的尊嚴。」

就某方面而言，亞美尼亞使我聯想起維多利亞時代的英國女性旅人；她們常說，沒有藉口不在非洲穿英國客廳裡穿的衣服。這位亞美尼亞是隻蝴蝶。她不能待在大姐店裡太久，因為有許多要務在身，但她仍邀請我今晚去一個派對。她認識另一位移居烏布的巴西人，今晚他在一家餐館辦活動。他將做傳統巴西佳餚黑豆烤肉「feijoada」。此外還有巴西雞尾酒。還有許多從世界各地移居峇里島的海外人士。我想不想來？之後他們或許還會出去跳舞。她不清楚我喜不喜歡派對，不過……

雞尾酒？跳舞？烤肉？

我當然去囉。

89

我不記得上回盛裝出門是何時的事了，但這天晚上，我從行李箱底翻出自己唯一的一件細肩帶時髦洋裝，穿上了它。我甚至塗了唇膏。我不記得上回塗唇膏是哪時候的事，我只知道不是在印度。在去派對路上，我在亞美尼亞家稍作停留，她拿自己的時髦首飾套在我身上，讓我借用她的時髦香水，讓我把單車存放在她的後院，一起搭她的時髦轎車共同抵達派對，就像個得體的成年女人一般。

和海外人士的晚餐很有意思，我感覺自己重新尋訪那些長期潛藏的個人性格。我甚至有點喝醉，經過前幾個月在道場祈禱、在自家峇里庭園喝茶的純淨日子後，尤其明顯。我還調情！我有很長時間沒和人調情了。近來我只和僧侶及藥師混在一起，但突然間，我往日的性別再度復甦。儘管我分不太清楚自己跟誰調情。有點像到處調情。我是否迷戀坐在隔壁那位機靈的澳洲前記者？（「我們這兒每個人都是醉漢，」他打趣道：「我們來寫參考資料給其他醉漢看。」）或者桌子那頭那位安靜的德國文化人？（他答應把個人收藏的小說借給我看。）或是爲我們烹煮這餐盛宴的那個年紀較大的巴西美男子？（我喜歡他親切的棕眼和他的口音。當然還有他的廚藝。我不知哪根筋不對，跟他說了些非常挑逗的話。他開了個關於自己花錢的玩笑，然後說：「我這個巴西男人是徹底的災難——不會跳舞，不會踢足球，也不會玩樂器。」出於某種原因，我答道：「或許吧。但我感覺你可以扮演一個很好的情聖。」當時，時間靜止好長一段時間，我們率直地注視彼此，好像在說：「把這想法攤開來談很是有趣。」我的大膽聲明彷若香味般在我們四周的空氣中飛翔。他並未否認。我先把眼光別開，感覺自己臉紅了起來。）

無論如何，他的黑豆烤肉棒極了。頹廢、辛辣、醇厚——峇里島食物當中通常吃不到的一切。我一盤接一盤吃烤肉，決定承認：只要這世界上有這種食物存在，我就永遠吃不成素。而後我們去當地一家舞廳跳舞，如果能稱之爲舞廳的話。更像是時髦的海灘棚屋，只是少了海灘。有個峇里島年輕人組成的現場樂團，演奏很不錯的雷鬼音樂，舞廳裡的人形形色色，各種年紀與國籍，海外人士、遊客、當地人、炫麗的峇里島少男少女，人人跳得渾然忘我。亞美尼亞沒來，她說隔天得幹活兒，但年長的巴西美男子招待我。他不像自己宣稱的那樣舞跳得不好。或許他也會踢足球。我喜歡他在身邊，爲我開門，恭維我，叫我「甜心」。而後，我發現他對每個人都叫「甜心」——連毛茸茸的男酒保也是。儘管如此，有人獻殷勤還眞是不錯……

我很久沒去酒吧了。即使在義大利，我也不上酒吧；和大衛的那幾年間，我也很少出門。我想上回去跳舞是已婚的時候……這麼說來，是在我婚姻愉快的時候。老天爺，那是幾百年前的事了。我在舞池碰上我的朋友史黛芬妮亞，她是最近我在烏布上禪修課時所認識的一位活潑的義大利姑娘；我們一起跳舞，頭髮飛揚，金髮與黑髮，歡樂地旋轉。午夜過後，樂團停止演奏，大家互相交談。

我就在此時認識了名叫伊恩的傢伙。喔，我眞喜歡這傢伙。我眞的一見面就喜歡他。他非常好看，結合史汀（Sting）與雷夫．范恩斯（Ralph Fiennes）的弟弟那一類。他是威爾斯人，因此嗓音好聽。他善於表達、聰明，很會問問題，跟我一樣用牙牙學語的義語和我的朋友史黛芬妮亞談話。結果他竟然是雷鬼樂團的鼓手，敲手鼓。於是我開玩笑說他是「鼓夫」，像威尼斯船夫，只不過不划船而玩鼓，不知怎麼回事，我們一拍即合，開始談笑。

斐利貝——這是那巴西人的名字——隨後走過來。他邀請我們大家去當地一家歐洲人士開的酷餐館，一個從不打烊的狂歡地點，他保證，隨時提供啤酒和屁話。我看著伊恩（「他想不想去？」），他說好，於是我也說好。因此我們去了這家餐館，我和伊恩坐在一起，整晚說說笑笑，哦，我眞喜歡這傢伙。我已經很久沒有認識這麼讓我喜歡的男人。他比我年長幾歲，生活過得相當精采，有很好的個人簡歷（喜歡《辛普森家庭》，周遊全世界，住過道場，引用托爾斯泰，似乎有工作，等等）。他最先服役於英軍，在北愛爾蘭擔任轟炸隊專員，而後成爲跨國地雷引爆人員。在波斯尼亞蓋難民營，目前來峇里島度假學音樂……相當迷人的履歷。

我眞不敢相信自己凌晨三點半還沒睡，也沒禪坐！我半夜三更不睡，身穿洋裝，和一位有魅力的男子在聊天。眞是激進得可怕。聚會結束時，伊恩和我都承認很高興認識彼此。他問我有沒有電話號碼，我跟他說我沒有，但我有電子郵件，他說：「可是電子郵件感覺太……」因此聚會結束時，我們只交換一個擁抱。他說：「我們會再見面的，只要他們，」——他指了指天上諸神——「同意。」

破曉前，老巴西美男子斐利貝載我回家。我們開在蜿蜒的村路上，他說：「甜心，你和烏布最臭屁的傢伙聊了一整晚。」

我的心一沉。

「伊恩果眞臭屁？」我問：「現在就告訴我實話吧，免得日後麻煩。」

「伊恩？」斐利貝說。他笑了。「不，甜心！伊恩是認眞的傢伙。我說的是我自己。我是烏布最臭屁的傢伙。」

我們繼續行駛，沉默了一陣子。

「反正我只是開開玩笑。」

又一段長時間的沉默後，他問：「妳喜歡伊恩，對吧？」

「我不曉得。」我說。我的腦袋不太清楚。我喝了太多巴西雞尾酒。「他有魅力，也很聰明。我有好一陣子沒喜歡過任何人。」

「妳在峇里島的幾個月會過得很快樂。等著看吧。」

「但我不清楚自己能再參加多少次社交聚會，斐利貝。我只有一件洋裝。大家會發現我老是穿同一套衣服。」

「妳年輕又美麗，甜心。妳只需要一件洋裝。」

90

我果眞年輕又美麗？

我以爲自己又老氣又是離過婚的女人。

當晚我幾乎無法入睡，還不習慣這通宵達旦的時辰，舞曲仍在我腦袋裡迴響，我的頭髮有菸味，腸胃對酒精表示抗議。我打了個盹，在太陽升起時起身，如同平日的習慣。只不過今早並未得到休息，也不覺得平靜，也沒有資格禪坐。我爲何如此焦躁？昨夜我過得很不錯，不是嗎？我認識有趣的人，盛裝出門，跳舞，和一些男人調情……

男人。

想到這詞兒，使我愈發焦躁，變成一種驚惶失措的煩憂。**我再也不知道該怎麼做這件事了**。我在十幾、二十歲的時候曾經是最大膽無恥的調情者。我猶記得自己曾經覺得這件事很有趣：遇上某個傢伙，釣住他，提出模稜兩可的邀請與挑逗，無視於任何告誡，任憑後果自行發展。

然而現在的我只覺得遲疑、恐慌。我開始檢視這一整夜，想像自己和那個甚至沒給我電子郵件住址的威爾斯傢伙扯上關係，我已一路看見我們的未來，包括爭論他的抽菸習慣。我懷疑如果再把自己獻給一名男人，將會摧毀我的旅行、寫作、與生活，等等。另一方面——其實偶爾談情說愛也沒什麼不好。尤其在經過一段長時間的乾旱時期之後。（我記得德州理查有回對我的愛情生活提出告誡：「妳需要一位『紓解乾旱者』，姑娘。妳得爲妳自己找個『造雨人』。」）然後我想像身材英挺的伊恩騎著他的摩托車過來，和我在我的庭園裡做愛，多麼美好。這個不算討厭的主意不知怎地讓我緊踩煞車，我不想再走一遍心碎歷程。然後我開始強烈思念起大衛，心想，「或許我該打電話給他，問他是否想再一次嘗試重聚」……（而後我接收到老朋友查理的精確電波，說：「喔，眞天才啊，食品雜貨——昨晚除了有點喝醉，是否還動了腦手術？」）思索過大衛之後，總逃不掉沉緬於離婚的種種，隨即開始沉思（一如往昔）前夫、自己的離婚……

「我以為這話題我們老早解決了，食品雜貨。」

而後，出於某種原因，我開始思索老巴西美男子斐利貝。他很不錯。這個斐利貝。他說我年輕又美麗，說我會在峇里島度過愉快的時光。他說得沒錯，對吧？我會過得輕鬆而開心，對吧？但今早我可不覺得開心。

我已不知如何過這種日子。

91

「人生是怎麼回事？妳搞得懂嗎？我搞不懂。」

說話的是大姐。

我回到她的餐廳吃美味營養的多種維他命午間特餐，希望紓解自己的宿醉與焦慮。巴西女人亞美尼亞也在那兒，一如往常，看起來好似度過水療週末，而在返家途中順道造訪美容院。小圖蒂坐在地板上，照例畫著房子。

大姐剛剛得知，她的店即將在八月底租約期滿——距今僅剩三個月——且店租即將提高。她可能必須再次搬家，因爲她負擔不起。她的存款僅剩五十元左右，不知該何去何從。搬家讓圖蒂得再次轉學。他們需要一個家——一個眞正的家。這可不是峇里人可以過的生活。

「痛苦爲何沒有盡頭？」大姐問。她並未痛哭，只是提出一個簡單、毫無解答的無奈問題。「爲什麼每件事必須重複再重複，沒完沒了，無止無盡？你辛勤工作一整天，隔天卻只是得繼續工作。你吃飯，隔天卻又餓了。你找到愛，而後愛又離去。你出生時一無所有——沒有手錶，沒有T恤。你辛苦工作，死的時候也一無所有——沒有手錶，沒有T恤。你年輕，卻會變老。無論多麼辛苦工作，都無法阻止自己變老。」

「亞美尼亞可不，」我打趣道：「她顯然不會變老。」

大姐說：「那是因爲亞美尼亞是巴西人。」如今她已理解世界的運作方式。我們都笑了，然而這是一種黑色幽默，因爲大姐此刻在世間的處境可一點也不有趣。事實眞相是：單親媽媽，早熟的孩子，僅足糊口的生意，迫在眉睫的貧窮，實質上的無家可歸。她何去何從？顯然不能去住在前夫家。大姐自己娘家則是貧困的鄉下稻農。她如果回去與家人同住，她在市鎮的治療事業將從此告終，因爲她的病患無從與她取得聯繫，而讓圖蒂受良好教育、將來上大學唸獸醫的夢想也將成爲泡影。

其他因素亦隨時間一一浮現。我頭一天留意到那兩名躲在廚房後頭的害羞女孩呢？原來她們是大姐收養的一對孤兒。她們倆都叫「老四」，我們叫她們大老四和小老四。大姐幾個月前發現她們倆在市場挨餓乞討。她們遭一個狄更斯小說式的人物般的女人——可能是親戚——丟棄；這女人擔任某種乞兒掮客，把無父無母的孩子放在峇里島各市場討錢，每天晚上再以貨車接回這些孩子，收取他們討來的錢，讓他們睡在棚屋。大姐最初看見大小老四時，她們已多天沒吃東西，身上滿是蝨子與寄生蟲。大姐推測小的大約十歲，年紀較大的約十三歲，但是她們都不清楚自己的年紀，也不清楚自己姓什麼。（小老四只知道她和自己村裡的「豬公」同年出生；但這對日期的驗證毫無助益。）大姐收留她們，像照顧自己的圖蒂般關懷她們。她和三個孩子睡在店鋪後方臥室內的同一張床墊上。

一位峇里島的單親媽媽如何在面臨被迫搬遷的命運之際，還有心收留兩名額外的流浪兒——這已遠遠超越我對悲憫意義的理解。

我想幫助她們。

這正是我頭一次遇見大姐後，深深體驗的顫抖感受之所在。我想幫忙這位單親母親和她的女兒及兩名孤兒，我想幫忙她們過更好的生活。我只是不知如何著手。但今天大姐、亞美尼亞和我吃著午飯，一如往常進行彼此體諒、互揭瘡疤的交談之際，我留意到圖蒂正在做一件頗爲奇怪的事。她雙手捧著一小塊漂亮的銀藍色正方形瓷磚在店裡走來走去，以某種吟誦的方式唱歌。我看了她一會兒，看她想做什麼。圖蒂耍弄這塊瓷磚好一段時間，扔入半空中，低語、吟唱，而後像火柴盒小汽車般沿著地板推動。最後她在安靜的角落坐在瓷磚上，閉上眼睛對自己吟唱，沉浸在屬於自己的某種神祕、隱形的空間當中。

我問大姐這一切是怎麼回事。她說圖蒂在路上一個豪華飯店建案的工地外頭發現這塊瓷磚，遂據爲己有。打從圖蒂發現這塊瓷磚，她就不斷告訴母親：「哪天我們如果有房子，或許能有這種漂亮的藍色地板。」據大姐說，圖蒂現在經常坐在這一小塊藍色瓷磚上一連數個小時，閉上眼睛假裝在自己的房子裡。

我該怎麼說？我聽了這件事，見這孩子坐在自己小小的藍色瓷磚上陷入冥想，於是心想：「好吧，就這麼辦。」

我提早離開店裡，去徹底解決這件令人難以忍受的事情。

92

大姐曾經告訴過我，她在治療病患時，有時自己會成爲一條打開的輸送管道，讓神的愛傳輸而過，而她自己則不再去思索接下來須做的事情。智性停下來，本能取而代之，她只須讓自身的神性流過自己。她說：「感覺像一陣風吹過來，執起我的手。」

或許正是這陣風，那天也同樣把我吹出大姐的店，讓我不再憂慮是否該開始「約會」的事，轉而引導我前往烏布當地一家網咖，坐下來寫了——一口氣輕輕鬆鬆地——一封籌款信給世界各地的親朋好友。

我告訴大家，我的七月生日將至，即將邁入三十五歲。我告訴他們，在這個世界上，我什麼也不缺，這輩子不曾比現在更快樂。我告訴他們，倘若我人在紐約，我會打算舉辦一場愚蠢的大型生日派對，讓他們大家都來參加，必須帶給我禮物、好酒，整個慶祝活動將辦得奢華得可笑。因此，我解釋道，比較便宜又美好的慶祝方式是，讓我的親朋好友共同捐款幫助一位名叫「Wayan Nuriyasih」的女人，爲她自己和她的孩子們在印尼買房子。

接著我講述大姐、圖蒂、兩名孤兒及其情況等這整件事情。我答應捐款有多少，我就會從自己的積蓄拿出數量相當的款項來。我解釋說，當然我很明白世間充滿不知多少苦難與戰爭，每個人都亟需救助，但我們能怎麼辦呢？峇里島這一小群人已成了我的家人，而我們必須照顧家人，無論在何處遇見他們。在總結這封長信之際，我想起我的朋友蘇珊九個月前在我展開這趟世界之旅前，對我說過的話。她擔心我永遠不再返鄉。她說：「我知道妳這個人，小莉。妳會認識某個人，愛上他，最後在峇里島買房子。」

標準的預言家，這個蘇珊。

隔天早上我查看電子郵件，已籌到七百塊錢。再隔一天，捐款已超過我拿得出來的相當款項。

我不去細說那個禮拜的整個戲劇化過程，或去說明我每天打開來自世界各地傳來「算我一份！」的信件時，心中的感受。每個人都願意給予。我個人所知的破產或負債之人都毫無遲疑地捐錢過來。我最先收到的回應之一，是來自我的美髮師的女友的一個朋友，她收到轉寄的信後捐了十五元。我那最自以爲是的朋友約翰，自然會先發表一套諷刺的言論，說我的信多麼冗長、感傷、情緒化（「聽著——下回妳覺得必須爲打翻的牛奶哭泣時，先確定是濃縮牛奶，好嗎？」），但他還是捐了款。我的朋友安妮的新男友（一位華爾街銀行業者，我甚至沒碰過面）願意捐助最後籌得款項的兩倍。而後，這封電子郵件開始繞行全世界，於是我開始從完全不相識的人那兒收到捐款。這個全球性的慷慨之舉令人窒息。我們簡單下個總結吧——從最初透過電郵發送出去的懇求，僅過七天——全世界各地的親朋好友和一群陌生人幫我籌得了大約一萬八千元款項，將要捐給大姐買房子。

我知道讓奇蹟出現的人是圖蒂，透過她強有力的祈禱，竭盡所能讓她那一小塊藍色瓷磚在她四周軟化擴展——猶如傑克的魔法豌豆——變成一座實體的家，永遠照顧她自己、她的母親和一對孤兒。

最後還有一件事可以說說。我必須滿懷羞愧地承認，是我的朋友鮑伯（而不是我自己）發現了一個顯而易見的事實：「圖蒂」在義語當中，意指「每一個人」。我怎麼沒早些留意到這件事？我還在羅馬待過了幾個月！我並未看見這個關連。必須等到猶他州的鮑伯向我指出這一點，我才恍然大悟。他在上週的電郵來信中允諾捐款購新屋的同時，指出：「這可眞是最後的一課，對吧？當妳前往世界幫助自己，最後卻免不了幫上……**每一個人**。」

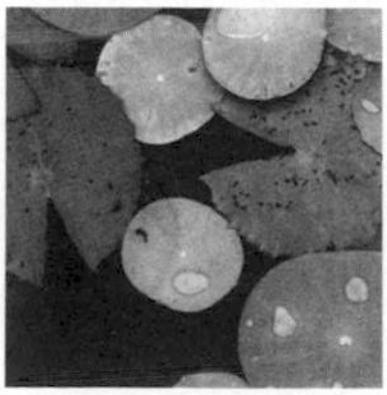

93

在籌得所有的錢之前，我不打算告訴大姐這件事。保守這麼大的祕密可不容易，尤其在她一天到晚擔心自身未來的時候，但在最終底定之前，我不希望讓她期望太高。因此整整一個禮拜，我閉口不提自己的計畫，讓自己幾乎天天晚上忙著和似乎不介意我只擁有一件洋裝的巴西人斐利貝吃晚飯。

我想我有點迷戀他。吃過幾回晚飯後，我很確定自己迷戀上他。這位自稱的「臭屁大王」認識烏布所有的人，總是派對中的核心人物，但他這個人不僅僅像他所表現的那樣而已。我向亞美尼亞問起斐利貝。他們是好一陣子的朋友。我問：「那個斐利貝——他比其他人更有深度，是吧？他身上有更多東西，對吧？」她說：「喔是的，他是個親切的好人。但他經歷過一次艱苦的離婚。我想他來峇里島是爲了讓自己痊癒。」

啊——這件事我可一無所知。

不過他是五十二歲的人。這很有趣。我怎麼已屆這種年齡，將五十二歲男人列入約會對象的考慮？儘管如此，我還是喜歡他。他有銀白色的頭髮，以不失迷人的畢卡索方式漸漸禿頂。他有一雙溫暖的棕色眼睛。他面容柔和，而且聞起來很香。他是眞正的成年男人。這種類型的成熟男子，對我而言是嶄新的體驗。

他住在峇里島至今已五年之久，和峇里島銀器匠合作，將由巴西寶石製作而成的珠寶首飾出口到美國去。我喜歡他忠心耿耿維持二十年婚姻，而後才因種種複雜的理由逐漸變質的故事。我喜歡他撫養過孩子，而且撫養得很好，讓孩子們喜歡他。我喜歡他在孩子們還小的時候待在家中照顧他們，他的澳洲太太則去追求自己的事業。（他說自己是個女性主義好丈夫：「我想走在社會史上正確的一方。」）我喜歡他這種巴西人天性誇大其辭的感情表白。（他的澳洲兒子十四歲時終於不得不說：「老爸，我已經十四歲，或許你不該在送我上學、在校門口下車時再親我的嘴了。」）我喜歡斐利貝能說四種，或許更多種流利的語言。（他一直說自己不會講印尼語，可是我卻聽他一天到晚在講。）我喜歡他這輩子遊歷過五十多個國家，在他眼中，世界是個不難處理的小地方。我喜歡他聽我說話的模樣，傾著身子，只有在我打斷自己問他說，我講的話是否讓他無聊時，他才會插進來說話，而他總是答說：「我有全部的時間給妳，我可愛的小甜心。」我喜歡他叫我「我可愛的小甜心」。（儘管女服務生亦獲得此一稱謂。）

有天晚上他對我說：「小莉，妳怎麼不趁著待在峇里島的時候找個情人？」

爲了自己的信譽起見，他這麼說並不僅僅意味著他可以勝任，儘管我相信他或許樂意接受這份工作。他向我保證伊恩——相貌好看的威爾斯傢伙——很適合我，但也有其他候選人。有位紐約來的主廚，「一名健壯、高大、自信的好兄弟」，他認爲我或許會看得上。他說，這裡實在有各式各樣、來自世界各地的男人，浮沉於烏布鎮，躲藏在世間不斷變動的「無家無產」社區當中，而許多人都樂於見到，「我可愛的小甜心，妳在這兒有個美好的夏日」。

「我覺得自己還沒準備好，」我告訴他：「我不想再費心去談情說愛，你了解吧？我不想每天得刮腿毛，或必須讓新戀人看我的身體。我也不想再重頭說一遍我的人生故事，或擔心避孕的事。總之，我甚至不確定自己能不能再過這種日子。我覺得自己十六歲的時候比現在對性和談情說愛更有自信。」

「這不奇怪，」斐利貝說：「妳當時又年輕又愚蠢。只有年輕、愚蠢的人對性和談情說愛感到自信。妳覺得我們有誰知道自己在做什麼？妳覺得人類有辦法簡簡單單、毫不複雜地彼此相愛嗎？妳應該看看在峇里島發生的事情，甜心。這些西方男人在家把生活搞得一團糟之後來到這裡，覺得已經受夠西方女人，於是娶了個嬌小、甜美、聽話的峇里島小姑娘。我了解他們的想法。他們認為這種漂亮的小姑娘能讓自己快樂，讓自己過安逸舒服的生活。但每回看見這種事，我總想說相同的話『祝你好運』。因為，我的朋友啊，還是有個女人在你面前哪。而你也還是個男人啊。兩個人依然必須嘗試和諧相處，因此肯定會變得複雜。而愛向來是複雜的事。可是人類總得嘗試彼此相愛，甜心。我們必須偶爾心碎。心碎是好兆頭。表示我們已經盡力。」

我說：「上回我嚴重心碎，至今仍感到傷痛。這不是很荒唐嗎？愛情故事幾乎已經結束兩年，卻依然感到心碎？」

「甜心，我是巴西南部人。我能為我從未吻過的一名女人心碎十年之久。」

我們談論各自的婚姻，各自的離婚故事。不是發牢騷，而是表示同情。彼此比較離婚後深陷抑鬱的無底深淵。我們一同品酒、嚐美食，和對方說前夫或前妻在自己記憶中的美好故事，以便讓整個有關失落過程的對話少去殺傷力。

他說：「這個週末想不想和我做些事？」我說好，那很不錯。因為那真的很不錯。

至今已有兩回，斐利貝在我住家門前放我下車道晚安時，探頭過來要給我一個睡前親吻，而我也已有兩回做相同的事——任憑自己被他拉過去，但在最後一刻低下頭，臉頰貼在他的胸膛上。讓他摟著我一會兒。持續的時間長過僅是友好的表示。我感覺到他把臉貼在我的頭髮上，我的臉則貼在他的胸骨上。我聞到他柔軟的亞麻襯衫。我眞的喜歡他的味道。他的手臂結實，胸膛寬闊。他在巴西曾是體操冠軍。當然那是一九六九年的事了，即我出生那年，但他的身體感覺起來仍很強壯。

每當他探手過來時，我便這麼低下頭，這是一種迴避——我在迴避簡簡單單的睡前之吻。卻同時也是一種不迴避。在夜晚結束時的漫長寂靜時刻，讓他摟著我，這是我讓自己被摟住。

這已經有好一段時間未曾發生。

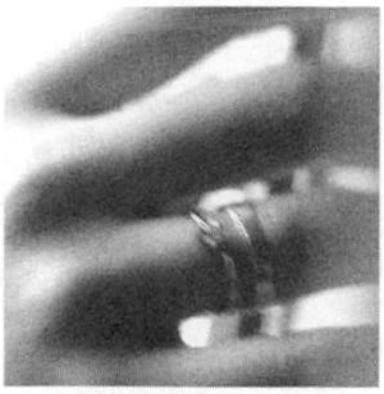

94

我問我的老藥師賴爺。「你對談情說愛懂多少？」

他說：「談情說愛是什麼？」

「別放在心上。」

「請說吧，談情說愛是什麼意思？」

「談情說愛就是，」我說明：「男女相愛。或有時候男男相愛，或女女相愛。親吻、性，和結婚——這些玩意。」

「我這輩子沒和太多人有性，小莉。只跟我太太。」

「你說得對——是沒太多人。但你說的是第一個太太或第二個太太？」

「我只有一個太太，小莉。她已經過世。」

「彌歐姆呢？」

「彌歐姆不算我的太太，小莉。她是我哥哥的太太。」見我一臉迷惑，他又說：「這在峇里島很常見。」他說道。賴爺的哥哥是稻農，與賴爺比鄰而居，娶了彌歐姆。他們一起生了三個孩子。而賴爺和他太太無法生孩子，於是收養賴爺哥哥的一個兒子以傳續香火。賴爺的太太過世後，彌歐姆開始住在兩個家宅，將時間對分給兩家人，照顧她的丈夫和丈夫的弟弟，照料兩家自己的孩子。就峇里島人而言，她完全是賴爺的老婆（烹飪、打掃、照管一家的宗教儀式），除了他們不做愛之外。

「為什麼不？」我問。

「太老了！」他說。而後他叫彌歐姆過來，把這個問題轉述給她聽，告知她這位美國女士想知道他們為何不做愛。這想法讓彌歐姆幾乎笑破肚皮。她還走過來用力打我的手臂。

「你想念她嗎？」

「我只有一個太太，」賴爺繼續說：「她已過世。」

他露出悲傷的微笑。「她大限已到。我跟妳說我是如何認識我太太的。我二十七歲的時候遇上一位姑娘，愛上她。」

「那是哪一年的事？」我問，和往常一樣亟欲得知他的年紀。

「我不清楚，」他說：「大概是一九二〇年吧？」

（這讓他現在大約是一百一十二歲。我想我們就快找出解答了……）

「我愛這位姑娘，小莉。她很美，但人品不佳。她只想要錢。她追求另一位男孩。她老是說謊。我想她心機隱密，誰也看不見。她不再愛我，和另一位男孩跑了。我非常難過。心都碎了。我向我的四兄弟祈禱啊祈禱，問他們為什麼她不再愛我？然後其中一個兄弟告訴我眞相。他說：『她不是你眞正的女人。耐心點。』於是我耐心等候，然後找到我的太太。美麗的好女人。始終對我很好。我們沒吵過架，家庭始終平靜和諧，她總是掛著微笑。即使家裡缺錢，她也總是掛著微笑，說看見我讓她多麼快樂。她過世的時候，我心裡非常難過。」

「你哭了嗎？」

「只流了點淚。但我禪坐，清除體內的痛苦。我爲她的靈魂禪坐。雖然傷心，卻又快樂。我每天禪坐時探訪她，甚至親吻她。她是和我有過性愛的唯一一個女人。因此我不曉得……今天那詞兒是什麼？」

「談情說愛？」

「是的，談情說愛。我不清楚談情說愛，小莉？」

「因此這不是你的專業領域囉？」

「什麼意思，這詞兒？專業？」

95

我終於和大姐坐下來，告訴她有關我爲她籌款購屋的事情。我說明一下我的生日願望，讓她看一看我全部朋友的名單，而後告訴她最後籌得的款數：一萬八千美元。首先，她震驚萬分，表情好似哀傷不已。有時強烈情緒能使我們對意想不到的消息產生違反邏輯的反應，這雖然奇怪卻也眞確。這是人類情感的絕對價值——喜悅的大事，有時在芮氏地震儀上顯示出徹底的創傷；而可怕的悲痛有時讓我們突然大笑起來。我剛才遞給大姐的消息，令她難以承受，使她幾乎以接受哀傷事件的方式接收，因此我陪她坐了幾個小時，一而再、再而三告訴她整件事情的始末，不斷讓她看籌款數目，直到她開始會意到事實。

她第一個清晰的反應（我是說，甚至在她意識到自己即將擁有一座庭園而哭起來之前），是急忙說：「拜託，小莉，妳一定得向幫忙籌款的每個人說明，這不是大姐的房子。這房子屬於幫助大姐的每個人。假使哪個人來到峇里島，誰也不准住旅館，好嗎？妳請他們過來住我的房子，好嗎？答應我跟他們說喔？我們把房子叫作『集團屋』……『衆人之屋』……」

然後她意識到自己能夠擁有庭園，於是哭了起來。

然而，慢慢地，她開始領略到快樂。彷彿把錢包裡的情感抖落四處。倘若有家，她就能有間小書房擺放所有的醫療書籍！一間傳統醫藥房！一間體面的餐廳，有眞正的桌椅（因爲她已經把昔日的好桌椅變賣，以償付離婚律師費）。倘若有家，她終於能被列入《寂寞星球》旅遊指南；他們一直想提及她的服務，卻老是辦不到，因爲她沒有永久住址能讓他們列入書中。倘若有個家，圖蒂下次就能開生日派對！

然後她又冷靜、嚴肅起來。「小莉，我該怎麼謝妳？我願意給妳一切。如果我有個我愛的丈夫，妳如果需要一個男人，我也會把丈夫給妳。」

「留著丈夫吧，大姐。只要讓圖蒂上大學就行了。」

「假如妳沒來這裡，我該如何是好？」

但我「一直」都來到這裡。我想起我最愛的一首蘇菲詩歌，說神很久以前就在你此刻腳下的所在地周圍，畫上圓圈了。我永遠不會不來到這裡。這是註定發生的事情。

「妳要在哪裡蓋妳的新房子？」我問。

猶如小球迷老早看中櫥窗裡的某個棒球手套，或夢幻少女打從十三歲就開始設計自己的結婚禮服，大姐也早就知道自己想買哪一塊地。那個地點是在附近某村子的中心，連接公共水電，附近有好學校讓圖蒂上學，而因爲坐落於中心地帶，病患與客人步行即可找到她。她說她的兄弟們會幫忙蓋房子。她也已挑好主臥室的油漆。

於是我們一塊兒去找一位專司財務顧問兼房地產專業的法國人，他頗爲好意地建議匯錢的最佳方式。他的建議是採取簡單方式，直接從我的銀行帳戶把錢匯入大姐的銀行帳戶，讓她買自己想買的土地或房子，那我就無須爲在印尼擁有資產傷腦筋。只要每次匯款不超過一萬塊錢，國稅局和調查局就不會懷疑我爲毒品洗錢。而後我們去大姐所屬的小銀行，和經理討論如何設定電匯。銀行經理最後俐落地說：「大姐，電匯完成後，再經過幾天，妳的銀行帳戶就會有一億八千萬盧比亞。」

大姐和我面面相覷，突然放聲大笑起來。好一筆鉅款！我們嘗試鎮定下來，畢竟是在銀行家的豪華辦公室裡，卻忍不住笑個不停。我們像醉鬼似地跌跌撞撞走出銀行，攙扶彼此以免跌倒。

她說：「我還沒見過發生得如此之快的奇蹟！這些日子，我求神幫忙大姐。而神也求小莉來一起幫忙大姐。」

我接口說：「而小莉也求她的朋友幫忙大姐！」

我們返回店裡，見圖蒂已放學回家。大姐跪下來抓住她的女兒，說：「房子！房子！我們有房子了！」圖蒂假裝暈倒，像卡通人物似地昏倒在地。

大夥笑在一起時，我留意到兩名孤兒從後頭的廚房注視著這一幕。我瞥見她們看著我的表情類似……恐懼。大姐和圖蒂雀躍萬分之時，我在想兩名孤兒做何感想。她們恐懼什麼？被冷落？或者現在我在她們眼裡很恐怖，因爲我無端變出一大筆錢？（這種難以想像的錢數或許是某種魔咒？）或者當你像這些孩子曾過著沒有保障的生活時，任何改變都教人恐懼吧。

當慶祝的心情稍微平靜下來時，爲了確定起見，於是我問大姐：「大老四和小老四怎麼辦？這對她們是不是也是好消息？」

大姐看著廚房裡的女孩們，肯定也看到相同的不安，因爲她走過去，把她們摟入懷中，在她們頭頂輕聲說話鼓舞她們。她們似乎在她懷中安心起來。而後電話響起，大姐想放開孤兒去接電話，但大小老四的瘦弱手臂抓住她們的非正式母親不放，把頭埋在她的腹部和腋窩中，即使很久之後也不放她走，其猛烈是我前所未見。

於是我替她接了電話。

「峇里傳統醫療，你好，」我說：「今天過來逛一逛我們的搬家清倉大拍賣吧！」

96

我又和斐利貝一同出去，週末出去兩次。我在週六帶他去見大姐與孩子們，圖蒂畫房子給他看，大姐則在他背後擠眉弄眼，以口形默示「新男友」？我不斷搖頭：「不是，不是。」（儘管我已把那個威爾斯傢伙拋諸腦後了。）我還把斐利貝帶去見我的藥師賴爺，賴爺爲我的朋友看手相，斷言——不下七次（同時以銳利的眼神直盯著我看）——他是「好男人，非常好的男人，非常非常好的男人。不是壞男人，小莉——是好男人。」

而後斐利貝在週日問我想不想去海灘。我突然想到自己在峇里島住了兩個月之久，卻還沒見過海灘，簡直荒唐，於是我說好。他開著自己的吉普車來接我，我們花了一小時的車程去到帕當灣（Pedangbai）幾乎沒有遊客流連的隱密小沙灘。這個地方簡直是我見過最像天堂的地方，碧海、白沙、棕櫚樹蔭。我們聊了一整天，偶爾停下來游泳、打盹、看書，時而爲對方朗誦。海灘棚屋裡的婦女烤捕獲的鮮魚給我們吃，我們買了冰啤酒和水果。我們在海浪中嬉戲時，訴說著彼此過去幾星期來在烏布各家餐廳喝酒共度夜晚時，尚未提及的人生細節。

他告訴我，他喜歡我的身材，在海邊第一次目睹之後。他說巴西人對我這種身材有個特定的說法，就是「magra-falsa」，譯爲「假瘦」，即這女人遠遠看來苗條，近看卻發現她其實頗豐腴，在巴西人眼裡很是不錯。願神保佑巴西人。我們躺在毛巾上談話時，有時他伸手過來拍去我鼻子上的沙，或撥去我臉上的亂髮。我們聊了整整十小時左右。而後天色漸黑，於是我們收拾東西，漫步穿越峇里島這古老漁村昏暗的泥土主街，在星光下愉快地勾著手。這時，巴西人斐利貝十分自然而輕鬆地（彷彿在考慮我們是否該吃點東西）問我說：「我們是否該談場戀愛，小莉？妳說呢？」

我喜歡這一切的發生方式。不是以行動——不是打算親吻我，或採取大膽行動——而是提問一個問題。而且是正確的問題。我記得一年前展開這趟旅行前，我的治療師說過的話。我跟她說，我希望在這一整年的旅程維持單身，卻擔心：「假使遇上自己眞正喜歡的人呢？該如何是好？我該不該跟他在一起？我是否該保持自己的自主性？或者讓自己享受一場戀情？」我的治療師寬容地笑道：「妳曉得，小莉——這些可以等問題發生時，再和當事人一起討論。」

因此這一切就在眼前——時間，地點，問題，當事人。我們開始討論在友好地手勾手漫步海邊之際自然出現的想法。我說：「斐利貝，在正常情況下，我或許會說好。啊，管它什麼是『正常情況』……」

我們倆都笑了。但我接著讓他明白我的遲疑。也就是——我也許願意把自己的身心暫時交付給一名駐外情人，內心卻有另一部分嚴格要求自己將這一整年的旅行完全獻給自己。我的生命發生某種極其重要的變化，此一變化需要時間與空間來完成其過程，不受任何干擾。基本上，我是剛出爐的蛋糕，依然需要時間冷卻始可加上糖霜。我不想剝奪自己這段寶貴的時間。我不想讓自己的生活再次失控。

斐利貝自然說他了解，說我應當做對我自己最好的事情；他說希望我原諒他提出這個問題。（「遲早非問不可，我可愛的甜心。」）他向我保證，無論我做任何決定，我們仍將保有這份友誼，因爲我們共度的時光對彼此來說似乎都很美好。

「只不過，」他繼續說：「我得提出自己的聲明。」

「這很公平。」我說。

「其一，如果我正確理解妳的意思，妳這一整年是在追尋虔誠與快樂之間的平衡。我看見妳做了許多虔誠的實踐，卻不確定到目前爲止妳的快樂從何而來。」

「斐利貝，我在義大利吃了很多麵食喔。」

「麵食，小莉？麵食？」

「對啊。」

「另外，我想我知道妳擔心什麼。有個人即將走入妳的生活，再次剝奪妳的一切。我不會這樣做，甜心。我也孤獨了好一段時間，和妳一樣，也經歷過許多愛的失落。我不希望我們剝奪彼此任何東西。我只是喜歡有妳作伴，超過任何人的作伴，我喜歡和妳在一起。別擔心——妳九月離開這裡的時候，我不會追著妳回紐約。至於幾個禮拜前，妳跟我說不想找情人的種種理由……嗯，這樣想好了：我不介意妳是否每天要刮腿毛，我已喜歡妳的身體，妳也已經告訴我整個人生故事，而妳也用不著擔心避孕——我已經做了結紮。」

「斐利貝，」我說：「這是一個男人給過我最迷人最浪漫的提議。」

確是如此。但我依然說不。

他開車送我回家。在我的屋子前停車，我們共享了幾個甜美親吻，帶著白晝海灘的鹹味與沙子。美好。當然美好。但我依然又一次說不。

「沒關係，親愛的，」他說：「明天晚上來我家吃晚飯吧，我做牛排給妳吃。」

而後他開車離去，我獨自上床睡覺。

我一向對男人決定得很快。我總是很快墜入情網，未曾衡量風險。我不僅容易看見每個人最好的一面，也假設每個人在情感上都有能力達到最高的潛能。我曾無數次愛上一個男人的最高潛能，而非愛上他本人，而後我久久（時而過久）緊抓住關係，等待這個男人爬升至自身的偉大。在愛情中，我多次成爲自己樂觀傾向的受害者。

我從愛與希望出發，年紀輕輕就倉促結婚，卻極少談論婚姻的眞相。沒有人對我提出婚姻的忠告。父母給我的教育是獨立、自給自足、自我決定。在我二十四歲時，大家都認爲我理當能獨立自主地爲自己做所有的選擇。當然世界並非總是如此運作。倘若我在任何早期西方父權時代出生，我將被視作父親的財產，直到他把我交付給我的丈夫，成爲婚姻財產。我對自己的人生大事將毫無任何發言權。如果在古代，假設一名男子追求我，我的父親可能和這位男人坐下來，詢問一連串問題，以確定是否匹配。他會想知道：「你如何供給我的女兒？你在社區中的聲望如何？你的健康狀況如何？你將讓她住在何處？你的負債與資產狀況如何？你有哪些人格優點？」我父親不會只是因爲我愛上這個傢伙就把我嫁出去。然而在現代人生中，當我決定嫁人時，我的現代父親毫不干涉。他不會干涉我的決定，就如同他不會干涉我的髮型一般。

請相信我，我對父權制度毫無懷舊之情。然而我逐漸意識到，當父權制度（名正言順地）瓦解之時，卻未有另一種保護型態取而代之。我是說——我從未想到要跟任何一個追求者提問，在另一個時代我父親可能盤問的問題。我曾多次只爲愛情而讓自己墜入情網。有時在過程中付出所有。假使我眞正想成爲一名自主女性，就得全權成爲自己的監護人。史坦能（Gloria Steinem）曾勸告婦女應努力變得像自己想嫁的男人。我近來領悟到，我不僅必須變成自己的丈夫，也必須變成自己的父親。因此那天晚上我獨自上床。因爲我覺得此刻接受一位君子追求者對我而言太過早。

說是這麼說，但我在凌晨兩點鐘醒過來，重重嘆了口氣，生理十分飢渴，不知如何滿足。住在我屋子裡的瘋貓出於某種原因高聲哀號，我對牠說：「我懂你的感覺。」我必須想辦法處理自己的渴望，於是我起身，穿著睡衣去廚房，削一磅馬鈴薯，水煮後切片，以奶油炸過，撒足量的鹽，吃個精光——看看自己的身體能否接受一磅炸薯片的滿足感，以取代做愛。

我的身體吃掉每一口食物後，只是回答：「沒得討價還價。」

於是我爬回床上，無聊地嘆息，開始……

嗯。請容我談談自慰吧。有時是滿便利的工具（請原諒我），有時卻令人無法滿足，過後只讓你覺得更糟。在一年半的單身生活後，在一年半躺在自己床上呼喚自己的名字之後，我已有些厭倦這項消遣。然而今晚，在我浮躁不安的狀態中——我還能怎麼做？馬鈴薯並未奏效。因此我又一次以自己的方式處理自己。一如往常，我的腦子翻閱儲存的色情檔案，尋找適合的幻想或記憶幫忙儘快完事。但是今晚沒有任何東西奏效——消防隊員不行、海盜不行……通常一舉見效的那個以備不時之需的變態柯林頓場景也不行，甚至在客廳裡帶著一群年輕女侍的維多利亞紳士圍在我身邊，亦無法奏效。最後，唯一令人滿足的，是當我不太情願地讓我的巴西好友和我一起爬上床的場景進入我的腦海時……

而後我睡了。醒來時看見寂靜的藍天，以及更加寂靜的臥室。依然心緒不寧的我，花了一大段早晨時光，詠唱一百八十二節的古魯梵歌——我在印度道場學會的偉大、淨化人心的基本讚歌。然後我靜坐一個小時，直到再次感受到自身那種具體、忠誠、清澈、與任何事毫無關聯、永不更改、無以名之、永遠完美的快樂。此種快樂果眞比我在世間任何地方經歷的任何事情更爲美好，包括鹹味、奶油味的親吻以及更鹹、更油的馬鈴薯。

我眞高興決定自己獨自一人。

97

因此隔天晚上我有些訝異——他做晚飯招待我，我們癱在沙發上幾個小時談論各種話題，他出人意外地撲身把臉埋入我的腋窩說多麼喜愛我奇妙的臭味，之後——斐利貝用手掌貼住我的臉頰，說：「夠了，甜心。現在來我床上吧。」我就跟他去了。

是的，我和他上了床；那間臥室面向夜間寂靜的峇里島稻田。他撥開床架周圍透明的白色蚊帳，引導我入內。而後他以多年來慣於準備爲孩子們入浴的溫柔能力幫我脫去衣裳，並向我說明他的條件——他絕對不想剝奪我任何東西，除了容許他一直愛慕我，只要我願意。這些條件是否合我意？

從沙發到床上的這段時間，我啞口無言，只是點頭。沒有什麼可說的了。我已度過一段漫長苦澀的時期。我爲自己做得很好。但是斐利貝沒說錯——夠了。

「好吧，」他回答，移開一些枕頭，把我的身體移到他底下。「我們讓自己組織起來吧。」

這其實很好笑，因爲那一刻終止了我企圖組織的一切努力。

後來斐利貝告訴我那天晚上他眼中的我。他說我看起來很年輕，絲毫不像他在白晝世界所認識的那個自信女人。他說我看起來年輕得很，卻又開放、興奮、因被認可而感到寬慰、厭倦於勇往直前。他說我顯然很久未被人碰過。他看見我充滿需求，卻又感激能表達這種需求。雖說我並非完全記得這些，但我卻相信他的話，因爲他似乎對我相當關心。

那一晚我最記得的是四周浪濤般的白色蚊帳。在我眼裡像是降落傘。我覺得這把降落傘護送我從側門跳出堅實嚴格的飛機；這架飛機過去幾年來載著我，飛離生命中的艱困時期。但是如今這架堅固的飛行器在半空中已用不著，於是我步出這架專注的單引擎飛機，讓這飄舞的白色降落傘載我穿越我的過去與未來之間的奇特空氣層，讓我安全降落在這座床形小島，島上只住了這位帥氣的巴西遇難水手，我的出現讓他（本身也孤獨許久）又驚又喜，突然間忘了英語，只在每回看著我的臉時重複五個詞：美啊、美啊、美啊、美啊、美啊。

98

我們當然一夜沒睡。而後，荒唐的是——我得離開。隔天一大早我必須愚蠢地回自己的屋子去，因爲我和朋友尤弟有約。他和我老早計畫這個禮拜一起展開我們的環峇里島公路之旅。這是某天我們在我屋裡想出的主意；當時尤弟說，除了他的老婆和曼哈頓之外，美國最讓他懷念的是開車——和幾個朋友鑽進車子裡動身展開遠距離的冒險，行駛於美妙的跨州公路上。我告訴他：「好吧，我們一塊兒在峇里島走一趟美式公路之旅吧。」

我們兩個都認爲這個主意滑稽得誘人——在峇里島根本不可能進行美式公路之旅。首先，在面積相當於德拉瓦州的島上，根本無所謂的「遠距離」。而無所不在、瘋狂駕駛、相當於美國小箱型車的小摩拖車——擠著一家五口，父親單手駕駛，另一手抱著新生兒（彷如抱著橄欖球），而身穿緊身紗龍裙的母親在他身後側坐，頭上頂著一口籃子，一邊注意著一對才剛會走路的小孩，警告他們別從快速行駛、可能逆向行車且無前燈的機車上摔下來——使這可怕的公路，更爲危險萬分。很少人戴安全帽，卻常常——我未曾查明原因——「攜帶」安全帽。試想這些累累重擔的摩托車飛速地橫衝直撞，而峇里島公路上處處是人。我不曉得每個峇里島人怎未死於交通事故。

然而尤弟和我依然決定離開一個禮拜，租車周遊這座小島，假裝我們人在美國，而且是自由之身。上個月我們想到這個主意時，我大受吸引，然而此時——當我和斐利貝躺在床上，他吻著我的手指、前臂和肩膀，慫恿我待久一點——卻是很不巧的時刻。可是我必須走。就某種程度而言，我也確實想走。不僅和我的朋友尤弟共度一個禮拜，也是讓自己在與斐利貝度過重要的一晚後稍事休息，以面對新現實，如同小說裡所說的——我有了情人。

於是斐利貝送我回家，給我最後的熱情擁抱，我的時間剛好足夠淋個浴振作精神，而後尤弟駕著租來的車抵達。他看了我一眼，說：「好傢伙——昨晚何時回家？」

我說：「好傢伙——我昨晚並沒有回家。」

他說：「好——傢伙。」並笑了起來，可能想起我們兩週前才進行的對話，當時的我鄭重斷言自己這輩子可能永遠不再做愛。他說：「所以妳投降了？」

「尤弟，」我回答：「讓我講個故事。去年夏天在我離開美國之前，我去紐約上州看祖父母。我祖父的太太——他的第二任太太——是位很好的女士，名叫蓋兒，現年八十多歲。她拿出一本老相簿，給我看一九三〇年代的相片，當時她十八歲，跟她的兩名好友和一位監護人去歐洲旅行一年。她翻閱相片簿，讓我看那些教人驚嘆的義大利老相片；我們突然翻到一張相片，是個俊俏的義大利傢伙，在威尼斯。我說：『蓋兒——這帥哥是誰？』她說：『那是旅館主人的兒子，我們在威尼斯所待的旅館。他是我的男朋友。』我說：『妳的男朋友？』我祖父的嬌妻詭祕地看著我，散放出貝蒂・戴維斯（Bette Davis）的性感眼神，說：『我當時看膩了教堂，小莉。』」

尤弟跟我擊掌。「繼續努力吧，老兄。」

我和這位處於流放狀態、年輕的印尼音樂天才，動身展開假美國式的環島公路行，車子後座滿載吉他、啤酒，以及相當於美國公路旅行食品的峇里島食物——炸米餅和味道恐怖的土產糖果。旅程細節，如今對我而言已有些模糊，因爲心中充滿對斐利貝的雜念，以及在任何國家做公路旅行始終會有奇特的朦朧感以致。但我記得尤弟和我自始至終說著美語——我許久未說的語言。這一年我自然說了不少英語，美語卻不然，而且絕不是尤弟喜歡的那種嘻哈美語。因此我們大說特說，把自己變成看MTV的青少年，開著車，像紐約郊區的青少年嘲弄彼此，叫彼此「好傢伙」和「老兄」，時而柔情蜜意地稱彼此「玻璃」。我們的對話經常環繞在對彼此母親的親密侮辱。

「好傢伙，妳拿地圖幹什麼？」

「何不問你娘我拿地圖幹什麼？」

「老兄，我會的，只不過她太肥。」

諸如此類。

我們甚至未深入峇里島內陸；我們只是沿著海岸行駛，整個禮拜都是海灘、海灘、海灘。有時我們搭小漁船出海到某個島上，看那兒有什麼好玩的。峇里島有各式各樣海灘。我們某天在庫塔的南加州式白沙海灘閒晃，而後上行前往西岸凶險的黑岩岸海灘，然後跨越似乎未見一般遊客前往的分界線，到達北岸，唯有瘋狂的衝浪者才勇於踏上的狂烈海灘。我們坐在海邊觀看危險的海浪，看著精瘦、棕膚色和白膚色的印尼與西方衝浪軍劃過水面，猶如扯開大海的藍色晚宴服背後的拉鍊。我們看著衝浪者帶著傲骨衝向珊瑚與岩石，回來的時候卻又衝著另一波海浪，我們倒抽一口氣說：「好傢伙，完全一團糟啊。」

我們如同原本的打算，長時間（爲尤弟著想）完全遺忘自己身在印尼的現實，駕著租來的車，吃垃圾食物，唱美國歌，到處找比薩餅吃。當我們被身在峇里島的證據壓倒時，便予以忽視，假裝自己還在美國。我會問：「通過這座火山最好走哪條路？」尤弟便說：「我想該走『I-95』。」我反駁：「可是那會剛好碰上波士頓的塞車時段……」雖然只是遊戲，卻多少奏效。

有時我們發現綿延不絕的平靜碧海，便游泳一整天，准許對方在早上十點開始喝啤酒（「好傢伙——這藥有效。」）我們和每個遇上的人交朋友。尤弟是那種走在海邊看見有人造船，就停下來說「哇！你在造船嗎？」的那種人。他的好奇心如此迷人，過沒多久，我們便得到造船人家裡住上一年的邀請。

奇特的事在夜間發生。我們在前不著村、後不著店的地方碰上神祕的廟會，讓自己被合唱歌聲、鼓聲與木琴聲催眠。我們在某個海邊小鎮上，發現全部的當地人聚集在陰暗街道上舉辦生日慶典；尤弟和我被人從人群中拉出來（被外人視爲嘉賓），受邀與村裡最美的姑娘跳舞。（她穿金戴銀，香味四溢，化的妝彷如埃及人；她可能年僅十三歲，其纖柔、性感的搖臀方式卻足以誘惑她想誘惑的任何神明。）隔天我們在同個村子裡找到一家奇特的家庭餐館，餐館的咨里老闆自稱是泰式料理的大廚，儘管他肯定不是。但我們還是整天待在餐館裡喝冰可樂，吃油膩的泰式炒麵，和老闆十幾歲的柔弱兒子玩大富翁。（我們後來才想到，這位美少年很可能是前一晚的美少女舞者；咨里人精通於儀式變裝。）

每天我從所能找到的偏遠電話亭跟斐利貝通話，他問：「還得睡幾天覺，妳才會回到我身邊？」他告訴我：「我很享受愛上妳，甜心。感覺如此自然，就像每隔兩個禮拜就會經歷的事情，但實際上我已將近三十年沒對任何人有這種感覺了。」

還不到那裡，還不到深深陷入愛中的地步，我語出猶豫，提起自己幾個月後即將離開。斐利貝漠然以對。他說：「或許這只是一個愚蠢浪漫的南美想法，但我要妳了解——甜心，爲了妳，我甚至願意受苦。無論我們之間將來發生任何痛苦，我都已接受，只爲了現在和妳在一起的快樂時光。讓我們享受美好的此刻。」

我告訴他：「你可知道有趣的是——在遇見你之前，我認眞考慮過永遠獨身。我打算過靈性沉思的生活。」

他說：「甜心，那先來沉思一下……」而後開始具體陳述再度與我同床共枕時，他打算對我的身體所做的第一、第二、第三、第四、第五件事。講完電話後，我膝蓋軟下去，踉蹌地走開，爲這新的激情感到莞爾而迷惘。

公路之旅的最後一天，尤弟和我在某個海灘閒坐數小時之久——正如我們經常做的那樣——又開始談及紐約，它的好，我們對它的愛。尤弟說他想念紐約，幾乎相當於想念他太太——彷彿紐約是一個人，打從被驅逐出境後就失去的一個親人。我們聊天的同時，尤弟在我們的毛巾之間撣開一塊白沙地，畫一張曼哈頓地圖。他說：「讓我們塡上紐約在自己記憶中的一切吧。」我們用手指尖畫出每一條大道，主要的交叉路段，歪曲的百老匯街，河流，格林威治村，中央公園。我們挑了一個漂亮的薄貝殼代表帝國大廈，另一個貝殼代表克萊斯勒大廈。我們拿了兩根小枝子，把雙子星大樓放回曼哈頓島尖端，以示敬意。

我們用這幅沙子地圖來告知對方紐約最讓自己喜歡的地點。尤弟現在戴的太陽眼鏡是在這兒買的；我現在穿的涼鞋是在這兒買的。這是我和前夫第一次吃晚飯的地方；這是尤弟和他太太認識的地點。這是城裡最好的越南餐館，這是最好的貝果餅店，這是最好的麵館（「沒的事，死玻璃——這裡才是最好的麵館。」）我畫出自己過去住的「地獄廚房」（Hell's Kitchen）區，尤弟說：「我知道那兒有家好餐館？」

「踢踏客（Tick-Tock）、鮮豔（Cheyenne）或星光（Starlight）？」我問。

「踢踏客，好傢伙。」

「有沒有試過蛋蜜乳？」

他悲嘆：「喔天啊，我知道……」

我深深感受到他對紐約的思念，有片刻間使我誤認為那是自己的思念。他的鄉愁徹底感染了我，使我忽然忘記自己其實在未來哪天能回到曼哈頓去，而他卻不能。他把玩雙子星大樓的兩根枝子，使它們更牢牢固定在沙地上，而後眺望平靜的碧海，說：「我知道這兒很美……但妳想我能不能再見到美國？」

我能說什麼。

我們陷入沉默。然後他吐出含在嘴裡已經一小時的難吃的印尼硬糖，說：「好傢伙，這糖的味道噁心透了。妳從哪兒拿來的？」

「從你娘那兒，好傢伙，」我說：「從你娘那兒拿來的。」

99

我們回烏布後，我直接到斐利貝家，然後約有一個月未離開過他的臥室。這說來一點都不誇張。過去我從未被哪個人如此愉悅專注地依戀愛慕。我從未在做愛過程中被如此生吞活剝。

我對親密關係所了解的一件事，是某種天然法則支配著兩個人的性經驗，而這些法則沒有讓步的餘地，正如同地心引力般無從商榷。生理上對另一個人的身體感覺自在與否，不是你所能做的決定。和兩個人的想法、舉止、談吐，甚至長相，也毫無關係。神祕的吸引力若非深埋在胸骨後頭，就是毫不存在。倘若不存在（如同我過去令人心痛的明確體驗），你亦無從強迫，正如同外科醫師無從強迫病患的身體去接受不合適的腎臟捐贈。我的朋友安妮說，一切都回歸到一個簡單的問題：「你想不想讓自己的腹部，永遠貼著另一個人的腹部？」

斐利貝和我欣喜地發現，我們是一個完全協調、在基因設計上即完全腹貼腹的成功案例。我們沒有任何身體部位對對方的任何身體部位過敏。沒有任何危險、困難，或排斥。我們的感官世界——簡單而徹底地——相得益彰。並且……被予以讚賞。

「看看妳，」斐利貝在我們再次做愛後，帶我到鏡子前，讓我看看自己赤裸的身體與毛髮，彷彿我剛從太空總署的太空訓練離心機中走出來。他說：「看看妳多美……妳的每一道曲線……都像沙丘……」

（事實上，我想自己的身體這輩子從未看起來或感覺如此放鬆。打從六個月大時，母親拍下我在廚房水槽洗完澡後，裹著毛巾在流理台上的快樂照片以來，都不曾有過。）

而後他帶我回床上，以葡萄牙語說：「Vem, gostosa.」

過來吧，我的可人兒。

斐利貝還是個寵愛大師。他在床上不知不覺地以葡語愛慕我，因此我已從他的「可愛的小甜心」晉升為「他的queridinha」（字面翻譯：「可愛的小甜心」）。我來峇里島後很懶惰，不想學印尼語或峇里語，突然間卻輕而易舉學會葡萄牙語。當然我只學會枕邊細語，卻是好用的葡語。他說：「親愛的，妳會膩的。妳會厭倦我的撫摸，厭倦我每天說好幾次妳有多美。」

考驗我吧，先生。

我在這兒失去時間，我在他的被單下、他的手下消失。我喜歡不知年月的感覺。我一板一眼的時間表已隨風消散。最後，過了好長一段時間，我才在某天下午去看訪我的藥師。賴爺在我開口說話前從我臉上看見眞相。

「妳在峇里島找到男友了。」他說。

「是的，賴爺。」

「很好。小心別懷孕。」

「我會的。」

「他人很好？」

「你告訴我吧，賴爺，」我說：「你看過他的手相。你保證過他是好男人。大概說了七次。」

「真的？哪時候？」

「六月的時候。我帶他過來。他是巴西人，年紀比我大。你跟我說你喜歡他。」

「我從沒說過，」他堅稱，而我不管說什麼他都不相信。賴爺時而忘事，就像你若介於六十五至一百一十二歲之間的話也會忘事。大半時間，他是敏銳的人，但有些時候我覺得自己干擾到他，使他從另一層意識、另一個宇宙裡拉出來。（他在幾星期前，完全不明所以地對我說：「小莉，妳是我的好朋友。忠心的朋友。親愛的朋友。」接著嘆口氣，凝望空中，哀戚地加上一句：「不像雪倫。」誰是這見鬼的雪倫？她對他做了什麼？我想問他，他卻未給我任何答案。甚至突然間像是不明白我提起的人是誰，彷彿一開始是我先提起這位賊頭賊腦、水性楊花的雪倫。）

「妳怎麼從來不帶男友過來給我認識？」此刻他問道。

「我帶來過，賴爺。真的。你跟我說你喜歡他。」

「不記得了。妳的男友，他有錢嗎？」

「沒有，賴爺。他不是有錢人。但他的錢夠用。」

「中等有錢？」藥師要數據表式的細節。

「他的錢夠用。」

我的回答似乎讓賴爺惱怒。「妳跟這名男人要錢，他會給妳，或不會？」

「賴爺，我不要他給我錢。我從沒跟男人拿過錢。」

「妳每天跟他過夜？」

「是的。」

「很好。他寵不寵妳？」

「非常寵。」

「很好。妳還禪坐吧？」

是的，我依然天天禪坐，從斐利貝的床溜到沙發上，讓自己靜坐，對這一切表達感激。在他的陽台外頭，鴨子一路聒聒叫，穿越稻田，到處聒噪戲水。（斐利貝說這些峇里島的忙碌鴨群，老是讓他想起大搖大擺走在里約海灘的巴西女人；高聲閒聊，經常打斷彼此，自信滿滿地擺動臀部。）現在的我如此放鬆地潛入禪修，彷如我的情人正爲我準備沐浴。在早晨的陽光下裸著身子，只裹著一條薄毯，我融入恩典中，漂浮在無極的上空，猶如在湯匙上保持平衡的小貝殼。

過去的人生，為何似乎很難？

有一天我打電話給在紐約的朋友蘇珊，隔著電話傳來典型的都市警車鳴笛的背景響聲，我聽她向我傾訴最新的失戀細節。我的聲音冷靜平和，有如午夜爵士電台主持人的語調，我告訴她，放手吧，我說，寶貝，妳得明白一切皆已十分完美，宇宙提供給我們安寧、和諧的一切……

隔著警笛聲，我幾乎看見她一邊翻著白眼，一邊說：「這聽起來像是今天已經高潮四次的女人說的話。」

100

可是在幾個禮拜後，所有的尋歡作樂，使我自食其果。那些不眠之夜，那些做太多愛的日子，使我的身體開始反撲，我的膀胱嚴重感染。一種過度性愛的典型病症，尤其在你不再習慣過度性愛的時候，更易遭受侵襲。它就像任何悲劇般迅速來襲。某天早上我走過鎮上辦理雜務，灼痛與發燒突然襲來。我在輕狂的年輕時代曾有過這些感染，因此知道是怎麼回事。我驚恐片刻——這種事很可能變得很嚴重——而後心想：「謝天謝地，我在峇里島最好的朋友是位治療師。」於是跑進大姐的店裡。

「我生了病！」我說。

大姐看了我一眼，說：「小莉，妳生病，因爲做太多愛。」

我呻吟，把臉埋在手中，很不好意思。

她咯咯笑說：「妳瞞不了大姐……」

我痛得要命。感染過的人都很清楚這種可怕的感覺；至於未曾體驗過這種痛苦的人——請構想你自己的痛苦比喻，最好在句子裡使用「撥火棍」這詞兒。

大姐就像資深消防員或急診室醫師，總是從從容容。她開始有條不紊地切藥草，煮根莖，遊走於廚房和我之間，給我一帖又一帖溫熱、棕色、味道有如毒藥的煎藥，說：「親愛的，喝了吧……」

每逢一帖藥正在煎煮時，她便坐在我對面，神情淘氣地利用機會追問。

「妳小心不要懷孕吧，小莉？」

「不可能，大姐。斐利貝做了結紮。」

「斐利貝做了『結紮』？」她問道，對此敬畏三分，彷彿問的是：「斐利貝在托斯卡尼有棟別墅？」

（順便一提，我也有相同的感覺。）「在峇里島要男人做這件事非常困難。避孕向來是女人的問題。」

（儘管印尼生育率近來的確有下降趨勢，源於最近實施的一套避孕獎勵計畫：政府答應提供一部新機車給每一位自願動結紮手術的男人……儘管我可不敢想像這些男人必須在「手術同一天」騎新機車回家。）

「性很有趣。」大姐若有所思地說，一邊看我痛得齜牙裂嘴，不斷喝她的自製煎藥。

「是的，大姐，謝啦。是很愉快。」

「不，性眞的很有趣，」她繼續說：「使大家做有趣的事。每個人一開始愛上的時候都像這樣。想要更多快樂，太多歡樂，直到讓自己生了病。甚至大姐，在愛的故事剛開始時也發生過。失去平衡。」

「我眞丟臉。」我說。

「不，」她說。隨後她以完美的英語（以及完美的峇里邏輯）又說：「有時爲愛失去平衡才能過平衡的生活。」

我決定打電話給斐利貝。我家有些抗生素，以備旅行期間的不時之需。從前我有過這種感染，清楚其嚴重性，甚至可能通往腎臟。我不想在印尼經歷這些。於是我打電話給他，告知他發生的事情（他深感罪惡），請他把藥帶來給我。並非我不信任大姐的醫療本事，只不過這痛不是鬧著玩的……

她說：「妳不需要西藥。」

「但也許比較好，以防萬一……」

「再等兩個小時，」她說：「要是沒好轉，妳就服自己的藥。」

我勉強同意。我對這種感染的經驗是，可能得花幾天時間才能消失，即使服用強效抗生素。但我不想讓她不舒服。

圖蒂在店裡玩，她不停地拿自己畫的房屋小圖過來逗我開心，以八歲孩子的同情心輕拍我的手。

「伊莉莎白媽媽生了病？」至少她不清楚我做了什麼才得病。

「大姐，妳房子買了嗎？」我問。

「還沒呢，親愛的。不急。」

「妳喜歡的那個地方呢？我以爲妳想買？」

「發現沒在賣。太貴了。」

「妳心目中有其他地方？」

「現在別擔心這個，小莉。目前，讓我使妳快快好起來。」

斐利貝帶來我的藥，一臉自責，對於讓我遭此痛苦（至少這是他的看法）向我和大姐道歉。

「不嚴重，」大姐說：「用不著擔心。我不久就能治好她。很快就能好起來。」

隨後她去了廚房，拿出一只巨大的玻璃缽，缽裡裝滿葉、根、漿果、薑黃、一團看起來像巫婆頭髮的東西，還有我認爲是蠑螈的眼睛……全部浮在原本的棕色汁液中。缽內的這玩意兒約有一加崙之多。臭得像屍體。

「親愛的，喝了吧，」大姐說：「全部喝掉。」

我忍著喝下去。不到兩個鐘頭……嗯，我們都清楚結局如何。兩個鐘頭不到，我沒事了，徹底痊癒。必須吃幾天西方抗生素才能治好的感染，全都消失了。我想付錢給她，作為她把我醫好的代價，她卻只笑說：「『我的姊妹不需要付錢。』而後她轉身對斐利貝假裝嚴厲地說：「你現在得小心待她。今晚只能睡覺，不准碰她。」

「醫治人們這些因爲性而引起的問題，不讓妳覺得難堪？」我問大姐。

「小莉，我是治療師。我治療所有的問題，女人的陰道，男人的香蕉。有時候我甚至還爲女人製作假陰莖呢。讓她們獨自做愛。」

「人造生殖器？」我吃驚地問。

「小莉，不是人人都有個巴西男友，」她提醒道。然後她看看斐利貝，快活地說：「你如果有需要幫忙你的香蕉變硬，我能給你藥。」

我趕忙向大姐保證斐利貝的香蕉一點都不需要幫忙，但向來有生意頭腦的他打斷我，詢問大姐這種讓香蕉變硬的治療能否裝瓶上市。「能讓我們大賺一筆，」他說。但她說不是這樣的。她所有的藥都需要每天新鮮製作才能奏效。而且必須配合她的禱告。無論如何，她說，內服藥不是大姐讓男人香蕉硬挺的唯一方式，而按摩也能達到效果。而後我們驚異地聽她描述她爲男人不舉的香蕉所做的各種按摩，她如何抓著這玩意的底端，甩動一個小時，促進血液流動，同時唸特殊禱詞。

我問：「可是大姐——萬一男人每天回店裡來，說：『還沒治好，醫師！需要再做一次香蕉按摩』！那怎麼辦？」這無聊的主意令她發笑，她承認是得當心別把太多時間花在治療男人的香蕉上，因爲這在她內心造成某種程度的……強烈感覺……她認爲這對醫療能量並無好處。有時確實會讓男人失控。（倘若你多年不舉，突然間這位一頭烏黑秀髮的褐膚女郎讓你的引擎再次運轉，你也會失控。）她說有個男人在某回治療不舉之際躍起身子，開始繞著房間追她，說：「我需要大姐！我需要大姐！」

然而大姐的能力不僅這些。她告訴我們，有時她還必須教導如何對抗不舉或冷感，或者教導生不出小孩的夫妻有關性的事。她必須在他們的床單上畫魔法圖，對他們說明哪些性姿勢適合月中的哪一天使用。她說男人若想要孩子，就該和老婆「非常、非常使勁地」做愛，就該「從他的香蕉非常、非常快速把水噴入她的陰道」。有時大姐還必須親自和做愛的夫妻待在房間裡，說明該多麼使勁、多麼快速。

我問：「有醫師大姐站在身邊，男人有辦法從香蕉非常使勁、非常快速地噴出水來嗎？」

斐利貝模仿大姐觀看夫妻：「快一點！使勁點！你到底想不想要小孩啊？」

大姐說，是的，她知道這很怪，但這是治療師的職責。儘管她承認進行這件事之前與之後必須舉行多次淨化儀式，以便讓她的聖靈完好無損，她並不喜歡太常做，因為這讓她覺得「怪異」。但倘若關於受孕，她就會處理。

「這些夫妻現在都生了孩子嗎？」我問。

「生孩子了！」她驕傲地確認。當然他們都生了孩子。

但大姐接著告訴我們一件相當有趣的事。她說假使一對夫妻不幸無法受孕，她就會同時檢查夫妻兩人，決定——照他們的說法——過錯在誰。假使問題在女方，沒問題——大姐可採取古療法治療。但倘若問題在於男方——這在峇里島的父權社會中，可是微妙的情況。大姐在此一情況的醫療選擇有其限制，因為直接對一個峇里島男人說他不孕是危險的事——男人怎麼可能不孕的！男人畢竟是男人。倘若無法懷孕，肯定錯在女方。倘使女人不趕緊給丈夫生孩子，麻煩可大了，她可能遭遇挨揍、羞辱、被休的命運。

「在這種情況下，妳怎麼處理？」我問道；心中嘖嘖稱奇於一個還把精液稱作「香蕉水」的女子，能夠診斷得出男人不孕。

大姐對我們說明一切。她對男人不孕病例採取的治療法是，跟男人說他的妻子不能生育，而妻子必須每天下午單獨前來參與「療程」。當妻子獨自來店裡時，大姐從村子裡找一名年輕男人過來，跟妻子做愛，希望讓她懷孕。

斐利貝驚恐地說：「大姐！不可能吧！」

但她只是平靜地點點頭。是的。「別無選擇。妻子如果健康，就能生下孩子。人人都很高興。」

斐利貝因爲住在鎮上，立刻想要知道：「誰？妳雇誰做這個工作？」

大姐說：「就是那些司機。」

我們全笑了，因爲烏布鎮處處看得見這些年輕人；這些坐在每個街角的「司機」，騷擾路過的遊客，不斷叫嚷：「搭車？搭車？」希望載人出城遊覽火山、海邊或寺廟，以賺點小錢。大致說來，這群人相貌堂堂，膚色有如尚更畫中的人物，身材健美，蓄時髦的長髮。在美國爲女人開一間「精子診所」，雇用這類美男子，絕對可以讓你大賺一筆。大姐說她的不孕治療最妙的是，一般來說，這些司機爲自己提供的性傳送服務甚至不求報償，尤其倘若看診的妻子長相漂亮的話。斐利貝和我同意這些男人相當慷慨且極具社區精神。九個月後，漂亮的孩子出生了。人人都很高興。最美好的是：「沒有必要取消婚姻」。我們都曉得取消婚姻在峇里島是多麼可怕的事情。

斐利貝說：「老天——我們男人眞是壞蛋。」

大姐理直氣壯。這項治療之所以有必要，是因爲對一個峇里島男人說他不孕，他回家的時候免不了要對妻子做出可怕的事。倘若峇里男人不像這樣，她大可用其他方式治療不孕。但這是文化現實產生的結果。她對此毫不心虛，而認爲這只不過是另一種創意療法。她又說，無論如何，讓妻子和很酷的司機做愛有時候不失爲好事，因爲峇里島的多數老公都不知道如何和女人做愛。

「多數老公都像公雞，像山羊。」

我提議：「大姐，或許妳該開設性教育課程。妳該教導男人如何溫柔撫摸女人，那麼也許他們的老婆會更喜歡性愛。因爲男人如果溫柔撫摸妳，觸摸妳的肌膚，說甜言蜜語，親吻妳全身，不慌不忙……性愛可以是美好的事情。」

突然間，她臉紅了。這位按摩香蕉、治療膀胱感染、賣人工生殖器、有時拉皮條的大姐，竟然臉紅了。

「妳說這些，讓我覺得彆扭，」她搧搧自己，說：「這些談話，讓我覺得……有異狀。就連內褲裡頭也覺得有異狀！你們兩個回家去吧。別再談這些有關性的事了。回家，上床去，但睡覺就好，好吧？睡覺就好！」

101

回家路上，斐利貝問我：「她房子買了嗎？」

「還沒。她說還在找。」

「打從妳把錢給她，已經一個多月了，不是嗎？」

「沒錯，可是她想要的那塊土地不出售。」

「小心點，甜心，」斐利貝說：「別讓這件事拖太久。別讓整個情況變成『峇里式』麻煩。」

「什麼意思？」

「我不想干涉妳的事，但我在這國家已待了五年，知道這兒的情況。事情有可能變得很麻煩。有時候很難搞清楚事情的眞相。」

「斐利貝，你想說什麼？」我問，我見他未立刻回答我，便引用他自己說過的名句：「你若能慢慢告訴我，我就能快快明白。」

「我想說的是，小莉，妳的親朋好友爲這個女人籌了一筆錢，而現在錢都擱在大姐的銀行。確定一下她的確買了房子。」

102

七月底來臨，我的三十五歲生日也到來。大姐在她店裡爲我舉辦生日派對，和我以往的過生日經驗完全不同。大姐讓我穿上峇里島傳統的生日禮服——鮮紫色紗龍裙、無肩帶緊身上衣和一條緊緊裹著我的金色長布，形成一道緊身保護膜，幾乎使我喘不過氣來，甚至吃不下自己的生日蛋糕。她在又小又暗的臥室（裡頭塞滿與她同住的三個孩子所有的東西）中，把我塞入這套精美服飾，一邊在我胸前別住這些打了摺的華麗布料，不經意地問我：「妳想過嫁給斐利貝嗎？」

「沒想過，」我說：「我們沒打算結婚。我不想再嫁人，大姐。我認爲斐利貝也不想再娶妻。但我喜歡和他在一起。」

「外在體面好找，但外在體面而且內在也體面，這可不容易。斐利貝就是一例。」

我同意。

她微笑說：「小莉，這好男人是誰帶給妳的？是誰天天祈禱讓妳找到他？」

我親吻她。「謝謝妳，大姐。妳做得超完美。」

我們起身參加生日派對。大姐和孩子們用汽球和棕櫚葉裝飾整個地方，還有手寫標語，上面寫著複雜的連寫句，比方：「祝妳，親愛的好姊姊，我們心愛的伊莉莎白女士生日快樂，祝妳生日快樂，永遠平安，生日快樂。」大姐的幾位姪兒、姪女是天生的舞者，在廟會跳舞，於是他們都來餐廳爲我跳舞；令人難以忘懷的華麗演出，通常只用來獻給祭司。每個孩子都佩戴金色大型頭飾，臉上化著妖艷的濃妝，頓足有力，手勢纖柔。

峇里島的派對，整體而言環繞著一個原則組織而成：大家盛裝出席，坐在附近，面面相覷。事實上很像紐約的時尚派對。（「天啊，甜心，」當我說起大姐要爲我舉辦峇里式生日派對時，斐利貝呻吟道：「那會是一場乏味的派對……」）然而並不致乏味——只是安靜。只是不同罷了。先是整個盛裝打扮的部分，而後是整個跳舞表演的部分，接著是整個坐在附近、面面相覷的部分，其實並不太壞。大家看起來都很美。大姐全家人都來了，他們從四呎之外不斷朝我微笑招手，我也不斷朝他們微笑招手。

我和最小的孤兒小老四一同吹熄生日蛋糕的蠟燭；我在幾個禮拜前決定，從今以後，她也和我一樣在七月十八日過生日，因爲她從前都不曾有過生日或生日派對。我們吹熄蠟燭後，斐利貝送給小老四一只芭比娃娃，她驚喜地打開禮物，把它當作前往木星的太空船票——她在幾兆光年內想都想像不到自己會收到的禮物。

有關這場派對的一切都有些詭異。古怪地混雜各種國籍、各種年紀的朋友，連大姐的家人以及幾位我沒見過面的她的西方客戶與病患都到場來。我的朋友尤弟帶來半打啤酒祝我生日快樂，還有個叫亞當的洛杉磯編劇家也來了。斐利貝和我某晚在酒吧認識亞當，邀請他過來。亞當和尤弟在派對上和一名叫約翰的小男孩說話；男孩的母親是大姐的病患，是德國服裝設計師，嫁給一位住在峇里島的美國人。小約翰——七歲的他說儘管自己從未去過美國，但因爲老爸是美國人，因此他也算是美國人，可是他跟他母親講德語，跟大姐的孩子們講印尼語——很崇拜亞當，因爲他發現這傢伙來自加州，而且玩衝浪。

「你最喜歡的動物是什麼，先生？」約翰問。亞當回答：「鵜鶘。」

「什麼是鵜鶘？」小男孩問道，尤弟於是插嘴說：「好傢伙，你不曉得鵜鶘是什麼嗎？好傢伙，你該回家問你老爸。鵜鶘可酷呢，好傢伙。」

而後，算是美國人的小約翰轉身和小圖蒂說印尼話（或許問她鵜鶘是啥），圖蒂正坐在斐利貝腿上讀我的生日賀卡；斐利貝則和一位來找大姐治療腎臟的巴黎退休紳士講著漂亮的法語。同時，大姐打開收音機，肯尼・羅傑斯（**Kenny Rogers**）正在唱〈鄉下膽小鬼〉，而三名日本姑娘不經意間走進店裡，看看能否接受醫療按摩。我招呼日本姑娘吃生日蛋糕的時候，兩名孤兒——大老四和小老四——拿著她們存錢買給我當禮物的大亮片髮夾在裝飾我的頭髮。大姐的姪子、姪女——廟會舞者，稻農子弟——安靜坐著，遲疑地盯著地板，一身金裝，彷彿小小神明；他們讓房間充滿某種奇異脫俗的神性。外頭的公雞開始啼叫，儘管仍不是傍晚時分。我的峇里島傳統服飾緊緊勒著我，好似熱情的擁抱，我覺得這肯定是我有生以來最奇怪——卻可能也是最快樂——的生日派對。

103

可是大姐還是必須買房子，而我開始擔心這不會發生。我不清楚爲何未發生，但是非發生不可。斐利貝和我如今已插手干預。我們找到一名房地產經紀人，帶我們四處看地產，但大姐都不喜歡。我不斷告訴她：「大姐，妳非買不可。我九月離開這裡。在我離開前，必須讓我的朋友們知道他們的錢確實爲妳買了家。而妳也必須在店面被收回之前，有個棲身之地。」

「在峇里島買地不太簡單，」她不斷告訴我：「可不像走進酒吧買杯啤酒。這有可能花上很長一段時間。」

「我們沒有很長一段時間，大姐。」

她只是聳聳肩，我再次想起峇里人的「彈性時間」觀，亦即時間是相對性且彈性化的概念。「四個禮拜」對大姐的意義不見得和我相同。一天對大姐來說也不見得由二十四小時所組成；有時較長，有時較短，視當天的心靈與情緒特性而定。就像我的藥師和他謎樣的年紀，有時計算日子，有時秤日子的重量。

同時，我也終於完全了解在峇里島買地產相當花錢。由於這兒所有的東西都很便宜，使你以爲地價也很低，然而這卻是個錯誤的假設。在峇里島——尤其在烏布鎮——買地幾乎可能像在威斯特郡（Westchester County）、在東京，或在比佛利山莊名店街（Rodeo Drive）買地一樣貴。這完全不合邏輯，因爲一旦擁有一塊地，你卻無法以任何傳統邏輯可想像的方式回收你的錢。你可能花了兩萬五千塊錢左右買一「阿羅」（aro）的地（「阿羅」是一種土地度量衡，大略譯爲：「比休旅車停車位稍大一點」），而後你在那兒蓋一家小店面，每天賣一條蠟染紗龍裙給一位遊客，如此持續一生，每次獲利七角五分不到。毫無道理可言。

可是峇里島人對其土地的熱愛，遠遠超越經濟邏輯可以理解的範圍。由於土地擁有權在傳統上是峇里島人唯一認可的合法財富，如同馬塞族人對牛的看重或我的五歲外甥女對唇蜜的重視：也就是說，怎麼樣都不嫌多，一旦擁有，必然永遠不會放手，一切都名正言順歸你所有。

此外——我在八月期間深入研究錯綜複雜的印尼房地產後才發現——想搞清楚土地究竟何時出售，幾乎不可能。峇里人出售土地通常不喜歡別人知道他們有地要賣。你認爲發布這項消息不無好處，但峇里人不做如是想。假如一位峇里農民想賣地，意謂他急需現金，這是件羞恥的事。而且如果鄰居和家人發現你賣了地，他們會以爲你手頭寬裕，於是人人都想問你借錢。因此出售土地僅靠……口耳相傳。這些土地交易都祕密進行。

此地的西方海外人士聽說我想爲大姐買地，開始圍在我身邊告誡我，提供他們本身的不愉快經驗。他們警告我，關於此地的房地產事務，你永遠無法眞實確知怎麼回事。你購買的土地可能不是賣方擁有的地。帶你看地的人甚至可能不是地主，而是地主憤憤不平的姪兒，只因爲昔日某件家庭糾紛而想報復伯父。不要期待你的地產界線一清二楚。你爲自己夢想中的家園所買來的土地，可能後來被宣布爲「太接近寺廟」，因而無法取得建築許可（在這個寺廟估計多達兩萬間的小國家中，想找到一塊不太靠近寺廟的土地可不容易)。

你還必須考慮自己可能住在火山坡地上，也可能橫跨斷層線。而且不僅是地理上的斷層線。峇里島或許看似美好，明智的人卻牢記這兒畢竟是印尼——全球最大的伊斯蘭國家，骨子裡並不穩定，其腐敗貪污的現象從最高的司法人員，一直到最底下給你的車加油的傢伙（假裝加滿油）都可見到。這裡隨時可能爆發某種革命，你的全部資產可能被勝利者據爲己有。而且也許還是在槍口下。

爲了應付這種種難事，我可還沒有資格。我是說——雖然我在紐約州歷經離婚訴訟累積種種經驗，但這完全是另一碼子事。同時，我和親朋好友們捐贈的一萬八千元止擱在大姐的銀行帳戶中，已兌換成印尼盧比亞——這個貨幣過去曾經在一夕之間垮掉，化爲烏有。而大姐的店約即將在九月到期，就在我離開印尼的時候。也就是二個禮拜之後。

結果發現，想找到大姐認爲適合安居爲家的土地幾乎不可能。除了所有的現實考量外，她必須檢查每個地方的神靈（taksu）。身爲治療師，大姐對神靈的感覺即使就峇里島的標準而言，也是超級敏銳。我找到一個我認爲很完美的地方，但大姐說它被惡魔控制。接下來有塊地之所以遭她拒絕，是因爲太靠近河流，而大家都知道河流是鬼魂的居所。（大姐說，看過這塊地後，她晚上夢見一名美女穿著破破爛爛的衣服放聲大哭，於是我們買不成這塊地。）而後我們在小鎮附近找到一棟漂亮的小店家，還有後院，卻坐落在街角，只有想破產和英年早逝的人才住街角的房子。這是人人皆知之事。

「千萬別去勸阻她，」斐利貝勸我：「相信我，甜心。別介入峇里島人和他們的神靈之間。」

然後斐利貝在上個禮拜找到一個地方，似乎符合所有的條件——一小塊美好的土地，接近烏布鎮中心，位於安靜的路上，傍著稻田，有足夠空間蓋花園，在我們的預算之內。我問大姐：「我們該不該買？」她回答：「還不曉得，小莉。做這樣的決定別太急。我得先找祭司談談。」

她說她必須詢問祭司，才能在決定買的時候選定購地吉日。因爲在峇里島，所有的大事都必須挑選吉日。但是在她決定是否眞要住在那塊土地之前，她甚至不能向祭司詢問購地吉日。她拒絕承諾，除非等到自己做了吉祥的夢。我深知自己在此地所待時日無多，於是我好里好氣問大姐：「妳能多快安排做個吉祥的夢？」

大姐也好里好氣回答：「這件事不能急。」不過，她若有所思地說，倘若帶祭品去峇里島某大廟，求神帶給她吉祥的夢，也許不無幫助……

「好吧，」我說：「明天請斐利貝開車載妳去大廟，讓妳帶上供品請神託給妳一個吉祥的夢。」

大姐很願意，她說。這主意很好。只不過有個問題。她這整個禮拜都不許進寺廟去。

因爲，她的……大姨媽來了。

104

或許我尚未理解到這 切是多麼有趣。說實話，想辦法去理解這一切，既古怪卻又有趣得很。或許我之所以十分享受生命中這段超現實時光，只是因爲我碰巧談戀愛了，這向來讓世界看起來如此可愛，無論周遭現實何等瘋狂。

我一向喜愛斐利貝。但他在八月間「大姐之家的故事」當中的表現方式，讓我們像夫妻般有志一同。當然，這位顛顛倒倒的峇里女藥師發生什麼事，並不干他的事。他是生意人。他住在峇里島將近五年，卻未與峇里島人的個人生活和複雜儀式有過度牽扯，突然間卻和我涉過泥濘的稻田，尋找能帶給大姐吉日的祭司……

「在遇上妳之前，我愉快地過著自己的無聊生活。」他經常這樣說。

從前他在峇里島很無聊。他沒精打采地混日子，像葛林（Graham Greene）小說中的人物。我們一認識，怠惰感立即停止。如今我們既然在一起，我得以聆聽斐利貝自己的說法，有關我們如何相識的過程，我從未聽膩的美好故事——他在那晚的派對上如何凝望我，即便我背對著他，甚至我無須轉頭讓他看見我的臉，他內心即已明瞭：「她是我的女人。爲了擁有這個女人，我願意做任何事。」

「得到妳並不難，」他說：「我只須苦苦哀求幾個星期。」

「你才沒苦苦哀求。」

「妳沒注意到我苦苦哀求？」

他說起我們頭一晚見面去跳舞，他看我完全著迷於那個俊俏的威爾斯傢伙，形勢的發展使他心情低落，心想：「我極力引誘這名女人，而現在那個小白臉就要把她搶走，給她的生活帶來許多麻煩——但願她知道我有能力給她多少愛。」

他的確有能力。他是個天生的照顧者，我能感覺他進入我身邊的軌道中，讓我成爲他的指南針所設定的方向，而他則變成我的隨從騎士。斐利貝是那種亟需生命中有個女人的男人——不是爲了讓自己被人照顧；而是爲了有個人讓他照顧，讓他奉獻。他從結束婚姻後，生活中未曾再有過此種關係，近來一直過著漂泊不定的生活，但現在他把自己組織起來，包圍著我。被人如此對待是件好事。卻也令我害怕。有時我聽見他在樓下做晚飯給我吃，我則在樓上悠閒地看書，聽他哼著愉快的巴西森巴，朝樓上呼喊：「甜心——想不想再來杯酒？」而我心想，自己有沒有能力成爲某人的太陽，某人的一切？此時的我是否足夠集中，得以成爲他人的生活中心？某晚我終於跟他提起這個話題，他說：「我可曾要求妳成爲這樣的人，甜心？我可曾要求妳成爲我的生活中心？」

我立即對自己的自負感到羞愧，竟認定他要我永遠跟他在一起，讓他能夠一路縱容我，直到時間盡頭。

「對不起，」我說：「這有點傲慢，對吧？」

「是有一點，」他認同，然後親吻我的耳朵：「但不很嚴重，眞的。甜心，這事我們當然得討論，因爲事實上——我愛妳愛得瘋狂。」我反射性地臉色煞白，他於是即時開玩笑，嘗試消除我的疑慮：

「當然，這完全是假設性的說法。」接著他鄭重地說：「瞧我都五十二歲的人了。相信我，我老早知道世界如何運作。我看得出妳還不像我愛妳那樣愛我，但事實上，我並不在乎。出於某種原因，我對妳的感覺就像我在我的孩子們還小的時候對他們的感覺——他們沒有愛我的責任，但我有責任愛他們。妳能決定自己想要的感覺，但是我愛妳，也將永遠愛妳。即使我們彼此不再見面，妳也已經讓我復活，這就夠了。當然，我很想和妳共享生活。唯一的問題是，我不確定我在峇里島能提供妳多少生活。」

這也是我考量過的事。我觀察過烏布鎮的海外人士社交圈，十分肯定那不是適合我的生活。這鎮上到處看得見同一種角色——慘遭生活凌虐、磨損的西方人，他們丟下所有的掙扎，決定永久放逐峇里島；他們只須花兩百塊月租即可居於華屋，也許找個峇里男人或女人作伴，午前喝酒也不會遭人責難，出口一些家具給某人來賺點錢。但大致說來，他們在這兒做的，是留意自己不再被要求做任何嚴肅的事情。請注意，這些人可不是廢物。這些人是層次很高、包含多種國籍、有才華的聰明人。可是在我看來，我在此地遇見的每一人從前似乎都具有某種角色（通常是「已婚者」或「受雇者」）；如今，他們都共同缺乏似乎已被自己永遠放棄的一樣東西：「志氣」。不用說也知道，喝不少酒。

當然，這個峇里島的美麗小鎮烏布是悠閒度日、無視於時光流逝的好地方。我想這點很類似佛羅里達的西嶼（Key West）或墨西哥的瓦哈卡（Oaxaca）。烏布鎮的多數海外人士，當你問他們在此居住多久時間，回答都不是很確定。一方面，他們不很確定打從移居峇里島後經過多少年頭；另一方面，他們不很確定自己**確實**居住此地。他們無所歸屬，漂流不定。有些人喜歡想像自己只是在此地晃盪一陣子，就像在紅綠燈前任引擎空轉，等待號誌變換一樣。然而十七年過去了，你開始想……到底有沒有人離開過？

在週日下午那些漫長的午餐時光，有他們的悠閒陪伴，喝香檳、言不及義，著實是一番享受。然而身臨其境的我，多少覺得自己像綠野仙蹤當中身處罌粟花叢的桃樂絲。「小心！別在這片讓人昏睡的草地上睡著，否則你將昏昏沉沉度過一生！」

那往後我和斐利貝將會如何？既然「我和斐利貝」如今似乎已經成為一體的話。前不久他告訴我：「有時候我希望妳是迷失的小女孩，能讓我把妳撈起來，跟妳說：『來和我住吧，讓我照顧妳一輩子。』但妳並不是迷失的小女孩。妳是有遠大志向的職業女性。妳是完美的蝸牛：妳把自己的家揹在背上。妳應該永久抓住這種自由。但我只想說——倘若妳想要這個巴西男人，妳可以擁有他。我已經是妳的人。」

我不確知自己想要什麼。但我知道有一部分的自己始終希望聽見男人說：「讓我照顧妳一輩子。」從前我未曾聽過這句話。過去幾年來，我已放棄尋找這個人，而學會對我自己說這句鼓舞的話，尤其在恐懼的時刻。可是現在聽見有人誠心誠意對我說這句話……

昨晚在斐利貝睡著後，我思索著這一切，我蜷曲在他身旁，心想我們往後會怎麼樣。我們的未來有哪些可能？我們的地理差距問題——我們要住在哪裡？還有年齡差距也必須考慮。儘管某天我打電話給母親，告訴她說我遇上一位好男人，只不過——嗎，鎮定點喔！——「他五十二歲」，但她毫不困惑，只說：「小莉，我也有消息告訴妳。妳三十五歲。」（說得好，媽。在這種人老珠黃的年紀還有人要，眞是我的幸運。）儘管我其實也不介意年齡差距。事實上，我喜歡斐利貝比我年長許多。我認為這很性感。這讓我覺得有點……法式的感覺。

我們會發生什麼？

而我為何對此擔心？

我難道還沒學會擔心無濟於事嗎？

因此過了一會兒，我不再思索這一切，只是抱住熟睡的他。我愛上這個男人了。而後我在他身旁睡著，做了兩個難忘的夢。

兩者都是關於我的導師。在第一個夢中，我的導師告知我，她即將關閉道場，不再講道、教學，或出版書籍。她在最後一次向學員講道時，在講詞中說：「你們已經學夠了東西。你們已學會讓自己自由的一切方式。現在走到世界上去，過快樂的生活吧。」

第二個夢甚至更堅定。我和斐利貝正在紐約市一家好餐廳用餐。我們享用著羊排、洋薊、美酒，愉快地說說笑笑。而我朝房間的另一頭看去，看見導師的明師、一九八二年過世的思瓦米吉。然而當晚他活在世上，就在紐約的一家時髦餐廳裡。他和一群朋友在吃晚飯，他們似乎也很愉快。我們的眼神隔著房間相接在一起，思瓦米吉對我微笑，舉杯向我敬酒。

而後——相當清楚地——這位生前幾乎不會說英語的矮小印度導師，從遠處以口形對我默示：

享受吧！

105

我已經許久未見賴爺。自從捲入斐利貝的生活，並努力爲大姐找一個家以來，我和藥師在午後陽台的心靈漫談時光早已終止。我曾幾次在他家稍作停留，只是打個招呼，送他妻子水果當禮物，然而打從六月以來，我們即不曾共度優質時光。儘管如此，每當我想爲自己的缺席向賴爺道歉，他就宛如對於宇宙間各種考驗的解答皆已了然於心，笑說：「一切都完美運作，小莉。」

我依然想念這位老者，於是今天早上去他家看他。他一如往常笑臉迎人，說：「很高興認識妳！」

（我永遠更正不了他的習慣。）

「我也很高興『見到』你，賴爺。」

「小莉，過不久妳就要離開此地？」

「是的，賴爺。再不到兩個星期。所以我今天想過來看你。我想要謝謝你給我的一切。要不是你，我永遠不可能返回峇里島。」

「妳永遠會回到峇里島的。」他毫無遲疑亦無誇張地說：「妳還像我教妳的，跟妳的四兄弟一起禪坐？」

「是的。」

「妳還是遵照妳的印度導師所教的那般禪坐？」

「是的。」

「妳還做惡夢嗎？」

「不了。」

「妳對神滿意嗎？」

「非常滿意。」

「妳愛新男友？」

「我這麼認為。是的。」

「那妳得寵他。他也得寵你。」

「好的。」我答應。

「妳是我的好朋友。比朋友更好。妳就像我的女兒，」他說（不像雪倫……）：「我死的時候，妳回峇里島來，參加我的火葬。峇里島的火葬儀式很好玩——妳會喜歡。」

「好。」我又一次答應他，哽咽地說不出話來。

「讓妳的良知引導妳。妳如果有西方友人來峇里島玩，帶他們過來讓我看手相。從爆炸案過後，我的銀行很空。妳今天想不想跟我一起去參加小娃儀式？」

於是我參加了六個月大的小娃準備首次碰觸地面的賜福儀式。峇里島人在孩子出生六個月內，不讓他們碰觸地面，因為新生娃被視為上天派來的神，你不該讓神在滿是指甲屑和菸屁股的地板上爬來爬去。因此峇里島人在小娃頭六個月時抱著他，尊他為小小神明。倘若小娃在六個月內夭折，便舉辦特殊的火葬儀式，骨灰不擺在人類的墓園，因爲這小娃不曾是人類，一直都是神明。但倘若小娃活到六個月，即舉辦盛大儀式，終於准許孩子的腳碰觸地面，歡迎幼子加入人類的行列。

今天這場儀式在賴爺鄰居家舉辦。主角是女娃，已取了「普嘟」的綽號。她的母親是位漂亮的少女，父親是同樣漂亮的少年，而少年是賴爺某姪兒的孫子，可能是這樣。賴爺盛裝出席——一襲白色絲綢紗龍（鑲金邊），一件白色長袖前扣外衣，帶有金色鈕釦及尼赫魯式的衣領，這使他看起來像車站搬運工或豪華飯店的小巴司機。他頭上裹一條白色頭巾。他驕傲地讓我看他戴滿金戒指與魔法寶石的手。全部約有七只戒指。每個戒指都具有神力。他帶著祖父晶亮的銅鈴，用來召喚神靈，他要我爲他拍很多照片。

我們一同走路前往他的鄰居的宅院。有好長一段路程，而且必會途經繁忙的主街一陣子。我在峇里島已待了近四個月，卻未看過賴爺離開自家房子。看他走在飛速行駛的車輛與瘋狂的機車陣當中，教人感到困窘。他看起來如此矮小、脆弱。在車陣與喇叭聲的現代背景襯托下，使他看起來非常不協調。出於某種原因，這讓我想哭，但也許今天的我原本就有些激動。

我們到達時，鄰居家中已經來了約四十名的客人，家庭祭壇堆滿供品——裝滿米、花、檀香、烤豬、幾隻鵝、幾隻雞、椰子等的一堆堆棕櫚籃，以及在微風中飄動的紙幣。大家都以最優美的絲綢與蕾絲裝飾自己。我的穿著顯得過於隨便，身體因騎單車而汗溼，而在這些華服當中，我也意識到自己顯眼的破爛T恤。但他們卻照樣歡迎我，就像一個衣著不當、不請自來的白種姑娘所希望受到的歡迎那樣。人人熱情地對我微笑，而後逕自開始坐在附近讚賞彼此的衣裝。

儀式進行數小時，由賴爺執行。只有那種有口譯人員隨行的人類學家才能告訴你所發生的一切，但從賴爺的說明和讀過的書上，我能了解部分儀式。父親在第一輪的祈福中抱著小娃，母親則抱著模擬小娃的椰子，襁褓中的椰子看起來就像嬰兒。這顆椰子像眞正的嬰兒般受到祝福、以聖水浸洗，而後在小娃的腳首次碰觸地面之前放在地上：這是爲了騙過惡魔，讓惡魔侵襲假娃兒，放過眞娃兒。

然而，在眞娃兒的腳碰觸地面之前，必須進行數小時的吟唱。賴爺搖鈴，不斷誦唱咒語，年輕父母的臉上綻放出喜悅和驕傲。客人來來去去，轉來轉去，說長道短，觀看典禮一會兒；送禮之後，出發前往另一場邀約。在這場古儀式的禮節當中，卻是出奇地不拘禮節，就像後院野餐與禮儀教會的綜合體。賴爺對小娃吟唱的咒語十分動聽，結合神聖與親愛之心。母親抱著嬰兒，賴爺在孩子面前揮動一樣樣食物、水果、花、水、鈴、烤雞的雞翅、一點豬肉、剖開的椰子……他隨著每個新項目爲她吟唱一段。小娃笑著拍手，賴爺也笑，繼續吟唱。

我想像他所吟唱的句子，自己翻譯如下：

喔……小娃兒，這是給妳吃的烤雞！往後妳會喜歡烤雞，我們願妳吃很多烤雞！喔……小娃兒，這是米飯，願妳永遠可以隨心所欲地吃飯，願妳永遠有許多米飯可以吃。喔……小娃兒，這是椰子，椰子的樣子是不是很逗趣，往後妳會有許多椰子吃！喔……小娃兒，這是妳的家人，妳沒看見家人多麼愛妳嗎？喔……小娃兒，妳是整個宇宙的寶貝！妳是優等生！妳是我們的最棒的小兔子！妳是我們的小傻瓜！喔……小娃兒，妳是開心果，妳是我們的一切……

每個人一次又一次以浸在聖水的花瓣被賜福。全家人輪流傳遞小娃，對她輕柔低語，賴爺則吟唱古咒語。他們甚至讓我抱著小娃一會兒，儘管我身穿牛仔褲；我在大家吟唱時，對她低聲祝福。「祝妳好運，」我告訴她：「拿出勇氣。」天氣讓人渾身滾燙，儘管在陰影下亦然。年輕母親身穿性感的緊身衣，套著透明的蕾絲衫，正出著汗。年輕父親似乎只知道驕傲地咧嘴而笑，其他的表情都不會做，他也在流汗。婆婆奶奶們搧著自己，感覺疲憊，坐下來，站起來，為獻祭的烤豬傷腦筋，忙著趕狗。大家輪流關心、不關心、疲倦、發笑、興奮。但賴爺與小娃似乎共同關閉在他們的經驗當中，注意力被彼此所吸引。小娃整天目不轉睛地注視著藥師。誰聽說過一個六個月大的小娃可以在烈陽下不哭、不鬧、不睡持續四小時，只是好奇地注視某人？

賴爺的表現很好，小娃的表現也很好。她全程出席自己從神的身分變成人類身分的轉變儀式。她把任務處置得很好，已經像一位峇里島的好姑娘——沉湎於儀式，相信自己的信仰，遵從文化的要求。

吟唱結束後，小娃被裹在一條長而乾淨的白床單裡，床單遠遠垂在她小小的腿底下，使她看起來高大、威嚴——簡直是個初次登台笄齡少女。賴爺在一只陶碗底部畫了宇宙的四個方向，然後盛滿聖水，將陶碗置於地上。這幅手繪指南針，標示出小娃的腳首次碰觸地面的神聖地點。

而後全家人聚集在小娃身邊，人人似乎同時抱著她——來吧！來吧！——他們輕輕把小娃的腳浸入盛滿聖水的陶碗中，即在那幅整個宇宙方位的魔法圖上方，然後他們讓她的腳跟首次碰觸地面。他們將她抬回空中時，沾濕的小腳印留在她下方的土地上，終於為這個孩子在峇里島的大框架中定了位，確立了她的立足點，亦確立了她的身分。大家興高采烈地拍手。小女孩如今成為我們的一分子。一個人類——進入了這個錯綜複雜的化身，也將伴隨未來所必須承擔的風險與歡樂。

小娃抬起頭，打量四周，露出笑容。她不再是神了。她似乎並不在乎。她毫不害怕。她似乎對自己做過的任何決定都完全滿意。

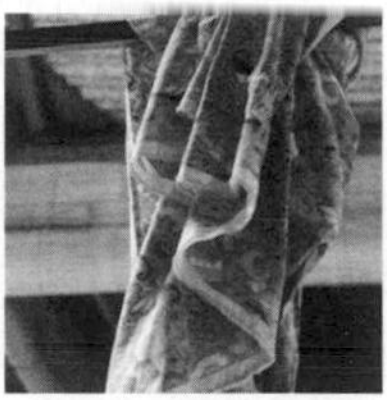

106

與大姐的交易失敗。斐利貝爲她找到的地產不知怎地並未交易成功。我問大姐怎麼回事，卻得到關於契約未談成的瑣碎回答；我想我從未被告知眞相。不過眞正的重點就只是交易無效。我對大姐買屋的整個情況，開始感到恐慌。我想對她說明我的急迫：「大姐——只剩下不到兩個星期，我就必須離開峇里島返回美國。我無法面對所有給我錢的朋友，告訴他們說妳的家仍無著落。」

「可是小莉，一個地方如果沒有好的神靈……」

每個人對人生的急迫性都有不同看法。

然而幾天過後，大姐急急忙忙打電話到斐利貝家。她已經找到另一塊地，這塊地很讓她喜歡。一片翡翠綠的稻田，在安靜的路上，離鎭上不遠。而且整個顯露出好神靈的氣息。大姐告訴我們土地歸某個農人所有，是她父親的友人，亟需現金。他共有七阿羅待售，可是（因爲需要很快拿到錢）很願意只賣她買得起的兩阿羅地。她喜歡這塊地。我喜歡這塊地。斐利貝喜歡這塊地。圖蒂——繞著圈子橫越草地，展開雙臂——也愛這塊地。

「買了吧。」我告訴大姐。

可是過了幾天，她依然舉棋不定。「妳究竟想不想住在那裡？」我不斷詢問。

她再次拖延時間，隨後又改變說法。今早她說，農人打電話告訴她，他不肯定還能不能只賣她二阿羅地；他想出售完整的七阿羅地……問題在於他老婆……農人得和他老婆談談，看她願不願意把地分開出售……

大姐說：「要是我有更多錢就好了……」

老天，她要我籌出現金購買整塊地。儘管我在想辦法如何去籌到另一大筆令人驚愕的兩萬兩千美金，我還是說：「我辦不到，我沒有錢。妳能不能和農人商量商量？」

然後，眼神不再看我的大姐編了個複雜的故事。她告訴我說，前幾天她去找一位神祕人士，此人進入恍惚狀態，告訴大姐絕對必須買這整套七阿羅土地，才能蓋一所好的醫療中心……這是天命……神祕人士還說，倘若大姐能買下整套土地，或許哪天能蓋上一間不錯的豪華飯店……

不錯的豪華飯店？

啊。

突然間我成了聾子，鳥兒不再歌唱。我看見大姐的嘴在動，但我不再聽到她說話，因爲一個想法突然出現，公然掠過我的腦海：**食品雜貨，她在耍妳**。

我站起身，和大姐道別，慢慢走路回家，直截了當詢問斐利貝的意見：「她眞的在耍我嗎？」

他不曾對我和大姐的事情發表評論，一次都沒有。

「甜心，」他體貼地說：「她當然在耍妳。」

我的心沉到谷底。

「但她不是故意的，」他很快接著說：「妳得了解峇里島人的思考邏輯。盡量榨取遊客的錢，是當地人的生活方式。也是每個人的生存方式。因此她現在要捏造有關農人的故事。甜心，峇里男人打哪時候開始需要跟老婆商量生意的事？聽著——那傢伙急著賣她一小塊地；他已經說願意賣。但她現在想要買整套地。她要妳為她而買。」

我不敢苟同這個說法，有兩個原因。首先，我不願意相信大姐真的會這麼做。其二，我不喜歡他的言論底下所蘊含的文化指涉，那種殖民者的「白種男性負擔」之類的氣息，「這些人都像怎樣怎樣」的父權論調。

但斐利貝不是殖民者；他是巴西人。他解釋說：「聽著，我這個南美人在窮困中長大。妳以為我不了解這種貧困文化？妳給大姐的錢，是她這輩子想都想不到的數量，而她現在有了瘋狂想法。在她而言，妳是她的奇蹟恩人，這可能是她最後一次的大好機會。讓老天來評評理吧——四個月前，這個可憐的女人甚至沒有足夠的錢為她的孩子買午餐，但是現在她竟然想開飯店？」

「那我該怎麼辦呢？」

「切勿動怒，無論發生什麼事。妳若動怒，就會失去她，這很可惜，因為她是個了不起的人，而且愛妳。這是她的生存手法，就接受這個事實吧。切勿把她看作壞人，切勿以為她和孩子們不是真的需要妳幫忙。但妳不能讓她占妳便宜。甜心，我看過這種事情一再發生。在此地長住的西方人，往往落入兩個陣營。半數人持續扮演遊客角色，說：『喔，這些可愛的峇里島人，真親切，真優雅』……卻被坑得很慘。另一半人對自己老是被坑感到灰心喪氣，於是開始討厭峇里島人。這是可恥的事，因為這讓你失去所有這裡的好朋友。」

「但我該怎麼做？」

「妳得扳回局面。跟她玩些把戲，就像她跟妳玩把戲一般。以其人之道，反治其人。那麼妳終究幫了她忙：她需要一個家。」

「我不想玩把戲，斐利貝。」

他親吻我的頭。「那妳不能在峇里島生活，甜心。」

隔天早上，我想好計畫。我眞不敢相信——一整年學習美德、努力爲自己追求誠實的生活之後，我即將吐出一個天大謊言。我即將跟我在峇里島最喜愛的人撒謊，而她就像我的姊妹，還曾經爲我清洗腎臟。老天，我將要對圖蒂的媽咪撒謊！

我走去鎭上，走進大姐的店。大姐前來擁抱我。我挪開身子，假裝煩惱。

「大姐，」我說：「我們得談談。我出了嚴重問題。」

「和斐利貝之間？」

「不是。是和妳之間。」

她看起來像要暈倒。

「大姐，」我說：「我在美國的朋友們非常氣妳。」

「氣我？爲什麼，親愛的？」

「因爲四個月前，他們給妳一大筆錢買房，妳卻還沒有買。他們每天寄電子郵件給我，問我：『大姐的房子怎麼了？我的錢呢？』他們現在認爲妳偷他們的錢用作別的用途。」

「我沒偷錢！」

「大姐，」我說：「我在美國的朋友認爲妳在……扯屁。」

她倒抽一口氣，彷彿氣管挨了揍。她看起來非常受傷，我遲疑片刻，幾乎想摟住她，安慰她說：「不，不，這不是眞話！都是我捏造的！」但是不行，我得演完。但是老天，她現在顯得十分震驚。大概沒有哪個英語用詞比「扯屁」在感情上更融入峇里語當中。在峇里島說某人「扯屁」是一件很壞的事。在這個社會，早餐前大家都對彼此扯好幾十次屁，扯屁在這兒被視爲娛樂、藝術、極端的生存法則，然而指出某人在扯屁卻是一種駭人的表達方式。在古歐洲包管挑起一場決鬥。

「親愛的，」她淚水汪汪地說：「我沒扯屁！」

「這我知道，大姐。所以我才這麼煩惱。我想告訴美國的朋友，大姐不是扯屁的人，但他們不相信我。」

她將手放在我手上。「我很抱歉讓妳爲難，親愛的。」

「這眞的很爲難。我的朋友們非常生氣。他們說妳必須在我回美國之前把地買成。他們說，如果下禮拜妳不買地，我就得……把錢取回來。」

現在她看起來不像要暈倒；她看起來像要斷氣。我有一半覺得自己是有史以來最可惡的人，向這可憐女人說這套謊言，尤其她顯然沒意識到，我根本毫無能力取出她的銀行存款，如同我毫無能力奪取她的印尼國籍。可是她怎麼知道？我讓錢神奇地出現在她的存款簿，不是嗎？難道不也能輕而易舉地把錢取回？

「親愛的，」她說：「相信我，我正在找地，別擔心，我很快找到地。請別擔心……也許三天內就能解決，我保證。」

「妳一定必須這樣做，大姐。」我嚴肅地說，並不全然在演戲。事實上，她一定得做。她的孩子們需要一個家。她即將被房東趕出去。這不是扯屁的時候。

我說：「我現在要回斐利貝家。妳買了地後打電話給我。」

我轉身走出去，明白她止在注視我，但我不願轉頭回看她。一路上，我向神提出最詭異的祈禱：

「拜託，但願她眞的是跟我扯屁。」因爲倘若她不是在扯屁，倘若她儘管有一萬八千元進帳卻眞的找不到住的地方，那麼我們的麻煩可就大了，而我也不知道這女人是否有讓自己脫離窮困的一天。但是如果她是在跟我扯屁，從某個角度而言，就是一線希望。這證明她詭計多端，在這個變動不居的世界裡，畢竟不失爲好事。

我回到斐利貝家，心情惡劣。我說：「要是大姐得知我在她背後密謀不軌……」

「……以謀求她的快樂與成功。」他接著我的話說。

四個小時後——短短四個小時！——斐利貝家的電話響起。是大姐。她喘著氣要我知道，事情已辦成。她剛剛買下農人的二阿羅地（農人的「老婆」，突然間似乎不在乎分開賣地）。結果才知道，所謂托夢、祭司的干預，或測試神靈的輻射值都不需要。大姐甚至已經拿到所有權狀，就在她手裡！而且經過公證！她還告訴我，她已經訂購房屋建材，工人在下禮拜初就會開始蓋房子——在我離開之前。讓我能看見工程進行。她希望我別生她的氣。她要我知道她愛我勝過她愛她自己的身體，勝過她愛她自己的生命，勝過她愛這整個世界。

我告訴她說我也愛她。說我等不及哪天去她漂亮的新家作客。說我希望有那份所有權狀的影印本。

我掛掉電話後，斐利貝說：「好女孩。」

我不清楚他是指她或指我。但他開了瓶酒，我們向我們的摯友、峇里島的土地所有者大姐祝酒。

而後斐利貝說：「我們現在能去度假了吧？」

107

我們度假的地方是名叫美儂島（Gili Meno）的小島，位於龍目（Lombok）沿海；在大片延展的印尼群島當中，龍目是峇里島以東的下一站。我從前去過美儂島，我想讓斐利貝看看，他未曾去過那裡。

美儂島對我而言是世界上最重要的地方之一。兩年前首次造訪峇里島時，我獨自前來此地。當時我受雜誌社邀稿，撰寫瑜伽之行，才剛結束兩個禮拜有助於恢復活力的瑜伽課程。但在完成了雜誌社指派的工作後，我決定延長在印尼的居留，既然我已大老遠跑來亞洲。我想做的，事實上是找個偏遠之地，隱居十天，給自己絕對的隔絕和絕對的平靜。

當我回顧從婚姻開始瓦解到終於離婚而獲得自由的四年時光，我看見一部詳盡的痛苦史。我獨自一人來到這座小島之時，是那整趟黑暗之旅的最低潮期。最底層當中的痛苦。我憂愁的心，是一座戰場，彼此爭鬥的惡魔在其中作戰。當我決定在前不著村、後不著店的地方安靜獨處十天，我告訴內心所有混亂交戰的想法同一件事：「你們這些傢伙聽好，咱們現在單獨待在一起了。我們得想辦法相處，否則遲早大家都將葬身此地。」

語氣聽起來堅定而自信，但我也必須承認——獨自搭船前來這座安靜的小島時，我感到有生以來未曾有過的恐懼。我甚至未帶任何書來讀，沒有任何事可以讓我分心。只有我和自己的心共處，即將在荒原上面對彼此。我記得看見自己的腿因恐懼而發抖。而後我給自己引用一句我的導師曾說過的深得我心的話：「恐懼——誰在乎？」於是我獨自下了船。

我在海邊租下一間茅舍，每日的租金只要幾塊錢。然後我閉上嘴，發誓直到內心發生變化前，不再開口。美儂島是我的絕對眞理與和解審訊。我挑選了合適的地點，這再清楚不過。島非常小，很原始，有沙灘、碧海、棕櫚樹。正圓形的島只有一條環島步道，一個小時內即可走完整個圓周。小島幾乎位於赤道，因此日日循環不變。太陽清晨六點半在島的一邊升起，午後六點半在島的另一邊下山，一年到頭皆如此。一小群穆斯林漁夫及其家人居住此地。島上沒有一處聽不見海聲。這兒沒有任何機動車輛。電力來自發電機，僅在晚間提供幾個小時。這裡是我到過的最安靜的地方。

每天清晨，我在日出時分繞著島周行走，日落時分再走一次。其餘的時間，我只是坐著觀看。觀看自己的思考，觀看自己的感情，觀看漁夫。瑜伽聖者說，人生所有的痛苦皆起因於言語，如同所有的喜悅。我們創造言語，藉以闡明自身經驗，而諸種情緒伴隨這些言語而來，牽動著我們，猶如被皮帶拴住的狗。我們被自身的咒語引誘（我一事無成……我很寂寞……我一事無成……我很寂寞……），成爲咒語的紀念碑。因此，一段時間不講話，等於是嘗試除去言語的力量，不再讓自己被言語壓得透不過氣，讓自己擺脫令人窒息的咒語。

我花了一陣子才眞正沉默下來。即使停止說話，我發現自己仍低聲響著語言。我的五臟六腑和語言肌肉——腦袋、喉嚨、胸膛、頸後——在我停止出聲之後，餘音殘留。言語在我腦中回響，就像幼稚園的幼兒們白天離開室內游泳池後，游泳池似乎仍迴盪著無止境的聲音與喊叫。這些語言脈動花了好一段時間才消失而去，迴旋的聲音才得以平息。大約花了三天工夫。

而後一切開始浮現出來。在這種沉默狀態中，如今有餘地讓充滿憎恨與懼怕的一切東西，竄過我空蕩蕩的心。我覺得自己像在接受戒毒的毒癮患者，浮現的渴望使我抽搐。我經常哭。我經常禱告。儘管困難而可怕，我卻知道——我未嘗不想待在那裡，我未嘗希冀有人陪在身旁。我清楚自己非做不可，也清楚必須獨自進行才行。

島上的其他遊客是共度浪漫假期的幾對男女。（美儂島這地方太優美、太偏遠，瘋子才會單獨造訪。）我看著這幾對男女，對於他們的浪漫假期有幾許羨慕之情，卻也明白：「小莉，這可不是搞伴侶關係的時機。妳在這裡有其他任務。」我和大家保持距離。島上的人並未打擾我。我想我投射出某種恐怖訊號。我的不佳狀況已持續經年。你若長期失眠、體重下降、哭泣，看起來也會像精神病患。因此沒有人找我說話。

這麼說其實不對。有個人天天找我說話。是個小孩，是在沙灘上跑來跑去、向遊客推銷新鮮水果的一大群小孩之一。這名男孩約莫九歲，似乎是頭頭。他能吃苦而且好鬥，我會說他充滿街頭智慧，倘若他住的島上果眞有任何街道的話。我相信，他充滿海灘智慧。出於某種原因，他學會說極佳的英語，可能從騷擾做日光浴的西方人學習而來。這個孩子注意到我。沒有任何人問我是誰，沒有任何人打擾我，但是這名堅持不懈的孩子，卻在每天某個時間跑來坐在海灘上的我的身邊，查問：「妳怎麼從不說話？妳怎麼這麼古怪？別假裝沒聽見我說話——我曉得妳聽見我講話。妳幹嘛老是自己一個人？妳怎麼從來不去游泳？妳的男朋友在哪裡？妳怎麼沒嫁人？妳有什麼毛病？」

我幾乎要說，「滾開，小鬼！你幹嘛——解讀我最邪惡的思考？」

我每天盡量和藹可親地對他微笑，禮貌地示意要他走，但他毫不鬆手，直到把我惹毛。我記得有一回突然對他說：「我之所以不說話，是因爲我他媽的正在從事一場心靈之旅，你這討人厭的小無賴——

現在給我滾！」

他笑著跑開。每一天，在他激起我的回應後，他總是笑著跑開。我通常最後也笑了，在看不見他的身影之後。我懼怕這惱人的孩子，卻又期盼他來。他是這段艱難的旅程途中唯一的喜劇片段。聖安東尼（Saint Anthony）曾敘述自己前往沙漠避靜期間遭受各種幻象襲擊——惡魔與天使；他說，他在獨處時，時而遭遇看似天使的惡魔，有時則發現看似惡魔的天使。當聖人被問及如何區分其差別，他說，只有在那東西離開你身邊後，你才分辨得出何者是何者。他說，你若膽顫心驚，造訪者就是惡魔。你若感到寬心，那就是天使。

我想我知道這小無賴是何者，他總是引我發笑。

沉默不語的第九天，傍晚日落時分，我在海灘禪坐，直到午夜過後才站起身來。我記得心想：「這就是了，小莉，」我對自己的心說：「這是妳的機會。讓我看看妳之所以哀傷的一切原因。讓我看到一切。切勿壓抑。」所有哀傷的想法與回憶隨之一一抬頭，站起身來自報姓名。我注視每一種想法，每一份哀傷，我對它們的存在表示認可，感覺到（並未嘗試保護自己而加以阻止）它們的劇痛。而後我對哀傷說：「沒事。我愛你。我接受你。現在進來我的心吧。都過去了。」我真的感覺到哀傷（彷彿哀傷是有生命的東西）進入我的心（彷彿心是真實的房間）。然後我說：「接下來是哪位？」下一個憂愁於是現身而出。我看著它，體驗它，祝福它，並邀請它也進入我的心。我如此處置曾經有過的每一種哀傷想法——回溯多年的記憶——直到一點東西也不剩。

而後我對自己的心說：「現在讓我看看妳的憤怒。」我生命中的每一段憤怒插曲都一一出現，介紹自己。每一個誤解，每一個背叛，每一個失落，每一個憤怒。我一一看見它們，對它們的存在表示認可。我徹底感受每一個憤怒，彷彿頭一遭發生，然後我說：「現在進入我的心來吧。你可以在此歇息。

現在安全了。都過去了。我愛你。」如此持續數小時，我在這些對立的感受之間搖來盪去——前一刻徹底體驗震撼人心的憤怒，下一刻卻又在憤怒走進我的心門、躺下來、舒服地蜷伏在兄弟身邊、停止爭鬥之時，體驗到完全的冷靜。

接著，最困難的部分到來了。「讓我看看妳羞愧的事。」我向我的心提出要求。天啊，隨後我看見這些令人懼怕的事。我卑賤的失敗、謊言、自私、嫉妒、傲慢一一展現出來。然而我並未逃避。「讓我看看妳最糟的部分。」當我把這些羞愧部分請入我的心，它們各個都在門口猶豫起來，說：「不——你不要我進去吧……你難道不明白我做了什麼？」我說：「我眞的要你。即使是你。眞的。甚至連你也歡迎來到這裡。沒事了。你得到原諒。你是我的一部分。現在你可以歇息。都過去了。」

這一切都結束之後，我已成空。我心中不再有任何爭鬥。我探查自己的心，審查自己的美德，我看見內心的容量。我看見我的心甚至尙未飽和，甚至在收容那些不幸的哀傷、憤怒與羞愧之後；我的心可以輕而易舉接受更多，寬容更多。它的愛無窮無盡。

那時我才明白，這是神愛吾等、接受吾等的方式，宇宙間沒有所謂地獄這回事，或許除了在我們自己飽受驚嚇的內心當中才有。因爲即使一個衰弱、有限的人，也能夠體驗這種絕對寬恕與自我接受的插曲，那麼請你想像——只須想像就好——無量慈悲的神所能給予的寬恕與包容。

我還知道，這段暫時的平靜只是一時。我知道我仍未完全解決，我的憤怒、我的哀傷以及我的羞愧，最後仍將悄悄回來，逃離我的心，再次占據我的腦袋。我知道自己必須持續再三對付這些想法，直到慢慢決心改變自身的整個生活。我也明白這是艱難、勞累的事情。然而在黑暗寂靜的海邊，我的心對我的腦子說：「我愛妳，我永不離開妳，我會永遠照顧妳。」這承諾從我的心浮上來，我張口攔截它，含在嘴裡，品嚐它，離開海邊，走回我暫住的小屋。我找來一本空白筆記本，翻開第一頁——這時我才張口說話，讓言語在空氣中自由。我讓這些話打破沉默，而後用鉛筆在紙頁上記下巨大的聲明：

「我愛妳，我永不離開妳，我會永遠照顧妳。」

這是我在自己的私人筆記本上寫下的第一段文字。從今以後，它將與我隨身而行，在接下來的兩年，我將多次回到它身旁，始終請求協助——也始終能找到它，即使在我最哀傷、恐懼的時刻。而這本浸染了愛的承諾的筆記本，絕對是我熬過接下來幾年生活的唯一理由。

108

如今，我在完全不同的情況下回到美儂島。打從上回來過這裡，我已周遊世界，搞定離婚，熬過與大衛的最後分手，把變換情緒的所有藥物從體內清除，學會一種新的語言，坐在神的手掌中度過難忘的印度歲月，在印尼藥師的腳邊學習，爲一個亟需新居的家庭買了房子。我是個快樂、健康、平衡的人。是的，我不得不留意到自己正和我的巴西情人搭船來到這座美麗的熱帶小島。我承認，這幾乎是荒誕的神話故事結尾，好比家庭主婦的夢境。（或許也是我多年前的夢境。）然而，使我免於在這充滿光輝的神話中消散而去的原因，肯定是這個斬釘截鐵的事實——拯救我的人並非王子，而是我自己操控我的拯救——正是我自己，在過去幾年間，阻止我倒下。

我想起自己讀過禪宗信徒的信仰。他們說，同時有兩種力量創造了橡樹。顯然，一切都始於一顆橡實，其包含所有的承諾與潛力，長大而成樹木。每個人都了解這點。但僅有一些人認識到，還有另一種力量在此運作——未來的樹本身，它渴望存在，於是拉扯橡實，將種子拔出來，希望脫離太虛，從虛無邁向圓熟。禪宗信徒說，就此而言，橡樹創造了自己所從出的橡實。

我思量自己近來蛻變而成的這個女子，思量現在的生活，思量自己一直多麼想成爲目前這種人、過目前這種生活，不再假扮成其他人，而不做我自己。我想起到達此地之前所承受的一切，懷疑是不是「我」——我是說，目前這個快樂平衡的我，此刻在這艘印尼小漁船甲板上打盹的這個人——拖著艱苦歲月裡的另一個較年輕、較迷惑、較掙扎的我邁向前方。較年輕的我，是充滿潛力的橡實，但是較年長的我，是已然存在的橡樹，始終在說：「是的——長大吧！改變！進化！來這兒跟我碰面，我已完整、圓熟地存在！我需要你變成我！」或許四年前，就是目前這個充分發揮潛力的我，盤旋在蹲在浴室地板啜泣的那位年輕已婚女子上方；或許就是這個我，在這名絕望的女子耳畔親愛地低語：「回床上去，小莉……」老早知道一切都會沒事，一切終將使我們在此相聚。就在此地，此時。我始終平靜滿足地在此等候，始終等她前來加入我的陣容。

而後斐利貝醒來。我們倆整整一下午都打著盹，出入於半夢半醒之間，在這艘印尼漁船甲板上，蜷伏在彼此懷裡。海洋晃動著我們，陽光閃耀。我的頭枕著斐利貝的胸膛，他說他在睡夢中有個想法。他說：「妳知道——我顯然得繼續住在峇里島，因爲我的生意在這裡，而且因爲這裡離我的孩子們住的澳洲很近。我還得經常去巴西，因爲那兒是寶石產地，而且我的家人在那裡。而妳顯然得待在美國，因爲妳在那裡工作，而妳的親朋好友也在那裡。因此我在想……或許我們該試試共同營造某種在美國、澳洲、巴西和峇里島四地之間均分的生活。」

我笑了，因爲，嘿——有何不可？事情奏效或許不切實際。某些人也許覺得這種生活是絕對的瘋狂而愚蠢，但卻是與我如此相像的生活。當然，我們就該這麼繼續走下去。這個想法感覺已經如此熟悉。而我必須說，我也喜歡他詩意的主意。我是就字義而言。經過一整年探索屬於個人、勇往直前的三「I」國家之後，斐利貝建議我一整套新的旅行學說：

澳洲（Australia），美國（America），峇里（Bali），巴西（Brazil）＝A，A，B，B。

猶如一首古詩，有如兩個押韻對句。

小漁船在美儂島近岸卜錨停泊。這座島上沒有碼頭。你得捲起褲管，跳下船去，用自己的力量涉浪而過。這麼做絕對沒辦法不變成落湯雞，也沒辦法不撞上珊瑚，但這些勞苦卻値得，因爲這兒的海灘非常美麗，非常特別。於是我和我的情人脫了鞋，把小行李袋頂在頭上，準備一塊兒從船邊一躍入海。

你知道，有趣的是，斐利貝唯一不會說的浪漫語言是義大利語。然而我還是在我們即將躍下時對他說了。

我說：「Attraversiamo。」

我們過街吧。

最後的感謝與確信

在我離開印尼幾個月後，我再度返回，來探訪親愛的朋友們，並慶祝聖誕與新年假期。東南亞慘遭海嘯侵襲才過兩個鐘頭，我的班機在峇里島降落。全球各地的朋友們立即與我聯絡，關心我的印尼朋友們是否安然無恙。大家似乎尤其擔心的是：「大姐和圖蒂還好嗎？」答案是，海嘯並未衝擊峇里島（情感上除外，當然），我看見大夥兒平安無事。斐利貝在機場等候我（未來許多次，我們將在各大機場相會，而這是第一次）。老四賴爺坐在他的陽台上，一如往常，調製醫藥與禪修。尤弟最近在當地某大度假村接了彈奏吉他的工作，幹得不錯。大姐一家人在他們漂亮的新屋裡過著快樂的生活，房子遠離危險的海岸線，高高坐落於烏布的梯田間。

帶著最大的感激（也謹代表大姐），我要謝謝捐款建屋的每一個人：

Sakshi Andreozzi、Savitri Axelrod、Linda & Renee Barrera、Lisa Boone、Susan Bowen、Gary Brenner、Monica Burke & Karen Kudej、Sandie Carpenter、David Cashion、Anne Connel（她，連同Jana Eisenberg，還很擅長於最後關頭的救援行動）、Mike & Mimi de Gruy、Armenia de Oliveira、Rayya Elias & Gigi Madl、Susan Freddie、Devin Friedman、Dwight Garner & Cree LeFavour、John & Carole Gilbert、Mamie Healey、Annie Hubbard與幾乎難以置信的Harvey

Schwartz、Bob Hughes、Susan Kittenplan、Michael & Jill Knight、Brian & Linda Knopp、Deborah Lopez、Deborah Luepnitz、Craig Marks & Rene Steinke、Adam McKay & Shira Piven、Jonny & Cat Miles、Sheryl Moller、John Morse & Ross Petersen、James & Caterine Murdock（連同Nick與Mimi的祝福）、José Nunes、Anne Pagliarulo、Charley Patton、Laura Platter、Peter Richmond、Toby & Beverly Robinson、Nina Bernstein Simmons、Stefania Somare、Natalie Standiford、Stacey Steers、Darcey Steinke、Thoreson姊妹（Nancy、Laura與Rebecca小姐）、Daphne Uviller、Richard Vogt、Peter & Jean Warrington、Kristen Weiner、Scott Westerfeld & Justine Larbalestier、Bill Yee & Karen Zimet。

最後一提的是，我想感謝我鍾愛的泰瑞伯父和黛比伯母在這一年的旅行期間幫助我的一切，僅僅說是「技術援助」，等於貶低了他們的重要貢獻。他們在我走的鋼絲底下編織一張網，少了這張網，我絕對寫不成本書。我不知如何報答他們。

然而最後，或許我們不該嘗試回報在這世上維護我們生命的人們。或許最後，更爲明智的作法是，臣服於人類神奇無邊的慷慨大度，只須持續道謝，永久不斷、眞心誠意，只要我們還有聲音。

國家圖書館出版品預行編目(CIP)資料

享受吧!一個人的旅行／伊莉莎白.吉兒伯特
(Elizabeth Gilbert)著；何佩樺譯. -- 三版. -- 臺北市
：馬可孛羅文化出版：家庭傳媒城邦分公司發行,
2013.07
面；　公分. -- (Eureka；2023)
譯自：Eat, pray, love：one woman's search for
everything across Italy, India and Indonesia
SBN 978-986-6319-81-5(平裝)
874.6　　102010355

【Eureka】2023

享受吧！一個人的旅行

原著書名——Eat,Pray,Love：One Woman's Search for Everything Across Italy,India and Indonesia
作　　者——伊莉莎白・吉兒伯特(Elizabeth Gilbert)
譯　　者——何佩樺
封面設計——井十二設計工作室
總 編 輯——郭寶秀
特約編輯——沈台訓

發 行 人——凃玉雲
出　　版——馬可孛羅文化
104台北市民生東路二段141號5樓
電話：886-2-25007696
發　　行——英屬蓋曼群島商家庭傳媒股份有限公司城邦分公司
104台北市中山區民生東路二段141號2樓
客戶服務專線：(886)2-25007718；F25007719
24小時傳真專線：(886)2-25001990；F25001991
讀者服務信箱：Gservice@readingclub.com.tw
劃撥帳號——19863813戶名：書虫股份有限公司
香港發行所——城邦（香港）出版集團有限公司
香港灣仔駱克道193號東超商業中心1樓
E-mail:hkcite@biznetvigator.com
馬新發行所——城邦（馬新）出版集團【Cité (M) Sdn Bhd】
41, Jalan Radin Anum, Bandar Baru Sri Petaling, 57000 Kuala Lumpur, Malaysia.
電話：(603)90578822　傳真：(603)90576622　E-mail: cite@cite.com.my
輸出印刷——中原造像股份有限公司
初版一刷——2007年4月
三版十刷——2020年4月
定　　價——360元

ISBN：978-986-6319-81-5（平裝）